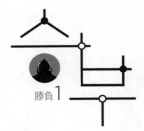

勝負1

승부1

초판 1쇄 발행   2023년 12월 15일

지 은 이   조세래
펴 낸 이   한승수
펴 낸 곳   문예춘추사

편   집   이상실, 구본영
디 자 인   박소윤
마 케 팅   박건원, 김홍주

등록번호   제300-1994-16
등록일자   1994년 1월 24일

주   소   서울특별시 마포구 동교로 27길 53, 309호
전   화   02 338 0084
팩   스   02 338 0087
메   일   moonchusa@naver.com

I S B N   978-89-7604-589-8 04810
             978-89-7604-588-1 (전 2권)

잊혀진 영웅들 3대에 걸친
파란만장한 드라마

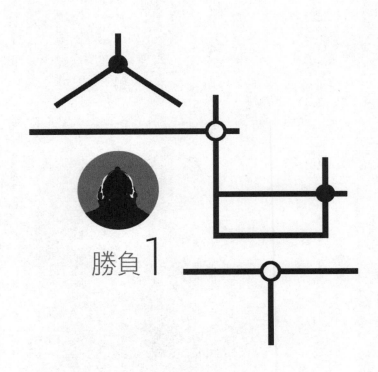

勝負1

조세래 장편소설

나라 없는 시대에 민족의 자존심만은 지키고 싶었던
진정한 승부를 향한 바둑 영웅들의 거대 서사!

문예춘추사

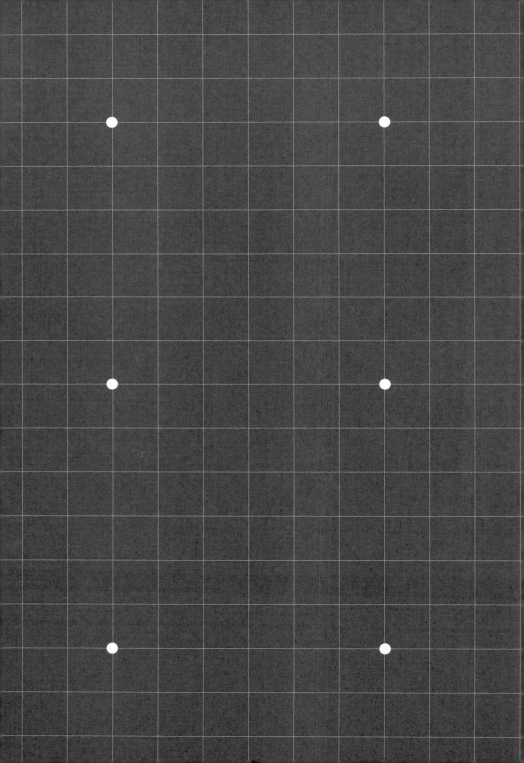

승부(勝負)는 승과 패를 나누는 것으로, 사회가 빈곤하다거나 인간이 외로울 때 더욱 빈번해진다. 그런 것이니만큼 투철하고 용맹스러우며 때로는 안타깝고 슬픈 것이기도 하다.

　승부의 대부분은 사람과 사람 사이의 인간사(人間事)에서 일어나는 일인데, 다른 말로는 경쟁이라 할 수도 있다. 언제부턴가 시중에는 승부란 단어가 무수히 나돌고 있다. 세상이 다각도로 변모하면서 매사가 승부 혹은 승부 정신으로 연관되어 있어 흡사 승부의 시대를 방불케 한다.

　인간이 태어나서 무리를 지어 살고부터는 서로가 살아남기 위해 생존 경쟁을 할 수밖에 없었고, 경쟁 사회에서 승부는 삶의 본질적 희로애락이 되어버렸다.

　그래서 어쩌면 승부는 인간에게 숙명적인 것일 수도 있다.

　우리는 살면서 수많은 승부를 만난다. 남을 이기기 위한 승부, 자신을 지켜야 하는 승부, 정도에 벗어난 승부, 경우에 따라선 피치 못할 승부, 자신을 버려야 하는 승부 등 승부는 늘 우리 주변에 있다. 이렇듯 승부는 일상사가 되어버렸는데 아직까지 승부에 대한 올바른 인식이 부족하고 그 뜻조차 변질되고 오도되어가는 것이 작금의 현실이다. 승부의 참다운 모습은 외면당한 채 오직 이기는 것만이 승부의 절대적 가치로 인정받고 있다.

　오늘날 진정한 승부사는 찾아볼 수 없고 사이비 승부사만이 득실거리는 것도 승부의 도(道)를 망각한 채 욕(慾)을 다스리지 못하고 교만과 독선에 빠진 극단적 개인주의의 팽배 때문일 것이다.

한 나라를 경영하는 자들이 승부사로서의 자세가 정직하지 못하면 그 나라꼴이 어떻게 되겠는가. 사회 지도층이란 자들이 올바른 승부 정신은 없고 간교하고 비열한 승부에만 물들어 있다면 세상 꼴이 또한 어떻게 되겠는가.

혹세무민하는 자도 승부사가 아니요 잡사(雜事)에 연연하는 자도 승부사일 수 없다.

승부사는 맑고 정직해야 하며 강직하고 깊어야 한다. 그것이 승부가 끝나는 날까지 지켜야 할 승부사로서의 도리다.

인간은 결국 승부의 땅에서 태어나 승부의 저자거리를 헤매다가 승부의 강을 건너 비로소 승부가 망각된 피안(彼岸)의 세계로 간다.

이 책은 승부로 전 생애를 불사른 인간들의 삶을 이야기한 것이다. 역사가 이긴 자의 기록이듯 승부 역시 이긴 자의 축제인지 모른다. 내가 이 책을 통해 별도로 전하고자 하는 소박한 소망은 승부 이면에서 이름 한 자 남기지 못하고 불행하게 쓰러져간 각계각층의 수많은 승부사들을 잊지 말아달라는 부탁이며, 나아가서 그들이 남긴 숭고한 승부 정신을 헛되이 하지 말고 후세 사람들이 본받아 앞날의 지표로 삼았으면 하는 것이다.

상대의 어리석음에 관대하고 자신의 재주에 머무르지 말며 하늘을 우러러 결백한 승부사만이 승부의 장에 한 페이지를 기록할 수 있을 것이다.

끝으로 이 책을 인간 세상에서 수없이 명멸해간 이름 없는 승부사들에게 바친다.

새는 새장을 벗어나야 님을 찾고
고기는 통발을 물리친 후에야 대해로 나아가며
승부사는 승부를 떠나야 진정한 승부사가 된다.

차례

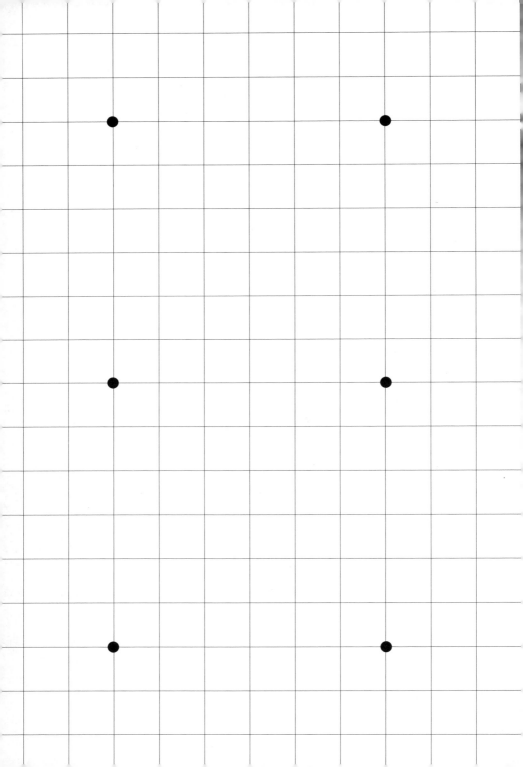

1 　　　침묵하는 바둑판

　박 화백이 정명운(鄭明雲) 노(老) 국수(國手)의 집을 드나든 지 어느새
한 달이 넘었다.

　그 한 달 동안 박 화백은 세월 속에 숨어버린 정 국수의 흔적을 찾기 위
해 무진 애를 썼다. 하지만 박 화백이 머릿속에 막연히 그려왔던 그 옛날
정 국수의 모습은 좀체 나타날 기미가 없어서 박 화백은 선뜻 붓을 잡지
못했다. 그리하여 처음 마음먹었던 것과는 달리 차일피일 초상화의 완성
은 미루어지고 있었다.

　박민수(朴敏洙) 화백에게 인물 초상화를 부탁해오는 사람은 20대 젊은
시절에는 가끔씩 있었지만, 마흔이 넘어 국전 심사위원에 거론될 정도로
이미 화단에서 주목받고 있는 이즈음에는 참으로 이례적인 일이었다.

　정 국수의 며느리 김 여사가 화단에 부탁해서 화단 바둑계의 일인자로 통
하는 박 화백에게 조심스러운 제의가 들어온 것이다. 사실 화단에서도 박
화백에게 이런 제의를 하기에는 현재 그의 위치를 고려하면 쉽지 않은 일
이었고, 설사 그가 거절한다 하더라도 당연한 일로 받아들여질 것이었다.

　남종화(南宗畵) 계열의 묵화(墨畵) 분야에서 박민수는 이미 명성이 자자
한 터였고, 더구나 최근엔 자신의 작품 세계를 총정리한 대규모 개인전을

준비하고 있어서 더욱 조심스러웠다. 그러나 의외로 박 화백은 정 국수를 한 번 만나보고 그 자리에서 쾌히 응낙했다.

원래 인물화는 동서양을 막론하고 그림에서 가장 조심스런 부문에 속한다. 태초에 인간이 무언가를 그리고자 할 때 그 첫 대상은 사람의 얼굴이었다. 그림의 시작이 인물화인 만큼 어떤 면에서 가장 정복하기 어렵고 또한 그림의 끝이랄 수 있는 것도 인물화다.

서양화에서 모나리자만큼 인구에 회자되는 작품이 어디 있으며, 동양화에서 달마도(達摩圖)만큼 마음의 눈을 요구하는 그림이 어디 있겠는가. 그것은 단순히 인물의 사실적인 묘사 이전에 그 사람의 내면세계 표출을 필요로 하기 때문이었다.

사진과 언론매체로는 익히 접한 정 국수였지만 막상 대면한 자리에서 정 국수의 얼굴과 품세를 본 순간 박 화백의 느낌은 한마디로 감동이었다. 비록 늙고 쇠약해 있긴 했어도 근대 바둑사의 거목답게 정 국수에게선 명인(名人)의 품위가 배어 나왔다. 혼신의 힘과 노력을 다해도 과연 화선지에, 평생을 19로의 반상을 누비며 승부로 점철된 지나온 인생을, 그리고 이제는 승부를 떠나 관조의 시선으로 반상을 바라보는 지금의 정 국수를 표현해낼 수 있을까 하는 의문이 들었고, 이 의문은 근간에 와서 조금씩 타성에 젖어드는 박 화백의 의욕에 불을 지폈다.

한편 며느리 김 여사의 애소에 마지못해 허락을 하긴 했어도 이 일이 못마땅하기는 정 국수도 마찬가지였다. 애송이 젊은 화가(정 국수의 입장에서)에게 자신의 초상화를 맡기고 거액을 지불하는 것이야 그렇다고 치더라도 과연 화폭 속에 자기라는 인물의 속내를 일부라도 그려낼 수 있을까 하는 의문이 종내 떠나지 않았다.

정 국수의 집을 드나든 지 여러 날이 지나도록 박 화백은 그림에 대해 아무런 대책이 없었다.

'국수님, 저를 괘념치 마십시오.'

박 화백이 정 국수에게 한 말은 이 한 마디뿐이었다. 그러고는 한 시간이고 두 시간이고 정 국수를 바라보다 돌아가곤 했다.

아무리 인생을 달관한 정 국수라 할지라도 처음 며칠간은 어떤 한 사람이 자신을 끊임없이 주시하고 있다는 사실이 거북스러웠으나 진지한 박 화백의 눈빛을 대하면서 어느덧 정 국수의 마음도 가라앉았고, 거실에서 마주 앉은 시간이면 정 국수는 주로 옛날의 기보(棋譜)를 꺼내 복기(復棋)를 하곤 했다.

편안한 정 국수의 일상을 대하면서 박 화백은 쉽사리 붓을 들지 못했다. 욕심이긴 하나 박 화백은 정 국수의 초상화에 그 옛날 전성기 때의 모습을 담고 싶었다. 한 시대를 풍미한 거대한 승부사의 면모와 바둑판 앞에서 이글이글 타는 눈빛으로 마치 반상을 녹여버리기라도 할 것처럼 승부의 집념을 불태우던 정 국수 특유의 기개를 표현하고 싶었던 것이다.

한때 박 화백 자신도 정 국수의 그런 모습에서 깊은 감동을 받았다. 세속을 벗어난 지금의 초연한 품격에다 고뇌에 젖은 진정한 승부사의 모습만 가미된다면 그것이야말로 완숙과 투혼이 적절히 조화된 완벽한 작품일 것이라 박 화백은 생각했다. 그러나 현역에서 은퇴하여 사저에 칩거하고부터 그에게선 승부의 여운조차 찾아볼 수 없었고, 산사의 고승처럼 범속을 초탈한 무심의 경지만을 보여주고 있을 뿐이었다.

이래저래 박 화백의 의도는 무산되고 하루하루 시간을 허비한 지 이미 한 달이 지났다.

늦은 오후의 따뜻한 일광이 거실 깊숙이 스며들었다. 흡사 사람이 살지 않는 텅 빈 집 같았다.

개인전 일과 몇 가지 사사롭게 처리해야 할 일들로 인해 며칠 동안 들르지 못한 박 화백에게 정 국수의 집은 다소 생소했다. 낮 시간에는 주로 거실에서 시간을 보내던 정 국수가 그날따라 그곳에 없었다.

따악.

박 화백이 정 국수를 찾아 두리번거리고 있을 때 어디선가 바둑돌 놓는 소리가 들려왔다. 서재 쪽이었다. 평소 거실에서 복기를 하던 정 국수가 오늘은 서재에서 바둑돌을 놓고 있었다. 박 화백은 무심코 서재 안으로 들어섰다. 예상했던 대로 정 국수는 복기를 하고 있었다.

서재 안으로 들어서던 박 화백은 문득 이상한 느낌을 받았다. 저물어 가는 햇살 속에서 정 국수는 잔뜩 움츠린 자세로 바둑판을 쏘아보고 있었다. 한눈에 봐도 정 국수의 분위기가 평상시와는 달랐다. 서재에서 복기를 하는 것도 뜻밖이거니와 복기에 임하는 정 국수의 자세도 평소와는 달리 완만하거나 여유롭지 못했다.

정 국수는 심각하게 바둑에 몰입해 있었다. 박 화백이 방 안으로 들어온 사실도 의식치 못하고 웅크리고 있는 그 모습은 흡사 상대를 마주한 채 바둑을 두고 있는 형국이었다. 이러한 정 국수의 예기치 못한 품새에 박 화백은 한순간 그 자리에서 옴짝달싹할 수가 없었다.

낯설면서도 정체를 알 수 없는 기묘한 감동이 박 화백의 가슴에 차올랐다. 박 화백은 자신도 모르게 정 국수 앞으로 한 걸음 다가섰다. 순간 박 화백과 정 국수의 시선이 딱 마주쳤다. 박 화백을 발견한 정 국수의 낯빛이 확연히 변하더니 정 국수의 온몸을 감싸고 있던 팽팽한 기운이 일순 흐트러졌다.

정 국수는 별안간 판 위의 돌을 허겁지겁 쓸어담았다. 흑돌과 백돌이 되는대로 뒤섞여 돌통 안에 들어가고 정 국수의 손에 들려 있던 기보 용지가 반면 위에 놓이는가 싶더니, 순식간에 바둑판은 기이한 보에 싸여 자취를 감추어버렸다. 얼핏 보아 정 국수의 손에 들린 기보는 틈만 나면 들여다보던 손때가 묻어 반질거리는, 책자로 묶은 기보집이 아닌 오래된 낡은 한 장의 종이였다. 정 국수는 쫓기듯 손수 그 무거운 바둑판을 들어 문갑 귀퉁이 쪽에 옮겨다놓았다.

거실에서 박 화백과 정 국수는 마주 앉았다. 아직 정 국수의 얼굴은 상기되어 있었고 눈빛은 어둡고 강렬했다. 처음 대하는 정 국수의 고뇌스러운 모습에서 박 화백은 오랫동안 기다려왔던 승부사의 일면을 엿보았다. 박 화백의 가슴속으로 어떤 영감이 밀려들었다.

그래, 바로 이 얼굴이다. 내가 오랫동안 기다려왔던 얼굴이 아닌가. 번뇌하는 인간의 얼굴이 아닌가.

국수의 모습을 보며 비로소 박 화백은 붓을 들 수 있다는 자신감이 일어났다. 박 화백은 선반 위에 놓아둔 벼루를 꺼내 먹을 갈기 시작했다.

벼루에서 진한 묵향이 흘러나왔다. 거실에는 바늘 하나만 떨어져도 깨질 것 같은 무거운 정적이 흘렀다. 열어젖힌 들창 밖에서 한 줄기 바람이 불어왔다. 바람을 타고 정원에 만발한 국화 향기가 거실 안으로 스며들어 묵향과 국향은 이내 혼연일체가 되었다.

박 화백은 그렇게 사흘을 먹을 갈았다.

박 화백의 눈이 번쩍 뜨였다. 화선지를 앞에 놓고 근 한 시간 동안 눈을 감고 있던 박 화백이었다. 박 화백의 투명한 시선이 서재 한켠에서 묵묵히 자신을 바라보고 있는 정명운 노 국수의 얼굴에 잠시 머물렀다. 박 화백의 눈에서 삼엄한 광기 같은 빛을 발견한 노 국수가 무어라 의문을 표시하기도 전에 박 화백의 눈이 다시 감겼다.

깊은 침묵의 시간이 지난 후 박 화백이 눈을 떴다. 이미 그의 눈은 호수처럼 잔잔히 가라앉아 있었다. 그는 손에 붓을 들고 며칠 전부터 단계연(端溪硯)에 갈아온 먹물을 듬뿍 묻혔다. 그리고 왼손을 더듬어 사방 5센티

미터 정도 자른 화선지 한 장을 입에 물었다. 그림을 그리는 순간의 탁기가 화선지에 옮겨가지 않게 하기 위함이요, 자신의 호흡을 가다듬기 위해서였다. 그 옛날 명검을 만드는 장인들이 즐겨 쓰던 수법이었고, 역대의 수많은 명검사들이 자신의 칼을 갈 때 사용하던 방식이었다.

호흡을 가늠하던 박 화백이 붓을 들어 화선지에 첫 점을 찍는 순간, 점은 선이 되고 선은 생명으로 피어올라 그 생명의 기운이 화선지 전체로 물들어갔다.

약간 불거진 광대뼈는 노 국수의 고집스러움을 말하고 있고, 굳게 다문 입술은 그의 과묵한 성격을 나타내고 있으며, 이마의 잔주름은 일제시대 때부터 오직 바둑으로 일도정진해온 노 국수의 파란만장한 생을 대변해주고 있었다. 그리고 가늘게 떠진 눈매는 어쩌면 이 시대 이후로는 다시 보기 힘들, 진정한 승부사의 모습을 보여주고 있었다.

이윽고 탈진하여 붓을 놓은 그의 입에 이제까지는 한 점 떨림 없이 물려 있던 화선지가 폭풍을 만난 가랑배처럼 거칠게 펄럭였다.

화선지 위에 또 하나의 정 국수가 숨을 쉬고 있었다.

낙관을 찍음으로써 그림은 끝이 났다. 녹차는 이미 싸늘히 식어 있었다. 김 여사가 방문을 열고 조심스레 들어와서 미리 준비한 흰 봉투를 박 화백 앞에 놓았다. 봉투 속에는 당연히 예의 사례금이 들어 있을 것이었다. 박 화백은 봉투를 정 국수 쪽으로 밀었다. 두 사람의 시선이 교차했다.

"국수님을 담아내는 것만으로도 큰 가르침이었습니다."

"……날더러 그대와의 업을 저승으로 가지고 가란 말인가?"

"부담스러우시면 저의 우둔함이나 한번 깨쳐주십시오."

"……."

사실 박 화백은 그동안 정 국수로부터 한 수 지도대국을 받고 싶었지만 그림 때문에 그러질 못했다. 시간도 시간이거니와 막상 정 국수를 대하면 그 말이 쉽게 나오지를 않았다. 그러나 이제는 더 이상 기회가 없었다. 그림도 끝이 났고, 이제 헤어지면 다시 정 국수를 만난다는 보장이 없었다.

한때 전문기사를 꿈꾸었던 그의 입장에서 보면 사실 이런 기회는 쉽지 않은 일이었다. 어쩌다 친분이 두터운 동년배 전문기사들과 심심풀이로 어울려본 적은 더러 있었으나 그것은 그저 평범한 수담(手談: 바둑 또는 바둑을 두는 일)에 불과했고 지금 박 화백이 정 국수에게 느끼는 감정하고는 근본적으로 거리가 있었다.

"가서 바둑판을 가져오시게."

마침내 정 국수가 입을 열었다.

박 화백은 평소에 정 국수가 즐겨 사용하던 바둑판을 가져오기 위해 서재 구석으로 갔다. 그 바둑판은 두께가 여섯 치 이상 되는 꽤 무거워 보이는 바둑판이었다. 서재 안에는 수많은 동서고금의 바둑책들이 진열되어 있었다. 바닥에 있는 돌통을 판 위에 올려놓고 박 화백은 허리를 굽혀 바둑판을 잡았다. 눈앞에 다가선 바둑판은 더욱더 육중하고 무거워 보였다. 박 화백은 양팔에 힘을 주고 조심스럽게 바둑판을 가슴 쪽으로 끌어당겼다. 생각보다 바둑판은 더 무거웠고 판을 들고 일어났을 때 그의 다리는 약간 떨리고 있었다.

그 순간 참으로 이상한 일이 일어났다. 그것은 (굳이 표현하자면) 일종의 인기척이었다. 누군가 주위에서 자신을 쏘아보고 있는 것만 같았다. 잠시 호흡을 가다듬은 박 화백이 그 방향으로 끌리듯이 고개를 돌렸을 때 문갑 구석 깊숙한 곳에 놓인 또 다른 낯선 바둑판이 눈에 들어왔다. 처음 보는 바둑판이었다.

몇 날을 드나들면서 지금에야 발견한 것은 그 바둑판이 놓여 있는 자리가 문갑에 의해 묘하게 은폐되어 있었고 그 주위 또한 서재 구석 별이 잘 안 드는 후미진 곳이었기 때문이다. 바둑판을 볕으로부터 보호하기 위함인지, 고의로 남의 눈에 띄지 않게 하기 위함인지 알 수 없었으나 그 바둑판은 거친 삼베로 보를 씌운 것부터가 특이했다.

보는 이미 누렇게 변색되어 있었고, 분위기로 보아 한눈에 아주 오래된 기반(棋盤)임을 직감할 수 있었다. 비록 보를 씌워 그 안의 반면(盤面)은 직접 눈으로 보지 못했지만 삼베와 고색창연한 반각(盤脚)의 기묘한 조화로움이 예사롭지 않게 느껴졌다.

박 화백은 한동안 멍하니 그 삼베로 씌운 바둑판을 바라보다가 서재를 나왔다. 그러나 몸은 거실을 향해 가고 있었지만 그 이상한 삼베로 씌운 바둑판이 계속 자신의 뒤를 바라보고 있는 것 같은 기이한 느낌을 받고 있었다.

박 화백은 흑돌 세 개를 조심스럽게 반상 위에 놓았다. 두 점이면 두어볼 만했으나 노 국수에 대한 예의로 석 점을 놓았던 것이다. 물론 전성기 때의 정명운 국수라면 석 점도 장담할 수 없는 치수였다.

국수는 별반 말이 없었다.

40여 수가 반상 위에 물 흐르듯이 진행되었다. 포석상으로는 석 점 접바둑(하수가 미리 두 점 이상을 놓고 두는 바둑)의 위력이 충분히 살아 있는 형세였다.

"화백의 바둑은 투지가 있군."

귀에서 중앙으로 뛴 백돌에 박 화백이 부딪혀가자 정 국수가 말했다.

"설익어서 그렇지요."

국수가 다시 말했다.

"설익지 않은 바둑이 있던가."

바둑돌을 반상 위로 곱게 곱게 옮겨다놓는 국수의 야위고 긴 손가락이 아름답게 보였다.

"출중한 사람도 있지 않았습니까?"

박 화백이 평소 궁금하게 여기던 부분이었다.

"……."

"본인방(本因坊) 도샤쿠(道策)와 슈사쿠(秀策)는 어떻습니까?"

묵묵부답이다.

"기다니(木谷) 선생이나 다카가와(高川) 선생 정도라면……."

여전히 묵묵부답이다.

바둑은 계속 진행되었다. 접바둑인 관계로 쉽게만 둘 수 없는 형세였으나 국수는 이미 승부를 달관한 듯 편안하게 두어 나갔다.

"역시 오청원(吳淸源) 선생이……."

국수는 끝내 말이 없었다. 국수는 반상을 내려다보고 있었다.

그는 지금 무슨 생각을 하고 있을까. 변화무쌍한 반상 위의 수순들을 헤아려보고 있는 것일까. 깊은 수읽기에 빠져 마지막 남은 노쇠한 열정을 태우고자 하는 것일까. 어쩌면 그는 먼 옛날 희미한 승부의 기억을 떠올리고 있는지도 몰랐다.

초상화가 완성되어갈 무렵, 박 화백은 국수의 얼굴에서 죽음에 가까운 안식 같은 것을 느끼곤 했다. 무어라 한마디로 표현할 순 없으나 오랜 승부 세계의 고뇌를 훌훌 털어버린 자연인의 모습이기도 했고, 영욕으로 점철된 지난 승부의 세월을 되돌아보는 회한(悔恨)의 모습이기도 했다.

앞서간 명인(名人)들의 경계(境界)를 침묵으로 일관하는 국수의 지금 심경을 박 화백은 조금은 이해할 것 같았다.

바둑은 중반을 넘어서고 있었다. 국수가 시종 평이하게만 두어왔던 관계로 큰 접전도 없이 흑의 유망한 흐름이었다. 대부분의 전문기사들이 아마추어와 접바둑을 두는 경우, 정수 위주로 알기 쉽게 두어가기 때문에 바둑이 무미건조해지기 쉬운 때가 많았다. 박 화백은 어렵게 얻은 국수와의 지도대국이었지만 승부욕이 점차 감소되어갔다. 국수의 다음 착점을 기다리는 동안 박 화백은 문득 대국을 시작하기 전에 서재 구석에서 발견한 삼베보로 씌운 바둑판이 떠올랐다.

통상 귀한 바둑판은 보를 씌우기 마련이었고 그 보는 고급의 비단천이나 무명, 드물게는 올이 고운 세모시로 만들기 마련인데, 일별해보아도 진귀한 바둑판임에 틀림없어 보였는데 왜 거친 삼베로 보를 씌웠는가 하는 의문이 일어났다.

그리고 곰곰이 생각해보니 며칠 전 서재에서 복기를 하던 국수의 심각한 모습과 그 바둑판이 연관되어졌다. 그때는 국수의 행동거지에 정신이 팔려 소홀히 보았으나 당시 복기를 하던 바둑판이 바로 그 바둑판이었고, 박 화백의 기억에 국수가 황급히 반면을 덮어씌운 보는 확실치 않지만 그 바둑판에 덮인 삼베보로 여겨졌다.

박 화백이 이런저런 사념에 잠겨 있을 때 국수가 착점을 하며 한마디 건넸다.

"그림은 어떠신가?"

"……."

박 화백은 국수를 바라보았다.

"바둑은 너무 어려워. 타고 태어나야 하거늘……."

국수가 가늘게 한숨을 쉰다.

"그래서 천품(天品)이라 하질 않습니까?"

"천품이라……."

국수의 눈이 감길 듯 말 듯한다.

"고천은 기리(棋理: 바둑의 이치)를 존중했고, 청원은 기리를 버렸어……. 후세 사람들은 그들을 명인이라고 부르지."

착점을 하는 국수의 손길은 부드러움을 넘어선다. 자유자재요, 유유자

적이다.

"외람됩니다만 국수님께선 양쪽을 다 취하지 않았습니까?"

국수가 아무런 반응이 없다. 박 화백은 곧바로 자신의 말을 후회했다. 틀려서라기보다 경솔함 때문이다. 자신이 국수의 바둑을 거론하는 것 자체가 어불성설이다.

"상(相)이란 본시 허망한 것일세."

국수의 입가에 뒤늦은 쓸쓸함이 지나간다. 박 화백은 안쓰러워 반면으로 눈길을 돌렸다. 종반에 접어든 바둑은 그대로 가면 최소한 열 집가량 흑이 남는 국면이었다. 기대했던 국수와의 대국이었으나 바둑은 무미건조했다.

박 화백은 다시 예의 바둑판을 떠올렸다. 대국을 하면서도 줄곧 신경이 쓰이던 바둑판이었다. 판을 덮고 있는 변색된 삼베보와 기묘한 반각의 형태, 보에 가려 있었으나 범상치 않은 기반의 골격. 그러나 무엇보다 자신의 마음을 어지럽히는 것은 그날 그 바둑판 앞에서 복기를 하던 국수의 행동거지였다. 그때 국수는 복기를 한다기보다 누군가를 상대로 대국을 하고 있는 것 같았다.

그제서야 박 화백은 번뜩 국수가 자신을 발견하고 접어버린 낡은 기보를 기억해냈다. 그것은 기보라기보다 얼핏 보아 손으로 직접 그려 만든 기록용지에 가까웠다. 기록용지에 불과한 그 기보를 들여다보던 국수의 황망한 모습이 뚜렷이 되살아났다.

생각할수록 의문이 꼬리를 물었다. 다른 사람도 아닌, 지금은 은퇴했으나 한국 바둑의 대국수(大國手)인 정명운 국수의 집에 그러한 바둑판이 있다는 것이 더욱 박 화백을 의혹에 빠뜨렸다. 박 화백은 내친김에 그 바둑판에 대한 궁금증을 풀기로 작정했다.

국수는 승패를 떠나 마무리를 서두르고 있었다.

몇 차례 대화는 있었으나 쉽게 근접될 사람이 아니라고 박 화백은 생각했다. 마음과는 달리 선뜻 바둑판에 대해 물어보기가 쉽지 않다.

박 화백이 이런저런 궁리로 머뭇거릴 때 국수가 혀를 찼다.

"별로 더 둘 데가 없는 것 같군……."

돌을 거둘 기세다. 때를 놓칠세라 국수의 그 말에는 아랑곳없이 박 화백은 기어이 이야기를 끄집어냈다.

"문갑 옆에 있는 삼베로 덮은 바둑판을 보았습니다……."

순간 국수의 얼굴이 흐트러졌다. 돌을 쥔 손이 떨리고 국수의 눈언저리에 미미한 경련이 일어났다. 일순간의 일이었으나 박 화백은 국수에게 일어나는 변화를 정확하게 감지했다. 국수의 얼굴은 서서히 상기되고 있었다. 태연한 척 애를 쓰는 기색이었으나 안색은 점차 굳어져갔다. 박 화백은 심상찮은 국수의 모습에서 더 이상 다른 말을 끄집어낼 수가 없었다.

국수는 한 점 미동 없이 반상에 눈길을 고정시키고 있었다.

왜일까? 바둑판 이야기가 나오자 왜 국수의 태도가 표변하는 것일까.

국수의 파격적인 변화 앞에 박 화백의 의문은 더욱 짙어갔다.

그 바둑판에 얽힌 말 못할 사연이라도 있단 말인가.

참으로 기이한 일이었다. 박 화백은 갑자기 자신이 그 바둑판 속으로 아득히 빠져드는 것 같았다. 박 화백에게 바둑은 그림을 제외한 유일한 유희 수단이었고 경외의 대상이었다. 젊은 시절 바둑에 빠져 긴 세월 방황한 적도 있었다. 돌이켜보면 터득한 것 없이 시간만 흘렀고 생각만큼 뛰어난 고수가 되지도 못했다.

그 방황의 시간이 지난 뒤 박 화백은 다시 본업(그림)으로 돌아왔으나 흑, 백의 돌은 늘 마음 한구석에 지워지지 않는 쓸쓸한 기억으로 남아 있다.

국수는 여전히 반상을 쏘아보고 있었다.

한참을 그렇게 굳은 얼굴로 반상을 쏘아보던 국수가 이윽고 돌을 들어

한 수를 놓았다. 그러나 돌은 조금 전과는 달리 매서운 손길로 판 위에 떨어졌고, 수 또한 지금까지의 평이한 수가 아닌 폐부를 찌르는 날카로운 수였다.

바둑이 거의 종반에 접어든 관계로 이렇다 할 승부처가 없다고 박 화백은 생각했으나 국수의 한 수 한 수는 박 화백의 그런 생각을 비웃듯이 예리하게 파고들었다.

묘한 역 끝내기 수순에 변을 틀어막자 10여 집의 차이는 별안간 칠, 팔 호로 줄어들었고, 안형(눈이 되는 급소)이 풍부해 살아 있는 것으로 버려두었던 중앙의 흑말에 절묘한 선치중(先置中: 상대가 독립되는 두 눈을 못 내도록 방해하여 먼저 상대 돌의 삶을 방해하는 수)으로 대마를 위협하며 그 대가를 요구하자 다 이겨놓은 한 판의 바둑은 순식간에 승부를 예측할 수 없는 혼미한 양상을 띠기 시작했다.

박 화백은 뒤늦게 살아난 승부심으로 입술이 바짝바짝 타는 갈증을 느끼며 장엄한 국수의 기(氣)와 힘에 맞서보나 흐름은 이미 국수에게 넘어갔다.

국수는 계속 비틀고 추궁했다. 국수의 수는 한 치의 오차도 없이 냉정하게 반상 전체를 흔들었다. 박 화백은 섬뜩했다. 누가 보더라도 끝난 줄 알았던 바둑이 이렇게 다시 살아 숨쉬다니, 자신도 그리 무지한 바둑은 아니질 않은가. 참으로 귀신에 홀린 듯한 기분이었다. 식은땀이 박 화백의 등줄기를 타고 흘러내렸다.

숱한 고수들의 바둑을 복기하며 그 영역을 더러 훔쳐보긴 했으나, 직접 현실로 접하게 되니 기보를 대할 때와는 실로 현저한 차이가 있었다.

승부는 미궁으로 빠지고 있었다. 국수의 눈은 타오르고 있었고 손끝에서는 투혼과 정염의 불꽃이 일렁이고 있었다. 국수는 이미 노년이 아닌 혈기왕성한 청년이었다.

국수의 저 눈매, 저 손의 떨림, 저 흐느끼듯 가슴을 쥐어짜는 신음소리.

국수의 상대는 박 화백이 아니었다.

국수의 상대는 그가 지금까지 싸워온 저 무수한 승부사들이었다.

반상 위에는 숨 막히는 고요와 처절한 폭풍이 휘몰아치고 있었다.

분노와 좌절이 지나가고 있었다. 환희와 희열이 물결치고 있었다.

온갖 승부의 기운들이 일시에 반상 위로 쏟아져나오고 있었다.

박 화백은 반상을 바라보며 깊은 상념에 젖었다. 한 생애를 바쳐 이룩한 명인의 치열했던 삶을, 그가 걸어온 구도의 종적을 박 화백은 상기했다. 박 화백은 갑자기 맥이 풀리고 전의가 사그라드는 걸 느꼈다. 어렴풋이 승부가 백 쪽으로 가고 있을 때 국수가 돌연 돌을 거두었다. 반상 위는 거의 바둑돌로 가득 채워졌다. 박 화백이 고개를 들어 국수를 바라보았다.

국수는 어느덧 가부좌한 자세로 눈을 지그시 감고 있었다.

박 화백이 정 국수의 집을 떠나 자신의 집으로 돌아온 시각은 거의 새벽녘이었다. 그날 밤 정 국수의 집에서 일어났던 일을 떠올리며 박 화백은 잠을 이루지 못했다. 문제의 바둑판에 얽힌 의문으로부터 쉽게 달아날 수 없었다.

그러나 그런 의혹과 바둑판에 대한 관심은 최근 그에게 닥쳐온 여러 가지 일들에 얽매이다 보니 점차 뇌리에서 희미해져갔다.

그렇게 분주한 시간이 한 달 가까이 흘렀다. 정 국수의 며느리 김 여사로부터 전화가 온 것은 개인전 준비로 늦게까지 작업을 하고 돌아오던 날 자정 무렵이었다.

정 국수가 자신을 꼭 한 번 만나고 싶다는 급한 전갈이었다. 이 늦은 시각에 자신을 만나고자 하는 국수의 부름은 다시 한 번 박 화백의 마음을 혼란스럽게 했다.

박 화백은 전화를 끊고 곧바로 성북동 정 국수의 자택으로 차를 몰았다.

정 국수의 사랑방으로 박 화백이 들어서자 국수는 힘겹게 자리에서 몸을 일으켰다. 국수는 몹시 쇠약해져 있었다. 겨우 한 달여 만이었는데 지난번 초상화를 그릴 때에 비해 국수의 모습은 바로 대하기가 민망할 정도였다.

국수는 보료에 비스듬히 기대어 앉았다.

"그동안 찾아뵙지 못해 죄송합니다."

국수는 손을 내저었다. 방금 잠에서 깨어난 그의 얼굴은 퍼석퍼석 말라 있었고 이마 근처에서는 이따금씩 식은땀이 흘러내렸다.

"화백이 나에겐…… 마지막 인연인 것 같아……."

호흡을 가다듬던 국수가 어렵사리 입을 열었다.

그림이 완성되고 박 화백과 한 판의 바둑을 둔 그다음 날부터 국수는 자리에 몸져누웠다. 국수의 몸은 급격히 쇠약해졌다. 악몽을 꾼 듯 국수는 깊은 잠에서 깨어나면 이부자리가 온통 땀으로 젖어 있곤 했다.

국수는 겨우 정신을 수습하여 지난날 자신이 둔 바둑들을 차근차근 복기하기 시작했다. 돌을 놓다가 심신이 지치면 국수는 보료에 기대어 박 화백이 그려놓고 간 자신의 초상화를 바라봤다. 초상화를 바라보면 왠지 국수의 마음은 편안했다. 국수는 누워서 초상화를 바라보는 시간이 많아졌다.

그리고 국수는 풋내기 젊은 화가에게 사람과 사람 사이의 깊은 신뢰를 느꼈다.

"……자네에게 부탁이 있네."

"말씀하십시오."

"그전에…… 이 일은 자네가 꼭 들어주어야 하네."

단호한 어투에 강렬한 눈빛이다.

"약조를 해주게."

노안에는 비장감마저 흐른다. 박 화백은 갑작스런 국수의 요구에 심적 부담은 있었으나 그의 뜻을 거역하기가 지금 이 상태에선 쉽지 않다고 느꼈다. 그리고 이 늦은 시각에 자신을 부른 국수의 의중이 무엇보다 궁금했다.

"알겠습니다."

"그 바둑판을 가져오게."

국수가 가리킨 바둑판은 지난번 자신을 의혹에 빠뜨린 바로 그 바둑판이었다.

서재 후미진 자리에 바둑판은 그대로 있었다.

박 화백이 조심스레 바둑판을 들었을 때 바둑판은 흡사 살아 있는 생명체처럼 가슴에 착 달라붙었다. 무겁다는 생각보단 묘한 감정이 지나갔다. 박 화백이 구태여 바둑판에 의미를 부여하지 않더라도 그의 마음은 서서히 흔들리고 있었다.

박 화백은 바둑판을 가져다 국수 앞에 놓았다.

"……보를 벗겨봐."

국수의 말투는 어느덧 명령조로 변해 있었고 음성에 조금씩 힘이 실리기 시작했다. 박 화백은 떨리는 손으로 누렇게 변색된 삼베로 만든 보를 벗겼다.

보를 완전히 벗겨내자 신비스러운 나무색에 한 점의 뒤틀림과 잡티도 없는 천지정목(天地柾目)으로 재단된 비자 바둑판이 그 모습을 드러냈다.

바둑판 위에는 손으로 직접 그어 기록한, 오래되어 색이 바랜 기보 한 장이 놓여 있었다. 박 화백의 눈에 비친 바둑판은 자신의 미적 감각을 배제하더라도 한눈에 알 수 있을 만큼 극상품이었다.

몇 년 전 300년 묵은 행자목판을 어렵게 구한 박 화백은 그 기품에 매료되어 지금도 그 바둑판을 가보처럼 귀하게 보관하고 있었다. 그런 박 화백의 눈에도 지금의 바둑판은 근본적으로 품격을 달리했다. 완벽한 선에 진귀한 결, 거기다가 별로 요란하지 않은 은은한 자태와 고고함이 사람의 재주라기에는 더할 나위가 없는 명품이었다.

2년 전인가, 학술연구차 중국에 갔다가 산동성(山東省)에 있는 제남(濟南) 지하 박물관에서 당·송시대 어느 망명 고려인이 만들었다는 신품(神品) 청수자기(淸水瓷器)를 보고 크나큰 감동을 받은 기억이 문득 되살아났다.

무릇 모든 명품(名品), 명기(名器)에는 만든 사람의 혼이 깃들기 마련인데 눈앞에 있는 반(盤)이야말로 살아 숨쉬는 혼이 깃들어 있는 듯 보였다.

바둑판은 침묵하고 있었다.

평범하면서도 비범하게 밝음과 어둠을 넘나들며 삶과 죽음으로 이어지는 이 긴 영겁의 세월을 바둑판은 깊게 침묵하고 있었다.

"펴보게."

판 위에 놓인 기보를 바라보던 국수가 이윽고 말했다. 박 화백은 조심스러운 동작으로 누렇게 변한 기보를 펼쳤다. 색 바랜 기보는 붉은색과 검은색으로 직접 선을 그어 기재한 낡고 오래된 것이었고, 기보 우측에는 몇 자의 글씨가 적혀 있었다.

黑: 鄭明雲 白:秋東三 日時: 1968年 11月 5日~7日
場所: 雪宿道場 立會:崔海秀 덤: 4戶半 196手完 白不計勝

박 화백은 놀라움을 금할 수 없었다. 1968년이라면 정명운 국수의 바둑이 한창 완숙기에 있을 때였고 당시 무적으로 군림하던 시절이었다.

추동삼.

생소한 이름의 그가 천하무적의 정 국수를 이기다니…….

"놓아보게."

국수가 자신의 머리맡에 미리 준비해둔 바둑돌을 박 화백 쪽으로 밀었다.

"……."

"놓아봐."

국수가 복기를 재촉한다. 박 화백은 가슴속에서 안개처럼 피어오르는 의문을 일단 접어둔 채 국수의 말에 따라 복기를 시작했다. 흑돌을 하나 집어 우상귀 소목에 첫 수를 놓는 순간 돌은 바둑판 속으로 깊숙이 묻혀버린다.

당대 명인 고수들이 둔 바둑을 여러 번 복기해본 박 화백이었다. 그러나 지금의 복기는 무어라 형언할 수 없을 정도로 그의 마음을 설레게 했다. 한 수 한 수 착점을 하며 박 화백은 국수의 눈치를 살폈다. 국수는 보료에 등을 기대고 눈을 감은 듯 만 듯 무심히 반상을 내려다보고 있었다.

제20수, 백의 열 번째 착수가 반상에 떨어졌다. 박 화백으로서는 처음 보는 수였다. 우상귀에서 변으로 나아간 대(大) 밭전(田)자로 벌린 수였는데 초반 포석(布石: 바둑을 둘 때 처음 돌을 벌여놓는 것)에서 그러한 형태를 보기는 처음이었다.

박 화백은 그 수에 대해 의문이 갔다.

"이상한 수가 아닙니까?"

"수의 발원(發源)은 취향이다. 취향일 뿐이다."

국수의 어조는 단호했다.

바둑은 점점 세력과 실리의 양상으로 가고 있었다. 흑을 쥔 정 국수의 실리와 백을 쥔 추동삼의 세력 지향 형세였다. 아직 초반 포석중인데도 불구하고 박 화백은 내심 우러나오는 감탄을 삼켜야만 했다.

백의 24수. 좌변의 화점 아래 삼선의 갈라침이 아닌 화점(花點: 바둑판에서 기본이 되는 아홉 개의 점)으로 갈라침은, 당시의 바둑은 중앙이 공배(空

排: 집이 안 되는 빈 공간)라는 개념이 지배적이었기 때문에, 흑도 아닌 백을 쥐고 그런 식의 포석을 하는 것은 파격적인 발상으로 느껴졌다.

초반 포석 부분을 바라보면서 국수는 별로 말이 없었다. 그러나 47수째 흑이 귀를 지킨 수를 보더니 불현듯 국수의 입에서 자신을 질책하는 탄식이 터져나왔다.

"틀렸어! 그건 수가 아니야. 기리를 역행했어!"

국수의 얼굴에 비감이 흐르기 시작한다. 그리고 자신이 둔 수를 가차 없이 비판한다.

"그 또한 틀렸어! 기백이 넘쳐 강(强)이 유(柔)를 차단했다!"

반상에 흑백의 돌들이 자리를 잡아갈수록 박 화백은 자신도 모르게 점점 그 바둑 내용에 몰입되어갔다.

한때는 입단 대회에 출전할 정도로 상당한 기력이었던 그였지만 기보에 표기된 한 수 한 수가 그에게는 의문투성이였다. 요즈음 전문기사의 기보를 복기해보면 많은 부분 이해가 갔지만 두 사람의 대국은 전반적으로 난해한 부분이 많았다.

중반전에 접어들자 국수의 호흡이 점점 거칠어지기 시작했다. 급박해진 상변의 전투가 그의 가슴에 전이되어 표정에 긴박감이 감돌았다. 상변에서 흑이 급소를 찌르며 백을 강하게 추궁하고 나섰는데 박 화백이 보기엔 중앙의 세력까지 엿보는 흑의 결정적 한 수 같았다.

"이 수는 가히 천하 명점이 아닙니까!"

계속 스스로의 수를 자탄하는 국수가 일면 민망했고 그 착점이 탁월한 호착으로 보여 박 화백이 물었다.

"명점이라……."

"그렇습니다."

"……명검(名劍)이긴 하나 도리(道理)가 박약하여 생(生)을 구하지 못했다.”

국수의 얼굴이 더욱 어두워진다. 과연 백은 흑의 수를 예견하고 있었다는 듯이 흑의 착점 바로 옆에 끼워 붙였다. 급소 중에서도 상맥(上脈)이었다. 결과적으로 흑의 급소가 있었기에 가능한 급소를 유도한 수였다.

국수의 얼굴에 통한의 빛이 스쳐지나갔다.

흑은 백이 끼워 붙인 자리에 고육지책으로 되끼워 붙였으나 추동삼은 치열한 전투를 외면하고 중앙으로 손을 돌려 가장 평범하게 한 칸 뛰어 버린다. 국수는 그 수를 손가락으로 가리키며 보기 안쓰러울 정도로 자책한다.

“저 자리로 내가 갔어야 했는데 실수였어. 일견 우둔한 것같이 보여도 그곳이 화룡점정(畵龍點睛)의 수…… 점안이거늘…….”

필연적 수순에 의해 요처를 빼앗긴 정 국수가 추동삼이 손을 뺀 상변을 강하게 문책한다. 그러나 추동삼은 이미 끼워둔 맥을 근거로 눈목자 행마(行馬: 돌의 움직임)를 하며 가볍게 벗어난다. 그 한 수로 상변 백은 흑의 공격권에서 멀어졌는데, 보다 절묘한 것은 그 수와 중앙으로 한 칸 뛴 평범한 수와의 어슴푸레한 조화였다.

기력이 못 미치는 박 화백의 눈에도 그 수는 섬광처럼 다가와 공수를 겸비하고 판 전체를 휘어잡는 미지의 한 수였다.

“음…….”

정 국수의 처절하고도 깊은 절망이 그의 고막을 울렸다.

“그자를 당해내기는 힘들어…… 바둑에 영신(靈神)이 있다면 모를까…….”

국수의 얼굴에는 이제 체념의 빛이 역력했다. 그러나 흑 또한 만만치 않았다. 튼튼한 실리를 기반으로 백의 세력을 삭감하는 묘수가 연이어 터졌다. 자신의 묘수를 보는 국수의 입가에 처음으로 희미한 웃음이 보였으나 그는 끝내 자신의 수에 대해서는 가타부타 논평이 없었다.

종반전까지 혹은 처절하게 반상 위에서 몸부림쳤지만 결국 백과의 차이를 좁히지 못했다. 기보에 표기된 마지막 수를 착수하고 박 화백은 한참 동안 멍하니 반상 위를 바라보았다.

바둑은 그렇게 끝이 났다. 격렬했던 전장의 흔적은 가고 없고, 남은 것은 오직 낡은 기보 한 장이었다.

국수는 마지막 기까지 다 소진된 듯 보료 위로 털썩 누워버린다. 벽에 걸린 자신이 그린 국수의 초상화를 박 화백은 바라보았다. 그것은 이내 그가 살아온 무상한 세월과 겹쳐진다.

그리고 장막 너머에서 그의 죽음과도 같은 음성이 들려왔다.

"추동삼이란 작자를 아시는가."

"……."

"……그는 천하제일의 기객(棋客)일세."

"……."

"그를 찾아 이 물건(바둑판)을 돌려주게."

그뿐이었다. 그것으로 국수의 굳게 닫힌 입술은 열리지 않았다. 추동삼이 누구였으며, 지금 어디에 살고 있는지 등에 대해서는 한마디도 내비치지 않은 채 국수는 눈을 감아버렸다.

바둑판 위에 바둑돌은 그대로 있었다. 백년이 지나고 천년이 지나도 그것은 늘 그대로련만 정작 사라지는 것은 그 바둑을 둔 사람들이었다. 그리고 세월만 흘렀다.

자신이 살아온 40평생도 지나고 나면 물처럼 흘러가버린 그런 세월일는지 모른다고 박 화백은 생각해본다.

국수는 잠이 들었는지 기척이 없고, 창밖 어두운 뜰에는 이따금씩 낙엽이 바람에 흩어지고 있었다.

2   숨겨진 기보 한 장

막상 정 국수의 부탁을 받아들이긴 했지만 박 화백은 막막했다. 어디서 어떻게 무슨 수로 추동삼이란 사람을 찾을 수 있을지 그 방법이 도통 떠오르지 않았다. 그를 찾을 수 있는 실마리라고 해봐야 이름 석 자와 추측되는 나이, 그리고 색이 바랜 기보 한 장뿐이었다.

그러나 정작 박 화백을 혼돈 속에 빠뜨리는 것은 그의 기력이었다. 무엇보다 기보상에 드러난 그의 바둑은 이해 불능의 수가 너무 많았다. 요즈음 전문기사들의 기보를 들여다봐도 가끔씩 해석하기 곤란한 수를 발견하곤 하지만, 그것은 곰곰이 들여다보거나 참고도만 있어도 어느 정도 납득이 되는 근원적으로 이해가 가능한 수들이었다. 그러나 추동삼과 정명운의 바둑은, 아니 엄밀히 말해 추동삼의 바둑은 곳곳이 암초투성이였기 때문에 정확한 해도가 필요했다. 최소한 이 기보에 표기된 그의 바둑을 먼저 이해하는 것이 박 화백에게 던져진 첫 번째 과제였다.

또한 그와 같은 기력을 지닌 사람이 어찌하여 전문기사의 길을 걷지 않았으며 떠도는 야사나 기담에서조차 언급이 없었는가 하는 의문이 자연스럽게 일어났다. 그리고 왜 정명운 국수가 추동삼의 바둑판을 지니고 있었으며, 복기할 때 짐작할 수 있었던 바와 같이 정명운 국수가 왜 그를 필생의 적수로 생각했을까 하는 의문도 일어났다.

박 화백은 이런 여러 가지 생각을 한꺼번에 떠올리자 모든 것이 혼란스러워졌다. 잠시 상황을 정리하던 그는 이 문제를 차근차근 하나씩 풀어나가야 한다고 생각했다. 맨 처음 순서는 기보에 대한 완전한 이해였다.

단순한 예감이었지만, 추동삼 그를 찾는 일은 불가해한 수수께끼의 정답을 찾는 것처럼 쉬운 일이 아닐 것으로 생각되었고, 그 해답을 찾는 일에서 기보는 망망대해에서의 나침반 같은 귀한 존재로 여겨졌다.

그의 기보를 이해하는 것은 지금의 박 화백 기력으로는 불가능했고, 따라서 높은 기력을 지닌 전문기사의 힘이 필요했다. 박 화백은 자신이 아는 많은 전문기사들을 생각해보았다. 그러나 당장 떠오르는 인물은 별로 없었다.

박 화백은 평소 전문기사들에게 회의적이었다. 그가 접한 대부분의 기사들은 명리보다는 실리에 가까웠고, 겸손과 미덕이라곤 거의 찾아보기 힘들었다.

예전에 대학 시절 기우(碁友)인 고상남과 20대 후반의 전문기사 남성곤 5단이 박 화백과 술자리를 같이한 적이 있었다. 이제는 입단의 꿈을 포기하고 안양에서 기원을 경영하는 고상남은 한일기원 안양지원을 자신의 기원에 열고 싶어 했다. 한일기원 지원은 지도사범으로 그 지역 전문기사 한 명이 위촉되어야만 가능했고, 그런 관계로 로비 차원에서 고상남이 마련한 술자리에 우연히 박 화백이 동석한 것이었다. 남성곤 5단과는 박 화백도 안면이 있는 터였다.

당시 남 5단은 각종 기전에서 두각을 나타내고 있었는데, 평소에도 좀 교만하다고 느꼈지만 그날은 더욱 심했다. 어떤 면에서 보면 40대의 선생과 같은 사람들 앞에서 안하무인으로 건들거리기 일쑤고, 고 사범이 아쉬워 몇 마디 물으면 반말 비슷하게 대꾸했는데 그 대꾸란 것이 불성실하기 그지없었다.

더구나 남 5단은 입단 전 어릴 적에 고 사범으로부터 바둑을 배운 적도 있었다. 엄밀히 따지면 남 5단은 고 사범의 제자격이었다.

옆에서 지켜보고 있던 박 화백이 보다 못해 한마디 타일렀다.

"남 사범, 자네들 전문기사 세계는 그런 식으로 하는지 모르겠지만, 나이 든 선배가 이야기하면 최소한 듣는 척이라도 해야 하는 게 도리 아닌가. 더구나 여기 고 사범은 자네에겐 선생님이잖아."

박 화백의 지적에도 남 5단은 시큰둥했다. 박 화백은 슬며시 화가 났다.

"남 사범! 바둑도 좋지만 우선 사람의 도리를 배워. 바둑만 두다 보니 그렇게 됐는지 몰라도, 어쨌거나 사람은 지켜야 할 근본 예의가 있는 법이야."

남의 안면이 일그러졌으나 박 화백은 가차 없이 나머지 말을 뱉어냈다.

"남성곤! 바둑은 잔머리로 두는 게 아냐! 내 말 잘 기억해."

남성곤이 나간 후 박 화백은 고상남에게 사과했다. 고 사범의 사업을 그르치게 했다는 생각이 들었기 때문이었다. 그러나 고 사범의 대답은 엉뚱했다.

"잘했어, 박 화백. 내 속이 다 시원하더라니까. 박 화백이 안 그랬으면 나라도 그놈의 면상을 쥐어박았을 거야. 하여간 그놈들 대체로 골치 아파."

박 화백과 고 사범은 그길로 자리를 옮겨 술을 한잔 더 했다. 꽤 늦은 시각이었는데도 옮긴 술집엔 손님들이 붐볐다.

마침 텔레비전에서는 그 방송국 속기바둑 타이틀전 본선 대국이 방영되고 있었다. 이명선 2단과 김주연 6단의 대국이었는데 이명선 2단이 꿇어앉아 김주연 6단과 대국을 하고 있었다. 대국장 모습이 비치자 거나하게 취기가 오른 고 사범이 한마디했다.

"저 친구 불편하게 왜 꿇어앉아 바둑을 두나."

옆자리에 앉아 있던 사람이 끼어들었다.

"그게 바둑 예의가 아니오?"

"예의는 무슨 예의. 꿇어앉아 두는 것은 일본애들이 하는 짓이지 우리와는 상관없소. 다도만 해도 그래. 초의선사께서 말씀하신 다도에 어디 꿇어앉아 마시는 게 나와. 그런데도 일본을 추종하는 자들은 이것이 바른 다도다 하며 꿇어앉아서 차를 마신단 말이야. 바둑도 마찬가지야. 서로 상대를 존중하는 마음만 있으면 그거 하나로 족한 거야. 안 그런가, 박 화백?"

박 화백이 고 사범의 말에 수긍했다.

"그리고 뭣보다 한일기원 프로기사라는 자들, 그치들 보면 비위가 상해. 돈 많은 사장들 만나면 어떻게 뭐가 없나 비벼대고 그 주변을 어슬렁거리지. 그런데 더 가관인 것은 이 친구들 다른 데 가면 목에 깁스를 했는지 사람이 인사를 해도 고개도 까딱 안 해. 아는 척도 안 해요. 주변에서 바둑 좀 고수라고 오냐오냐 해주니까 이건 반전무인(盤前無人) 정도가 아니고 안하무인이야. 물론, 다 그런 건 아니지만 대부분이 그래. 전문기사라는 게 뭔가. 기도를 추구하는 예술가들이 아닌가? 어떻게 보면 구도의 길을 가는 장인들이지. 참 안타까워. 바둑을 배우기 전에 다른 것도 좀 배워야 하는 건데……."

그러나 지금 박 화백이 찾아가고 있는 김백훈 7단은 그 호탕한 성격과 자유스러운 기질로 형편이 어려운 소년들을 무료 지도해주며 돈에 구애받지 않고 바둑 연구실을 열어 후진 양성과 바둑 보급에 헌신하는 등 여러 가지 면에서 그가 좋아하는 몇 안 되는 기사들 중 하나였다.

김백훈도 한때는 촉망받는 기사였다. 일본 유학파가 득세하던 당시의 기단에서 순 국산으로 이름을 떨쳤다. 비록 3 대 0으로 타이틀 획득에는 실패했지만 국내 기전에서 도전자가 되어보기도 했던 높은 기력의 소유자였다.

박 화백이 김 7단을 찾아가는 데는 두 가지 이유가 있었다. 우선 정 국수와 추동삼의 기보에 대한 해설을 부탁하기 위해서였고, 최근 김 7단이 그동안 꾸준히 수집해온 자료를 모아 『한국바둑야사』라는 책을 집필하고 있었기에 혹시 그 내용 중 추동삼에 관련되는 이야기가 있을까 해서였다.

그의 연구실로 찾아갔을 때 그는 책 출판에 관련되는 자료를 정리하는 중이었다.

박 화백은 자리에 앉자마자 김 7단에게 물었다.

"혹시 추동삼이란 사람을 아십니까? 대략 지금 나이가 60대 후반 정도 될 텐데……."

"추동삼…… 뭐하는 사람인데요?"

대답 대신 박 화백은 기보를 꺼내 김 7단에게 내밀었다. 그리고 자신이 찾아온 목적을 이야기했다. 그러나 기보에 적힌 몇 자의 글을 발견한 그는 이미 박 화백의 이야기를 귓전으로 흘리고 있었다.

잠시 후 기보를 살펴보던 그가 혼잣말처럼 중얼거렸다.

"이 시기를 전후해서 정 국수님이 하향 곡선을 타기 시작했지. 당시 40대 초반으로 바둑이 한참 원숙한 경지에 올라 있어, 뚜렷한 후발 세력이 없는 가운데 보인 정 국수님의 이유 없는 하향세에 대해서 지금도 가끔씩 말들이 있어요. 그때 정 국수님이 5년만 더 그 자리를 지켜주셨어도 한국 바둑은 지금보다는 10년 일찍 꽃을 피웠을 거라고……. 절대 강자가 있음으로써 도전하는 세력들이 더욱 열심히 노력하는 법이니까. 어쩌면…… 이 패배로 인해 정 국수님이……."

"바둑 한 판 진다고 그 사람의 바둑이 내리막길을 걸을 수도 있습니까?"

"그건 박 화백이 프로기사의 생리를 잘 알지 못해서 하는 소리요. 바둑은 어떤 면에서 기(氣)의 싸움이라고 할 수도 있거든요. 타이틀전에서 먼저 1승을 올리는 것이 절대로 중요한 이유도 기선 제압이라는 점 때문에 그래요. 5번기나 7번기 승부에서 먼저 2승 또는 3승을 올린 사람이 뒤에 2연패 혹은 3연패를 당하면 마지막 승부에서 거의 지게 되는 이유도 이미 상대의 기백에 눌리기 때문이오. 하물며 필생의 적수에게 최선을 다해 바둑을 두었는데도 불구하고 그 바둑을 지게 되면 그때 받는 충격은 상상을 초월하는 법이오.”

김 7단은 바둑판을 가져와 박 화백 앞에 놓았다.

“그나저나 우선 복기부터 해봅시다.”

초반 20수까지 복기를 하면서 김 7단의 감탄이 두 번이나 터져나왔다.

“이 우상귀에서 변으로 벌린 대(大) 밭전(田)자와 중앙으로 착점되는 대부분의 수들은 명(明)나라 국수 왕명수(王鳴首)의 대륙설과 같은 발상인데, 아시다시피 당시의 바둑은 중앙을 공배로 생각했기 때문에 백을 쥐고 이런 식으로 둔다는 것은 흔하지 않은 일이오. 당시에는 백을 쥐면 대체로 실리를 파고들었으니까⋯⋯.”

포석 부분을 해설하는 김 7단의 설명은 막힘이 없었다. 기풍의 차이니까 굳이 못 둘 것도 없다는 식의 해설은 그가 보여주는 몇 개의 참고도로 그런대로 납득이 되었다.

그러나 박 화백은 내심 조금씩 의문이 일기 시작했다. 정 국수가 평생 기보를 간직할 정도로 명국이었다면 추동삼이 어떤 확신 없이 그런 수를 두었을까 하는 의문이 생겼다.

중반전에 들어서면서부터 김 7단의 해설은 방향타를 놓친 조타수처럼 반상을 헤매기 시작했다. 박 화백이 집에서 혼자 복기하며 느꼈던 의문수에 대해서 질문하자 몇 번은 참고도를 보여주며 이런 변화가 싫어서 혹은 이렇게 두었고 백은 이런 식으로 두지 않았을까, 또는 이런 결과가 되는 것이 싫었기 때문에 두었을 것 같다는 식의 유보 해설을 하기 시작했다.

드디어 박 화백이 최대의 의문수로 지적한 상변 싸움에서 흑이 붙여왔을 때 백이 끼우는 수와 그 상태에서 백이 유보하고 중앙으로 한 칸 뛰는 수, 그리고 백의 눈목자 수에 도달하자 김 7단은 갈팡질팡 헤맸다.

반상을 뚫어져라 응시하다가 황급히 하나의 참고도를 만들고 감탄을 터뜨리며 "아, 이렇기 때문에 백을 끼웠구나! 정말 묘수네!" 그러다가도 다음 흑의 변화를 그려보다가 "이건 아닌데, 그렇다면 백의 수에 흑의 이런 응수는 답이 아니다. 그렇다면 백의 수는 다른 의미가 있다는 것인데……." 하며 앞의 백의 착수에 대한 답을 전면 부정했다.

마침내 김 7단은 손을 들고 말았다.

"솔직히 나로서는 이 기보에 대해 지금 당장 정확한 해설을 해줄 수가 없소. 좀 더 연구를 해봐야겠군요. 이 기보, 나에게 두고 갈 수 없소? 내 수일 내로 명쾌한 답을 보여드리리다."

김백훈이 솔직하게 항서를 썼다.

"이 원본은 제가 함부로 내돌릴 성격의 것이 아닙니다. 대신 제가 미리 준비한 복사본을 한 장 드리지요."

박 화백은 미리 준비해둔 복사본 한 장을 내밀면서 한마디 덧붙였다.

"한 가지 부탁 말씀을 드리자면, 비록 복사본에 불과한 것일지라도 함부로 유출하지는 말아주셨으면 합니다. 행여 정 국수님 명예에 흠집이 남을 수도 있는 일이니."

"알겠소. 그나저나 의문이 많군요. 어찌하여 이런 정도의 기력을 가진 사람이 전문기사 생활을 안 했는지. 설사 전문기사 생활을 못했더라도 지금 내가 수집하는 자료에조차 언급되지 못할 정도로 이름이 없는지. 그리고 어찌해서 정 국수님은 이 사람을 평생의 호적수로 생각하면서 지금에서야 뒤늦게 공개를 하시는지…… 이 모든 의문의 해답은 정 국수님이 쥐고 계신데……. 하여간 조만간 정 국수님을 만나서 이 문제에 대해 물어 봐야겠소."

박 화백은 자신이 김백훈에게 해설을 부탁한 것이 자칫하면 문제가 커져 정 국수에게 누가 되는 행동이 아닌가 걱정되어 그를 말릴까 하다가 그만두었다. 어떤 면에서 김백훈을 만난 것은 긁어 부스럼을 만드는 행위가 될 수도 있었지만, 바둑판과 기보를 자신에게 맡긴 이상 정 국수는 그 처리와 방법까지 자신에게 전담시킨 것이나 마찬가지였다. 따라서 설사 추동삼을 찾는 과정에서 어떤 불협화음이 일어난다 해도 그것에 대한 책임을 추궁할 정 국수는 아닐 것이다.

박 화백은 뚜렷한 성과 없이 김백훈 7단의 바둑 연구실을 나왔다.

속절없이 며칠이 흘렀다.

전날 과음한 탓에 아침 늦게까지 자고 있던 박 화백은 김백훈으로부터 한 통의 전화를 받았다. 그의 목소리는 어딘가 들떠 있었다.

"박 화백, 나 좀 만납시다."

그의 들뜬 목소리와 다짜고짜 만나자는 말에서 박 화백은 자연스럽게 정 국수를 연상했다.

"왜요, 무슨 일이 있습니까?"

"전화상으로는 내용이 길고 아무튼 만나서 얘기합시다. 내 박 화백 화실에 들르지요."

"알겠습니다."

찬물로 세수를 하고 나니 정신이 좀 맑아졌다.

박 화백이 서둘러 화실에 도착하니 문 밖에 김 7단이 먼저 와서 기다리고 있었다.

화실 문을 따고 들어가자 화실 전체에 배어 있던 묵향이 코끝에 와 닿왔다.

"항상 그렇지만 묵향이 좋군요."

화실 한켠에 마련된 의자에 김 7단을 안내하고 박 화백은 녹차를 준비했다. 손바닥으로 주발 속 물의 온도를 가늠한 후 적당히 우려내어 찻잔에 나누어 부었다.

박 화백이 내온 녹차를 들며 김 7단은 박 화백 앞으로 쪽지 한 장을 내밀었다. 쪽지를 펴자 예상대로 추동삼에 관한 내용이 적혀 있었다.

추동삼
본적: 경북 봉화군(奉化郡) 봉성면(鳳城面) 외삼리 723번지
주소: 서울시 성북구 삼양동 279-35

"추동삼은 의심할 여지 없는 실존 인물이었소."

그동안 김 7단은 나름대로 추동삼이란 인물에 대해 추적해온 것이 틀림없었다.

"어떻게 알아냈습니까?"

어쨌거나 추동삼에 관한 김 7단의 정보는 박 화백에게는 반가운 소식이었다.

"너무 지나친 기대를 가지지는 마시오. 거기 있는 기록이라고 해봤자 1959년의 기록일 뿐이니까. 한일기원에 있는 해묵은 자료철에서 찾아낸 거요."

"한일기원? 추동삼씨가 한일기원 자료에 언급되어 있단 말입니까?"

"내가 조사한 바에 따르면 추동삼은 1959년 입단 대회에서 전승의 성적으로 입단하여 한일기원 기사가 되었소. 그리고 몇 개월 기사 생활을 하다가 협회로부터 제명을 당했소."

"제명? 그건 또 뭡니까?"

"그 당시엔 기사들이 바둑으로 살기가 힘들었기 때문에 입단을 하고도 그만두고 떠돌아다니는 경우가 종종 있었소. 그러다 보면 자연히 기전에 불참하게 되고, 기전에 참가하지 않은 상태에서 일정 기간이 지나면 전문 기사직은 자동으로 박탈됩니다. 추동삼씨도 아마 그렇게 된 모양이오."

"그렇게 제명당한 사람 모두 단 한 번의 공식 기전에도 참가하지 않고 그런 경우를 당했답니까?"

"대부분 기전에는 참가했지만, 생활이 안 되어 떠났다고 봐야겠지요."

"그럼 추동삼씨가 바둑을 둔 기록은 없습니까?"

"입단 후 다른 전문기사들과 대국을 가졌는데, 그게 놀랍게도 11연승이었소."

"11연승!"

"파죽의 11연승까지 가자 기존 기사들이 그를 두려워했던 모양이오."

"당시 정 국수님의 입지는 어떠했습니까?"

"당시에 정 국수님은 입단한 지 4년 만에 3단으로 승단하고 차세대 선두주자로 이미 그 명성을 떨치기 시작했소."

"추동삼씨가 둔 기보는 남아 있습니까?"

"남아 있는 기보는 없었소. 기원 관계자들도 너무 오래된 일이라 기억을 못하더군요. 그 당시 명부에는 추동삼씨 거주지와 그 해 11연승을 했다는 기록이 간단하게 표기되어 있었소."

박 화백은 애초부터 추동삼을 찾는 일이 쉽지는 않을 것이라 짐작하고 있었다. 김백훈을 통한 추동삼의 간단한 약력도 그를 찾는 데는 결정적 단서가 될 수 없었다.

헤어지기 전에 김 7단이 한마디 덧붙였다.

"기보는 시간이 충분치 못해 확실한 정리를 해줄 입장이 못 되오. 그리고 이건 내 예감이오만 지금 최정상의 기사 한두 명 외에는 그 기보를 시원스럽게 해설할 사람이 없을 거라는 생각이 듭니다. 어쩌면 그들에게도 어려운 일일지 모르고……."

김 7단의 말은 기보에 대해 백기를 드는 것으로 들렸다. 그의 항복 선언으로 인해 박 화백은 추동삼이라는 사람에 대한 신비감이 한층 더 고조되었다.

다음 날 박 화백은 김백훈으로부터 입수한 주소대로 추동삼의 현 거주지인 삼양동을 찾아갔지만 그곳은 이미 재개발로 헐리고 없었다. 그 주소가 있던 자리에는 자그마한 4층 건물이 들어서 있었다. 삼양동 동사무소로 찾아가 동사무소 직원에게 사정을 이야기하고 도움을 청했지만 그곳에도 30여 년 전 기록은 남아 있지 않았다. 동이 분할되어 서류가 여기저기 나누어지는 과정에서 분실되거나 폐기되었을 것이라는 막연한 추측뿐이었다.

박 화백은 이틀간 주민등록이 생긴 시점을 전후하여 지금까지의 퇴거인 명부를 훑어보았으나 끈질긴 그의 인내에도 불구하고 어디에도 추동삼의 이름은 없었다.

추동삼은 주소지에서 흔적도 없이 사라진 것이었다.

다음 날, 실마리가 끊어진 박 화백은 차를 몰고 경북 봉화군에 있는 추동삼의 본적지를 찾아갔다.

일곱 시간 가까이 걸려 봉화군 봉성면에 도착한 박 화백은 우선 면사무소에 들러 추동삼의 이름과 본적을 대고 호적등본을 한 통 떼었다. 호적등본상의 인적 사항은 다음과 같았다.

추동삼(秋東三)
1928년 11월 13일 서울특별시 종로구 인사동 147-26번지에서 부 추

평사(秋平斜), 모 김정임(金貞任) 사이에서 출생.

    추동삼의 호적상 내용은 간단했다(날짜와 주소는 아마 호적을 재정리하는 기간에 수정된 내용 같았다. 추동삼 출생 당시에는 대정(大正) 몇 년이니 소화(昭和) 몇 년이니 하는 식의 표현을 썼을 것이며 서울이 아닌 경성이라는 명칭을 썼을 것이다). 박 화백은 아직 사망 처리되지 않은 추동삼의 호적등본을 손에 쥐고 안도의 숨을 내쉬었다. 최소한 기록상으로 추동삼은 분명히 살아 있었다.

    박 화백은 외삼리를 찾아가보았다. 아직도 이런 곳이 남아 있을까 싶은 사, 오십 가구밖에 살지 않는 작은 동네였다. 그나마 살던 사람은 거의 도시로 떠나고 노인들 몇 분과 환갑이 다 되어가는 부부 몇 사람이 농사를 지으며 고향을 지키고 있었다.

    동리 이장을 찾아가서 추동삼이란 사람을 아느냐고 물어보았지만 이장의 대답은 그런 사람은 모른다는 것이었다. 박 화백이 호적등본을 내보이며 그 주소를 보여주자 이장은 자기 기억으로는 그 집에 김씨 성을 가진 사람이 살았는데 10여 년 전 도시로 솔가하고 지금 그 집은 아무도 살지 않는 빈집이라고 했다.

    박 화백이 난감해하자 이장은 실제로 그런 사람이 살았다면 마을의 최연장자인 장 노인은 기억할지 모른다며 직접 박 화백을 데리고 장 노인을 찾아갔다.

    팔순이 넘었다는 노인은 얼굴 전체에 검버섯과 주름살이 가득한 전형적인 상노인이었다. 눈은 주름 속에 파묻혀 탁한 회색빛을 띠고 있었고 가는귀가 먹었는지 고함을 치다시피 목청을 높여야 겨우 말귀를 알아들었다. 막걸리를 좋아해서 아직도 하루에 두어 통을 거뜬히 비운다는 장 노인은 박 화백이 가져온 안주는 거들떠보지도 않고 신김치 쪼가리를 안주로 막걸리 두 대접을 물 마시듯 비워댔다.

"어르신, 요 아래 언덕빼기 참에 감나무 집 안 있십니꺼. 그 집에 살았다 카는데 추동삼이라고 혹시 기억에 있십니꺼?"

이장이 고함치듯 물어보았다.

"누구?"

노인이 귀를 이장 얼굴에 바싹 갖다대며 되물었다.

"추 동 삼."

"……잘 모리겠는데…… 몇 살이나 묵었는데?"

"60이 훨씬 넘었다 캅디더."

"60이 넘었다꼬……글시 …… 그 집에 옛날에 추씨 성을 가진 사람이 살기는 했제. 그 집 자식이 내보다 몇 살 연상이께…… 살았시만 90이 넘었을꺼로."

"그 사람이 누군데요?"

박 화백이 짚이는 데가 있어 다그쳐 물었다.

"추평사라고…… 대단한 사람이었제."

장 노인은 먼 기억을 더듬는지 눈언저리가 가물가물거렸다. 추평사라면 호적상으로 추동삼의 아버지 되는 사람이었다.

"뭐 하던 사람이었습니까?"

"바둑쟁이였제. 왜정시대…… 하루 밥 세 끼도 묵기 심든 시절에 바둑 배운다꼬 고향을 떠난 사람이었제. 들리는 소문에 따르마 바둑 하나는 귀신이 곡할 만큼 잘 두었다 카더라."

노인은 다시 막걸리를 반 대접 들이켠 다음 입가를 훔쳤다.

"왜정 때…… 우리거치 땅 파묵고 사는 사람이 바둑이 뭔지 알기나 하것나만서도…… 일본에서 바둑 잘 두는 놈들이 조선땅에 와가꼬 다른 사람은 다 이겼는데 추평사 그 사람한테만은 일패도지, 한 번도 이기지 못하고 개꼬리 말듯이 해가 다시 저거 나라로 도망갔다는 소문이 있었제……."

"그래서 어떻게 되었습니까?"

"그리고 그 사람도 나중에 일본으로 건너갔다 카더만. 일본 가가 내기 바둑 두가지고 천석지기 장만했다 카는 소문도 있었고, 바둑을 너무 잘 두갖고 왜놈한테 맞아가 빙신이 됐다 카는 말도 있었고…… 뜬금없시 들리는 소문잉께 믿을 수는 없지만서도…… 바둑 하나만은 동서고금 어디 내놔도 손색이 없었다 카는 거는 사실인갑더라."

박 화백은 추동삼이란 사람을 추적하다가 뜻밖에 드러나지 않은 바둑 가문을 발견하고 가슴이 두근거렸다. 어눌한 말투와 조리 없는 노인의 이야기였지만 근대에 와서 그러한 가문이 존재했다는 사실 자체가 경이였다.

"바둑 잘 두마 머하노…… 지 아비 임종도 지키지 못한 불효자가……."

"예? 무신 말씀입니꺼."

이장이 노인 말에 놀라서 되묻자 노인은 이장 말을 못 들은 척 대꾸가 없었다.

"그분은 뒤에 어떻게 됐답니까?"

박 화백이 장 노인 귀에 대고 고함을 질렀다.

"모리제. 어데서 객사했다 카는 이야기도 들리고, 펫빙으로 죽었다 카는 이야기도 들리고, 어떤 사람은 해방 후 서울에서 고래등 거튼 집에서 사는 걸 봤다 카기도 했고…… 고향이라꼬 한 번 찾아오는 뱁이 없었잉께 어느 기 맞는가 알 수가 있어야제……."

노인은 술 몇 잔에 취해 횡설수설했다.

노인은 목침을 베고 자리에 누웠다. 박 화백과 이장이 그 자리를 물러나오는데 노인이 몸을 뒤척이며 중얼거렸다.

"허기사 종살이했던 고향이 머 좋다꼬 들르겠노……. 누가 반기주는 사람이 있나…… 내라도 안 돌아오겠다.”

그러고 나서 노인은 불과 1, 2초도 안 되는 사이에 코를 골고 있었다.

본적지에서 추동삼의 실마리는 완전히 끊어진 채 추동삼의 아버지 추평사에 대한 기억의 편린만 몇 점 주워 모아서 박 화백은 그 두 사람이 실존했던 사람이라는 것을 증명하는 호적등본 한 장만 들고 서울로 돌아왔다.

서울에 당도하니 정 국수의 부고가 그를 기다리고 있었다.

3 　　　마지막 명인(名人)

　정명운, 그가 한국 바둑사에 남긴 발자취에 비해 상가는 턱없이 쓸쓸했다. 화환이 각지에서 답지했고 기원 관계자들과 기사들이 문상을 오기는 했으나 형식적인 방문에 그치고 부의금 봉투를 전달한 후 사람들은 서둘러 상가를 빠져나갔다.

　박 화백은 세상의 단면을 보는 것 같아 쓸쓸했다. 밤을 새워 상가를 지키는 사람은 고인의 친척 몇 사람과 상주, 그리고 박 화백을 포함해 고작 몇 명 정도였다.

　어릴 적 부친을 잃고 홀어머니 김 여사 손에서 자라 이제 겨우 고등학교 2학년인 상주는 어린 나이임에도 불구하고 침착하게 빈소를 지켰다.

　박 화백은 상가에 상주하면서 들어오는 화환 중 추동삼의 이름을 발견할 수 있을까 주시했다. 그리고 거실 입구에 놓인 문상을 온 사람들의 방명록을 뒤져보았으나 추동삼의 이름은 그 어디에도 없었다.

　밤이 깊어 을씨년스러운 상가에 한 노신사가 들어섰다. 고희가 훨씬 넘어 보이는 노신사는 활달한 몸짓으로 방명록에다 서명을 했다.

　석파(石波) 이강천(李剛千).

　방명록에 일필휘지하여 적힌 달필을 보고 박 화백은 그가 누군지 알 수 있었다. 석파 선생은 한일기원이 발족할 당시부터 기사 생활을 해온 두어 명밖에 남아 있지 않은 기단의 원로 기사였다. 순장바둑에서부터 출발한 기풍 탓인지 지독한 싸움 바둑으로 유명했는데 성적은 그리 뛰어나지 못해 4단에 그쳤다. 그러나 아직도 왕성한 정력으로 각종 기전에 간간이 얼굴을 내밀며 구수한 입담과 해박한 지식으로 좌중을 휘어잡는 멋쟁이 노신사였다.

신발을 벗고 빈소에 오른 석파 선생의 어이어이 하는 구성진 곡소리와 상주의 곡소리가 들렸다. 곡을 끝낸 석파 선생은 향을 피워 올리고 빈소에 절을 올린 후 손자인 상주와 맞절을 했다. 상주와 마주한 자리에 김 여사가 같이 배석했다.

"얼마나 망극하십니까. 세월이란 참 무정하기만 합니다. 이놈을 잡아가지…… 아직까지 할 일이 남아 있는 분을 데려가다니……."

석파 선생의 눈가에 쓸쓸한 그림자가 스쳐갔다.

그 광경을 지켜보던 박 화백은 서재로 들어갔다. 안방에 마련된 빈소 옆의 전화기는 쓰기가 거북했다. 박 화백은 서재에서 아내에게 전화를 걸어 장례가 끝날 때까지 집에 들어가기 힘들 것 같다는 말과 몇 가지 사안의 처리를 아내에게 부탁한 후 서재를 나왔다. 거실 쪽에서 석파 선생의 걸쭉한 목소리가 들려왔다.

"그래서 남송(南宋)의 그 유명한 내기바둑꾼인 오환이란 사람은 꼼짝없이 저승사자에게 이끌려 명부전을 향해 머나먼 길을 떠날 수밖에 없게 되었지. 그런데……."

이야기 도중 석파 선생은 상가에서 내온 맥주를 한 잔 마셨다. 거실에는 밤새하는 상주의 친척들 너덧 명이 그의 이야기에 귀를 기울이고 있었다. 박 화백은 그 뒤쪽 술상에 다가가 앉았다. 석파 선생이 이야기를 이어갔다.

"저승 가는 길에 이 오환이란 사람이 슬슬 끼가 발동한 모양이라 저승 사자를 부추겼지. 내기바둑 한 판만 두고 가자고. 저승사자가 기가 막혔 어. 그래도 명색이 자신은 귀신 반열에 올라서 모르는 게 없는데 아직 심 판도 받지 못한 영혼 나부랭이가 감히 자신에게 내기를 걸어오다니, 가소 롭게 여기며 승낙을 했지. 내기에 걸린 건, 오환이 이기면 저승사자가 재 량껏 오환이 원하는 곳에 보내주고 저승사자가 이기면 절색으로 소문난 오환의 딸을 저승사자에게 주기로 했지. 인간과 저승사자의 겁나는 승부 가 이루어졌어. 그런데 승부에서 저승사자가 오환에게 진 거야. 유리한 판세를 꾸려나가다가 종반에 딱 한 수 실수를 했는데 오환이 그걸 낚아챈 거라. 저승사자는 자신의 의도와 달리 엉뚱한 착점을 한 걸 통탄하며 혹 시나 싶어 오환의 전생을 훑어보았지. 그러다가 오환과의 인연이 잡혔어. 저승사자가 인간이었던 시절, 그러니까 오환의 전전생에 저승사자의 부 친이 바둑 두는 사람이었던 거라. 사자의 부친이 어느 내기바둑꾼에게 잘 못 걸려 전 재산을 걸어놓고 주막에서 내기바둑을 두게 되었지. 예상대로 바둑은 갈수록 사자의 부친이 불리하게 되었고 마침내 사자의 부친은 중 앙 대마에 승부수를 띄웠던 거지. 그러나 그 말[馬]도 쉽게 죽을 말이 아 니었어. 만일 잡지 못하면 사자의 부친은 무조건 지는 형세였고, 그렇다 고 그걸 잡을 수 있는 기력엔 절대 못 미치고, 사자의 부친은 사면초가가 된 거야.

장고에 장고를 거듭해도 잡는 수가 보이지 않자 사자의 부친은 소피를 보러 밖으로 나갔어. 그때 구석에서 구경하던 길 가던 나그네가 부친을 따 라 나간 거지. 나그네는 선량해 뵈는 사자의 부친이 내기꾼 술수에 걸린 것을 알았던 거라. 소피를 보고 오는 사자 부친에게 나그네는 딱 한 수를 가르쳐주고 그길로 그곳을 떠나버렸어. 그 한 수로 인해 사자 부친은 내기 꾼의 대마를 잡고 그 판을 뒤집어버렸지. 알고 보니 그 나그네가 송(宋)나라의 기대소(碁待詔) 신협기객(神俠碁客) 유중보(劉仲甫)였던 거라. 그러니까 오환의 전생이지. 아비의 전생 때문에 저승사자는 덜컥 착각을 범해서 패착을 놓게 되었던 거라. 인과관계란 그렇게 오묘하고 복잡한 거야."

석파 선생은 다시 맥주잔을 비웠고 마른안주를 한 점 집어먹더니 하던 이야기를 계속했다.

"그 모든 인과관계를 안 저승사자가 고개를 끄덕이더니 오환에게 물었어. 원하는 곳이 어디냐고……. 오환이 잠시 생각을 하다가 저승사자에게 되레 물었어. 고 모라는 유명한 내기바둑꾼을 아느냐고. 저승사자가 안다고 대답했지. 그가 어디 있느냐. 팔열지옥 중에서도 동활지옥에 있다고 했지. 동활지옥이 어떤 곳이냐, 그곳은 생전에 원수끼리 만나서 뼈다귀만 남을 때까지 서로 물어뜯는 곳인데 뼈다귀만 남아 더 이상 싸울 수 없으면 뼈다귀를 가루로 만들고 바람이 불면 다시 살아나서 또 물어뜯고 싸우는 그런 지옥이라고 설명했지. 오환이 태연하게 자기를 그쪽으로 보내달라고 소원을 말했어. 저승사자가 깜짝 놀라 왜 그러느냐고, 얼마든지 좋은 데를 갈 수 있는데 왜 그러느냐고 묻자 오환의 대답이 걸작이었어. 내 생전에 그놈보다 약한 것도 아닌데 한 번도 판맛을 못 봤다. 내 그놈을 지옥 끝까지 쫓아가서 한 번만이라도 꼭 판맛을 봐야 직성이 풀리겠다."

이야기를 듣는 사람들은 어이가 없어 모두 웃었다. 석파 선생은 담배에 불을 붙여 한 모금 길게 뿜어냈다.

"인간의 승부욕이란 그만큼 처절한 것이야. 그리고 바둑이야말로 그 처절한 승부욕을 불지르는 가장 대표적인 것이지. 바둑을 득도와 생사해탈 과정이라고 하나 승부의 냄새가 물씬 풍기는 그것이 바둑의 진면목인지도 몰라."

석파 선생이 그런 결론을 유도하자 좌중은 일순 숙연해졌다.

그때 박 화백의 머릿속에 어떤 생각이 스치고 지나갔다. 석파 선생이라면 혹시 추동삼을 알고 있을는지 모른다. 김 7단 말에 따르면 추동삼은 짧지만 기사 생활을 했다지 않은가.

"석파 선생님. 처음 뵙겠습니다."

석파 선생은 박 화백을 물끄러미 건너다보았다.

"고인하고 친척 되시나?"

"아닙니다. 정 국수님과는 생전에 짧은 인연이 있었지요. 저기 걸린 초 상화를 그린 사람입니다."

"그래요? 운필에 힘과 기상이 넘치더구만. 존함은 어떻게 되시오?"

"박민수라고 합니다. 화단에 겨우 이름 석 자만 걸어놓고 있습니다."

"오! 박민수 화백. 내 인사동 화랑에서 익히 이름은 접했지만…… 오늘 처음 대면하게 되는군."

방명록에 적힌 글씨에서 짐작했었지만 석파 선생은 나름대로 한학과 서예에 조예가 있었다. 박 화백은 문제의 기보를 꺼내 석파 선생에게 내 밀었다.

"혹시 여기에 적힌 인물에 대해 아시는 바가 없습니까?"

그리고 간략하게 그간의 자초지종을 설명했다. 석파 선생은 기보를 들 여다보더니, 이미 하얗게 센 머리를 뒤로 쓸어넘기며 뜻밖에 설숙도장에 대한 언급을 했다.

"설숙도장이라면 한때 한국 바둑의 중심지라고까지 일컬어지던 곳이 었지. 동란 전까지 서울의 필동에 자리 잡고 있다가 사변 후에는 경북 영 양(英陽) 근처 시골로 옮겼다는 소식을 들었지만…… 어딘지는 정확한 기 억에 없소. 너무도 오래된 일이라서……."

"설숙도장이란 이름은 사람의 이름을 딴 것입니까?"

"당연하지. 설숙도장은 바둑 보급이 거의 전무하던 시절에 어쩌면 한 국 유일의 바둑 도장이었는지도 몰라. 나도 해방 전에 꼭 한 번 설숙 선생을 뵌 적이 있는데 그 선비적인 기상과 서슬 푸른 기개는 당시 젊은 내 가슴에 우상처럼 남아 있었소."

"어떤 분이셨습니까?"

"대단한 명문의 후예로 기억되는데…… 오래된 일이라서 잘 기억할 수가 없소. 하여간 큰 재산가로서 기재가 있는 사람을 발굴해 무료로 입히고 먹이면서 준재(俊才)들을 양성했지. 나도 한 번 우연히 가르침을 받은 적이 있었는데…… 나로서야 그분에게 바둑을 배운다면 일생의 영광이었지……. 인연이 닿지 않았는지 그분 밑에서 바둑을 배울 수 없었어. 아마 내 기재가 그분의 성에 차지 않았는지……."

"그런 분이 왜 세간에 알려지지 않았습니까?"

"웬걸, 우리 연배 사람들에게 그분은 상징적인 인물이었소. 그러나 당시는 일제 치하와 격동의 시절이었고 해방, 사변, 이승만 시대의 독재…… 가히 한국 바둑의 암흑기였지……. 일본이 조선인의 정신세계까지 침략하던 시절에 그분은 비록 바둑이었지만 조선인의 정신과 문화를 계승 발전시켜야 한다고 말씀하셨소."

박 화백은 질문 방향을 달리했다.

"혹시 최해수씨나 추동삼씨 이름은 들어보신 적이 있습니까?"

"정 국수는 설숙 선생의 마지막 제자로 기억되오. 이건 틀림없는 사실이지. 그리고 최해수란 사람은 아마 내 기억이 틀림없다면 설숙 선생의 또 다른 제자였을 것이오……. 그리고 추동삼이라…… 추동삼."

박 화백은 추동삼 이름이 거론되자 바짝 긴장했다.

"그 사람도 설숙 선생의 문하생이었을 거야. 정확한 기억은 아니지만 아마 파문당한 제자였지."

"파문이오?"

"그렇소. 내 기억이 틀림없을 것이오."

"죄송한 말씀이지만 혹시 한일기원으로부터 제명당한 것을 잘못 기억하고 계시는 것은 아닙니까?"

"파문과 제명을 혼동할 정도로 내 기억력이 쇠퇴해진 것은 아니오. 당시…… 추동삼씨는 입단 대회를 거쳐 정식 입단을 했었소."

"듣기로는 기사 시절에 11연승을 구가했다고 하던데요."

"그랬을 거요. 기존의 일급 기사들까지 그와의 대국을 피했을 정도니까. 이겨봐야 당연하고 지면 망신이니, 게다가 누구도 추동삼과의 대국에서 승리를 장담할 수 없었소. 기사들 사이에 그는 공공연하게 기피 대상이었지……."

"그런데 왜 제명을 당했습니까?"

"제명이라기보다…… 그땐 살기도 어렵고 해서 입단 후 그만두는 사람들이 더러 있었소."

"추동삼씨에 대한 또 다른 기억은 없습니까? 아주 사소한 것일지라도."

석파 선생은 한동안 생각에 잠기더니 1962년 겨울의 이야기를 들려줬다.

1962년 겨울, 종로의 전주여관 특별 대국실에서는 국수전 도전자 결정전이 열리고 있었다. 대국자는 정명운 4단과 박순제 5단이었다. 기사들뿐만 아니라 일반 바둑 애호가들 사이에서도 그 판은 주목을 끌었다.

대국실 옆에 마련된 검토실에는 많은 전문기사들이 나와 한 수 한 수에 대한 면밀한 검토가 있었고, 일부 바둑 애호가들은 대국이 시작되는 오전 열 시 전부터 모여들어 전문기사들의 해설을 들으며 검토실 열기를 한층 고조시키고 있었다.

점심시간이 지나 한참 중반전의 치열한 싸움이 벌어지던 때였다. 검토실 문이 열리고 대낮인데도 벌써 얼큰하게 술에 취한 추동삼이 들어섰다. 검토실에 술 취해 들어온 것은 분명 예의에 벗어난 행동이었다. 하지만 한일기원에서 제명을 당했다고는 하나 기사들에게 추동삼은 무시할 수 없는 존재였다.

술 냄새를 확확 풍기며 추동삼은 기사들 몇이 검토하는 곳으로 가더니 털썩 주저앉았다. 그러고는 술에 취해 건들거리며 반상을 내려다보았다.

정명운의 흑번, 박순제의 백번으로 진행되는 바둑은 중반전이 진행되면서 한 치 앞을 내다볼 수 없는 혼전이 거듭되고 있었다.

반상을 바라보던 추동삼은 검토하던 기사들이 방금 착수된 흑 수가 과수니 아니니 해가며 설왕설래하자 백돌 하나를 들어 반상에 놓았다. 뒤이어 추동삼이 한 수 한 수씩 놓으며 해설을 해나가자 검토실은 졸지에 쥐 죽은 듯이 조용해지기 시작했다.

비록 술에 취했지만 추동삼의 한 수 한 수는 냉정하고 정확했다. 추동삼이 자기 입장에서 흑의 한 수를 놓으면 바둑은 뒤집어져서 흑의 유망한 국면이 되고 백의 입장에서 한 수를 놓으면 백의 승리가 굳어지는 것 같았다. 추동삼은 대국하는 두 사람의 속을 훤히 꿰뚫고 있었다.

중반전이 넘어갈 무렵, 백을 쥔 박순제 5단이 흑의 중앙 미생마(未生馬: 바둑에서 아직 완전히 살지 못한 말)를 공격하고 자기 말의 안정을 기하기 위해 중앙으로 튼튼하게 날일자 행마를 했다. 검토하던 기사들은 일제히 그 수에 공감을 했다. 누가 보더라도 공수를 염두에 둔 절대점이었다. 그 당시 현장에 있었던 석파 자신도 그렇게 생각했다.

그때 추동삼이 비틀었다.

"흑이 손을 빼서 우상귀를 지키면 승부는 끝이다."

얼핏 보아 보강을 겸한 선수 같지만 사실 그 수는 대세를 놓친 수였다. 실리의 균형을 무너뜨린 승부에서 벗어난 한 수였다.

실제로 흑을 쥔 정명운은 추동삼의 말대로 우상귀에 철주를 내려버렸다.

"정명운답군…… 정명운의 실리 지향 바둑은 앞으로 바둑사의 흐름을 주도할 것이다."

말을 마친 추동삼은 술에 취해 바둑판 옆으로 꼬꾸라졌다.

"뒤에 전해들은 얘기지만 정명운은 도전권을 획득한 기쁨보다 그때 전해들은 추동삼의 해설로 인해 더 큰 충격을 받았고, 그것 때문에 오랫동안 슬럼프를 겪었다고 하더군. 어쨌든 그날 전주여관 사건은 추동삼이란 한 인간의 기재를 극명하게 보여준 큰 사건이었지."

석파 선생의 회고담을 들으며 박 화백의 가슴은 두근거리고 있었다. 마치 아득한 야사 속의 이야기를 듣는 기분이었다.

"그 후의 소식을 들은 기억은 없습니까?"

"글쎄…… 소문에는 내기바둑을 두었다는 이야기도 있고……. 내기바둑 쪽을 한번 훑어보면 그에 관한 소식을 들을 수 있을는지……."

그러면서 석파 선생은 내기바둑의 산실이라 불리던 답십리와 청량리 쪽 기원의 이름을 대여섯 개 가르쳐주었다. 박 화백은 석파 선생이 가르쳐준 기원들을 일일이 수첩에 메모했다.

석파 선생은 박 화백에게 문제의 기보를 돌려주며 혀를 찼다.

"이 사람이 죽는 날까지 가슴에 돌을 얹고 살았구만…… 못난 사람 같으니……."

정 국수의 선산은 경기도 용인군 백암리였다.

장지에 도착하니 그곳에는 이미 꽃상여가 기다리고 있었다. 상여에 관을 옮겨 실어 명정대와 공포대를 앞세우고 장례 행렬이 움직이기 시작했다. 선소리꾼의 구슬픈 상여소리가 주위에 울려퍼졌다.

하늘은 손가락만 대도 쪽빛물이 쏟아질 것처럼 푸르렀다.

가네 가네 나는 가네
살던 살림 헌신같이 벗어버리고
대궐 같은 집을 빈집같이 비워놓고
청춘 같은 사람에게 어린 자식 맡겨놓고
극락세계로 나는 가네
애닯고도 설운지고 원통하고 절통하다
명사십리 해당화야 꽃 진다고 설워 마라
명년 삼월 봄이 오면 너는 다시 피건마는
우리 인생 한번 가면 다시 오기 어려우니
……

멀리 수평선이 가물가물 민수의 시야를 어지럽힌다. 갈매기가 날고 해풍이 불어온다. 하염없이 바다를 바라보던 민수는 슬그머니 발길을 돌린다.

아버지는 결국 돌아오지 못했다.

원래 박민수 화백의 고향은 남해안에 있는 조그마한 항구도시였다. 어선 두 척을 소유한 아버지 밑에서 민수는 비교적 유복하게 성장했다. 그런 민수의 가정에 불행이 닥친 것은 민수가 국민학교 4학년이던 해 겨울이었다.

어부들과 함께 조업 나간 아버지의 배가 풍랑에 휩쓸려 사고를 당했다. 그 소식이 전해지자 사람들이 집 안으로 몰려들었고, 피해자들은 연일 죽치고 앉아 난리법석을 떨었다. 그러나 배는 소식이 없었다. 남은 배 한 척과 집을 비롯한 모든 재산을 내놓고 민수 어머니는 민수와 민수의 어린 두 동생을 데리고 시장 바닥으로 내팽개쳐졌다.

민수는 아버지에 대한 신망이 두터웠다. 아버지는 강했다. 파도에도 끄떡없었고 태풍 같은 큰 바람도 무사히 헤쳐나오는 사람이었다. 민수는 언젠가는 아버지가 돌아올 것이라 믿었다. 거센 파도를 헤치고 뱃전에 깃발을 나부끼며 개선장군이 되어 나타날 것만 같았다.

민수는 그렇게 아버지를 기다렸다.

방과 후에는 으레 선착장에 나가 저녁해가 질 때까지 민수는 바다를 지켜보았다. 선착장은 하루 종일 일하는 사람들로 붐볐다. 어부들과 해녀, 시장 사람들, 그들의 상거래가 선착장의 하루 일과였다.

선착장 부근에는 인근 동네 노인들이 몰려들었다. 그들은 주로 바둑이나 장기, 혹은 화투놀이로 시간을 보냈다.

민수는 선착장에 오면 늘 노인들 주변에서 서성거렸다. 그러다가 방파제로 달려가 바다의 가장 먼 곳을 바라보곤 했다.

어느 날 그곳에 웬 노인이 나타났다. 사람들은 그를 임 노인이라 불렀다. 임 노인은 행색이 바다 사람들과 달랐고 얼굴 분위기가 어딘지 모르게 선착장 노인들과는 구별이 됐다.

임 노인은 말이 없었다. 임 노인은 주로 선착장에서 바둑만 두었다. 노인들 중에 제일 센 사람이 임 노인에게 넉 점을 붙였다. 민수는 왠지 임 노인이 좋았다. 전에는 바둑에 관심이 없었으나 임 노인이 바둑을 두고부터 민수는 바둑을 어깨너머로 구경하는 일이 잦아졌다.

어느 저녁 무렵 민수는 여느 때처럼 방파제 위에서 바다를 바라보고 있었다. 그때 방파제 쪽으로 임 노인이 걸어왔다. 그는 민수 옆에 말없이 앉았다. 두 사람은 나란히 앉아 한동안 바다를 바라보았다.

"……떠난 사람은 돌아오지 않는다."

"……."

"……바둑을 두면 잊을 수 있다."

바둑을 전혀 모르는 민수가 아다리(단수: 돌의 활로가 하나를 제외하고는 모두 둘러싸여 따먹히기 일보 직전에 놓인 상태, 그 당시에는 일제 치하의 습성으로 그렇게 불렀다)를 아는 데는 사흘이 걸렸다. 두 집이 나야 산다는 것을 알기까지는 다시 5일이 걸렸다. 패를 이해하는 데는 보름이 걸렸고 죽고 사는 모양, 즉 오궁도나 매화육궁(梅花六宮: 매화꽃잎처럼 동그랗게 뭉쳐 급소 치중 한방으로 죽는 6궁. 이름은 예쁘지만 비능률적인 모양의 전형)은 한 달이 넘어서야 대충 짐작이 갔다. 민수는 점차 오묘한 바둑의 세계에 빠져들었다.

그렇게 민수가 바둑에 심취해 있을 즈음, 선착장에서 임 노인의 모습이 사라졌다.

임 노인은 일본 와세다 대학 법학부를 졸업한 재사였다. 대학 시절 우연히 접한 좌익사상에 물든 임 노인은 태평양전쟁 말기에 징병을 피해 만주로 피신하여 팔로군에 몸을 담았다. 수십 번의 죽을 고비를 넘긴 임 노인은 해방과 함께 고국으로 돌아왔다. 임 노인 집은 일제의 수탈로 몰락해 있었다.

임 노인은 남로당에 몸을 담았고 대구폭동사건에 깊숙이 개입했다. 임 노인은 체포당해 모진 고문 끝에 거의 폐인이 되고 말았다. 남아 있던 재산을 모두 털어 넣다시피 하여 임 노인은 1년여의 세월 만에 자유의 몸이 되었다.

얼마 후 6·25 전쟁이 터졌고 임 노인은 진정한 인민정부의 모습을 기대하며 기쁨에 겨워했다. 그러나 임 노인의 생각처럼 인민정부는 수립되지 못했고 전쟁은 유야무야 종결되고 말았다.

모든 의욕을 상실한 임 노인은 아내와 자식을 데리고 도시로 이주하여 평범하게 살아갔다. 몇 년 후 아내는 지병으로 세상을 떠났고 임 노인은 홀아비 몸으로 노동판을 전전하며 두 아들을 정성스레 공부시켰다.

그러나 일생을 불행하게 살았던 임 노인의 비극은 그것으로 끝나지 않고 계속 이어졌다. 법대를 졸업한 큰아들이 몇 차례 도전 끝에 고등고시를 우수한 성적으로 합격했으나 적색분자인 아버지를 두었다는 이유로 최종 면접에서 떨어지고 말았다. 결혼을 앞둔 아들은 술독에 빠져 몇 날 며칠 자신을 학대하다가 어느 비 오는 날 사이나를 먹고 세상을 버렸다. 엎친 데 덮친 격으로 둘째아들마저 군사혁명이 터지자 학생시위 주도자로 몰려 재건대에 끌려갔다.

임 노인은 그 아들이라도 구하고 싶은 심정에 지금은 정부 고위관리와 대법원 판사로 있는 유학 시절 친구들을 찾아가 아들의 방면을 호소했다.

임 노인이 목숨을 걸고 도망쳐 만주에서 조국 광복을 위해 수십 번 죽음의 능선을 오르내릴 때 그들은 일제와 시류에 편승해서 지금 위치까지 올라온 자들이었다. 임 노인과는 평생 적대 관계였으나 아들을 둔 아비로서 임 노인은 마지막 남은 자존심까지 굽힐 수밖에 없었다.

그러나 그들은 임 노인의 간절한 소망을 외면했다. 가는 곳마다 철저한 문전박대를 당한 임 노인은 허망한 발길을 돌렸다. 그리고 임 노인은 외가 고향이던 이곳까지 흘러왔으며 날마다 선착장에서 바둑을 두며 한 많은 날들을 보내고 있었다.

돌이켜보면 임 노인은 좌·우 대립이 첨예하던 시대에 철저한 이념의 희생자였다.

부두 한쪽 끝에서 임 노인이 걸어오고 있었다. 임 노인은 서울에서 방금 돌아오는 길이었다. 고기잡이배들은 대부분 출항을 했고 저녁이 되어 선착장 사람들도 모두 흩어졌다. 민수는 혼자 바둑을 두고 있었다.

임 노인의 백발이 바람에 휘날렸다.

후에 알게 된 사실, 재건대에 끌려간 임 노인의 둘째아들은 교육 도중

사고를 당해 병원으로 후송됐다. 조교들에게 대들다가 심한 폭행을 당한 둘째아들은 뇌가 파손당하는 중상을 입었다. 선천적으로 체력이 강했던 아들은 병원에서 한 달 가까이 혼수상태로 버티다가 결국 세상을 떠나고 말았다.

임 노인은 화장한 자식의 뼛가루를 산에 뿌렸다. 생전에 자식 두 명을 모두 산에 버리고 임 노인은 다시 항구로 돌아온 것이다.

"민수야."

혼자서 돌을 놓던 민수의 손길이 멎는다.

"바둑판이 넓지."

"……."

"세상은 더 넓다."

멀리 바다 위에 배들이 지나간다.

"……저 넓은 세상으로 가거라."

며칠 후 방파제 밑에서 임 노인의 시신이 떠올랐다.

생전에 임 노인과 제일 친했던 서 노인이 조전자(弔奠者)가 되어 선착장에서 노제(路祭)를 지냈다. 서 노인이 제문(祭文)을 읽고 배곡(拜哭)하자 다른 사람들도 모두 재배하며 곡을 했다. 애절한 곡소리를 들으며 비로소 민수의 가슴은 슬픔으로 젖어들었다.

민수에게 처음 바둑의 눈을 뜨게 해준 임 노인의 영혼은 그렇게 떠났다.

정 국수의 관 위에 주토빛 흙이 부스스 흩어졌다. 그것으로 정 국수와의 연이 다하고 있었다.

"편히 쉬십시오. 국수님."

박 화백의 눈에 텅 빈 하늘이 채워지고 있었다.

4   나타난 승부사

다음 날부터 석파 선생이 일러준 대로 추동삼을 찾기 위한 박 화백의 기원 순례는 시작되었다.

개인전을 목전에 둔 그였지만 그림은 아예 뒷전이었다. 정 국수와의 약속도 약속이려니와 시간이 갈수록 추동삼이란 사람에게 깊게 빠져드는 자신의 감정을 그도 어쩔 도리가 없었다.

석파 선생이 일러준 기원 중 처음 박 화백이 찾아간 곳은 청량리역 근처의 어느 허름한 기원이었다. 낡은 간판이나 외형이 부실한 건물 구조로 봐서 한눈에 오래된 기원임을 알 수 있었다.

20평 남짓한 실내에는 꽤 많은 사람들이 바둑을 두고 있었다. 잡담 소리와 판 위에 떨어지는 요란한 돌 소리에 실내는 시끄럽고 어수선했다.

신문을 보던 기원 원장이 비대한 몸을 일으키면서 들어서는 박 화백을 맞았다.

"얼마나 두십니까, 손님?"

원장이 박 화백 앞에 꾸부정하게 선 채 말을 걸었다.

"……."

"기분도 그런 것 같은데 어디 잔잔한 걸로 한번 두시겠소?"

원장은 박 화백의 표정을 살피며 슬쩍 물어왔다. 이런 식의 내기바둑을 성사시키는 데는 이골이 난 말투였다.

"그보다…… 원장님께 몇 말씀 여쭤봐도 되겠습니까?"

"물어보시오."

"이 기원 생긴 지가 얼마나 됩니까?"

"한 30년 되지요 아마. 전 주인으로부터 내가 인수한 것만 해도 10년이 넘었으니까……."

"여기에서 큰 내기바둑이 자주 열렸다지요?"

박 화백의 말에 원장의 표정이 갑자기 밝아졌다.

"왜, 큰 거 한번 하실려우?"

"아닙니다. 그런 뜻이 아니고, 저는 지금 누굴 찾고 있는데 어떤 분이 이 기원을 소개해주며 한번 가보라고 해서 왔습니다."

"누구를 찾는다고요?"

"예."

"어떤 사람이오?"

"모르긴 해도 옛날에는 바둑꾼들 사이에 이름이 높았을 겁니다. 추동삼씨라고……."

"추동삼…… 잘 모르겠는데. 몇 살쯤 됐소?"

"60이 넘었죠."

"그렇게 나이 든 노인네는 난 잘 몰라요. 내가 아는 바둑 두는 사람 중에 최고 나이 든 사람이라고 해봐야 내 나이 또래인데……. 저번 원장 양 노인 같으면 혹 알까 모르겠지만……."

"그렇다면 그 양 노인이란 분을 한번 만나볼 수 없겠습니까?"

"죽었소. 그 양반 숙환으로 3년 전에 떴소."

원장은 그만 박 화백에게 흥미를 잃었는지 기원 안에 붙어 있는 골방으로 들어가버렸다. 바둑을 한판 둘까 하다가 박 화백은 그냥 일어섰다. 박 화백은 방금 원장이 들어간 방 쪽으로 다가갔다. 방문 틈 사이로 바둑판이 시야에 들어왔다. 누군가의 손이 반상 위에 착점을 하고 있었다.

담배 연기가 자욱한 골방 안에는 화투를 치는 사람들과 바둑을 두는 사람들이 뒤섞여 있었다. 40대 초반으로 보이는 한 사내가 무거운 손길로 한 수를 가하자 그 맞은편 사내의 몸이 더욱 심각하게 바둑판 앞으로 쏠렸다. 바둑은 중반을 넘어서고 있었다. 형세는 조금 전에 착점한 40대 사내가 유리해 보였다. 그 사내는 느긋하게 담배에 불을 붙이고 한 모금 길게 반상 위로 뿜어냈다.

사내는 나이에 비해 이마의 주름이 굵게 그어져 있었다. 이 기원 저 기원 떠돌아다니며 속칭 '독립군'이라고 부르는 방 내기꾼 특유의 분위기가 사내에게서 진하게 풍겨나왔다.

화투를 치고 있던 또 다른 사내가 박 화백 쪽으로 고개를 돌렸다. 꺼멓게 죽어가는 얼굴에 눈알만 반들거리는 사내가 경계의 눈초리로 자신을 쏘아보자 박 화백은 황망히 발길을 돌렸다.

석파 선생이 일러준 여러 기원을 찾아다니던 박 화백은 점차 실망을 했다. 두 번째 기원부터는 원장의 보다 성의 있는 답변을 구하기 위해 일부러 바둑도 두고 커피도 사면서 추동삼에 대해 물었지만 추동삼을 기억하는 사람은 아무도 없었다. 원장들은 거의가 40대에서 50대의 나이였고 기원을 출입하는 내기바둑꾼은 대부분 30대나 40대로 추동삼을 알기에는 너무 젊었다.

그러나 박 화백은 희망을 버리지 않았다.

서두르지 말자, 여기서 못 찾더라도 실망하지 말자. 천천히 하나하나 매듭을 풀다 보면, 그러다 보면 실마리가 잡히리라.

박 화백은 추동삼을 찾기 위해선 인내가 필요하다고 스스로를 다잡았다.

기원을 돌아다닌 지 사흘째 되는 날, 답십리 고갯길에서 삼거리 쪽으로 50미터쯤에 위치해 있는 답십리 제일기원으로 박 화백은 올라갔다.

그 기원도 다른 기원 분위기와 흡사했다. 십 수 명의 사람들이 둘러앉아 있는 기원은 흡사 양아치 소굴을 연상케 했다. 박 화백이 들어섰지만 누구도 박 화백에게 관심을 보이는 사람은 없었다. 박 화백은 사람이 많이 몰려 있는 곳으로 가서 자리를 잡았다.

단골손님으로 보이는 사내들이 죽치고 앉아 바둑을 두고 있었다. 그들은 대부분 본방꾼이나 독립군으로서 기원의 터줏대감들이었다. 그들 중 전라도 사투리를 쓰는 사내가 옆에서 바둑을 두고 있는 다른 사내를 슬슬 긁어댔다.

"애 엄마는 돌아오셨는가?"

옆 자리 사내가 심드렁히 대꾸한다.

"자식 버리고 튄 년이 돌아오겠어!"

"이제 오래됐지라이."

"그럼, 오래됐지…… 세월이 빠르더라고."

사내는 남의 말 하듯 한다.

"고생이 심하겠구마이."

"고생은 무슨 고생, 다 사는 재미지."

바둑에 정신이 팔린 사내는 나오는 대로 막 씨부린다.

"애들은 누가 키우는가?"

"고아원에서 알아서 데려가데."

"고아원에서는 잘 노는가?"

"잘 놀지, 집보다 나아, 친구도 많고."

"잘됐구마이."

쌍방 겁나게 씨부린다.

모두가 오갈 데 없는 떠돌이들 같았다. 한결같이 허수룩한 복장에 찌든 얼굴들이다.

개중에 피골이 상접한 한 사내가 박 화백의 시선을 끌었다. 그는 뼈마디만 앙상한 손가락으로 돌을 쥐고 희한한 손장난을 하며 어떤 지점에 돌을 놓을 듯 말 듯 바람을 잡고 있었다. 그의 맞은편 사내는 되풀이되는 손동작에 짜증스런 얼굴로 반상을 내려다보았다.

마침내 '딱' 하는 소리를 내며 손바람을 잡고 있던 사내의 손이 반상 위에 떨어졌다. 그의 상대는 오랜 기다림에 짜증이 났던지라 생각 없이 뒤따라 곧바로 착점했다. 그 순간 돌에서 손을 떼지 않고 있던 사내는 재빨리 돌을 한 칸 밑으로 밀어버렸다. 그리고 다시 대마를 회돌이로 몰아버리자 순식간에 바둑은 대역전이었다.

손바둑에 당한 사내 입에서 욕설이 튀어나왔다.

"좆같은 바둑이네!"

손으로 역전시킨 사내는 큰일을 성취한 사람처럼 근엄한 표정으로 이마의 땀을 닦는다.

그때 대국실 문이 열리면서 60대 초로의 남자가 들어섰다. 잠시 기원 안을 둘러본 노인은 천천히 박 화백 쪽으로 다가왔다. 박 화백은 한눈에 그 노인이 원장인 것을 알았고, 기원을 돌아본 이래 처음으로 실낱같은 희망을 느꼈다.

저 노인 연배라면…….

"혼자 오셨소?"

박 화백의 짐작대로 그 노인은 원장이었다.

"예."

"몇 급을 두시는데?"

"그보다 원장님에게 여쭤보고 싶은 게 있습니다."

"말씀해보시구려."

"사람을 찾고 있습니다……. 혹시 추동삼이라는 이름을 들어본 적이 있습니까?"

"추동삼이라…… 뭐 하는 사람이오?"

"확실치는 않지만 내기바둑을 두었다는 이야기도 있고……."

"몇 살쯤 되는 사람인데?"

"원장님보다 조금 많거나 비슷한 연배일 겁니다."

"유명한 내기바둑꾼이었소?"

"유명했는지는 모르겠지만 실력만은 대단했던 걸로 압니다."

"그래요?……가만있자, 내 연배라면 김 영감이 알고 있는지도 모르지. 어이, 김형!"

원장이 기원 구석 쪽을 향해 소리를 질렀다. 박 화백이 기원을 둘러보았을 때는 발견하지 못했던 노인이 어깨를 구부정히 숙인 채 연탄불에 구멍을 맞추며 기침을 하다 말고 고개를 돌렸다. 흐릿한 눈에 남루한 옷차림의 그 노인은 연탄을 간 후 느릿하게 두 사람 쪽으로 다가왔다.

노인은 이미 술에 취해 얼굴이 불그스레했다.

"쯧쯧, 벌써 때렸구만."

원장이 낮술을 때린 노인에게 퇴박을 준다.

노인은 방금 잠에서 깬 사람처럼 원장과 박 화백을 번갈아 쳐다보았다.

"이 손님이 옛날 내기바둑꾼 중에 추동삼이라는 사람을 찾는 모양인데, 뭐 아는 거 없나?"

영감은 대답 없이 박 화백을 바라본다. 박 화백은 바짝 긴장했다. 표정만으로는 그가 추동삼을 아는지 모르는지 감을 잡기가 힘들었다.

잠시 후 영감이 입을 열었다.

"너무 옛날이야긴데……."

영감은 말끝을 흐렸다.

"그분을 알기는 아십니까?"

박 화백의 입술이 탄다.

"추동삼인지 누군지는 잘 모르겠고, 추 사범이라고 있었지. 그 양반 유명한 내기꾼이었어……. 우리가 한창 바둑 두던 시절이었으니까…… 벌써 30년도 더 지난 옛날이야기지."

"그분을 뵌 적은 있습니까?"

"우리 같은 잔내기꾼이야 그런 사람을 만날 수 있나, 한 번 움직이면 전주(錢主)들이 줄줄 따라다니고, 장안이 떠들썩했는데…… 그 당시 바둑 좀 둔다는 사람들 사이에 그 양반 소문이 자자했지. 추 사범이라고 하면 모르는 사람이 없었으니까."

"그럼 어르신네께선 추 사범이란 사람을 한 번도 뵌 적이 없었겠군요?"

궁금한 마음이 앞서서 박 화백이 다그치듯 물었다.

"우리가 추 사범에 대해 아는 건 전부 떠도는 이야기지……. 워낙 유명한 사람이다 보니 그나마도 기억하고 있는 거요."

영감이 추동삼에 대해 알고 있는 건 그의 말처럼 풍문에 가까웠다. 그리고 추씨 성을 가졌다고 해서 꼭 추동삼이란 법도 없었고, 술에 취한 흘러간 기객의 말을 액면 그대로 다 인정할 수도 없는 노릇이었다.

기원을 통해 추동삼의 연고를 캐내고자 애쓴 일은 별반 소득이 없었다. 석파 선생이 일러준 또 다른 기원을 수첩에서 챙긴 뒤 영감에게 점심을 시켜주고 기원을 나오는데 웬 사내가 박 화백을 뒤따라 나왔다.

"형씨, 나 좀 봅시다."

40대가량의 사내였다. 조금 전 기원에서 독립군들 틈에 섞여 있던 사내를 박 화백은 얼핏 본 것 같았다. 세수도 안 한 듯한 푸석한 얼굴로 그가 말했다.

"뒤에서 형씨 이야기를 잠시 들었는데, 형씨가 찾는 사람이 누군지는 모르겠으나 행여 내가 아는 사람이 형씨에게 도움이 될까 해서."

"그분이 누구시죠?"

박 화백이 절박한 심정으로 사내를 바라봤다.

"신 영감이라고 지금은 청계천에서 도장을 파고 있소. 옛날에는 엄청난 부자였는데 그놈의 내기바둑 때문에 건물, 땅 다 날리고, 쉽게 말해 깡통 찬 거지."

"내기바둑꾼이었소?"

"전주였소. 이름난 내기꾼들만 골라 돈을 대주었지. 한때는 재미도 봤다던데 여기저기 옆어치기(선수들끼리 승부를 조작해 전주의 돈을 빼돌리는 수법) 맞고, 탕 맞고, 우리도 그렇지만 그런 사람들 결국 뻔한 종말 아니오. 좌우간 한번 찾아가보시오. 선생이 찾는 사람은 차라리 그런 사람이 더 많이 알고 있을 거요."

사내는 신 영감이 장사하는 곳을 상세하게 설명해주었다. 그리고 사내는 박 화백에게 한마디 덧붙였다.

"내기바둑꾼이 필요하면 날 찾아오시오. 시시한 전문기사 뺨치는 사람을 소개해드리리다."

말을 마친 사내는 횡단보도를 건너 사우나탕 간판이 붙어 있는 건물 안으로 걸어 들어갔다.

사내의 설명에도 불구하고 신 영감의 가게는 찾기가 어려웠다. 이 골목 저 골목 한참을 뒤진 끝에 시장 길 모퉁이에 가건물로 지어놓은 신 영감의 도장집을 발견했다. 박 화백은 구두수선점 옆에 붙어 있는 한 평 남짓한 신 영감의 작업실로 들어갔다.

신 영감은 바둑책을 한 손에 펴들고 복기를 하고 있었다. 복기에 정신이 팔린 신 영감은 박 화백이 들어온 줄도 모르고 복기를 계속 하고 있었다. 신 영감의 착점하는 손맵시로 보아 그가 왕년에 뒷돈을 대는 전주였다지만 바둑 솜씨도 만만찮아 보였다.

"영감님!"

박 화백의 소리에 신 영감은 그제야 고개를 든다.

"영감님, 혹시 신씨 성을 쓰시지 않으십니까?"

"나를 아시오?"

"어떤 분의 소개를 받았습니다. 뭐 좀 여쭤볼 게 있어서요."

신 영감이 보던 책을 덮고 판 위의 바둑돌을 쓸어담는다.

"말씀해보시오."

"혹시 추동삼 선생이라고 알고 계십니까? 보통 추 사범으로 통했던 모양인데……."

"추 사범이라…… 알지. 소식이 끊긴 지 오래됐어. 그 사람은 왜 찾소?"

"그분을 꼭 찾아야 할 일이 있습니다."

"그 사람을 지금 어디서 찾는단 말이오."

"그분 소식을 전혀 모르십니까?"

"옛날에 그 바닥을 흘러간 사람인데……."

신 영감은 고개를 흔든다.

"혹시 그 사람을 아실 만한 분도 없습니까?"

"글쎄……."

신 영감은 생각하다 말고 갑자기 몸을 일으켰다.

"갑시다."

"예?"

"호랑이를 잡으려면 산으로 가야지. 소식을 알려면 알 만한 사람한테 가야 할 거 아니오. 따라오시오."

신 영감은 가게 문을 닫고 성큼 밖으로 나섰다.

뒤도 돌아보지 않고 급하게 앞서가던 신 영감이 파고다 공원 부근에서 발길을 늦추며 박 화백에게 말을 건넸다.

"세상에 아무리 바둑을 잘 두는 사람이 있어도 그 사람은 이기지 못해. 추 사범은 아마 세상에서 제일 고수일 거야."

"그렇게 강했습니까?"

"강하다뿐이겠소. 나도 그 양반한테 한 번 당했지."

"어떻게요?"

"그 양반과 내가 데려온 선수가 승부를 했지. 우리 쪽에서 선에 오목(흑으로 먼저 두고 다섯 집 공제도 받는 것) 잡혔는데 난 유리한 치수로 봤어."

"그런데요?"

"100여 수 만에 끝났어. 우리 쪽 선수가 아예 판을 못 짜더라고."

"그랬었군요."

"추 사범은 왜 찾소?"

신 영감은 박 화백이 추 사범을 찾는 이유가 궁금한지 슬쩍 물어왔다.

"……."

"말 못할 사정이 있나 보군 그래."

박 화백이 대답을 못하자 신 영감은 스스로 말을 잘라버렸다.

사실 박 화백이 자신의 모든 일을 팽개치고 추동삼을 찾아야 할 이유는 엄밀히 말하자면 애매한 구석이 전혀 없는 건 아니었다. 물론 정 국수와의 약속이나 그런 당대의 명인이 이 세상에 존재한다는 것 자체가 충분한 이유일 수는 있겠으나, 일반적 견해로 보면 개인전을 비롯한 급한 일을 모두 제쳐놓고 미친 듯이 헤매고 다니는 박 화백의 행동에는 그가 아무리 한때 바둑에 심취해 있었다고는 하나 쉽게 납득이 가지 않는 점이 있긴 했다.

그러나 박 화백에게 추동삼이란 인물은 그 자신의 모든 합리적 사고방식을 뒤로 한 걸음 후퇴시켰다. 보편적 사고와 감정을 마비시켜버린 것이다. 모든 이성적인 판단 이전에 우선 그를 찾아야 한다는 절박함만이 있을 뿐이었다.

그런 관계로 박 화백은 추동삼을 찾아야만 하는 사연을 남들에게 사실대로 말하기가 거북했다. 굳이 정 국수와의 약속과 바둑판에 얽힌 비밀이 아니더라도 박 화백은 추동삼이란 사람을 함부로 거론하기가 싫었다.

언제부턴가 박 화백은 추동삼을 생각하면 가슴에서 작은 동계(動悸)가 느껴지곤 했다. 그것은 정체를 알 수 없는 설레임이었고, 가슴을 아프게 하는 안타까움이었으며, 그림자 없는 무색의 신비로움이었다.

신 영감이 찾아간 곳은 낙원상가를 지나 운현궁 쪽으로 가는 중간에 있는 어느 복덕방이었다. 가게 안에는 그만그만한 늙은이들이 모여 앉아 바둑판을 앞에 놓고 묘수풀이를 하고 있었다. 문제를 제시한 사람으로 보이는 신 영감의 친구 송 영감은 신 영감이 나타나자 한쪽 눈을 찡긋한다. 송 영감은 평소에 묘수풀이 문제로 짭짤한 재미를 봤다.

중절모자를 쓴 중늙은이가 꼬깃꼬깃 손때가 묻은 천 원짜리 지폐 한 장을 바둑판 옆에 놓자 송 영감이 버럭 소리를 질렀다.

"천 원은 안 돼! 기본이 2천 원이야!"

송 영감이 인상을 찌푸리자 중늙은이가 사정을 한다.

"돈이 천 원밖에 없어."

"빌려봐, 누구한테."

송 영감이 중늙은이를 부추긴다.

"누가 빌려주나. 그러지 말고 한 수만 배우자고."

말투로 봐서 그 중늙은이는 송 영감에게 여러 번을 당한 것 같다.

"안 되는데…… 에이! 한번 봐줬다. 내 자네니깐 특별히 봐주는 거야."

중늙은이가 손에 바둑돌을 움켜쥔다.

박 화백이 보기에 그 묘수풀이 문제는 일선에 내려서고, 끼우고, 배붙이는 세 개의 수순 중 한 수만 삐끗해도 백을 잡을 수 없는 고급 사활 문제였다.

이윽고 중늙은이가 자신만만하게 착점했다. 첫 수는 정확했다. 송 영감이 고개를 갸웃거리며 응수했다. 다시 중늙은이 손에서 돌이 떨어졌다. 배붙임 수였다. 그러나 그 수는 일견 백을 잡을 수 있는 것처럼 보였지만 끼우는 수를 빠뜨린 잘못된 착점이었다. 송 영감은 번연히 그 수가 잘못되었다는 것을 알면서도 일부러 난감한 표정을 지으며 고개를 좌우로 흔든다.

그때 중늙은이 손이 돈 쪽으로 슬며시 다가갔다. 손끝에 돈이 닿을락 말락했다. 중늙은이는 여차하면 돈을 들고 튈 기색이다.

"이 사람, 돈은 왜 만져! 나는 두지도 않았는데!"

송 영감이 소리를 지르자 중늙은이 손이 돈에서 멀어졌다. 송 영감이 착점을 하는데 중늙은이 손이 다시 돈 쪽으로 접근했다.

"야, 이 사람아! 이 사람 이거 희한한 영감일세!"

송 영감의 고함 소리에 중늙은이 손이 주춤거렸다. 순간 송 영감이 돈을 탁 낚아챘다. 그와 동시에 이미 판 위에는 백돌 하나가 놓여 있었다. 마치 씨름선수가 상대편 급습에 균형을 잃고 휘청이듯 중늙은이의 상체가 크게 흔들렸다.

"그 수로 살았잖아! 자네 오늘 돈 천 원에 큰 경험했네."

중늙은이는 얼굴이 허옇게 떠서 자리에서 물러났다. 그것은 웃음을 참을 수 없는 일장의 소극(笑劇)이었다.

송 영감도 한땐 내기바둑꾼이었다. 젊은 시절 꽤 알아주는 바둑이었으나 우후죽순처럼 올라오는 신진 승부사들에게 밀려 어느 틈엔가 뒷방 신세로 밀려나버리고 말았다.

그때부터 그는 승부사로서의 길을 일찌감치 포기하고 변신을 했다. 그는 타고난 사교성과 구수한 입심으로 그 세계에서 동료들 간에 인기가 좋았다. 그는 그것을 무기로 전주와 승부사들을 찾아다니며 중간 다리를 놓는 역할을 주로 했다. 말하자면 승부를 성사시키는 매치메이커였다. 자연 전주들과 승부사들 중간 위치에서 치수 조정은 그의 몫이었고, 승부가 끝나면 이기는 전주에게 푼돈도 얻어 쓰고 술대접도 받는 위치가 됐다.

신 영감과는 그때 친분을 맺었다.

그는 흰 양복에 백구두를 즐겨 신는 멋쟁이였다. 돈이 생기면 반도 호텔에 자주 투숙했다 하여 반도 송으로 불리기도 했다. 그가 승부사였다는 사실을 아는 사람은 드물었다. 그를 기억하는 사람 대부분은 그를 바둑호사가 정도로만 생각했다.

세월이 흘러 그도 그 세계를 떠나게 됐고, 그러다가 말년을 여기저기 돌아다니며 소일거리로 세상을 보내고 있었다.

"맞아…… 이름이 추동삼이었어."

송 영감은 말을 더듬거리며 옛날을 회상했다. 복덕방 근처 술집으로 들어온 세 사람은 이미 소주를 여러 잔 비운 상태였다. 박 화백은 송 영감을 통해 비로소 추 사범과 추동삼이 동일 인물임을 확인할 수 있었다.

"양포하고 둔 바둑이 아마 마지막이었을 거야……."

"맞아, 맞아! 양포하고 붙었지. 겁나는 판이었어."

송 영감 말에 신 영감이 맞장구를 친다.

"양포가 누굽니까?"

박 화백이 송 영감을 향해 물었다. 송 영감은 추동삼과 양포에 얽힌 이야기를 비교적 상세하게 늘어놓았다.

"이양포(李楊抱)는 당시 최고의 내기바둑꾼이었소. 전문기사들도 사석에서 양포에게 추풍낙엽처럼 날아갔지. 양포는 돈 100만 원만 걸리면 상대가 누구라도 상관하지 않는다고 했소. 프로 정상급 기사와의 대국도 자신 있다고 큰소리 쳤으니까. 사실 그 말도 일리는 있었지. 누구도 호선(맞바둑)으로는 양포를 이길 수 없었어. 양포는 타고난 내기바둑꾼이었으니. 그 당시 내기바둑의 산실이던 청량리와 영등포, 종로 일대의 강자들은 모조리 양포 앞에 무릎을 꿇었고 시골에서 올라오는 내로라하는 지방의 국수급들이 양포에겐 선(先: 흑을 쥐고 덤 없이 먼저 두는 바둑)에도 못 버텼소. 그야말로 천하무적이었지. 그래서 양포는 선으로, 선에 덤 다섯 집(선에 오목과 동일), 두 점, 이런 식으로 상대를 접고 내기바둑을 두었소. 아시는지 모르겠지만 내기바둑 세계라는 게 살벌하기 짝이 없는 동네요. 그야말로 돈 놓고 돈 먹는 아사리판이지. 당장 거액의 돈이 왔다 갔다 하니까 전주는 막후에서 피 튀기는 치수 싸움을 벌이고……. 선수는 문자 그대로 목숨을 걸고 두었소."

"하기야 자꾸 패하게 되면 전주가 떨어져나가고, 전주가 떨어지면 선수는 아무 짝에도 쓸모없는 떠돌이 독립군이 될 수밖에 없으니……."

신 영감이 거든다.

"하여간 그렇게 선으로, 두 점으로 접고도 양포의 승률이 80프로를 넘었으니 양포가 대단한 바둑인 건 틀림없었소. 그의 말마따나 정말 정상급 프로 기사들에게도 지지 않았을지 모르지."

"양포에게 전문기사들도 많이 당했어."

신 영감이 아는 척을 한다.

"하긴 그때만 해도 전문기사치고 내기바둑 안 두는 사람이 없었어. 전문기사 생활이 워낙 빈한했기에 기사직을 그만두는 사람도 많았고……."

"자네도 양포에게 한 번 당했지?"

신 영감이 송 영감의 아픈 곳을 건드린다.

"두 점이면 이길 줄 알고 붙었다가…… 초반엔 판이 좋았는데……."

"두 점 놓았으니 판이 좋을 수밖에."

"중반까지도 괜찮았어."

"그럼 막판에 뒤집어졌나?"

"그렇게 봐야지. 사실 다 이겨놓은 바둑인데, 괜히 쓸데없는 짓을 하는 바람에……."

신 영감이 크게 웃는다.

"반도 송. 자네 대마가 죽어서 던졌잖아. 내가 생생하게 기억하고 있네."

"대마가 죽어? 그럴 리가 있나! 우리끼리 하는 말로 애들 장난도 아니고……."

송 영감은 능글맞게 패인을 은폐한다.

"추동삼씨는 언제 나타났습니까?"

박 화백은 추동삼에 대해 빨리 듣고 싶었다. 송 영감의 이야기가 계속되었다.

"추 사범은 신비한 사람이었소. 처음 이 바닥에 모습을 나타낸 게 이승만 시대 말기니까 50년대 후반쯤 될 거요. 혜성과 같이 나타나서 소문난 강자들을 상대로 폭풍처럼 몰아쳤소. 기억하기론 스무 판 남짓 두었는데…… 전승이었지. 우리들은 조심스럽게 양포와의 대국을 생각했소. 누가 이길지 말들이 많았지. 그 세계에선 선배였고 전적이 화려했기에 전주들 사이에선 양포 쪽에 점수를 많이 주었소. 그런데 양포와의 대국이 거론될 시점을 전후해 추 사범이 사라진 것이오. 소문이 구구했지. 양포와의 대국이 겁나서 피했다고도 했고, 듣기로는 입단했다는 말도 있었소. 어쨌든 그렇게 사라진 추 사범이 1년 가까이 지나 다시 나타났소. 추 사범의 실력은 여전했소. 아무도 추 사범을 이겨내지 못했기 때문에 추 사범도 양포처럼 선으로, 선에 덤, 오목 두 점으로, 이런 식으로 바둑을 두었지. 그런 식으로 내기를 두었지만 추 사범은 한층 더 강해진 것 같았소. 양포도 그런 식으로는 7, 80프로의 승률밖에 못 올렸는데 추 사범은 거의 지는 법이 없었소."

"진짜 귀신같은 솜씨야. 한번은 다 죽은 대마가 살아나는데, 무덤 속으로 들어가던 시체가 벌떡 일어나서 걸어 나오는 것 같더라고…… 옆에서 구경하는데 손이 떨려서……."

신 영감이 말참견을 하다가 말고 소주잔을 드는데 손이 덜덜 떨린다.

"그렇게 추 사범이 전승 신화를 쌓아가자 다시 이 바닥에서 양포와의 대국이 거론됐지. 이번엔 추 사범 쪽에 낙점을 주었지. 비근한 예로 양포에게 선에 덤 다섯 집을 받는 사람이 추 사범에게 두 점으로 날아가고 양포를 두 점으로 이긴 전적이 있는 선수를 같은 두 점에 추 사범이 날려버렸으니까. 당연히 추 사범에게 점수를 더 줄 수밖에……."

이야기에 취한 송 영감은 어느덧 박 화백에게 하대를 하고 있었다. 박 화백은 오히려 송 영감의 그런 말투가 부담스럽지 않고 편했다.

"양포 쪽에선 연일 추 사범에게 시비를 걸었지만 추 사범은 태연했네. 상대가 누구든 추 사범은 관심이 없었던 거야. 내가 보기엔 그 무렵 추 사범은 뭐랄까…… 양포가 훨훨 타오르는 불길이라면 추 사범은 흘러가는 물이었어. 내가 몇 번 추 사범의 대국을 지켜봤지만 그는 한마디로 고요한 사람이었네. 그러다가 선수들 사이에 괴짜 전주로 소문난 유 사장이 나섰지. 그 양반이 추 사범하고 어떻게 이야기가 됐는지 드디어 추 사범과 양포의 대국이 벌어졌네. 지금은 없어졌지만 청량리에 있는 금성여관이었을 거야. 역 앞에서 보면 사창가 못 미쳐 바로 옆 골목길로 들어가면 큰 여관이 있었어. 방 한 칸에 수십 명 정도는 뒹굴 수 있을 만큼 큰 한식

여관이었지.

　소문을 듣고 사람들이 속속 몰려들었어. 난다 긴다 하는 바둑꾼들, 전주들, 몇몇 전문기사들까지……. 저녁 무렵 되니까 구경꾼들로 방 안이 가득하더라고. 그야말로 프로 국수전을 방불케 하는 대승부였어. 내가 태어나서 큰 판을 여러 번 봤지만 그렇게 가슴이 떨리기는 처음이었네. 겁이 나서 앉아 있지를 못하겠더라고."

　"맞아! 진짜 겁나는 판이었어!"

　신 영감은 뭐가 좋은지 그저 싱글벙글이다.

　"자넨 그 자리에 없었잖은가."

　"이 사람, 정신이 있나 없나! 내가 그런 자리에 빠질 리가 있나!"

　"자네 그때 부친상당해 시골에 내려갔잖은가?"

　"부친상을 당하다니! 그게 무슨 소린가."

　"무슨 소리라니?"

　"그때 자네 바로 뒷자리에 내가 앉아 있었잖은가!"

　"부친상을 당한 게 아니고?"

　"자네 모르고 있었나? 우리 아버지는 일제 때 옥사했네."

　"그럼 독립군이었나?"

　"독립군이라기보다 독립군하고 자주 어울렸지……."

　송 영감이 기가 막혀 신 영감을 쳐다본다. 신 영감의 얼굴은 아무 생각이 없다는 표정이다. 송 영감이 박 화백에게 시선을 돌렸다.

　"그러나 소문난 잔치에 국수 한 그릇이라더니 승부는 맥없이 끝났어. 돌을 가려 흑을 쥔 추 사범이 처음부터 끝까지 밀어버렸어. 단 한 번의 찬스도 주지 않고…… 나 같은 바둑이 보더라도 완승이었어. 패한 양포의 전주 강 사장이 발끈했지. 돈도 돈이지만 이제껏 호선으로는 한 번도 진적이 없는 양포가 손 한 번 못 쓰고 허무하게 무너지자 양포를 친자식처럼 생각하던 전주 강 사장의 충격은 이루 말할 수 없었지. 그 패배를 도저히 믿을 수 없었던 거야. 그래서 며칠 후 대국이 다시 벌어졌어. 하지만 결과는 대동소이했지. 흑을 쥔 양포가 초반에 자멸을 하고 말았어. 엄밀히 말하면 자멸이라기보다 기량의 차이였지. 그 바둑도 내가 옆에서 지켜보았는데, 양포가 아예 판을 못 짜더라고. 이미 추 사범은 양포보다 몇 수 위였어."

"그것으로 두 사람의 대국은 끝난 겁니까?"

박 화백이 물었다.

"그랬어야 했는데……."

송 영감이 갑자기 침울해진다.

"왜요?"

"아닐세. 내 말 나온 김에 마저 하지……. 두 판을 완패당한 양포는 전주 강 사장에게 한 번만 설욕의 기회를 더 달라며 통사정을 했지. 그러나 양포와 추 사범의 차이를 실감한 강 사장은 양포의 요구를 거절했어. 그 틈을 비집고 이번엔 천 사장이란 전주가 양포의 새로운 후원자로 들어섰지. 천 사장과 추 사범의 전주 유 사장은 전에부터 아는 사이였어. 천 사장은 유 사장에게 온전한 승부, 그러니까 합당한 치수를 요구한 거지. 천 사장이 요구한 치수는 양포가 추 사범에게 흑으로 두겠다는 거야. 말하자면 정선(定先: 맞바둑에서 하수가 흑으로 두는 방식으로 '선'이라고도 함)을 요구한 거야. 유 사장은 그 요구를 흔쾌히 승낙했고, 양포의 체면 문제도 있고 해서 철저하게 비공개로 두자고 쌍방 약속을 했지. 그래서 전주 두 명이 지켜보는 가운데 추 사범과 양포의 대결이 재차 벌어졌어. 결과부터 말하면 승부는 역시 부동이었어. 호선과 정선의 차이는 엄청난데도 불구하고 양포는 추 사범에게 부처님 손바닥 안의 손오공이 되어버렸지. 그렇게 몇 판을 더 지고 치수는 양포가 추 사범에게 선에 덤 오목을 공제받는 선까지 내려갔지. 몇 개월에 걸친 두 사람 대국에서 양포는 한 번도 이기지 못했어. 천 사장과 양포는 체면이고 뭐고 잃은 돈을 찾기 위해 선에 덤 오목이라는 배수의 진을 친 거야. 그 바둑은 종로 2가에 있는 한성여관에서 벌어졌는데 난 바로 옆방에서 다른 전주들과 마작을 하며 승부의 귀추를 주목하고 있었지. 내가 알기론 그 판이 두 사람이 둔 바둑 중에 제일 큰 액수였다더군.

대국이 시작되자 우리는 옆방으로 눈치껏 건너갔어. 그 일생일대의 바둑을 안 볼 수 있나. 초반에는 양포가 신중하게 판을 잘 짜 나갔어. 중반까지도 덤 오목이 있고 해서 양포의 우세였지. 우리들이 보기에는 그대로 가면 이번만은 양포 쪽으로 판이 기울 것 같았어. 그런데 중반전이 넘어갈 즈음 갑자기 추 사범의 괴력이 판 전체를 들쑤시는데 정신이 없더라고. 그야말로 신출귀몰한 수들이었어. 난 그때 바둑의 진면목을 봤네. 태어나서 처음 고수의 바둑을 구경한 거지……. 바둑이란 게 이상해. 놓으면 그럴 수 있다 싶은데 막상 놓기가 힘들어. 그런 자리를 놓을 수 있는 사람은 정해져 있다는 생각이 들더라고……. 결국 마지막에 가서 양포가 다시 잡히더군.

전날 밤에 시작한 대국이 새벽녘에 끝이 났어. 바둑이 끝나자 추 사범은 곧바로 자리를 떴지. 추 사범은 언제나 바둑이 끝나면 가타부타 말없이 곧잘 사라졌으니까. 조금 후에 양포의 원래 전주인 강 사장이 쫓아 들어왔어. 다짜고짜 천 사장의 멱살을 잡고 싸움이 벌어졌지. 서로 욕설이 튀고 난리가 났어. 강 사장 입장에서는 자식같이 키워온 양포를 돈만 앞세워 이렇게 만신창이로 만들 수 있느냐는 것이었고, 천 사장은 천 사장대로 양포를 믿었다가 소실된 금액이 얼만데 그러냐는 것이었지.

그 시끄러운 상황에서도 양포는 얼이 빠져 바둑판을 멍하니 보고 앉았더라고……. 막말로 안됐더구만. 지금도 그 얼굴이 간혹 생각이 나. 내 70

평생에 그렇게 처참한 얼굴은 처음 봤어."

박 화백은 송 영감을 통해 승부의 냉엄함을 상기해보았다. 소주를 한 잔 들이켜자 그 진한 독소가 폐부를 찌른다. 송 영감의 이야기는 거기서 끝나지 않고 계속되었다.

"그 후 양포는 시들어갔어. 한땐 대마 킬러로, 반상의 무법자로 한 시대를 풍미했던 그였지만 추 사범에게 패한 이후로는 예전같이 성적도 좋지 못했고 자기보다 한두 질 아래인 선수들에게도 맥없이 무너지곤 했지. 그리고 그해 겨울 양포는 답십리 고갯길에서 술에 취해 얼어 죽은 모습으로 발견됐어. 사람들은 양포의 죽음을 놓고 자살이냐 사고사냐 이러쿵저러쿵 말이 많았지. 참으로 비통한 일이었어."

어느덧 소주는 다섯 병째 비워지고 있었다.

양포의 종말은 두고두고 내기바둑꾼들 사이에 화제였으나 40년 가까이 세월이 흐른 지금, 이제는 그 사건을 기억하는 사람조차 드물었다.

박 화백은 송 영감에게 술을 따르며 원래 목적인 추동삼의 종적을 다시 캐물었다.

"그 후 추동삼씨는 어떻게 됐습니까?"

"추 사범도 그러다가 얼마 안 있어 그 바닥에서 자취를 감추었지……."

"추동삼씨에 대해 조금이라도 알 만한 사람이 없겠습니까?"

"글쎄…… 워낙 행적이 확실찮은 사람이라서……."

"추동삼씨의 전주였던 유 사장이란 분은 어떻게 됐습니까?"

"유 사장, 강 사장, 모두 죽었어. 그들은 우리보다 10년 이상 연배였거든."

신 영감이 송 영감 대신 답을 한다.

박 화백은 막막했다. 다시 시작하는 기분이었다. 결국 추동삼에 대한 근거는 없었다.

그런데 헤어질 때 송 영감이 뜻밖의 인물을 거론했다.

"김헌자(金憲字) 사범이라고 있었지. 양포와 추 사범이 나타나기 전엔 최고의 바둑이었어. 내 기억에 추 사범이 그 양반과는 친분이 있었어. 추 사범이 바둑 두는 자리에 종종 모습을 보였고, 보통 바둑이 끝나는 새벽에 청진동에 있는 해장국 집에 같이 있는 걸 내가 몇 번 본 적이 있었어. 대전 시내에 있는 기원에 한 번씩 나타난다더구만. 대전 가서 김 사범 찾으면 소식은 들을 수 있을 거야. 우리 연배니깐 그 양반도 많이 늙었겠구만."

5 　　　　잊혀진 내기꾼들

다음 날 박 화백은 주저 없이 대전으로 내려갔다. 박 화백은 도착 즉시 대전 중심가에 있는 기원들을 집중 수소문했다.

그러나 송 영감의 말과는 달리 김헌자 사범의 소재는 묘연했다. 그를 아는 사람은 더러 있었으나 근간의 행적에 대해선 한결같이 불분명했다. 부산에서 그를 본 사람이 있는가 하면 대구에서 봤다는 사람도 있었고 광주에도, 전주, 군산에까지 나타났다는 소문이 있었다.

사람들의 말을 종합해볼 때 김 사범은 대전에 기거하다가 얼마 전부터 전국을 무대로 돌아다니고 있음이 분명했다. 어차피 내기꾼들은 돌아다니기 마련이었고, 돌아다니다 보면 이 도시 저 도시에서 서로가 마주칠 수밖에 없었다. 그런 면에서 볼 때 김 사범에 대한 여러 내기꾼들의 정보는 어느 정도 신빙성이 있었다.

그나저나 박 화백은 난감했다. 어디서부터 그를 찾아야 할지. 수천 개나 되는 전국의 기원을 다 뒤져볼 수는 없는 노릇이었다. 그렇다고 가만히 앉아서 기다릴 수도 없었다. 그야말로 진퇴양난이었다.

궁리 끝에 박 화백은 부산으로 가기로 결정했다. 부산에서부터 시작해 거슬러 올라올 생각이었다. 단 자정이 넘은 시각을 최대한 활용하기로 했다.

과거 박 화백의 경험으로 봐서 밤새도록 영업을 하는 속칭 야통기원이 김 사범을 찾기에는 보다 적합할 것 같았고, 그렇게 되면 찾아야 할 기원의 수도 줄어들어 효율적이라 생각했다.

부산에 도착한 시각은 늦은 밤이었다. 박 화백은 영도에 있는 남항동 부둣가로 차를 몰았다. 부둣가에 차를 세운 박 화백은 시트를 뒤로 젖히고 누웠다. 자정이 넘을 때까지 박 화백은 차 안에서 잠시 눈을 붙였다.

부산에는 기원이 많았다. 대부분 야통기원들이었고 어딜 가나 내기꾼들이 득실거렸다. 박 화백은 차를 몰고 가다 불이 켜진 기원이면 차를 길가에 세워놓고 무조건 올라갔다. 간혹 커튼을 쳐서 내부 불빛을 차단시킨 기원도 있었지만 밖에서 자세히 살펴보면 야통기원의 유무가 금방 드러났다. 광복동, 남포동 등 시내 기원을 여러 곳 돌아본 박 화백은 아침나절이 다 되어서야 여관으로 들어갔다.

사흘 동안 박 화백은 서면과 동래를 비롯한 여러 지역을 이 잡듯이 뒤졌으나 한두 기원에서만 김 사범을 기억하고 있을 뿐 그의 행방에 대해선 역시 별무신통이었다.

대구에 와서도 마찬가지였다.

동성로와 대신동, 원대 주차장 사이를 오가며 수십 개의 기원을 빼놓지 않고 추적했건만 그의 소재를 파악하기엔 역부족이었다.

그럭저럭 서울을 떠난 지가 1주일가량 흘렀다.

박 화백은 초조했다. 이대로 가면 추동삼을 연결하는 유일한 끈이 끊어진다. 지금으로선 그나마 김헌자 사범이 마지막 선택이었다. 그러나 김 사범의 연고는 갈수록 오리무중이었다. 다만 대구 동성로의 어떤 기원에서 웬 내기꾼 사내가 얼마 전 전라도 광주에서 그를 봤다는 믿을 수 없는 말 한마디가 전부였다.

지난 한 달간 박 화백은 정신없이 추동삼을 찾아 헤맸다. 자신의 집 서재에 있는 바둑판을 생각하면 박 화백의 마음은 한시도 편안하질 못했다. 정 국수가 타계하자 그와의 약속이 더욱 자신을 짓눌렀고, 추동삼은 추동삼대로 줄곧 뇌리에서 떠나질 않았다. 어쨌거나 추동삼을 찾기 위한 어떤 작은 가능성이라도 박 화백에겐 절실했고, 그를 만나는 것은 이제 박 화백에게 어떤 희생을 치르는 한이 있더라도 자신이 해결해야 할 몫이 되어 버렸다.

대구에서 하루를 쉰 박 화백은 이튿날 광주로 차를 몰았다. 고령(高靈) 쪽으로 가는 국도를 따라서 차는 광주를 향해 달리기 시작했다.

광주는 그림에 관련되는 일로 비교적 자주 찾는 도시였다. 광주에 도착한 박 화백은 우선 지면이 있는 광주 시내 기원을 몇 군데 확인했다. 그리고 올 때마다 가본다고 벼르던 광주 중심가 충장로 한복판에 있는 무등기원으로 올라갔다.

그 기원은 벌써 20년 전 일이지만 과거 자신이 바둑에 빠졌을 때 떠돌아다니다가 기원 사범으로 서너 달 보낸 적이 있던 곳이었다. 광주에 올 적마다 한번 들러본다고 여러 번 별렀었는데, 늘 시간에 쫓기다 보니 지금까지 한 번도 이행하지 못했다. 한 30평 되는 기원 구조는 옛날 그대로였고 그곳에선 제법 많은 사람들이 바둑을 두고 있었다.

박 화백은 행여 아는 사람이 있을까 하여 주위를 둘러보았다. 한 사람이 눈에 들어왔다. 시내에서 큰 식당을 경영하는 황 사장이었다. 개기름이 흐르는 번질번질한 얼굴과 착점하며 연신 욕을 해대는 버릇은 여전했고, 바둑 내용으로 보아 20년 전 4급이었던 기력이 지금도 그대로였다. 오선을 쭉쭉 밀어붙이는 말도 안 되는 그의 세력 바둑은 조금도 변함이 없었다. 그러나 머리만은 세월과 더불어 백발이 무성했다.

"김헌자 사범을 아십니까?"

무등기원 원장의 말로는 길 건너에 있는, 지금 박 화백이 들어온 이 기원이 내기 전문 기원으로서 광주에서는 내기꾼들이 가장 많이 드나드는 곳이라 했다. 특이한 것은 이 기원 원장의 영업 방식이었다.

원장은 내기를 두지 않는 손님은 출입을 금지시켰다. 극단적인 예로 내기를 두지 않고 몰래 친선바둑을 두던 애기가(愛碁家)를 몰지각한 사람이라 하여 크게 꾸짖어 쫓아버렸다는 일화가 있을 정도로 내기바둑에 심취한 원장이었다.

그 원장이 박 화백을 바라보며,

"김 노인은 워찌 찾는다요?"

하고 물었다.

"만날 일이 있어서요."

박 화백의 대답에 원장이 다시 물었다.

"잘 아는 사이당가?"

"그렇습니다."

일단 박 화백은 그렇게 대답했다.

"며칠 전꺼정 여그서 바둑을 두었당께. 시방 자리를 비웠는디 아마 오늘 밤쯤 나타날 것이구만."

"……."

"내기바둑이나 두면서 기다리시구랴. 치수는 속이지 말고."

그때 방금 바둑이 끝난 듯한 30대가량의 사내가 원장에게 다가왔다.

"원장님, 물이 다 말랐는디 워쩐다요?"

"워쩌긴."

"어차피 깡통은 찼고 친선으로 몇 판 두면 안 되겠으라우?"

"시방 친선이라 했는가?"

"야."

"그런 짓 혀서 뭐 할라고?"

"그냥 가기가 너무 섭섭혀서."

"섭섭혀다?"

"야."

"자네 올해 나이가 몇인가?"

"서른둘이어라."

"부모는 살아 계신게라?"

"야."

"양친이 다?"

"야."

"진짠 게라?"

"야, 진짜여라."

"훌륭한 부모들이시."

"워찌 그런다요?"

"자네 같은 놈을 자식이라 여기고 있응께."

사내가 원장의 말에 학을 떼고 비실비실 걸어 나갔다.

원장은 행여 그냥 두는 사람이 있을까 하여 이 판 저 판 돌아다니며 조사를 했다.

박 화백은 늦은 시각이 되도록 어쩔 수 없이 돈을 걸고 바둑을 두었다. 그러나 자정이 넘도록 김헌자 사범은 나타나질 않았다. 더 기다려도 김헌자 사범이 오기는 글렀고, 내일 다시 와볼 요량으로 기원에서 나온 박 화백은 포장마차에서 소주를 한 잔 마신 후 여관으로 들어갔다.

사직공원 근처 여관은 박 화백이 광주에 오면 가끔 묵고 가던 곳이었다.

훈기가 도는 방 안에 들어서자 포장마차에서 마신 소주의 기운이 서서히 달아올랐다. 샤워를 하고 박 화백은 잠자리에 들었다. 몸이 피곤한데도 불구하고 잠이 쉽게 오질 않았다. 그러다가 깜빡 잠이 든 박 화백이 얼마 안 있어 화들짝 잠에서 깨어났다.

이상한 소리가 들려왔다. 그것은 바둑돌 놓는 소리였다. 박 화백은 환청일 거라 생각했다. 추동삼에 쫓기다 보니 꿈에서까지 바둑이 나타났으리라 생각했다.

다시 눈을 감았다. 또 그 소리가 들려왔다. 분명히 바둑돌 소리였다. 박 화백은 정신을 가다듬었다. 그 소리는 선명하게 벽을 뚫고 들려왔다. 소리는 시간을 두고 계속 들려왔다. 전에도 이 여관에서 바둑 소리를 간혹 들은 적이 있었다.

소리는 정확했고 한 치의 틈이 없었다. 반상 위로 떨어지는 소리는 일고의 흔들림이 없는 완벽한 착수였다.

박 화백은 그 완벽한 소리에 강한 유혹을 받았다. 이런 시각에 여관방에서 벌어지는 대국은 분명 승부바둑일 거라고 생각했다. 어느덧 박 화백의 마음은 벌써 옆방에 가 있다. 박 화백은 참다못해 침대에서 일어나 문을 열고 복도로 나갔다.

그때 마침 여관 주인이 야식을 들고 그 방으로 들어가려던 참이었다. 여관 주인은 대단한 바둑광이었다. 박 화백은 안면이 있는 주인에게 양해를 구했다. 주인은 박 화백의 부탁을 받아들였고 박 화백은 주인을 따라 그 방으로 들어갔다.

방 안에서는 여러 사람들이 한 판의 바둑을 관전하고 있었다.

바둑은 이미 중반전이 넘어서고 있었다. 흑을 쥔 사내가 착수를 했다. 백을 쥔 사내는 고개를 숙인 채 묵묵히 반상을 내려다보고 있었다. 바둑의 모양새로 보아 박 화백의 예상대로 엄청난 고수들의 바둑이었고 그의 형세 판단으론 미세하나마 백 쪽이 두터워 보였다.

구경꾼들이 연신 담배를 피워댔다. 그들은 아마 직간접적으로 이 판에 관련이 있는 자들일 것이다. 박 화백은 묘한 향수에 젖어들었다.

언제였던가, 젊은 시절이었으리라. 자신도 이런 곳에서 승부를 했었다. 이 기원 저 기원 여러 도시를 흘러다녔다.

돌이켜보면 외롭고 아픈 날들이었다.

발길 닿는 대로 흘러다닌 정처 없는 나날이었다.

잠시 후 백을 쥔 사내가 착점을 하며 고개를 드는 순간 박 화백은 깜짝 놀라 하마터면 소리를 지를 뻔했다. 사내는 뜻밖에도 노인이었다. 환갑이 지나 보이는 연로한 늙은이였다. 노인의 얼굴은 깡말랐고, 약간 비뚤어진 턱에 착점하는 손가락은 길숨길숨했다.

노인의 바둑은 탁월했다. 한 수 한 수마다 승부의 연륜이 강하게 묻어나왔으며 고수의 면모가 여실히 드러났다. 노인의 바둑은 평범한 고수의 경지를 넘어서고 있었다.

저 나이에 어떻게 이런 바둑을 둘 수 있단 말인가…….

박 화백 마음에 감동 같은 것이 지나갔다. 정명운 국수에게 느꼈던 분위기와는 또 다른 승부사의 모습이었다.

어느 틈엔가 박 화백은 김헌자 사범을 떠올리고 있었다. 저 사람이 혹시 김 사범이 아닐까 생각하니 박 화백의 가슴이 갑자기 뛰기 시작했다. 저 나이에 그만한 바둑을 둘 수 있는 사람은 드물다. 추동삼과 양포가 나타나기 전에는 그가 최고의 바둑이라 하질 않았던가.

박 화백은 저 노인이 틀림없이 김헌자 사범일 것이라 생각했다.

전라도 순천(順天)이 고향인 김헌자.

고령의 노사초(盧史礎)가 맨발로 쫓아나와 맞이했다던 호남 국수 이재사(李裁査)가 어릴 적 김헌자의 바둑을 보고 한눈에 명인의 재목이라고 격찬했던 일화가 있었다.

그 일화에 걸맞게 그는 지금 한 판의 바둑을 완벽하게 닦아내고 있다. 바둑은 끝내기를 몇 군데 남겨놓았고 백의 승리는 결정적이었다.

박 화백은 슬며시 밖으로 나왔다. 그는 여관 주인을 통해 자신의 짐작이 사실임을 확인할 수 있었다.

"김헌자 사범이라고, 노인네지만 왕년에 한 수 보던 바둑이었지라. 지금 같이 두는 젊은 사범을 두 점이나 접어 벌써 며칠째 승부를 하는디, 젊은 사범이 판 맛을 못 보더구마이. 현역 전문기사들도 젊은 사범에게 두 점은 없다고 그러던디…… 참으로 겁나는 바둑이지라."

박 화백은 김헌자 사범에게 자신이 찾아온 이유와 그간 김 사범을 찾기 위해 여러 도시를 헤매고 다녔던 일 등을 대충 설명했다. 김헌자 사범은 겉보기와는 달리 자상했다. 김 사범의 추동삼에 대한 회고는 송 영감 이야기의 다음 부분이었다.

"양포가 죽고 난 뒤에도 추 사범은 간혹 모습을 보이곤 했네. 양포의 죽음이 추 사범에게 적잖이 충격을 줬을 거야. 한번은 청계천인가 어디에서 바둑을 두는데, 그곳으로 누군가가 추 사범을 찾아왔어. 나중에 물어보니 옛날에 같이 바둑을 배운 동문이라 그러더구만.

대국을 하다 말고 밖으로 나가서 한참 후에야 추 사범 혼자 돌아왔어. 그때 추 사범의 안색이 이상했네. 내 눈에 비친 그의 모습은 평소의 그가 아니었네. 바둑판을 바라보는 그의 얼굴이 심각해 보였어.

대국이 끝나고 술을 마셨네. 그 자리엔 황판수란 친구와, 전문기사였던 정천명 5단이 같이 있었지. 원래 말이 없던 그였으나 그날은 유독 말한 마디 없이 술만 마시더군."

"혹시 그때 찾아온 사람이 정명운 국수가 아닙니까?"

"정명운 그 사람은 아니었네."

잊혀진 내기꾼들

그렇다면 누구란 말인가. 같은 동문이었던 사람으로 추동삼을 찾아온 사람이. 기보에 입회인으로 기록되어 있는 최해수란 사람인가…….

"그날 이후 추 사범은 바둑을 잘 두지 않더구만. 뒷전에서 구경만 하는 날이 많았지. 그리고 얼마 후에 자취를 감추었어……. 그것이 나하고도 마지막이었네."

"그 뒤 전해들은 소식은 없습니까?"

"그 후 몇 년 뒤에 추 사범을 봤다는 사람은 있었지만 확실한 이야기는 아니고……."

김헌자 사범을 통해 추동삼에 대한 결정적 단서를 고대했던 박 화백의 계산은 또 한 번 빗나갔다.

"술을 같이 마셨다던 황판수라는 사람은 누굽니까?"

"그 사람은 추 사범과 각별한 사이였지."

"바둑을 두는 사람이었나요?"

"아닐세. 바둑이야 3, 4급 초보 수준이고 노름꾼이었지. 그 세계에서는 모르는 사람이 없을 정도로 대가였다더군."

"그런 분이 어떻게 추동삼씨와 가까워졌을까요?"

"그건 나도 모르네. 내가 보기엔 추 사범과 황판수는 절친한 친구 사이였어. 추 사범과 제일 가까운 사람이 황판수였고, 그다음이 정천명 5단이었을 거야."

"황판수씨 소식은 전혀 모르시죠?"

박 화백은 뻔한 이야기를 물어보았다.

"……모두들 어떻게 됐는지……. 그들도 우리처럼 여기저기 떠돌아다니겠지……."

추동삼을 찾기 위한 숙제는 다시 황판수로 좁혀졌다.

전문기사 정천명 5단의 이름이 이야기 도중에 나왔으나 그는 이미 유명을 달리했다. 정천명 5단은 40대 나이에 아깝게 요절했다. 끈질긴 장고 바둑으로 유명했던 정천명은 그 끈질김으로 막판 뒤집기가 장기였다. 그러나 그는 죽음이란 승부는 뒤집지 못하고 바둑사의 한 귀퉁이에서 잊혀진 사람이 되었다.

두 사람이 포장마차에서 나왔을 때 거리엔 어둠이 드문드문 걷히고 있었다. 빈 택시가 새벽 거리를 쏜살같이 질주한다.

겨울이 오고 있었다. 매서운 바람이 도시를 에워싼다. 바람은 이내 도시의 저편으로 멀어졌다.

헤어지기 전 박 화백이 김헌자 사범에게 물었다.

"아까 그 바둑은 귀에서 수가 나지 않았습니까?"

김헌자 사범이 대답했다.

"쓸데없이 수를 내는 건 감정이 풍부한 사람들이 하는 짓이라네."

그는 손을 흔들며 미명 속으로 사라졌다.

6   깊은 산사의 노승

방송국 PD로 있는 정 감독에게서 전화가 온 것은 박 화백이 서울로 올라온 지 보름쯤 지나서였다.

박 화백은 올라와서 황판수를 찾는 일에만 매달렸다. 송 영감을 다시 찾아가서 황판수에 대해 물었으나 송 영감은 황판수가 추동삼의 전주 노릇을 잠시 했다는 사실만 기억하고 있을 뿐 황판수의 행적에 대해선 전혀 몰랐다.

황판수를 찾는 일은 추동삼을 찾는 일보다 더 막막했다. 추동삼은 기원이라는 마지막 보루가 있었으나, 황판수는 길이 없는 들판에 고삐 풀어진 야생마였다.

박 화백은 황판수의 주무대였던 청계천의 기원들을 둘러보았다. 기원 도박은 이미 마작이나 포커가 화투를 잠식하고 있었기 때문에 전문 화투꾼에 대한 정보를 캐내기가 힘들었다. 황판수를 찾는 길은 이름이 있는 노름 전문가들이나 왕년의 섯다꾼이어야만 가능했다.

박 화백은 고민스러웠다. 어디 가서 그런 노름꾼을 찾는단 말인가. 노름꾼들은 대개 연고지가 없다. 그들은 발길 닿는 대로 떠돌아다니는 자들이었다. 박 화백으로선 그들을 찾을 길이 없었다. 섯다판을 넘나드는 사람들과 연이 닿지 않는 이상 그것은 불가능했다. 그래서 고민고민하다가 생각한 게 대학 친구인 정 감독이었다.

방송국에서 다큐멘터리 연출을 하고 있는 정 감독은 지난해 도박과 관련된 다큐를 만들어 세간의 좋은 반응을 얻었다. 그때 정 감독이 취재하며 알게 된 노름꾼 중에 강석중이라는 노름꾼이 있었다. 그는 화투 기술에 얽힌 책을 펴내 시중에 화제가 되기도 했던 인물이었다.

정 감독은 박 화백과 함께 강석중을 만나 직접 황판수 일에 대해 부탁했다. 강은 박 화백의 이야기를 듣고 황판수를 알 만한 왕년의 선배 노름꾼들을 대상으로 여러 사람을 찾아다녔다.

마침내 강은 황판수와 비슷한 연배에 활동 시기도 대략 맞물리는, 거기다가 솜씨 또한 그 당시 몇 손가락 안에 꼽혔다는 원로 선배를 찾는 데 성공했고 급히 정 감독을 통해 박 화백에게 연락을 취한 것이었다.

박 화백은 차를 몰고 약속 장소인 신촌으로 향했다.

화단 선후배들 사이에 박 화백에 대한 소문이 무성했다. 박 화백이 개인전을 포기하고 2년 전부터 나가던 대학 강사 자리도 휴직계를 내버리자 박 화백이 붓을 꺾었다는 등 젊은 나이에 너무 빨리 크더니 일찍 사양길에 접어들었다는 등 말들이 많았다. 박 화백의 성품을 평소 잘 이해하는 그의 아내 입장에서도 본업을 내팽개치고 미친 듯이 돌아다니는 박 화백의 행동이 고울 수만은 없었다.

그러나 박 화백에겐 그 모든 것이 하찮게 느껴졌다. 지금은 오직 추동삼을 찾는 일만이 유일한 그의 목적이었다.

강과 함께 찾아간 곳은 난지도 근처 상암동 빈민촌이었다.

강이 말한 노인은 대낮부터 소주를 마시고 있었다.

"황판수 그 사람은 왜 찾누?"

"여기 박 선생님께서 꼭 만날 일이 있답니다."

강이 박 화백을 대신해 노인의 물음에 대답했다. 퀴퀴한 냄새가 나는 골방에서 노인은 말년을 비참하게 보내고 있었다.

"당신은 뭐 하는 사람이오?"

노인이 퉁명스럽게 박 화백에게 물었다.

"학교에 나갑니다."

박 화백이 적당히 둘러대자 노인이 박 화백을 째려본다.

"선생인가 본데 선생이 뭐하러 우리 같은 사람을 찾누?"

노인이 박 화백에게 핀잔을 준다.

"어허! 그게 아니시라니까. 말했잖아요, 황판수씨를 꼭 만나야 한다고……."

강은 노인을 찾아오면서 박 화백이 사온 술과 안주를 내놓았다. 그제서야 노인은 유순해지며 황판수 일에 협조적으로 나왔다.

노인의 황판수에 대한 기억은 의외로 간단했다.

"20년이 넘었을 거야. 사람의 일이 다 그렇지만 못된 짓 하고 살다 보면 말년이 온전치 못해. 내 꼬락서니를 봐. 이게 사람 사는 거라 할 수 있겠어? 황판수도 결국 좋지 못했어…… 벌써 오래됐구만……. 여기저기 떠돌아다니다가 그 친군 몹쓸 병을 얻었어."

"무슨 병인데요?"

강이 물었다.

"그땐 그런 일이 흔했어. 백주에 문둥이들이 애들을 잡아먹을 때니까……."

"나병입니까?"

강이 다시 물었다.

"……소문엔 큰돈을 따먹고 걔들 패거리에 끌려갔다더군. 자세한 사건 내막은 나도 몰라. 전해들은 이야기니까…… 동두천 부근 내천리 나환자

촌에 있다가 그 이듬해 소록도로 갔다더군……."

소록도.

박 화백은 입 속으로 가만히 소록도를 불러보았다.

"내가 세상 누구라도 이거라면(섯다) 자신이 있는데, 그 황판수한테만은 솔직히 자신이 없었어. 그놈은 손도 빨랐지만 눈이 엄청나게 빠른 놈이었거든."

언어로 표현만 해도 슬픔이 묻어나는 까닭 모를 섬.

"꿩 잡는 게 매라고, 길은 멀고 날은 저무는데 눈 빠른 놈한테 걸리면 백약이 무효라네."

숱한 애환이 서린 사람의 땅 소록도.

"그 친구 만나면 안부나 전해줘. 저세상에서 만나자고."

방과 후 민수는 교무실에 불려갔다. 담임선생님은 단도직입적이었다.

"돈이 없어 남들 다 하는 보충 수업을 못하겠다. 그 말이냐?"

"예."

"박민수!"

"예."

"돈 없는 게 자랑이냐?"

"……."

"집에 허락을 받아 보충 수업을 받도록 해."

"형편이 안 됩니다."

담임선생님은 고함을 버럭 질렀다.

"그럼 학교는 왜 다녀!"

민수가 고등학교 입학하던 해 민수의 집은 어촌을 떠나 도시로 이주했다. 어촌에서는 더 이상 살 형편이 안 되었고, 무엇보다도 민수가 성장함에 따라 그의 장래를 걱정한 어머니의 배려였다.

도시에 나와서도 가계의 빈곤은 여전했다. 어머니는 전에처럼 시장에 나가 일을 했고, 민수는 새벽에 일어나 신문을 돌렸다. 그 수입으로 민수의 가정은 어린 동생들과 함께 하루하루를 연명하다시피 했다. 그 상황에서 민수의 방과 후 보충 수업은 현실적으로 불가능했다.

교무실 앞 복도에서 누군가가 민수를 불러 세웠다. 최원식(崔元識) 미술 선생님이었다. 미술 시간에 민수의 그림을 유심히 눈여겨보곤 하던 선생님이었다.

"보충 수업은 필요하다."

"……."

"넌 내일부터 수업이 끝나면 미술실에서 보충 수업을 받도록 해라."

최 선생님은 특이한 분이었다.

그림을 그리기 전 학생들에게 눈을 감고 명상을 시켰으며, 그림을 그리는 도중이나 수업이 끝나면 자신이 직접 지은 삼행시 시조를 그 낭랑한 목소리로 곧잘 읊어주곤 했다. 제자들이 잘못을 저질러 매를 들 때는 항상 분필 묻은 손을 깨끗이 씻고 단정한 자세로 종아리를 후려쳤다.

민수는 고등학교 2학년이 될 때까지 그런 선생님을 한 번도 겪어본 적이 없었다.

미술실에 갔을 때 뜻밖에 최 선생님은 한문 선생님과 바둑을 두고 있었다. 최 선생님은 민수를 보자 말했다.

"박민수, 우선 쓰레기통을 버리고 청소를 해라."

민수는 미술실을 깨끗하게 정리 정돈했다. 그러자 이번에는 다른 일을 시켰다.

"이제부터 그 탁자 위에 놓인 벼루에 먹을 갈아라."

한 자나 되는 큰 벼루였다. 민수는 선생님이 시키는 대로 먹을 갈았다.

미술실은 대나무와 매화를 그린 그림이 온 벽에 걸려 있었다. 분위기가 학교 미술실이라기보다는 최 선생님의 개인 작업실 같았다.

선생님들은 바둑 삼매경에 빠져 희희낙락이다. 바둑은 한문 선생님이 최 선생님에게 여러 점을 놓고 두고 있었다.

변에서 서로 대마가 걸린 수상전(手相戰: 흑백의 돌이 서로 맞끊고 얽혀 싸움을 벌이다 서로 수를 메워 따내야 하는 형태. '수싸움'이라고도 함)이 벌어졌다. 한문 선생님이 백의 수를 줄이기 위해 일선을 젖혔다. 얼핏 보면 젖히는 것이 타당해 보였으나 수읽기 부족이었다. 젖히는 수로는 단순히 내려서서 한 집을 짓고 들어가면 흑이 한 수 빠른 유가무가(有家無家: 수상전에서 한쪽은 집 모양이 있고 다른 한쪽은 집 모양이 없는 형태. 수 차이가 얼마 나지 않을 때는 집 모양이 있는 쪽이 압도적으로 유리함)였다. 초급자인 한문 선생님이 그 수를 볼 리는 없었다.

먹을 갈던 민수가 답답한 마음에 자신도 모르게 거들었다.

"선생님, 그거 젖히지 말고 한 집을 내면 수상전에서 한 수 빠른데요."

최 선생님은 민수를 쳐다보더니 싱긋이 웃었다.

미술실에서의 민수의 하루 일과는 선생님의 작업을 도와주는 것이었다. 도와주는 일이라야 청소를 하고 먹을 가는 일이 고작이었지만 선생님은 그런 일을 중요하게 생각했다. 간혹 민수가 먹을 가는 데 소홀하면 선생님은 엄하게 민수를 꾸짖었다.

"먹을 가는 것은 중요한 일이니 열심히 하도록 해라."

민수는 주로 선생님의 작업을 구경하는 시간이 많았다. 붓이 몇 차례 지나가면 대나무가 만들어지고 매화가 피었으며 화선지 위에는 어느 틈에 난초가 무성했다. 그럴 때 선생님 모습에서 민수는 언젠가 출항을 앞두고 뱃머리에 앉아 담배를 피우던 아버지를 떠올렸다.

미술실에서 제일 기다려지는 시간은 작업이 끝나고 두 사람이 수담을

깊은 산사의 노승

나눌 때였다. 그 당시 민수의 기력은 5급 정도였고 선생님은 1, 2급에 달하는 고수였다. 민수는 넉 점을 놓고 매번 졌다. 열 판을 두면 민수가 이기는 판 수는 고작 한두 판이었다. 민수가 이기는 날은 선생님이 저녁을 사주기도 했고, 같이 영화를 보러 간 적도 있었다.

민수는 선생님과의 치수를 좁히기 위해 나름대로 고심했다. 하지만 치수는 전혀 변동의 기미가 없었다. 두기 전에는 자신감에 충만했으나 승부 결과는 매번 요지부동이었다.

어느 날 민수는 마음을 굳게 먹고 기원을 찾았다. 어머니가 장사를 하는 시장 도로변에 있는 기원은 역사가 오래된 기원으로 그 도시에서는 소문난 기원이었다.

그 기원에서 민수는 한 사내를 만났다. 깡마른 체구에 허름한 차림의 사내는 서른 살이 넘어 보였다. 사내는 말이 없었다. 종일 기원에 있어도 누구와 말 한마디 나누는 법이 없었다. 사내는 바둑을 두지 않고 구경만 했다. 온종일 뒷전에서 남이 두는 바둑을 지켜보았다. 그러다가 잠이 오면 의자에 앉은 채로 꾸벅꾸벅 졸았고, 어떤 날은 창가에 기대어 한 시간이고 두 시간이고 잠을 잤다.

사람들은 사내에 대해 무관심했다. 사내가 어떤 행동을 하든 사람들에게 사내의 행위는 이미 도식화되어 있었다.

그때만 해도 교복을 입은 학생들의 기원 출입이 흔치 않은 일이었으므로 민수는 기원 손님들에게 귀여움을 받았다. 그러나 사내는 민수에게 단 한 번도 관심을 준 적이 없었다.

한번은 사내가 혼자서 바둑을 놓고 있었다. 민수가 기원에 나온 이후로 처음 보는 광경이었다. 민수는 호기심에 사내에게 다가갔다. 기보도 없이 사내는 흑, 백의 돌을 번갈아 놓았다. 민수와 사내의 눈이 마주쳤다. 사내는 돌을 쓸어담았다. 민수는 발길을 돌리며 사내의 눈이 참 슬프다고 생각했다.

그날 민수는 늦은 시각에 기원에 들렀다. 그날따라 기원에는 손님이 별로 없었고 사내는 원장과 난롯가에서 술을 마시고 있었다. 민수는 구석 자리에 앉아 신문에 난 기보를 복기하기 시작했다.

그때 사내가 다가왔다.

"학생, 상대가 없나 본데 나와 한번 둘까."

사내는 민수 앞에 앉았다.

"아홉 점을 놓아봐."

민수는 깜짝 놀랐다. 이 기원에서 제일 잘 두는 사람에게 민수는 여섯 점을 놓았다. 그간 실력에 진척이 있어 바둑도 다소간 늘었다. 술기운으로 얼굴이 불그스레한 사내는 태연했다. 민수는 사내의 말대로 아홉 점을 놓았다.

한 판을 졌을 때 사내는 일어서며 민수에게 말했다.

"남의 돌을 잡으려 하지 말고 네 돌을 죽여서 이겨봐. 그러면 바둑이 는다."

그 한마디는 민수의 바둑관을 확 바꾸어놓았다. 그 후로 민수는 사내를 사범님이라 불렀다.

"묵향이 좋으냐?"

"예."

민수는 묵향이 바닷가의 갯벌 냄새와 비슷하다고 생각한 적이 있었다.

"너도 가만히 있지 말고 붓을 쥐고 연습을 해보려무나."

그때부터 민수는 신문지 위에 붓을 사용하는 법을 배웠다. 그리고 얼마 후 그림을 그리기 시작했다. 그것은 미술 시간에 그리는 그림과는 판이했다. 민수는 땀을 흘리며 먹을 갈았고 열심히 정성을 다해 선생님의 가르침에 따랐다. 그림을 그리다가 무심코 고개를 들면 선생님은 어느새 등 뒤에 서서 민수의 그림을 내려다보고 있었다.

그간 선생님과의 바둑은 두 점으로 내려왔다. 근간엔 두 점 놓고도 민수가 이기는 날이 빈번했다.

"너의 바둑이 이렇게 일취월장하는 걸 보니 기원의 사범님이란 분이 대단한 분이신가 보다."

민수는 그동안 사범님에게 바둑을 많이 배웠다. 하루나 이틀에 한 번 정도 지도대국을 받았고 사범님의 각별한 관심으로 자신에게 알맞은 바둑책들을 골라 섭렵할 수 있었다.

"그래, 사범님께서 이번엔 무엇을 일러주었느냐?"

"신물경속(愼勿輕速)이란 말을 했습니다."

"신물경속이 무엇이라 하더냐?"

"행마를 신중히 하는 것이라 했습니다."

"옳은 말이다. 그림에서도 붓이 가벼우면 그 그림은 필경 상하게 된다."

중반전에 이르러 판세가 기울자 선생님은 돌을 거두었다.

"이대로 가면 너와 난 곧 맞수가 되겠구나."

선생님은 껄껄 웃으셨다. 그러나 선생님의 그런 기대는 곧 무너졌다. 사범님이 기원에서 자취를 감추었다. 하루이틀 보이지 않더니 그길로 영영 발길을 끊었다.

민수는 사범님을 기다렸다. 민수는 사범님이 꼭 돌아오리라 믿었다. 언제나처럼 기원 문을 열고 불쑥 나타날 것만 같았다. 그러나 기원 문은 결코 열리지 않았고 사범님은 돌아올 줄 몰랐다.

하루는 원장님이 사람들에게 말했다.

"그 사람 사기바둑 두다가 잡혀갔어."

그날 민수는 도시에 나와 처음 부둣가에서 갈매기를 바라보았다.

"너 요즘, 바둑에 의욕이 없구나."

선생님은 방금 민수가 놓은 수를 보고 고개를 흔들었다.

"이 수는 사범님이 보면 실망하겠다."

"……사범님은 잡혀갔습니다."

"……."

민수는 선생님을 따라 생전 처음 술집에 갔다. 선생님은 막걸리를 사발에 한 잔씩 부었다.

"마음이 괴로우냐?"

"예."

"살다 보면 괴로운 일은 얼마든지 있다."

"……."

"사범님이 좋지 못한 일로 잡혀갔다 하더라도 너에겐 좋은 선생님이다. 넌 사범님을 나쁘게 생각해선 안 돼."

"……."

"자, 술을 들어라. 이 술은 떠난 사범님을 위해 마시는 술이다."

얼마 안 있어 선생님도 타도시로 전근을 갔다.

선생님은 붓과 벼루를 선물로 주고 헤어질 때 한마디만 했다.

"고향을 잊지 마라."

그리고 선생님은 긴 복도를 걸어갔다.

바다 가운데 촘촘히 섬을 들어앉힌 남해안 풍경은 바다라기보다 오히려 호수처럼 잔잔했다. 구전으로 혹은 영화에서나 보았던 소록도 모습은 의외로 한적하고 평화스러워 보였다. 소외받은 땅이라기에는 주변 경관이 빼어났고 섬 아래로 보이는 겨울바다가 한없이 푸르렀다.

"황판수씨를 찾아오셨다구요?"

깊은 산사의 노승

박 화백이 젊은 수녀를 따라 원장실에 들어섰을 때 나이 지긋한 노 수녀 한 분이 박 화백을 맞이했다.

"황판수씨는 완치가 되어 떠나고 없습니다. 그분은 완치 후 한 10년 가까이 자원 봉사를 하시다가 5년 전쯤에 이곳에서 나갔습니다."

"혹시 어디로 가신다는 말씀은 없었습니까?"

"이곳에 있다가 나가시는 분들은 뭐라고 할까요…… 행선지 같은 것은 잘 밝히지 않습니다."

박 화백은 노 수녀에게 자신의 입장을 밝히고 최대한의 협조를 구했다. 노 수녀는 서무과에 전화를 걸어 황판수의 기록을 찾아오도록 지시했다. 잠시 후 젊은 수녀가 서류를 가져오자 노 수녀는 그 서류를 박 화백에게 내밀었다.

"그분하고 관계 있는 것은 이것이 전붑니다."

서류에는 황판수의 본적과 생년월일, 그리고 이곳에 들어온 입소 날짜와 퇴소 날짜 등이 적혀 있었고, 서류 상단에는 누렇게 빛바랜 황판수의 흑백 증명사진 한 장이 붙어 있었다.

"황판수씨가 여기 계실 때 그분을 찾아온 사람은 없었습니까?"

"이곳은 부모형제라 해도 잘 오질 않습니다. 1년에 한두 번, 그것도 입소하고 처음 1, 2년이죠. 그 후론 연락이 끊어지는 경우가 대다숩니다."

"그분에 대한 또 다른 기억은 없습니까? 아주 사소한 것이라도."

박 화백은 안간힘을 쓴다. 여기에서 실마리를 잡지 못한다면 이젠 영영 희망이 없다.

한동안 생각에 잠겨 있던 노 수녀가 뜻밖의 말을 했다.

"황판수씨가 여기 계실 때 같은 처지에 있는 웬 여자와 결혼을 했어요."

"결혼을 했다구요?"

"오래전 일이라 깜빡 잊고 있었는데 황판수씨가 들어온 지 2년인가 3년이 지나 결혼을 했어요. 소문엔 황판수씨가 이곳에 오기 전부터 서로 잘 아는 사이였다더군요. 참, 그러고 보니 그때 결혼하는 날 황판수씨 친구 되는 분이 한 명 찾아오셨어요."

"친구!"

박 화백의 눈이 번쩍 뜨였다.

"확실친 않지만 그때 황판수씨가 친구라 그러더군요. 바깥에 있을 때 가깝게 지냈다고."

"그분 성함은?"

노 수녀는 고개를 흔들었다.

"면회실에 알아보면 되겠군요."

"면회실에 접수되는 장부는 5년 단위로 소각해버리기 때문에 그때 기록은 없을 거예요."

그 사람이 누굴까. 황판수의 결혼식 날 찾아온 사람은 혹시 추동삼이 아닐까.

"제가 찾아온 그 친구분을 기억하는 것도 그런 이유가 있었어요. 황판 수씨와 같은 숙사에 이동술씨라고 있었죠. 그분은 밖에 있을 때 바둑을 두던 사람이었나 봐요. 그날 성당에서 결혼식이 끝나고 그분과 황판수씨를 찾아온 친구가 바둑을 두었어요. 밤을 새워 환자들이 구경을 했죠. 이 곳에서도 바둑을 두는 경우가 가끔 있지만 그날 같은 경우는 아주 드문 일이었죠."

추동삼이었다. 그 사람이 아니고서야 이곳까지 찾아와서 바둑을 두고 갈 인물이 달리 있겠는가. 그는 분명 추동삼이었다. 이로써 추동삼이 황 판수가 여기 있을 때 나타난 것이 확인되었다.

그렇다면 황판수는 어디로 갔을까. 그는 왜 이곳을 떠났을까. 통상 나병환자들은 완치 후에도 한 곳에서 일생을 마감하는 게 보통인데 그는 왜

　　　　깊은 산사의 노승

삶의 마지막 순간에 이곳을 떠났을까.

박 화백은 가슴속으로 밀려드는 여러 가지 상념을 주체할 수 없었다.

"그 후 황판수씨 친구분은 다시 온 적이 없습니까?"

"글쎄요. 그것까진 기억을 못하겠군요."

"황판수씨와 결혼했던 여자는 어떻게 됐죠?"

"그 여자는 결혼하고 몇 년 후에 죽었어요."

"……황판수씨는 살아 계실까요?"

노 수녀는 박 화백을 향해 온화하게 웃었다.

"천주님께서 지켜주실 겁니다."

소록도 녹동항에 저녁 안개가 자욱하다. 그 위로 안개비가 내린다. 바다와 섬이 뿌연 안개 속에 휩싸인다. 박 화백은 비를 맞고 서 있었다.

안개를 헤치고 어디선가 꼭 추동삼이 나타날 것만 같은 환각에 박 화백은 자꾸만 뒤를 돌아다보았다.

경상남도 의령군(宜寧郡) 유곡면(柳谷面)에 황판수의 본가가 있었다.

소록도에서 황판수의 본가가 있는 유곡면까지는 승용차로 여섯 시간 거리였다. 가는 도중 박 화백은 진주에서 은퇴 후 칩거중인 고등학교 은사이자 일생 동안 마음의 스승으로 모셔온 최원식 선생님을 찾아갔다.

"오늘 아침 육효(六爻)를 쳐보았더니 오후에 반가운 손님이 온다기에 누군가 했더니 바로 자네였군."

얼마 전에 고희를 넘긴 선생님은 노인답지 않게 정정해 보였으며 지금도 사군자 중 대나무 분야에서는 탁월한 기량으로 단연 으뜸이었다.

화랑가에서는 선생님의 작품을 구하기 위해 무진 애를 쓰고 있지만 여간해서 작품을 외부에 유출시키지 않는 관계로 선생님의 작품은 소품이라 할지라도 엄청난 고액에 매매되곤 했다. 6년 전 오랫동안 맡고 있던 대학교수직을 그만둔 후 선생님의 그림은 시중에서 더욱 구하기 힘들어졌다.

박 화백이 도착했을 때 마침 선생님은 작업중이었다. 내리치는 붓끝이 때론 솜털처럼 가볍게 때론 폭풍처럼 격렬하게 움직이면서 대나무는 생명의 기운이 가득 찬 그림으로 형상화되어갔다.

박 화백 눈에 비친 선생님의 운필은 이미 법도를 초월한 자연 그 자체였다.

"선생님의 죽(竹)은 갈수록 기상이 넘치질 않습니까?"

"묵(墨)의 형상은 필법(筆法)에서 오는 것이나 필법을 얻었다고 해서 반드시 도달했다 할 수 있겠느냐?"

"필묵의 경계는 어떻습니까?"

"원(元)나라 사람 오진(吳鎭)이 말하길 예로부터 묵죽(墨竹)이 많았다고 하지만, 초범(超凡)하고 입성(入聖)의 경지에 이르러 공장(工匠)의 기를 벗어난 사람은 드물다 했다. 묵죽은 하나의 기예라 할지라도 이에 정통하고자 한다면 마음이 도달한 자가 아니어서는 불가능하다는 뜻이다. 말하자면 대나무를 있는 그대로 묘사하지 않는 죽의 묘법(妙法)이다."

"죽이되 죽이 아니라는 뜻입니까?"

"마음을 다스리려면 색작(索作)을 행해야 하며 형사(形似)를 구하지 않는다. 즉 사실이나 기법에 구애받지 않는 필묵의 도리를 으뜸으로 여긴다."

선생님은 녹차를 끓여 박 화백과 마주 앉았다.

"개인전을 한다더니?"

"포기했습니다."

"왜 포기했느냐?"

"왠지 마음이 내키질 않습니다."

깊은 산사의 노승

"마음이 가는 대로 버려두어라. 다만 어떤 것이 너의 진정한 마음이냐 하는 것은 깊이 생각해보아야 할 것이다. 마음은 우주와 같으나 그것은 항상 딱딱한 껍질에 싸여 여간해서 그 모습을 드러내지 않는다. 그것을 싸고 있는 껍질이 심포(心包)다. 우리가 통상적으로 마음이라고 알고 있는 것이 심포로서 마음의 껍질에 지나지 않는다. 다만 마음이라고 착각할 뿐이다. 일에 집착하는 것은 심(心)보다는 심포의 작용일 수도 있다. 흘러가는 대로 버려두어라. 마음이 얽매이거나 제자리를 잡지 못하면 그것이 병이 되어 너 자신을 해치게 될 것이니…… 틈나는 대로 내가 가르쳐준 명상법에 따라 명상을 자주 하도록 해라. 그리고 혜안의 눈을 뜨고 네 자신을 돌아보아라."

그날 두 사람은 모처럼 바둑으로 늦은 밤까지 시간 가는 줄 몰랐다.

다음 날 아침, 박 화백은 선생님에게 작별인사를 하고 의령 황판수의 본가로 향했다. 진주에서 의령을 지나 유곡까지는 약 두 시간가량 소요되었다.

주소에 적힌 대로 황판수 집을 찾아가보니 황판수 생가는 이미 폐가가 되어 있었다. 집은 주변 마을과 떨어진 야산 아래 외딴 곳에 있었다. 초가집이던 것을 슬레이트로 엉성하게 얼기설기 걸쳐놓은, 사람이 산 지 오래된 집이었다. 박 화백은 일단 동네 안으로 걸어 들어갔다.

벽촌의 초겨울은 을씨년스러웠다. 감나무 잎이 스산하게 길가에 흩어지고 개 한두 마리가 동네를 어슬렁거렸다. 조금 걸어 들어가자 동네 한복판에 구멍가게가 나타났다. 박 화백은 가게 안으로 들어갔다. 가게 안에는 아무도 없었다.

"계십니까?"

박 화백이 가게에 딸린 방을 향해 주인을 부르자 슬그머니 방문이 열렸다. 낮잠을 자다 깬 50이 넘어 보이는 아낙이 눈을 비비며 방에서 나왔다. 박 화백은 오래된 구형 냉장고 안에서 사이다를 끄집어냈다. 마개를 따고 한 모금 마신 뒤 박 화백은 아낙네에게 물었다.

"아주머니, 저기 산 아래 외딴 집 있죠?"

"예."

"지금은 폐가가 됐던데 그 집에 황판수씨란 분이 살았죠?"

"황판수. 아, 문둥이 노인 말인가베요."

"네."

"와 그라요?"

"그분 소식을 알까 해서요."

"그 노인 벌써 죽었심더. 그 집엔 지금 아무도 안 삽니더."

설마 했던 가정이 현실로 나타났다. 폐가가 된 집을 보고 마음이 조마조마했으나 아낙의 말은 한칼에 박 화백이 제일 우려했던 점을 찔러버렸다.

죽었다니, 천신만고 끝에 찾아왔는데 죽었다니, 이것으로 끝인가. 결국 여기서 끝나고 마는가. 박 화백은 평상 위에 털썩 주저앉았다. 멍해졌다. 온몸의 힘이 쭉 빠져나간다.

"노모가 살고 있었소. 팔순이 넘어 평생을 집 나간 자식이 돌아오길 기다렸구마. 그래 어느 날 황 노인이 흉물스러운 모습으로 나타난 기라요. 참, 보기 딱하더마요. 그런데 세상에 아들이 돌아온 지 보름도 안 돼 노모가 죽었는 기라요. 벌써 죽었어야 할 목심을 자식이 보고접어서 끝까지 기다린 기라요. 얼매나 자식이 보고 싶었시믄……."

아낙의 눈에 금방 눈물이 맺힌다. 황판수는 마지막 순간에 소록도를 떠나 결국 늙고 병든 어머니에게로 돌아온 것이었다. 박 화백은 담배를 입에 물었다.

허망했다. 이제 추동삼은 영원히 찾을 수 없는 사람이 되고 마는 가…….

"황 노인은 늘 강가에 나가 있었심더. 어머니 뼛가루를 뿌린 강가에서 종일 앉아 있곤 했답디더. 강에 안 나가는 날은 하루 종일 집에 있었으니 께요. 우짜다 밤이 되가 읍내에 나가는 걸 본 적이 있었지만 밝은 대낮에는 거의 두문불출이라요. 동네 사람들은 그 집 앞에 얼씬도 안 했구마요. 문둥병 걸렸다가 돌아온 사람을 누가 가까이 하겠소. 사람들이 야박스럽기도 하지. 그러다가 이태 전에 황 노인도 저세상 사람이 된 기라요."

박 화백은 담배를 길게 빨았다. 니코틴이 뱃속 깊숙이 스며드는데 아무런 동요가 없다.

"죽은 사람을 불쌍히 여기가 절에서 시님이 장례를 치라줬다 카데요."

추동삼을 찾을 길은 사라졌고 정 국수와의 약속은 지킬 수 없게 됐다. 이제 어디 가서 그를 찾는단 말인가. 노 수녀 말대로라면 그는 세상 어딘가에 아직도 살아 있을지 모르는 일이었다. 그러나 그를 찾는 길은 황판수의 죽음으로 이제 완전히 원점으로 되돌아오고 말았다.

바둑판.

바둑판이 떠올랐다. 주인 없는 바둑판이 미아가 되었다. 제아무리 명반이라 하나 사람이 없으면 다 부질없는 것. 모든 명품은 그것을 다스리는 사람으로 인해 가치를 인정받는 법.

읍내에 도착하니 장날이었다. 많은 사람들이 북적거렸다. 박 화백은 국밥집에 들러 술을 한잔 마셨다.

여백이 없다. 열정은 소진되고 비벼낼 여백이 전혀 없다. 박 화백은 지난 몇 개월 동안 정신없이 꿈을 꾼 것만 같았다. 한 사내를 찾기 위해 심혈을 기울였으나 그 사내는 원래 이 세상에 존재하지 않는 사람이었는지도 모른다. 마음속에 있는 어떤 환영을 쫓았는지도 모른다.

길거리 레코드 가게에서 흘러간 가락이 흘러나왔다.

정육점, 신발가게, 싸구려 옷장수들, 중국집, 낡은 간판, 대성각(大城閣),

기원…….

이런 곳에 기원이 있었다니.

박 화백은 국밥집을 나와 무심코 기원으로 올라가본다. 초라한 기원이다.

낯선 사람들.

언젠가 비슷한 기원에 갔었던 기억이 난다.

추동삼은 어떻게 살았을까. 그도 여느 내기꾼처럼 이 기원 저 기원 흘러 다녔을까.

한 화가가 있었다. 그는 천품을 타고 태어났다. 젊은 나이에 그는 대가가 되었다. 그는 더 이상 그릴 그림이 없었다. 그래서 어떤 자극이 필요했다. 그는 붓을 꺾고 떠돌이가 되었다. 사람들은 그가 더 완벽한 그림을 그리기 위해 세상을 떠돌아다닌다고 생각했다.

세월은 속절없이 흘렀고 그는 긴 방황 끝에서 돌아왔다. 사람들은 이제 그의 완벽한 작품을 기다렸다. 그러나 그는 다시는 그림을 그리지 않았다. 그는 또다시 떠돌이가 되어 길을 떠났다.

그 후 그를 본 사람은 아무도 없었다.

"얼마나 두십니까?"

"1급."

"잘 두시네. 상대가 있을는지."

중년 신사가 앞에 앉았다.

박 화백은 돌을 놓았다. 아니 건성으로 두어본다.

그러고도 중년 신사는 박 화백 기력에는 턱없이 못 미친다.

상대가 바뀐다. 이번에는 20대 청년이다.

결과는 같다.

사람이 또 들어선다.

한 사람, 두 사람…….

"상대가 없군요."

원장이 미안해한다.

옆에서 바둑을 두던 손님이 말한다.

"해봉도사가 와야 되겠구만."

"그러고 보니 해봉도사가 있었네. 해봉도사가 안 나타난 지 오래되는구만. 황 영감 죽고부터 통 보이지 않아. 절을 떠났다는 이야기도 있고……."

박 화백은 갑자기 번개로 머리를 맞은 것처럼 아찔했다.

"황 영감이라면?"

"그렇소, 문둥이 영감."

"그분이 이 기원에."

"생전에 간혹 들렀지요."

"근데 해봉도사가 누구죠?"

"인근 수도사(修道寺)란 절에 있는 사람인데 스님은 아니고, 바둑이 대단한 고수요. 모르긴 해도 선생께서도 그 양반에겐 몇 점 붙여야 될 거요."

"존함이 어떻게 되죠?"

"도사가 무슨 이름이 있겠소."

구사일생이라더니 이런 경우를 두고 하는 말인가. 어느새 박 화백의 가슴은 쿵쾅거리고 있었다.

기료를 지불하고 거스름돈을 받을 사이도 없이 박 화백은 밖으로 뛰쳐나갔다. 읍내에서 수도사까지는 한 시간가량 걸렸다. 박 화백은 단숨에 수도사에 당도했다.

수도사에는 해봉도사라는 사람은 없었고 다행히 해봉도사와 같이 있던 스님이 있었다.

"해봉처사님과 황판수씨는 절친한 사이였죠. 황판수씨가 간혹 여기 와서 며칠씩 지내다 가기도 했습니다. 황판수씨가 죽자 처사님은 그분 시신을 거두고 얼마 후 이곳을 떠났습니다."

"어디로 갔습니까?"

"강원도 태백 못 미쳐 장암사란 절이 있습니다. 수로암이라고 그 산 중턱에 있는 조그마한 암자에 계십니다."

시기적으로 계산해보면 황판수가 죽은 직후 해봉처사는 거처를 옮긴 것이 분명했다.

"지금도 그곳에 계실까요?"

"계실 겁니다. 제가 반년 전에 만행중 수로암에 들러 처사님을 뵈었으니까요."

"고맙습니다."

박 화백은 뛰는 걸음으로 산을 내려왔다. 주유소에 들러 기름을 가득 채운 박 화백의 차는 도로 양쪽으로 나무가 즐비하게 늘어선 길을 헤치고 해봉처사가 있는 태백을 향해 먼 행로에 들어섰다.

해봉처사.

그는 분명 추동삼일 것이다. 지금까지의 모든 상황을 종합해볼 때 그가 추동삼일 가능성이 많다. 이번에야말로 틀림없이 그와 만날 수 있으리라.

'그는 어떤 모습을 하고 있을까.'

'그의 얼굴은 어떻게 생겼을까.'

김현자 사범 기억에 따르면 고요해 보이나 승부사 얼굴이라고 했고 송 영감은 그냥 준수한 용모라 했다. 그를 찾아다니면서 몇 날 며칠을 상상해봐도 떠오르지 않던 그의 얼굴이다.

박 화백은 제발 그가 그곳에 있어주기를 간절히 바라며 달리는 차의

핸들을 굳게 잡았다.

어느덧 날이 저물고 밤이 깊었다.

종일 해안도로를 달려온 박 화백이 장암사에 도착하자 차도는 그곳에서 끊어졌다. 본절 입구에 차를 세워두고 수로암까지는 도보로 올라가야만 했다. 팻말에 표기된 수로암(修路庵)은 함백산(咸白山) 중턱에 위치한 고도의 암자였다.

지금 당장 20여 리나 되는 어두운 산길을 올라가기란 불가능한 일이어서 박 화백은 절에서 하루를 묵어가기로 작정했다. 박 화백은 경내로 들어가 스님에게 하룻밤 유숙할 것을 청했다. 연령을 짐작키 어려워 보이는, 젊어 보이기도 하고 늙어 보이기도 하는 스님 한 분이 우물가에서 그릇을 씻다 말고 흔쾌히 박 화백을 객방으로 안내했다.

박 화백은 흐르는 물로 세수를 하고 법당에 가서 예불을 올렸다. 법당 중앙에 아미타불을 주불(主佛)로 하여 관음(觀音)보살님과 대세지(大勢至)보살을 모신 삼존불상(三尊佛像)이 있었다. 백팔 배를 하는 동안에도 박 화백 뇌리에선 줄곧 추동삼과 바둑판이 떠나지 않았다.

전라도에 있는 도성암이라는 암자에서 수행하다가 여기 온 지 반년이 넘었다는 스님에게 박 화백은 장암사로 오는 길 옆 목로주점에서 산 태백산 미곡으로 빚은 곡주를 한잔 권했다.

스님은 곡차를 받아들 뿐 마시지는 않았다. 그간 추동삼을 찾기 위해 허겁지겁 돌아다니다 보니 늘상 쫓기는 심정이었는데 모처럼 마음이 한적했다.

"스님, 어떻게 이 산중까지 오셨습니까?"

"인연이 있어서 왔지요."

"인연 따라 왔다는 말씀이군요."

"그렇습니다."

"언젠간 떠나시겠군요."

"인연이 다 되면 떠나겠지요. 언제까지 있고 어디로 가고 하는 그런 계획은 없습니다. 떠날 때가 되면 떠나고 그저 하루하루를 다음 갈 곳을 위해서 열심히 닦고 있을 따름입니다. 처사님께서도 열심히 닦으십시오."

"스님, 모자라는 중생을 위해 한 말씀 해주십시오."

"뭐, 할 말이 있어야지요. 나는 본래 향곡문중(香谷門中)으로서 선(禪)으로 일관하고 있습니다. 태어나 늙고 병들어 죽는 네 가지 고통을 면하려 생사가 없는 그곳을 찾아 헤매는 것이지요. 연기와 구름이 흩어지니 외로운 달이 스스로 밝고 잡석(雜石)이 다 없어지니 순금(純金)이 저절로 드러난다는 말은 선사들이 흔히 잘 쓰는 비유인데 선이란 이런 것이지요. 우리들 마음속에 번뇌가 쉬면 그곳이 바로 보리(菩提)입니다."

박 화백은 스님의 말을 들으며 분주한 마음을 간추려본다.

"도(道)를 배우는 사람에게는 백 가지 지혜가 하나의 무심(無心)만 못한 것이지요. 그 마음에 집착이 없으면 뒷생각이 저절로 이어지지 않겠어요? 그러므로 무심의 도리를 얻으려거든 그 마음이 산하대지(山河大地)가 되어야 합니다. 기뻐하는 것도 없고, 성내는 것도 없고, 탐하고 싶어지는 것 다 없어진 그 상태 말입니다."

스님은 눈을 지그시 감으면서 명상에 잠겼다. 곡주를 마시니 입 안에 향기가 가득했다.

"스님, 산문 밖 비각에 새겨진 부용선사라는 분은 어떤 분이십니까?"

"선조시대 때 승려이신데 선승으로서 대각을 이룬 높은 분이시죠."

"스님은 불명(佛名)을 뭐라고 하시는지요?"

"저같이 못난 사람이 이름이 있습니까. 이름도 없고 나이도 모릅니다."

스님은 자신을 밝히길 꺼려한다. 그저 얼굴 가득 웃음을 담고 있다. 하긴 누가 애타게 기다리는 사람도 없을 테고 또 가야 할 곳도 없을 것이다. 그저 인연 닿는 대로 운수객(雲水客)이 되어 떠도는 것이 선승들이 아닌가.

밤이 깊어가고 있었다.

스님은 법의를 추슬러 자리에서 일어났다.

"편히 쉬십시오."

스님이 돌아가자 박 화백은 불을 끄고 잠자리에 들었다. 차를 몰고 오느라 피곤했지만 쉽게 잠을 이룰 수가 없었다. 내일이 되면 마침내 추동삼을 만날 수 있을지 모른다는 기대로 가슴이 타고 조바심이 났다. 이리저리 뒤척이다가 자정이 지나서야 설핏 잠이 들었는데 눈을 뜨니 아침이었다.

박 화백은 아침 공양도 마다한 채 곧바로 수로암을 향해서 출발했다.

산길로 접어들자 아침나절부터 눈발이 휘날리고 계곡을 타고 거슬러 올라오는 초겨울의 세찬 바람이 산등성이를 모질게 몰아쳤다. 우여곡절 끝에 추동삼을 찾아온 박 화백이다. 추위와 피로를 잊은 채 박 화백은 산길을 올라갔다. 그 정도의 추위쯤은 이제 얼마 안 있으면 그 사람을 만나게 될지도 모른다는 사실 앞에 대수롭지 않게 느껴졌다.

길은 험했고 올라갈수록 첩첩산중이었다. 한 시간 가까이 길을 따라 올라왔으나 계속 험로가 버티고 있었다. 사람이 지나간 흔적이 거의 없는 이런 적막한 곳에 암자가 있다는 게 쉽게 믿기지 않는다. 산은 말이 없고 석천(石川)의 물은 흘러간다.

인간사 모든 것이 만나고 헤어지는 윤회이거늘 결국 헤어지기 위해 만나고 만나기 위해 떠나는 것인가. 눈앞에 나타나는 산의 비경은 절묘했다. 먼 옛날의 선계(仙界)가 이러했을까.

조선의 승려 부용선사가 3년 수도 끝에 선각을 이루었다는 태백이었다.

솔 냄새가 코를 찌른다. 산을 오르는 길섶에는 소나무, 잣나무, 떡갈나

무들이 즐비했다. 또다시 산자락을 타고 한풍이 밀어닥친다. 박 화백은 옷깃을 여미고 해봉처사가 있는 수로암을 향해 부지런히 걸음을 재촉했다.

정오가 가까워지고 있으나 암자는 아직 보이지 않았다. 산중턱을 넘어서부터는 길이 더욱 가팔랐다. 등줄기로 땀이 주르르 흘러내린다. 추위는 사라지고 대신 허기가 엄습했다. 급한 마음에 아침을 거르고 온 것이 박 화백은 후회가 된다. 산굽이를 돌면서 갈증까지 겹친다. 바람은 줄어들었으나 이번엔 한낮의 볕이 이마 위로 강하게 쏟아졌다.

몽롱하다. 마치 꿈속을 걷는 것 같다.

간혹 작업에 몰두하다 보면 자신이 꿈속에서 그림을 그리는 것이었다. 그럴 때마다 박 화백은 현재의 삶이 한갓 꿈이 아닐까 하는 어처구니없는 생각을 했다.

산 정상으로 이어지는 샛길에 이르러서야 멀리 암자의 모습이 드러났다. 길가 큰 바위 위에 붉은 글씨로 수로암이라 표기되어 있었다.

혼미하던 박 화백의 정신이 제자리를 찾았다. 박 화백의 걸음이 비로소 빨라졌다.

수로암은 낡고 오래된 암자였다. 절의 기와는 녹슬고 서까래는 부식되었다. 박 화백은 우선 바가지에 물을 떠서 목을 축였다. 고지대에 세워진 암자는 사방이 확 트여 바람이 쉴 새 없이 몰아쳤다. 암자라기에는 석탑, 등(燈) 같은 절을 상징하는 징표를 찾아볼 수 없어서 흡사 깊은 산 속의 소규모 선실을 떠올리게 했다.

독경소리가 흘러나왔다. 법당에는 스님 한 분이 예불을 올리고 있었고 경내에는 그 외 다른 사람의 그림자라곤 전혀 눈에 띄지 않았다.

박 화백은 또다시 불길한 쪽으로 자꾸 마음이 쏠린다. 만약 그가 이곳에 없다면, 그가 이곳을 떠나 거처를 옮겼다면 이제 어떡할 것인가. 어디서 그를 찾는단 말인가. 박 화백은 머리를 흔들었다. 그렇게 된다면 그야

깊은 산사의 노승

말로 도로아미타불이다.

스님이 예불을 마치고 나왔다. 박 화백을 보자 스님은 합장을 하며 다가왔다. 스님은 젊은 수도승이었다. 박 화백은 애써 차분한 목소리로 스님에게 물었다.

"해봉처사님을 만나고자 왔습니다."

그러나 박 화백의 목소리는 떨렸고 듣기에 따라 그것은 간절한 바람이었다. 스님은 박 화백을 물끄러미 바라보더니 말없이 절 맨 끝 방을 손가락으로 가리켰다.

박 화백은 솟아오르는 감정을 억제하며 스님이 가리킨 방 앞으로 다가갔다.

방 앞까지 온 박 화백은 떨리는 목소리를 가다듬고 해봉처사를 불렀다.

"해봉처사님."

반응이 없다.

"처사님."

"……."

박 화백은 더 이상 참지 못하고 방문을 열어젖혔다.

방 안은 빛이 가려 어두웠다. 해봉처사는 방 한가운데 앉아 있었다. 한손에 염주알을 굴리며 눈을 감고 무어라 중얼거리고 있었다. 염불을 외고 있는 것 같기도 했고 같은 동작을 되풀이하며 좌선에 몰입해 있는 듯도 보였다. 가까이에서 본 그는 고요한 풍모의 고승이었다. 장대한 기골에 얼굴은 학처럼 맑았으며 누더기 가사장삼을 걸친 그의 전신 위로 청정한 기운이 감돌았다. 박 화백은 그만 실망했다.

박 화백은 첫눈에 그가 추동삼이 아닐 거라는 생각을 했다. 그는 동안(童顔)이었으나 칠순이 훨씬 넘어 보여 자신이 알고 있는 추동삼보다 한참 위 연배였고 무엇보다도 세파에 시달린 승부사의 모습과는 무관했다.

그는 맑고 푸른 한 마리 노학(老鶴)이었다. 자신이 추동삼을 그리며 여러 날을 불면으로 뒤척이던 만고풍상의 그 모습이 결코 아니었다.

좌선을 끝낸 해봉처사가 눈을 떴다.

"젊은 처사가 아닌가?"

"해봉처사님을 만나고자 왔습니다."

"어떤 연유인가?"

"황판수씨를 아시죠?"

"그 사람은 저승객이 되었네."

"제가 찾아온 건 그 때문이 아닙니다."

해봉처사는 박 화백을 유심히 바라본다.

"정명운 국수께서 세상을 떠났습니다."

해봉처사 손에 들린 염주알이 다시 굴러간다.

"나무아미타불."

"이 기보를 기억하십니까?"

박 화백은 기보를 꺼내 해봉처사에게 건넸다. 해봉처사는 기보를 받아 물끄러미 내려다본다.

"바둑판을 돌려주라는 당부가 있었습니다."

"벽송이던가?"

"벽송이라면?"

"바둑판 말일세."

"그렇습니다."

박 화백은 혹시나 싶어 그에게 물었다.

"처사님의 속명이?"

해봉처사는 그 말에 답하지 않고 허황한 눈길로 들창 밖을 바라본다.

"가고 오지 못하는 것이 세간의 일이건만 참으로 무상하도다……."

박 화백은 비로소 해봉처사가 추동삼이 아님을 확신한다.

"추동삼 그분은 지금 어디 있습니까?"

"……추동삼……."

산 아래에서 불어오는 거친 바람이 문자락을 흔들었다. 해봉처사는 생각에 잠긴다. 노안에 공(空)이 흐른다.

조선(朝鮮) 제일의 명인(名人) 설숙(雪宿)의 장제자였으며 공문(空門)에 든 지 어언 30여 년. 세속에서 벗어나 오직 불사를 위해 일도정진해온 해봉처사 최해수(崔海秀). 어느덧 그의 기억은 그 행마의 출발선, 첫 수를 놓은 점을 향해 달려가고 있었다.

　　　　　　　　　# 구한말의 대국수

"내가…… 졌네."

두꺼비란 별명을 가진 원세개(袁世凱)였다. 오척 단신에 두상이 크고, 목이 짧고 굵으며, 팔다리를 마치 목각 인형처럼 뻣뻣하게 놀리는 두꺼비와 흡사하여 붙여진 별명이었다.

벌겋게 물들었던 원세개의 안색은 어느새 정상을 되찾고 있었다.

그러나 이와 반대로 바둑판 옆에서 초조하게 앉아 있던 문성공의 얼굴은 하얗게 탈색되었다.

이기다니…… 이기다니……. 이 일을 어찌하면 좋단 말인가. 저 욕심 많고 사나운 두꺼비가 내일 입조하여 금상전하께 무례한 언동을 하면 어찌할꼬.

문성공의 시선이 약관의 청년 여목(余木)에게 쏠렸다.

원세개의 탐욕과 야망, 그 안하무인 태도는 이미 정평이 나 있었다. 우정국(郵政局) 사건을 계기로 일어난 갑신정변을 평정한 후 원세개의 오만은 하늘 높은 줄 몰랐다.

고종 19년 임오군란이 일어나자 북양대신직례총독 이홍장(李鴻章)의 명으로 경군전적 영무처 차석으로 경성에 와서 대원군을 포로로 하고 임

오군란을 진압하여 일본의 조선에 대한 야욕을 견제하는 데 성공한 후 원세개는 이홍장에게 그 능력을 인정받아 통리조선 통상교섭사 직함으로 계속 조선에 주재하며 조선의 온갖 내정에 간섭했다.

그러다가 김옥균, 박영효 등이 일본군과 손을 잡고 조선 최초의 우체국인 우정국 개축 축하연회를 빌미로 일으킨 갑신정변 때, 원세개는 청병 2천을 이끌고 궁중으로 쳐들어가 김옥균으로 하여금 3일천하의 막을 내리게 했다.

그 후 원세개는 조선이라는 반상 위에서 다양한 포석을 구사하며 조선의 내, 외정을 제 마음대로 주물렀지만 고관대작을 비롯해 임금까지도 원세개의 전횡에 속수무책 뒷짐을 지고 있을 수밖에 없었다.

원래 옛 조선바둑은 강하기로 청국에 널리 알려져 있었다. 바둑을 사랑하던 청태종은 병자호란 당시에 삼전도 굴욕을 이끌어낸 뒤 주화파의 거두 이조판서 최명길(崔鳴吉)에게 뜻밖의 요구를 했다.

"조선 제일의 바둑을 만나고 싶다."

양반들 사이에서나 성했던 시(詩), 서(書), 화(畵), 기(碁)였다. 몇 명 물망에 오른 사람들 중에 두 사람이 뽑혔다. 그러나 그 두 사람은 청태종 휘하에 있는 청국 제일의 기사 용사흥(龍舍興)에게 연전연패, 전쟁에서도 지고 바둑에서도 패하는 치욕의 수모를 당해야 했다.

최명길은 밤잠을 이루지 못했다. 비록 국력이 약해 조선의 순박한 백성과 많은 인명을 구하기 위해 청국에 항복해야 한다고 주장은 했지만 그것이 최명길의 본심은 아니었다. 힘이 열세인데도 불구하고 전쟁을 계속한다는 것은 민초들의 희생만 강요할 뿐이었다. 차라리 당장의 굴욕을 감수하더라도 착실히 내실을 다진 후 후일을 기약하는 것이 바른 정치라는 소신을 가지고 있었다.

그러나 바둑은 달랐다. 비록 몸은 굽혔지만 정신만은 굽히고 싶지 않은 게 최명길의 자존심이었다. 바둑에서 이기고 지는 것은 조선에 인재가 많고 적음의 척도였고 나아가서 정신적인 패배로까지 연결되었다.

그때 은밀히 최명길을 찾아온 사람이 있었다. 최명길과 반대편에 서 있던 척화파의 거두 오달제(吳達濟)의 직계인 무하(舞下) 백정상(白定尙)이었다. 척화와 주화의 기운이 조정에서 팽팽히 맞섰을 때 그는 어전에서,

"한낱 오랑캐 무리에 불과한 침략자들에게 어찌 성상께서 머리를 조아릴 수 있단 말이오! 대감은 그걸 말씀이라고 하시오! 도대체 대감은 오랑캐의 신하요 아니면 조선의 국록을 받는 대신이오!"

하며 최명길을 향해 손가락질도 서슴지 않았던 다혈질의 선비였다. 그런 대쪽 같은 기질의 백정상이 최명길을 찾아온 것은 참으로 이례적인 일이었다.

"영감이 여기까지 어인 일이신가?"

최명길은 온화하게 웃으며 백정상을 맞았다. 백정상은 거두절미하고 자신이 찾아온 뜻을 밝혔다.

"용사홍을 상대한 사람이 한 명도 이기지 못했단 소식을 들었소이다. 사실이오니까?"

최명길이 침중하게 대답했다.

"사실일세."

백정상은 안색이 변하더니 한참 동안 최명길을 쏘아봤다.

"서로 가는 길이 다르다 하나 대감이나 나나 다 똑같은 조선의 백성. 대감, 제가 그 오랑캐와 대국을 할 수 있도록 주선해주시오. 제가 가서 그 오만한 오랑캐의 콧대를 눌러주리다."

조선의 바둑과 중국의 바둑은 그 시작과 규칙에서부터 달랐다. 조선의 바둑은 미리 반상에 열일곱 개 흑백의 돌을 놓고 백이 먼저 두는 순장바

둑이었고, 중국의 바둑은 대각선으로 양 화점에 흑백 각각 두 개의 돌을 놓고 두는 바둑이었다. 순장바둑은 이미 반상에 열일곱 개의 돌이 놓여 있기 때문에 초반부터 전투에 돌입하는 경향이 짙어 성격상 포석이라는 개념이 희박했고, 중국의 바둑은 두는 사람의 취향에 따라 때로는 실리로 때로는 세력으로 변환이 용이했다.

그리고 그때의 바둑은 중국 바둑 규칙에 따라 두어졌다.

다음 날 백정상과 용사홍의 바둑이 청태종 막사에서 치러졌다. 시대가 달라 누가 조선시대 제일의 바둑인지는 속단할 수 없지만 일반적으로 조선시대를 통틀어 가장 강했다고 일컬어지는 백정상은 용사홍과 열 판을 두어 한 판밖에 지지 않았다.

며칠을 두고 계속 둔 바둑에서 그와 같은 결과가 나자 용사홍으로서는 당연히 치수 조정이 불가피했고 이런 지경에 이르자 청태종은 바둑을 종결시켰다.

그리고 청태종은 탄식처럼 한마디를 던졌다.

"조선에는 호랑이와 천재가 많다."

대대로 조선 바둑의 명성은 이와 같은 몇몇 천재에 의해 그 빛을 발했다.

그러나…… 그러나 청년 여목이여, 자네는 이기면 안 된다. 지금의 조선은 백정상의 때와 그 격을 달리한다. 자네는 이기면 안 되는 것이다. 그때는 바둑으로 오랑캐의 콧대를 눌러도 됐지만, 그리하여 조선의 인물이 죽지 않았음을 보여주어도 됐지만, 지금은 아니다. 원세개의 말 한마디에 국부이신 대원위 대감의 조속한 생환이 달려 있다.

문성공의 이런 마음을 아는지 모르는지 여목의 눈에 서렸던 서슬 푸른 광채가 거두어졌고 원세개가 주섬주섬 복기를 하기 시작했다.

"내 일찍이 본국에서도 국수에 가깝다고 자랑해왔거늘……. 허허, 아직 약관의 청년이 정말 강하구나."

뜻밖에 원세개가 여목에게 담담한 말투로 칭찬의 뜻을 비치자 여목보다는 문성공이 먼저 안도의 숨을 내쉬었다.

원세개가 40여 수 복기를 하다가 여목에게 물었다.

"이 수가 언뜻 이해가 안 되네. 다른 큰 곳도 많은데 이런 끝내기 같은 수를 두다니……. 뛰어듦도 아니고, 건너가는 수도 아닌데 왜 이 수를 두었는가? 후에 수가 성립하기는 했지만 차단을 당하니 오히려 보태주는 꼴이 아닌가?"

"아닙니다, 대인. 언뜻 보기에는 손해 같지만 이는 오히려 차단을 유도한 수로서……."

여목은 양손에 흑돌과 백돌을 쥐고 재빨리 그 변화를 보여주며 설명했다.

"결국 중반에 접어들면 이런 수순을 겪을 수밖에 없고 차단한 백의 돌이 오히려 쫓기게 되니 안이하게 이 수를 대처하다가는 전체 국면을 그르치게 됩니다."

"과연!"

원세개는 무릎을 치며 탄복했다.

"조선에는 인재가 많아. 그렇지 않소, 문성공?"

마치 청태종의 말을 상기하듯 원세개는 여목의 어깨를 두드리며 문성공에게 물었다.

"……."

문성공은 대답을 할 수 없었다. 그렇다고 대답을 하면 비록 원세개 개인의 말에는 찬동하는 것이지만 인재가 많음에도 불구하고 청국에 몸을 의존하는 지금 입장에서는 스스로의 얼굴에 먹칠을 하는 것이 되고, 아니라고 말한다면 조선에 인재가 없기 때문에 청국의 속박을 받는 것이 당연하다는 논리로 귀결될 수도 있기 때문이었다.

하직 인사를 하고 물러나는 여목과 문성공에게 원세개가 대수롭지 않게 한마디 던졌다.

"내일 상께 국태공의 귀국을 청하오리다."

문성공의 발길이 제자리에 우뚝 멈춰 섰다. 그리고 문성공의 백발성성한 머리가 스물여섯의 원세개에게 깊숙이 숙여졌다.

원세개는 이미 돌아서서 처소를 향하고 있었다.

"여목, 자네의 바둑 한 판이 조선 국부의 조속한 생환에 큰 도움을 주었음일세. 내 사사로이 자네에게 일등 호답 열 마지기와 비단 스무 필을 내리겠네. 적다 하지 말고 받아주게. 자네가 조선을 구했음일세."

"아닙니다, 대감. 바둑에 몰두하다 보니 대감의 가르침을 잊어 송구스럽기 그지없습니다."

바둑을 둘 때는 냉엄한 승부사 얼굴이던 여목이 지금은 그저 부끄럼 많은 약관의 청년에 불과했다.

"아닐세, 정사를 안다고 생각하던 나였지만 상대를 파악하는 데는 한갓 젊은 자네의 안목보다 못하지 아니한가."

기실 대원군의 귀국을 주청드리리라 하던 원세개는 차일피일 그 일을 미루기만 하고 조선의 기객들을 상대로 바둑만 두며 시간을 끌어왔다.

문성공은 욕심 많은 두꺼비를 상대로 그 심기를 건드릴까 저어하여 항상 조선의 기객들에게 적당히 져주라고 부탁을 하곤 했었다. 그러나 실상 원세개는 엄청난 강자였다. 조선의 기객들은 실력으로 지고서도 마치 문성공의 부탁을 들어준 양 목에 힘을 주곤 했다.

"원세개는 강합니다."

여목이 말했다.

"그리고…… 원세개는 큰 그릇입니다. 언뜻 보기에는 탐욕스러운 사람 같지만 그 탐욕의 가면 뒤에는 원대한 야망이 숨어 있습니다. 그의 바둑이 그렇습니다."

북경의 겨울바람이 뼛속 깊이까지 파고들었다. 여목은 어지러운 조선 정세를 생각하며 과연 자신이 조선을 위해 무엇을 해야 하는지를 깊이 생각했다. 여목 자신은 개인적으로 원세개와 가깝다. 하지만 지금의 원세개는 서태후 사후에 우후죽순처럼 일어나는 개혁 세력을 억압하는 데 일익을 맡았을 뿐, 어느 정도 개혁 세력을 견제하는 데 성공한 청나라 조정이 원세개를 근본적으로 불신했기 때문에 실각당한 입장이었다.

그러나 원세개는 태연하기 그지없었다. 며칠 전 북경에 처음 당도한 여목에게 원세개는 환영의 뜻으로 만찬을 준비했다. 비록 현재는 실각당했다 하나 중국 최고의 실력자 중 한 사람이 조선으로부터 온 일개 기객(棋客)을 대하는 예우로는 파격적인 것이었다.

갑신정변 후 맺어진 원세개와 여목의 바둑을 통한 끈끈한 우의는 원세개가 조선 땅을 떠날 때까지 10년을 이어져왔다. 원세개는 가끔씩 여목을 청영(淸營)으로 불러 바둑을 두며 이국땅의 무료함을 달래곤 했다.

바둑을 두고 난 후 여목과 개인적으로 마시는 술자리에서 원세개는 간혹 속에 담고 있는 말을 내비쳤다.

"사람은 꿈이 커야 한다. 결코 종이와 붓 따위에 사로잡혀서는 못쓴다. 나에게 1만 명의 정예군대만 있으면 천하의 주인이 될 수 있다."

"그 천하는 지금 청나라 지배하에 있지 않습니까? 그리고 지금 대인의 몸은 멀리 조선 땅 위에 있습니다."

"그런가? 그러나 세상은 변하고 있다. 청국은 아편전쟁 이후로 그 허약함이 열강들에게 노출되어 있기 때문에 그 세력이 오래가지 못한다. 천하는 지금 한 여걸의 치마폭에서 헤어나지 못하고 있지만 그분이 돌아가시면 더 이상 청국의 우산으로 넓은 땅을 감싸지 못한다. 당연히 각 세력이 우후죽순처럼 일어날 것이고…… 결국 승자는 잘 훈련된 군사를 지닌 사람이 될 것이다."

구한말의 대국수

원세개는 그렇게 서슴없이 여목에게 자신의 야망을 표출시키곤 했다.

동학혁명이 일어나고 원세개가 불러들인 청군이 일본군과의 전투를 개시하여 청일전쟁이 발발하자 원세개는 이홍장으로부터 귀국을 명령받았다. 조선을 떠나기 직전 여목을 부른 원세개는 마지막으로 바둑을 한 판 두고 여목에게 이렇게 말했다.

"기다리게, 여목. 천하를 얻는 데 10년 혹은 20년의 세월은 오히려 짧지 아니한가? 내 언젠가 자네를 꼭 부를 테니 그때 다시 수담을 나누며 세월의 회포를 풀기로 하세."

그리고 15년의 세월이 지난 후 인편으로 초대장을 보내 여목을 북경으로 불렀던 것이다.

"여목, 입계의완(入界宜緩)이라는 말이 있지 아니한가?"

원세개는 서태후로부터 현대적인 군대 양성을 명령받은 후 지금까지 기르고 있는 독일식 카이제르 수염을 매만지며 여목에게 바둑 이야기를 꺼냈다.

입계의완이란 당나라의 기대소 왕적신(王積薪)의 위기십결(圍碁十訣)에 나오는 말로서, 무슨 일이든 결정적 시기가 있으니 포석에서 중반으로 넘어갈 때 승패의 갈림길에서 너무 서두르지 말고 참고 기다리는 자세가 필요하다는 뜻을 지닌 말이었다.

"지금의 조정은 나 원세개를 불신하여 일시 밀어냈지만 오래가지 못하네. 나에게는 청국 황실의 명령보다는 나 개인의 명을 우선적으로 따르는 충성심 높은 군대가 있기 때문이지. 청국 황실은 조만간 나를 재등용하지 않을 수 없을 것이네."

"왜 직접 군대를 일으키지 않으십니까?"

"몰라서 묻는가? 기나긴 승부에서 판세가 자기에게 유리하게 흘러가는데도 불구하고 조급히 승부를 건다면 어찌 되겠는가? 군대를 일으키는 것은 승부수를 띄우는 것과 같은데, 잠시 참아두면 스스로 제풀에 허물어지고 당당하게 입성할 수 있는 명분이 생기는데 굳이 그런 무리수를 둘 필요가 있겠는가."

"……."

"오늘은 긴 여정에 피곤할 테니 그만 쉬도록 하지."

원세개는 이내 연회를 파했다.

그리고 다음 날 원세개는 여목을 빈청으로 불렀다. 여목이 빈청으로 들어서보니 원세개는 한 여인과 담소를 나누고 있었다. 원세개는 호색가로 소문난 사람이었다. 그는 집안에 열 명의 첩을 두고도 부족해 걸핏하면 외부 여인을 집안으로 끌어들이곤 했다.

여목은 잠시 망설였다. 여인이 원세개의 여자든 아니든 간에 함부로 마주 앉지 못하는 것이 조선 예법이기 때문이었다.

그때 원세개가 여목을 발견하고 반갑게 맞았다.

"오! 여목, 어서 오게"

"찾아 계셨습니까, 대인."

청영을 들락거리며 배운 여목의 중국어 실력은 의사소통에 전혀 무리가 없었다.

여목이 자리를 잡고 앉자 원세개는 두 사람에게 인사를 시켰다.

"여목은 내가 조선에서 13년간 주둔해 있을 때 사귄 바둑의 대가다. 그리고 이 여자는 왕석정(王石精)이라고 근래 사귄 기우네. 내가 석 점을 놓고 두는 처지라네."

원세개의 기력을 익히 아는 여목은 놀란 얼굴로 왕석정이라는 여인을 바라보았다. 그녀는 스물대여섯 정도 나이로 보였는데 그리 뛰어난 미모는 아니었지만 아주 맑고 총명한 눈을 가졌고 은은한 자태가 돋보이는 여인이었다.

"여목, 오늘 자네를 부른 것은 석정과 바둑을 두는 것을 구경하기 위해서네. 내가 본국으로 돌아올 당시에 자네에게 넉 점 치수로 두었으나…… 여러 가지 면을 고려해보건대, 석정, 일단 자네가 정선(定先)으로 두어야 할 것이다."

이역만리 중국 땅에서 한 조선 기객의 바둑 대장정은 왕석정이란 여류 기사를 상대하면서부터 시작되었다.

여목은 잠시 눈을 감았다. 비록 역사에 남을 공식대국은 아니지만 머나먼 타국까지 와서 그 나라의 이름 난 기사를 상대하는 이상 이 바둑은 나라의 자존심이 걸린 대국이었다. 그것은 비단 여목에게서뿐 아니라 총명한 눈을 반짝이며 투지를 불태우는 왕석정에게도 마찬가지였다.

'딱' 소리와 함께 여목의 눈이 번쩍 뜨였다. 이미 여목의 눈에는 서슬 푸른 기운이 조금씩 내비치고 있었다. 그것은 여목의 정기(精氣)였으며 신기(神氣)였다.

여자와의 대국은 처음 있는 일이었다. 막연히 여자의 바둑이기 때문에 온건하게 두리라 생각했던 여목은 금세 자신의 생각이 잘못되었다는 것을 깨달았다. 왕석정의 바둑은 힘이 넘쳤으며 대륙여인 기질답게 넓은 기풍이었다. 거기다가 매우 전투적이었다.

(편집자 주: 중국식 바둑은 사 귀의 양 화점에 대각선으로 각기 두 점씩 놓고 백의 선수(先手)로 시작한다. 흑을 상수로 취급하는 전통 때문이다. 그러나 이 글에서는 편의상 흑, 백을 바꾸어 기술했다. 현대적 시각으로 보면 착오가 생길 수 있기 때문이다.)

불과 20여 수 만에 반상에는 전운이 감돌았다. 여목이 우하귀 흑의 기둥 말을 젖혔다.

왕석정은 30여 분을 장고하더니 과감하게 백을 끊어왔다. 강수였다. 백에게 실리를 주더라도 완전히 봉쇄해서 두터운 세력을 구하는 수였다.

이번에는 여목 쪽에서 장고에 들어갔다. 어떠한 변화가 있어도 자신이 실리를 포기하지 않는 이상 흑의 봉쇄를 피할 수 없었다.

여목의 머릿속에서 여러 형태의 참고도가 그려졌다가는 지워지고 또다시 그려졌다. 중앙으로의 봉쇄는 기세상 허용할 수 없었다. 여목은 과감히 실리를 포기했다.

옆에서 구경하는 원세개의 고개가 갸우뚱했다. 자기라면 일단 봉쇄를 당한다 하더라도 귀의 실리를 챙긴 후에 점진적으로 삭감해 들어가고 싶었다.

80여 수가 지났다. 원세개가 보기에는 백의 비세였다.

그때 여목의 승부수가 비수처럼 반상에 꽂혔다. 움츠려 있던 날개를 펄럭이며 상변에서 중앙을 향한 흑의 미생마를 몰아가기 시작했다.

흑을 쥔 석정의 아리따운 손이 주춤했다.

계속해서 여목의 무거운 손길이 반상 위를 눌러왔다.

석정은 고개를 들어 여목을 바라보았다. 바둑판 앞에 앉아 있는 여목의 모습에서 고고한 예인의 품격과 대인의 풍모가 엿보인다.

여목의 손이 종횡무진 반상 위를 누볐다. 여목의 손은 단순한 기객의 손이 아니었다. 석정이 느끼기에 여목의 수는 평범을 넘어선 것이었다.

마침내 앞서가던 흑의 바둑은 뒤집어졌고 석정은 담담한 표정으로 돌을 거두었다. 비록 지기는 했지만 석정 입장에서는 아쉬운 한 판이었다. 말 한마디 없이 반면을 들여다보고만 있던 원세개가 손을 들어 박수를 쳤다.

"참으로 명국이었다. 승부에 관계 없이 서로가 최선을 다해 둔 한 판이었다. 특히 중반 이후 여목의 바둑은 참으로 자신의 진면목을 유감없이 보여주었다. 가히 천하를 놓고 다투는 영웅들의 전장과 진배없었다. 진정한 대가들의 바둑이 어떤 것인가를 극명하게 보여준 한 판이었다. 또한 나에게 고수들의 바둑은 구경하는 것만으로도 진정 즐거울 수 있다는 것을 가르쳐주었다."

그렇게 원세개는 두 사람의 바둑에 대해 극찬했다. 그러나 그 바둑 한 판이 조선의 이름 없는 기객으로서 드넓은 중국 땅을 향하여 던진, 미완성으로 그친 대장정의 거보 중 그 첫걸음이 되리라고는 원세개도 석정도 그리고 여목 자신도 알지 못했다.

석정은 천천히 고개를 들어 다시 여목을 바라보았다. 대국에 임했을 때의 투철했던 승부사 모습은 간 데 없고 그의 모습은 평화롭고 온순한 선비의 기상으로 돌아와 있었다.

석정의 잠 못 이루는 밤이 늘어갔다. 한 달 반 동안 벌어진 여목과 석정의 바둑은 석정의 완패였다. 다섯 판을 두어 네 판을 불계패당하고 한 판은 두 집을 패했다.

석정은 자신의 패배에 불만이 없었다. 여목이 자신보다 한 수 위라는 것은 틀림없는 사실이었다. 석정이 잠을 못 이루는 것은 패배에 대한 불만이나 패배의 참담함을 극복하고자 하는 투철한 승부에 대한 집착이 아니라 한 달 반 동안 겪어온 여목에 대한 인간적인 사모였다. 비록 여목의 나이가 40대 중반의 장년이었지만 나이에 상관없이 끓어오르는 사모의 념을 주체할 수 없었다. 여목의 수려한 용모와 오랜 수련으로 인해 자연스럽게 배어나오는 탈속한 기품은 석정에게 오랫동안 잊어왔던 남자를 일깨웠다.

왕석정은 대대로 내려온 무인 가문의 딸이었다. 석정이 일곱 살 나던 해 우연히 석정의 아버지가 그녀의 기재를 발견하고 여자로서는 드물게 바둑 공부에 전념시켰다. 어릴 적 석정에게서 아버지의 모습은 우상이었다. 몸집이 큰 무장답지 않게 석정에게는 자상한 아버지였으며 가정을 위하고 국가에 충성하는 나무랄 데 없는 남아였다.

그러나 그렇게 존경했던 아버지는 청일전쟁 발발로 조선에 파견되어

전쟁 패배와 함께 전사했다. 어린 왕석정은 눈물을 흘리며 다짐했다.

전쟁이 일어나면 이겨야 한다. 보다 더 중요한 것은 살아남는 것이다.

그때 석정의 나이 열한 살이었다. 석정의 바둑이 여인답지 않게 대담하고 전투적인 것은 가문의 피가 무인인 탓도 있었지만 어릴 적 겪은 아버지 죽음에도 원인이 있었다.

어머니 친정이 부호였던 관계로 석정은 어려움 없이 바둑 공부를 계속했다. 그러다가 열아홉 살 나이로 천진(天津)과 북경을 오가던 상인인 남편과 결혼하여 북경에 자리 잡았다. 남편은 개화된 사람이었지만 여색을 지나치게 밝혔고 아편 중독자였다. 여색과 아편에 찌든 남편은 스물여덟 젊은 나이로 죽었다.

스물네 살에 과부가 된 석정은 북경에 눌러앉아 바둑 속에 묻혀 살았다. 그러다가 우연히 주위 사람 천거로 원세개 집을 출입하게 되었고 여목을 만난 것이다.

잠을 이루지 못하고 뒤척거리던 석정은 옷을 차려입고 여목의 숙사를 찾아갔다.

새벽 한 시가 넘었으나 여목의 방은 불이 환하게 밝혀져 있었다. 석정은 여목의 방문을 두드렸다. 이내 가라앉은 여목의 음성이 들려왔다.

"누구시오?"

"어르신, 접니다."

방문이 열리며 여목의 단정한 모습이 불빛 속에 나타났다.

"야심한 시각에 어인 일이오?"

"한 가지 걸리는 일이 있어서 늦은 시각에도 불구하고 찾아왔습니다."

여목은 잠시 석정을 보다가 몸을 한쪽으로 비켰다. 들어오라는 뜻이었다. 방에 들어선 석정의 눈에 바둑판이 들어왔다. 그것은 낮에 자신과 두었던 바둑이었다.

'이 사람의 바둑이 그렇게 강한 이유 중 하나는 끝없이 노력하는 이런 자세였구나.'

석정은 내심 이렇게 중얼거렸다. 최소한 자기 눈에 여목의 바둑은 인간으로서는 더 오를 수 없는 경지에 도달해 있었다. 그런데도 여목은 끝없이 노력하고 있었다고 생각하니 불현듯 자신의 안이한 바둑 수업이 부끄럽게 생각되었다.

"그래, 무엇이 그렇게 부인의 심기를 미편하게 했소?"

"어르신께서 바둑이 끝난 후 물어온 그 질문 때문입니다."

"아! 현재 북경에서 부인의 기력이 어느 정도 위치에 있는가 하는 그 말이오?"

"예."

"그에 대한 답은 부인이 이미 하지 않았소. 대략 다섯 번째라고 말이오."

"제가 궁금해하는 것은 왜 그런 이야기를 제게 했나 하는 점입니다."

"……."

"제가 너무 당돌한 질문을 했나요?"

"……아니오. 내가 중국 땅에 올 때는 대인의 부르심도 있었지만 대국의 기예를 접하고 배우려는 의도가 있었소. 막연하게나마 바둑의 발상지인 중국이 조선의 바둑보다는 한 수 위일 것이라 생각했소. 그리고 막상 부인과 대국을 해보니 그런 나의 생각이 더욱 옳게 느껴졌소. 그래서 나는 이 넓은 대륙에서 또 다른 고수들을 만나 바둑을 두고 싶은 것이오. 그러나 이런 문제를 대인에게 일일이 부탁하기도 쉽지 않고……."

여목은 자신의 답답한 마음을 솔직하게 털어놓았다.

"현재 북경에서 일인자로 불리는 사람은 상관숭(上官崇) 선생입니다. 조만간 제가 그분과의 대국을 주선해드리겠습니다."

"……."

"저 혼자 짐작하는 것이지만 저는 어르신의 생각을 알 듯도 싶습니다. 만약 상관숭 선생과의 승부에서 이긴다면 그것으로 어르신의 행보가 멈추지 않으리라 생각합니다."

"……"

"어르신에게 하나의 소청이 있습니다."

"말씀하시오, 부인."

"지금은 말씀드릴 수 없고…… 상관숭 선생과의 승부에서 어르신이 이기면 그때 말씀드리겠습니다."

"……"

"밤이 늦었습니다. 이만 돌아가야겠습니다."

방문을 나서며 석정이 나직하게 말했다.

"그리고…… 저는 지금 부인이 아닙니다……. 편히 쉬십시오."

상관숭은 60대 연령에 걸맞지 않게 맑은 눈을 가지고 있었다. 나이가 들어도 혼탁하지 않은 눈을 가졌다는 것은 수양의 깊이를 말해주는 것이었다.

조선이란 나라에서 온 한 이름 없는 기객과 북경의 일인자 상관숭의 대국이 이루어지기는 실상 매우 어려운 일이었다. 이 대국이 이루어지기까지 석정의 노고가 컸음은 말할 나위 없었다.

여목과 수인사를 나눈 후 바둑판에 마주 앉은 상관숭이 석정에게 물었다.

"그대가 정선으로 한 번도 이기지 못했다는 말이 진정 사실이오?"

"예."

상관숭은 여목에게 제안했다.

"그렇다면 호선으로 합시다."

여목이 가만히 흑돌통을 당겼다.

"오늘은 제가 흑번으로…… 다음에는 백번으로 두는 게 좋겠습니다. 그래도 승부가 나지 않으면 그때 돌을 가려도 늦지 않을 것입니다."

여목 입장에서는 그것이 연장자에 대한 예우였고, 상관승 입장에서는 체면을 지키는 것이었다.

"그렇게까지 말씀하시니 제가 백을 잡지요."

바둑이 50여 수 진행되었다. 상관승이 느끼는 여목의 바둑은 참아야 할 곳에서 참을 줄 알고 약점과 뒷맛의 여지를 별로 남기지 않는 두터움을 지향한 바둑이었다. 어딘지 모르게 대붕(大鵬)이 나래를 접고 있는 느낌을 피할 수 없었다.

대붕일비장천구만리(大鵬一飛長天九萬里).

대붕은 가만히 나래를 접고 있으면 모르거니와 한번 날개를 떨치고 날면 9만 리를 치솟아 날아간다. 상관승은 불안한 마음을 억누를 수 없었다. 비록 공식적인 대국이 아니지만 명색이 북경에서 일인자로 통하는 자신이 조선의 이름 모를 기객에게 패하게 된다면 자신의 위치가 위치인 만큼 중국 바둑 체면이 말이 아니게 되기 때문이었다.

다시 40여 수가 지났다. 상관승은 대국 중간중간 쉴 새 없이 계가를 했다. 반면으로 엇비슷한 형국이었지만 흑의 두터움이 살아 있기 때문에 아무래도 흑이 유망한 형세였다.

상관승은 궁리 끝에 과감하게 승부수를 띄웠다. 그 수는 노골적으로 여목의 굴복을 강요하는 수였다. 반발하면 피바람이 일어날 것이고 굴복하면 승부를 떠나 치욕이었다.

'그대는 참지 않을 것이다. 틀림없이 반발해올 것이다. 이제까지 접고 있던 나래를 펴고 날아오를 것이다. 그러나 나는 두렵지 않다. 아니 날아오르기를 바라고 있다. 그대가 만약 대붕이면 나는 하늘이 될 것이다. 자,

여목 날아라. 날아올라라.'

상관숭은 내심 그렇게 외쳤다.

그러나 대붕은 날지 않았다. 그저 참을 뿐이었다. 상관숭은 그만 맥이 풀렸다.

대붕이 아니란 말인가? 아직 붕이 되지 못한 곤(鯤)인가?

북쪽 바다에 물고기가 있다. 그 이름을 곤이라고 한다. 곤의 크기는 몇 천 리나 되는지 알 수가 없다. 그 곤이 변화해서 새가 되었다. 그 이름을 붕이라고 한다. 붕의 등은 또 몇 천 리나 되는지 알 수가 없다. 한번 떨쳐 날면 그 날개는 하늘 가득 덮인 구름과도 같다.

이 새는 바다가 움직여 큰 바람이라도 일게 되면 그 큰 바람을 타고 날아 남쪽 바다로 옮겨 간다. 남쪽 바다란 천지(天池), 즉 하늘의 못이다.

제해(齊諧)라는 괴이(怪異)한 것을 많이 아는 사람이 있다. 그 제해의 말인즉 이러하다. 붕(鵬)이 날아서 남쪽 바다로 옮겨갈 때면, 날개를 벌려 3천 리나 되는 수면(水面)을 치고, 그래서 일어나는 회오리바람에 날개를 떨치면서 곧장 9만 리 장천(長天)으로 날아오른다. 이렇게 해서 날기를 여섯 달, 그제서야 비로소 날기를 멈추고 내려와 쉬는 것이다.

상관숭의 장고가 시작되었다. 10분, 20분, 1시간…….

이대로 가면 결국 패하고 말리라. 흑이 여러 번 굴복을 했으나 결정적으로 승부를 뒤집을 만한 곳은 없었다. 판의 형상이 애시당초 흑 쪽으로 굳어져 있었다.

방 안에는 고요한 침묵이 흘렀다. 여목은 눈을 감고 명상에 잠겨 있었다. 상관숭은 그제야 깨달았다.

이 사람은 나에게 굴복을 강요한 수가 무의미하다는 것을 몸으로 가르쳐주는구나. 아직도 백이 둘 여지는 남았지만…… 계속 둔다는 것은 이 사람에 대한 예의가 아닐 것이다.

상관숭은 조용히 돌을 거두었다. 불과 120수의 단명국이었다.

"귀인, 제가 졌습니다."

여목의 눈이 천천히 뜨였다. 그리고 반상 위로 깊숙이 머리를 숙였다.

"한 수 잘 배웠습니다."

"별말씀을, 오히려 제 배움이 컸습니다."

그것이 여목의 중국 대장정 두 번째 승전보였다.

북경은 큰 도시였다. 그 큰 도시가 온통 세모의 열기 속에 파묻혔다. 곳곳에서 축포 터뜨리는 소리로 소란스러웠다.

섣달 그믐날. 해가 바뀌게 되면 조선 국치의 원년이 된다는 것을 여목은 꿈에도 생각지 못하고 상관숭과의 두 번째 대국에 임하고 있었다.

이번에는 상관숭의 흑번 여목의 백번이었다.

선착의 효를 끝까지 지키자. 이것이 상관숭이 대국에 임하는 자세였다.

그러나 불과 40여 수 남짓밖에 두지 않았는데도 불구하고 상관숭은 내심 고개를 흔들었다.

여목의 기풍은 첫 대국 때와는 너무도 판이했다. 첫 대국 때는 꾹꾹 눌러 참는 바둑이었으나 지금은 완연히 달랐다. 처음 기풍대로라면 당연히 받아줄 것으로 생각되는 곳에서도 백은 연거푸 손을 빼며 발 빠른 포석을 전개했다.

이런 식의 바둑은 필연코 난전으로 빠져들고 만다. 누가 얼마나 정확하게 수읽기를 하는가에 승부가 달려 있다. 이런 바둑이라면 선착의 효를 생각할 필요가 없다. 상관숭은 이렇게 결론을 내리고 자세를 바꾸었다.

살얼음판을 딛는 난전이 곳곳에서 전개되었다. 한 수만 삐긋해도 천 길 낭떠러지로 떨어지는 전투의 연속이었다.

'이렇게 실전적인 수는 처음이다. 때로는 빈삼각의 우둔한 형태를 서슴없이 둔다. 또한 두점머리 석점머리를 자청해서 맞기도 한다. 이 사람

의 이 눈부신 행마는 도대체 어디서 습득한 것일까? 이 자유자재함은 또 어디서 온 것인가?'

상관숭의 이마에서 땀이 진득하게 배어나왔다. 그는 이마에서 흐르는 땀을 닦으며 여목을 보았다.

'아! 이것이 이 사람의 진면목이었구나! 전에 내가 언뜻 느낀 이 사람의 바둑은 환각이 아니었구나.'

상관숭은 변발을 해서 땋아 내린 자신의 머리가 하늘로 치솟는 것 같았다.

그는 보았다.

장엄한 여목의 기(氣)를……. 그 기는 여목의 혼을 실은 듯 거대한 힘이 있었고, 상대를 제압하는 추상같은 모습은 마치 하늘의 부름을 받고 지상에 내려온 신장(神將)의 형상이었다.

바둑은 중반전으로 치닫고 있었지만 판세는 한 치 앞을 내다볼 수 없을 정도로 혼미했다. 사귀를 제외하고 전판이 전장으로 화해 있었다.

여목이나 상관숭이나 서로 시간을 물 쓰듯 써가며 수읽기에 골몰했다. 아침나절에 시작한 바둑은 삼경이 가까운 시각인데도 불구하고 승부가 나지 않고 있었다.

관전하는 석정의 가슴도 바짝바짝 타들어갔다. 흑이 한 수를 놓으면 전투에서 흑이 유리해 보이고 백이 한 수 놓으면 백이 유망하게 보였다.

석정은 어느 누구에게도 마음속으로 응원을 보낼 수 없었다. 한쪽은 생애 처음으로 사랑이라는 감정을 느끼게 한 사람이었으며, 다른 한쪽은 중원을 대표하는 손꼽히는 기사로서 비공식적이나마 나라의 자존심을 등에 짊어진 사람이었다. 게다가 상관숭은 석정이 북경에 온 이래로 그녀에게 스승과도 같은 존재였다.

150여 수가 두어졌다. 바둑은 중앙에서 서로 쫓고 쫓기는 추격전이 전개되고 있었다. 상변에서 중앙으로 중앙에서 다시 우변으로, 그런가 하면 좌변과 중앙에 걸친 접전도 결말이 나지 않은 상태였고 하변 쪽도 결과를 뒤로 미뤄놓은 상태였다.

그러나 종반에 이르러 여목의 수읽기는 상관숭을 압도하기 시작했다. 난마처럼 얽혀 있던 치열한 전투가 여목의 완벽한 수읽기로 인해 여목의 절대 우세로 바뀌었다. 어찌 보면 상관숭은 처음부터 여목의 상대로선 미흡했다. 북경의 최고 고수라 하나 그의 전성기는 이미 지났고, 그에 비해 혈기왕성한 여목의 기백을 감당하기에 그는 너무 노쇠했다.

상관숭은 진퇴양난에 빠졌다. 타협을 할 수도 전투를 계속할 수도 없었다. 상관숭은 입술을 깨물며 중앙 백돌에 대한 봉쇄의 수를 던졌다. 여목은 기다렸다는 듯이 상관숭의 대마를 양단시켰다. 예정된 수순에 따라 서로 수를 조여들어가자 결국 상관숭의 대마가 한 수 부족으로 몰살했다. 정확히 28수 후의 결과였다.

상관숭은 불가사의한 눈으로 여목을 바라보았다.

어떻게 이런 바둑을 두는 사람이 있을 수 있는가? 때로는 강태공과 같은 끈기의 기다림으로, 때로는 피비린내 나는 전쟁터에서 갈고 닦은 맹장의 모습으로, 때로는 하늘을 나는 매와 같은 예리함으로……. 그의 진면목을 도무지 짐작할 수가 없다.

오랫동안 바둑을 두며 경지에 오른 사람은 나름대로 독특한 기풍이 있다. 그러나 이 사람은 예외다. 그는 자유자재(自由自在)하며 능소능대(能小能大)하다.

그때 멀리서 새해를 알리는 북소리가 울렸다. 뒤이어 온갖 축포 소리가 들려왔다. 그것은 마치 여목의 승리를 축하해주는 소리 같았다.

1910년의 새해가 밝아오고 있었다.

방 안에 조촐한 술자리가 벌어졌다. 승패를 떠나 서로 후회 없는 대국을 한 두 사람 사이에는 우의가 싹트기 시작했고, 더불어 새해가 왔음을 자축하여 마련한 술자리였다.

술을 하지 못하는 석정은 번갈아 두 사람이 잔을 비울 때마다 그 잔을 채우며 간간이 여목을 바라보았다. 꽤 많은 양의 술을 마셨음에도 불구하고 여목의 자세는 한 점 흐트러짐이 없었다.

이 사람의 여자가 되고 싶다. 단 하루라도 좋으니…… 이 사람의 여자가 되어 살고 싶다…….

석정은 얼굴을 붉히며 고개를 숙였다. 그때 여목의 조용한 목소리가 들려왔다.

"대인께 부탁의 말씀을 드리고 싶습니다."

상관숭과 석정의 얼굴이 동시에 여목을 향했다.

"말씀하시지요."

"대인 다음으로 한 수 지도받을 분을 추천해주십시오."

"……."

"대인과 함께 몇 년이고 바둑을 두며 가르침을 받고 싶지만 불행히도 그렇게 오랜 시간을 유하지 못할 것 같습니다. 외람된 말씀이지만 제가 꼭 만나 지도를 받아야 할 분을 한 분만 추천해주십시오. 높은 기예를 지니신 분을 꼭 한 번 뵙고 싶습니다."

"글쎄요. 제가 보기엔 귀인의 바둑은 더 이상 오를 경지가 없는 것 같습니다. 드넓은 중국 땅이라 하지만 귀인 수준의 기예를 지니신 분을 뵙기가 쉽진 않을 것입니다."

"……."

"일단 남경 땅으로 가시지요. 그곳에서 위지손(尉遲遜)이란 분을 한번 만나보십시오. 제가 소개의 글을 한 자 적어드리겠습니다. 아마 기뻐하실 겁니다."

구한말의 대국수

그렇게 말하며 잠시 자리를 비운 상관숭은 밀봉한 봉투를 한 장 들고 왔다.

여목은 상관숭이 건네준 밀봉이 된 봉투를 받았다.

여목은 약간의 취기를 느꼈다. 새벽 세 시가 되도록 계속된 술자리에서 오랜 지우와 더불어 술을 마시는 기분으로 부담 없이 취했다. 상관숭이 마련해준 침소에 들며 소세를 마친 후 막 잠자리에 들려고 할 때였다.

여인의 헛기침소리가 들리는가 싶더니 이어 석정의 목소리가 들려왔다.

"어르신, 침수 드셨습니까?"

여목은 잠시 망설였다. 요즈음 들어 석정이 자신을 보는 눈길이 예사롭지 않음을 익히 알고 있던 터였다. 그렇다고 못 들은 척할 수도 없는 일이었다.

여목은 방문을 열었다. 석정의 청아한 모습이 눈에 들어왔다.

"어인 일이오?"

"드릴 말씀이 있어 찾아왔습니다."

"날이 밝은 뒤에 하면 안 되겠소?"

"지금 말씀드리고 싶습니다."

"……들어오시오."

석정은 방에 들어오자마자 여목 앞에 무릎을 꿇고 대례를 올렸다. 여목은 갑작스러운 석정의 행동에 심히 난처했다.

"왜 이러시오, 석정?"

"전에 제가 어르신께 상관숭 선생과의 대국에서 이기게 되면 하나의 소청을 들어주십사고 부탁드린 일이 기억나십니까?"

"……"

"어르신, 여인의 몸으로 이런 소청을 드리게 됨이 심히 부끄러운 일이나…… 더 이상 대인을 향한 마음을 숨길 수 없습니다."

"내 석정의 마음을 익히 알고는 있지만 그것은 심히 부당한 일이오."

"무엇 때문입니까? 조선에 두고 온 부인과 자식들 때문입니까?"

"그것 때문이 아니오. 나는 조선 사람으로…… 언젠가 귀국을 할 몸이오. 그렇게 되면 혼자 남게 될 당신이 받는 상처는 또 얼마나 크겠소……. 그만 일어나시오."

"그 점은 전혀 개의치 마십시오. 여인의 몸으로 태어나 처음으로 느끼는 애모의 감정입니다. 단 하루만이라도 어르신을 모시고 살고 싶습니다. 그리고 그 기억만으로도 남은 인생을 조금도 쓸쓸하게 살지 않을 자신이 있습니다."

여목은 참으로 난처했다. 석정의 말마따나 여인의 몸으로 이런 행동을 하기는 분명 쉽지 않은 일일 터였다.

"그리고, 어르신은 앞으로 바둑을 두기 위해 오랜 기간 동안 여행을 해야 할 몸입니다. 아무리 어르신의 관어가 능숙하다 하여도 넓은 중국 땅에서 앞으로는 의사소통도 힘들 경우가 있을 것입니다. 더불어 풍습이나 관습이 각 지방마다 달라서 어려움이 더욱 많을 것입니다."

"그만두시오. 내가 당신을 거둔다면 그것은 그런 이해관계를 떠난 것이오."

"그 말쓈, 허락의 뜻으로 알겠습니다."

그 말과 함께 석정은 몸을 일으켰다. 여목이 무어라고 하기도 전에 석정은 방문을 열었다. 거기에는 석정이 미리 준비한 조촐한 술상이 마련되어 있었다.

석정이 술잔을 채우자 마음을 결정한 여목이 거침없이 잔의 반을 비우고 나머지 반 잔을 그녀에게 내밀었다.

"받으시오. 이것이 초야를 치르는 조선의 예법이오."

석정은 마다하지 않고 그 잔을 받아 단숨에 비웠다. 그리고 이내 발갛게 얼굴이 상기되었다.

석정의 몸은 풀잎처럼 가벼웠다. 여목의 손길이 반상을 누비듯 이곳저곳 의중을 떠보며 물어올 때마다 석정의 몸은 격렬히 반응했다. 때로는 오히려 그녀 쪽에서 여목의 주문대로 응하지 않고 손을 빼서 다른 곳에서 물어오기도 했다. 그때마다 여목은 노련한 반상의 운영 솜씨를 보여 석정으로 하여금 거친 숨결을 몰아쉬게 했다.

때로는 가볍고 미끄러질 듯한 행마로, 때로는 광포하고 거친 행마로, 또 때로는 꾹꾹 눌러 참는 우직한 행마로 석정의 몸을 포석 단계에서 이미 압도하여 중반으로 끌고 갔다.

중반전이 되어 본격적인 전투가 시작되었다. 석정은 중반전이 되어 여목이 처음 침공해오자마자 경험 부족으로 비명을 질렀다. 전투에는 약한 듯 몸을 사리며 여목의 침공에 수비수로 일관했다.

반상에는 여목이 띄운 강수로 곳곳에서 석정의 세력이 약화되어갔다. 드디어 참지 못한 석정이 신음을 토하며 맞받아 대응해오기 시작했다. 반상에는 바람이 불고 폭풍이 몰아치고 번개와 천둥이 잇따라 작렬했다.

마침내 석정은 울면서 돌을 던졌다.

다음 날 아침, 원세개의 사저로 귀가한 여목은 원세개에게 면담을 청했다. 여목의 면담 요청은 곧바로 받아들여졌다. 여목과 석정이 원세개를 방문했을 때 원세개는 권총 한 자루를 쥐고 닦고 있었다.

육혈포는 익히 보아왔지만 권총은 처음 대하는 여목이,

"대인, 그것이 무엇입니까?"

하고 묻자 원세개는 자랑스럽게 권총을 흔들었다.

"이것 말인가? 영국어로 피스톨이라고 하는 것이네. 손 안에 들어오는 총이라 하여 수총(手銃)이라고 부르기도 하지. 최신식 육연발이며 파괴력도 대단하지. 명중률도 높고…… 일전에 미국 영사를 만났을 때 부탁하여 몇 자루 구입했다네. 거금을 들였지."

여목이 원세개가 닦고 있는 권총을 유심히 살펴보았다.

"그래, 어제 상관승과 대국을 했다고? 결과는 어찌되었나?"

"어르신이 불계승했습니다."

옆에서 석정이 대신 대답했다. 원세개는 고개를 끄덕였다.

"상관승을 이기기는 쉽지 않은 일이었을 텐데…… 아무튼 이런 식으로 계속 나가다가는 중국 바둑이 여목 자네 손에 쑥밭으로 변하는 건 아닌지 모르겠네."

"죄송합니다, 대인."

"승패는 천명(天命)이다. 그게 어찌 죄송한 일인가. 모처럼 대국수에게 바둑이나 한 판 배우세."

그 말과 함께 원세개는 바둑판 앞으로 갔다. 여목이 마주 앉자 원세개는 흑돌을 넉 점 깔았다. 바둑은 초속기로 진행되었다. 원세개는 그 급한 성격만큼 생각을 싫어하는 속기형이었다. 그러나 승부처에 다다르면 어김없이 장고에 빠져 깊은 수읽기를 할 줄도 아는 사람이었다.

"날 보자 했었다고?"

"예, 대인."

"말해보게."

"여기 있는 석정과 함께 여행을 좀 다녀왔으면 합니다."

"틀림없이 바둑이 목적인 여행이렷다?"

"그러합니다."

"그래 목적지는 어딘가?"

"일단은 남경으로 정했습니다만…… 천천히 남하하려고 생각중입니다."

"그것도 좋겠지. 석정과 함께 여행을 한다고?"

"그렇습니다."

"석정은 내 식솔이 아니니 굳이 나에게 허락을 얻을 필요는 없고, 보아 하니 두 사람 사이가 각별해진 것 같군. 내가 잘못 보았나, 석정?"

석정은 대답을 못하고 얼굴만 붉혔다.

"중국 기계의 봉황이 드디어 나래를 접고 둥지를 틀었군. 부끄러워할 것 없다, 석정. 여목과 같은 사람을 만나 사모의 정을 느끼지 못하면 그 또한 여자가 아니지."

이런저런 이야기를 나누는 도중 바둑이 끝났다. 여목의 불계승이었다. 원세개는 쓴 입맛을 다셨다.

"자네는 한 번도 봐주는 예가 없군. 여기 온 이래 약 스무 판을 두었는데 한 번도 이기지 못하다니."

"죄송합니다, 대인."

"별소릴. 내가 자네보다 수가 약해서인데. 내 자네에게 바둑도 배웠고, 떠나는 기념으로 선물을 하나 주겠네."

그 말과 함께 원세개는 서랍 쪽으로 가더니 예의 권총과 실탄 한 꾸러미를 여목에게 내주었다.

"대인, 이것은 매우 비싼 것 같은데…… 사양하겠습니다. 더구나 기객에게 이것이 무슨 필요가 있겠습니까?"

"아닐세, 필요할 것이야. 지금의 청조는 그 뿌리가 흔들리고 있네. 더욱이 황제는 너무나 어리고, 곳곳에서 청조에 반대하는 세력이 일어서고 있으니 지금의 중국은 살벌하기 짝이 없는 곳이네. 여행을 하다 보면 위험한 일을 당하지 말라는 법도 없네. 그리고 이제 자네도 한복을 벗고 우리 복식으로 갈아입고 길을 떠나야 할 것이야."

"고맙습니다. 대인."

참으로 세심한 원세개의 배려였다. 비록 타인 눈에는 욕심 많고 교활하며 심술궂은 두꺼비로 비쳐지는 원세개였지만 여목에 대해서만큼은 그렇게 자상할 수가 없었다.

원세개의 사저에서 며칠을 더 머문 여목은 홀가분한 심정으로 석정과
함께 길을 나섰다.

8   대륙에 불어닥친 피바람

중국 대륙에 거센 바람이 몰아쳤다. 조선에서 온 한 이름 없는 기객이 북경에서 출발하여 낙양에 당도하기까지 6개월여 동안 대륙을 종단하면서 대륙 바둑을 무인지경으로 짓밟아버렸던 것이다.

북경의 일인자 상관숭을 필두로 천진(天津)의 이휘백(李輝柏)이 불계로 날아가고, 제남(濟南)의 호랑이 방인목(方仁牧)이 분루를 삼켰다. 산동성(山東省) 청조(靑鳥)에 칩거하여 평생을 산동성 밖으로 한 걸음도 나가본 적이 없고, 흑을 쥐고는 한 번도 져본 적이 없다는 집흑 불패의 신화로 불리던 하림(河林)이 집흑으로 생애 처음으로 패배를 당하자 중국 기계는 숨죽여 여목의 다음 행보를 주시했다.

조선을 수천 년 동안 자신의 속방 정도로만 여겨 언제나 조선을 한 수 아래로 치부했던 중화인의 자존심에 깊은 상처가 새겨졌다.

서주(徐州)의 왕일봉(王日峯), 감각이 뛰어나고 속기에서만큼은 타의 추종을 불허한다고 일컬어진 그는 여목에게 자신의 장기인 속기로 대국하기를 요청했다. 그러나 초속기로 벌어진 두 사람의 대국에서 흑을 쥔 왕일봉은 중앙 대접전에서 대마가 몰사하는 일생일대의 비운을 겪어야만 했다.

그 대국을 관전한 석정은 이렇게 말했다.

"두 사람은 손에 돌을 쥐고 마치 누가 빨리 착점할 수 있느냐 시합을 하는 것 같았다. 어떤 때는 상대편 돌이 미처 손에서 떨어지기도 전에 반상 위에 손이 올라가곤 했다. 그렇게 빨리 두고도 정확한 수읽기와 포석 감각 등은 단연 일품이었다. 승패를 떠나 두 사람의 감각은 실로 신기에 가까웠다."

대륙의 고수들은 자신들의 패배엔 아랑곳없이 여목의 다음 행보에 귀추를 주목했다. 여목의 다음 상대는 누구나 인정하는 중국 제일의 국수 위지손이었기 때문이다.

여목과 석정이 남경(南京)에 당도했을 때는 팔월 중순이었다. 숙소를 정하고 여장을 푼 여목과 석정은 곧바로 위지손을 찾아갔다.

위지손은 여목에 비해 예닐곱 연상으로 50대 초반의 옥골선풍이었다. 여목이 상관숭으로부터 받은 소개서를 건네주었다.

위지손은 밀봉된 봉투를 뜯어서 서신 내용을 읽었다. 그리고 한참을 묵묵히 생각하더니 편지를 서랍 속에 보관했다.

"먼길을 오시느라고 수고가 많으셨습니다. 도리상으로 보아 당장 지금이라도 대국을 하는 것이 가할 것이나…… 며칠 전부터 미리 예정된 약속이 있어서 대국은 사흘 후로 미루었으면 합니다."

위지손이 양해를 구했다.

"별말씀을 다 하십니다. 선생과의 대국을 두게 되는 것만으로 저는 만족합니다. 그럼 사흘 후에 뵙겠습니다."

나오는 길에 석정이 여목에게 물었다.

"어르신, 그 서신 내용이 무엇일까요?"

"……."

"혹시…… 어르신의 바둑을 언급한 게 아닐까요?"

"그럴 수도 있겠지. 그러나 승부에서 궁극적인 우위는 그 수의 높고 낮음에 있지 기풍이나 기질에 좌우되는 건 아니오. 물론 사람에 따라 독특한 기풍이란 것은 있소. 세력을 좋아하는 사람이 있는가 하면 철저하게 실리로 파고드는 사람도 있고, 전투를 즐기는 사람이 있는가 하면 참고 기다리는 바둑도 있소. 두터운 행마가 있는가 하면 화려한 행마를 즐기는 사람도 있소. 어느 것이 더 우월하다고 이야기할 수는 없지만 분명히 서로의 상관관계가 있으리라고 보오. 일반적으로 바둑을 인(忍)의 기도(棋道)라 했으니 강함보다는 부드러움이 유리하다고 알려져 있지만 내 생각은 약간 다르오."

석정은 익히 알고 있는 사실이었지만 새삼스러운 여목의 설명에 흥미를 느꼈다.

"어르신의 바둑은 스스로 보시기에 어떤 기풍을 지니고 있습니까?"

"글쎄…… 거센 폭풍우를 만나면 천년 고목일지라도 부러지고 말지만 강가의 갈대는 휘어질지언정 결코 부러지지 않으니 그 부드러움을 배우라고 말들 하지요. 그러나 그 부드러움도 칼이라는 무기 앞에서는 찰나의 순간도 견디어내지 못하오. 나무[木]는 쇠[金]를 만나면 지게 된다는 오행상의 진리 앞에 예외는 없소."

"……"

"조선의 바둑은 전통적으로 순장바둑이오. 순장바둑은 바둑판 위에 흑이 아홉 점을 놓고 백이 여덟 점을 미리 놓은 후 백이 먼저 착수하는 바둑이오. 순장바둑은 그 성격상 초반부터 전투가 벌어지기 쉽소. 나는 되도록 어떤 기풍에 얽매이지 않으려고 노력하고 있지만…… 어릴 적 처음 바둑을 배울 때부터 순장바둑으로 익혀왔으니 굳이 내 바둑의 성격을 이야기하라면 강한 전투력을 기반으로 하고 있다고 할 수 있소. 전투가 강하다 함은 수를 읽는 깊은 눈을 가졌음을 의미하며 나아갈 때와 물러설 때를 알고 있음을 말하오. 나이가 들어서 인생을 관조하는 지혜가 늘어나고 바둑을 이해하는 폭이 넓어짐에도 불구하고 바둑이 쇠락해지는 것은 그 분별력이 흐릿해지기 때문이오. 어쨌든 그것만이 내 바둑에 대한 답은 아닐 것이오."

"결국 그 말씀은 어르신의 바둑에는 약점이 없다는 것이 아닙니까?"

"그런 뜻이 아니오. 세상에 약점이 없는 사람은 없소. 바둑은 평생 자신의 약점을 없애는 과정이오. 그대 눈에는 내가 중국 바둑을 초토화시키기 위해 온 정복자로 보일지 모르지만 실은 그게 아니오. 나는 바둑을 배우는 마음가짐으로 진실로 이 넓은 대륙에서 나보다 나은 사람을 만나 가르침을 받고 싶다는 간절한 소망으로 이곳까지 온 것이오."

석정은 여목을 올려다보았다. 그녀의 눈에 비친 여목은…… 거인이었다.

밤이 깊어가고 있었다. 위지손은 여목으로부터 건네받은 편지를 앞에 두고 생각에 잠겼다. 그는 여목이 자신을 찾아오리라는 것을 이미 알고 있었다.

편지 위에 적힌 조선이란 글씨 위에 한 인물이 겹쳤다. 그 사람은 늙고 병든, 그러나 일생 동안 자신이 흠모했던 스승 손일원(孫一園)이었다.

"청초(淸初)의 국수 귀견수(鬼見手) 평인준(平引俊)을 아느냐?"

"예."

"그분께서 이렇게 말씀하셨다. 조선의 바둑을 경계해라. 대륙의 바둑은 웅혼한 기상과 힘이 있다. 비유하면 운장의 청룡언월도와 같은 무게와 힘을 겸비하고 있다. 반면 왜국의 바둑은 섬세하고 정교하다. 그런데 모양과 형태에 지나치게 치중하기 때문에 사리에 밝지 못하다. 말하자면 수리검과 같다. 확실히 조선은 다르다. 우리는 그들을 속방 정도로 생각하고 있지만 그들 문화는 우리 생각과는 달리 독창적으로 발전을 거듭해왔다. 실로 가장 경계해야 할 나라이다. 그들은 모양과 세기를 겸비하지는 못했지만 전투적이며, 무엇보다 수를 읽는 능력이 탁월하며 실전적이다. 순장바둑이란 특성 때문에 취약한 부분이 있지만 바둑의 가장 중요한 특성인 수읽기를 받쳐주는 힘과 세기를 조화시킬 수만 있으면 차후의 바둑은 그들이 주도하게 될 것이다. 조선은 강하다. 그들 자신이 그걸 모르고 있을 뿐이다. 항상 경계하고 또 경계해야 할 것이다."

명이 몰락하고 청나라 초기 암흑의 시대에 태어난 평인준은 어릴 적부터 바둑에 뛰어난 기재를 보여 신동이라는 소리를 들었다. 일곱 살 때 처음 바둑을 접한 이후로 기량이 일취월장하여 18세에 이르자 그가 살고 있는 호북성(湖北省)에서는 더 이상 적수를 만날 수 없었고, 20대 중반에 이르러서는 기품제일(碁品第一)로 불리던 명나라 고수 과백령(過伯齡)의 뒤를 이어 중국 전역에서 국수로 이름을 떨치게 되었다. 그의 나이 서른이 넘어섰을 때 그는 사람들로부터 대국수(大國手)라는 칭호를 받았다.

청초의 문장가이며 바둑에도 조예가 깊었던 장문홍(張文弘)은 평인준과 한 번 대국을 가진 후 그의 수를 읽는 깊이나 수의 은밀함에 감탄을 금치 못해 귀신같이 수를 본다 하여 그에게 귀견수(鬼見手)라는 별호를 붙여주었다. 그 후부터 평인준은 세상 사람들로부터 귀견수라고 불리게 되었다.

10년 동안 대국수 자리를 굳건히 지킨 평인준은 대륙에서 더 이상 적수를 만나지 못하자 일본으로 발길을 돌렸으니 때는 1714년 늦은 가을이었다.

당시 일본 바둑은 막부의 비호 아래 체계적으로 발전을 거듭하여 바둑의 전성기를 맞고 있었다. 바둑의 종가인 홍임보가(本因坊家)와 이노우에가(井上家), 야스이가(安井家), 하야시가(林家)를 주축으로 상호 견제 속에

숙원인 명인기소(名人碁所)를 차지하기 위해 혈안이 되어 있었다.

일본의 공식적인 일인자는 명인기소 자리에 있는 도세쓰 인세키(道節因碩)였다. 일본에 도착한 평인준은 우선 도세쓰에게 여러 차례 면담을 요청했으나 무슨 이유에선지 도세쓰는 평인준과의 면담을 회피했다. 서신을 보내도 회답이 없었고 몇 차례 직접 방문하기도 했으나 평인준은 도세쓰를 만나지 못했다. 평인준은 왜 도세쓰가 자신을 피하는지 그 속마음을 헤아릴 수 없었다.

원래 도세쓰는 일본 바둑 역사상 최초의 기성(碁聖)으로 불리는 도사쿠(道策)의 제자였다. 그러다가 도사쿠의 첫 번째 수제자로 동문인 도데키(道的)가 선정되자 도세쓰는 또 다른 바둑 4가의 하나인 이노우에가의 양자로 들어가버렸다. 그러나 도데키가 스물한 살 나이로 요절하자 우여곡절 끝에 도사쿠가 마지막 후계자로 도오치(道知)를 선정한 후 죽음에 이르러 도세쓰를 다시 불렀다.

"도오치의 후견을 부탁한다. 엄격하게 가르쳐서 도오치가 장성하면 명인기소 자리에 오르도록 도와주기 바란다. 네가 스스로 기소에 오르는 일이 결코 있어서는 안 된다. 그 대신 너를 준명인의 자리에 올려주겠다."

도세쓰는 도사쿠의 조건을 받아들였다. 당시 도오치는 열세 살 소년이었다.

도세쓰는 도사쿠의 유언에 따라 도오치 소년의 훈육에 전력을 기울이게 된다. 그는 자신이 당주로 있는 이노우에가에서 홍임보가로 거처를 옮기면서까지 도오치 육성에 성심을 다했다. 도오치는 이에 대한 보답으로 도세쓰를 스승으로 섬겼다.

1705년 10월 도쿠가와 쓰나요시(德川綱吉) 말기, 어성기(쇼군이 친람하는 가운데 두어지는 바둑)의 대국자가 선정되었다. 도오치 4단과 야스이가의 센가쿠(安井仙角) 6단이었다. 그때 도오치 승단을 고려하고 있던 도세쓰는 센가쿠에게 편지를 보내 부탁했다.

"최근 도오치 실력이 괄목 향상하여 현재 준명인(8단)인 나에게 정선(定先)으로 두고 있소. 이번에 있을 어전 대국에서는 아무쪼록 그대와 도오치가 호선(互先)으로 두어주었으면 하오."

이에 센가쿠는 정면으로 도세쓰에게 반발했다.

"갑작스런 이런 요청은 전례가 없는 일입니다. 실로 나로서는 도오치와 2년 전 단 한 번 정선으로 두었을 뿐입니다. 더구나 승단조차 불합리한데도 정선에서 선상선(先上先: 정선과 호선의 중간 치수. 세 판 바둑에서 하수가 첫째 판은 흑으로 둘째 판은 백으로 셋째 판은 다시 흑으로 두는 방식)이라는 단계를 건너뛰어서 호선으로 대국한다는 것은 불가합니다. 저로서는 받아들일 수 없는 요청입니다."

도세쓰는 센가쿠가 쉽게 승낙하리라고 낙관했다가 뜻밖의 반격을 받은 셈이었다. 실상 홍임보가와 야스이가는 선대로부터 이어져 내려오는 해묵은 원한이 깊게 배어 있었다. 자신의 권위에 정면으로 반발한 센가쿠에게 격노한 도세쓰는,

"나의 말을 못 듣겠다는 것인가?"

하고 몇 차례에 걸쳐 강경하게 추궁했다. 결국 사건은 쟁기(爭碁: 중세 유럽 기사들이 옳고 그름을 결투로써 가린 것처럼 막부 기사들은 대국 수단에 호소하여 시비를 가렸다)로까지 비화되었다. 쟁기 치수가 선상선으로 정해진 것은 도세쓰의 영향력 때문이었다. 이전에 정선으로 한 번 대국했을 뿐이므로 쟁기도 거기서부터 시작하는 게 타당했지만 도세쓰가 고관들에게 부탁하여 그렇게 조정된 것이었다.

어성기 제1국으로 쟁기가 시작되었다. 도오치는 15세. 센가쿠는 야스이가를 계승한 지 5년, 32세의 전성기였다.

아침 진시(辰時)부터 바둑이 시작되었다. 당시 도오치는 악성 이질로

고생하던 중이었다. 게다가 며칠 전부터 음식도 거의 먹지 못하고 수시로 화장실에 드나들어야 할 형편이었다. 하지만 도오치의 투지만은 왕성했다. 쌍방 장고에 장고를 거듭한 국면이 진행되었다. 도세쓰는 평소의 도오치와는 달리 그가 판을 제대로 엮어나가지 못함을 확연히 알 수 있었다. 오후 무렵 도세쓰는 도저히 그 자리를 더 지키지 못하고 무거운 발길을 돌려서 홍임보가로 돌아왔다.

아무리 검토에 검토를 거듭해보아도 미세하지만 도오치가 이기기는 어려워 보였다. 오히려 국면은 앞으로 차이가 더욱 벌어질 형세였다. 도오치 소년이 가쁜 숨을 몰아쉬며 휘청거리는 발걸음으로 화장실을 드나드는 모습을 그려보며 도세쓰는 측은한 마음을 누를 길이 없었다.

저녁이 되어도 밤이 깊어도 대국이 끝났다는 전갈은 오지 않았다. 아픈 몸을 무릅쓰고 도오치는 센가쿠에게 버티고 있었던 것이다. 새벽이 막 지날 무렵 도오치를 따라갔던 머슴이 헐레벌떡 뛰어 들어왔다.

"기뻐하십시오. 도오치님이 한 집 이겼습니다."

깜빡 잠이 들었던 도세쓰는 한 집이란 소리만 알아들을 수 있었다. 그 바둑을 불편한 몸으로 한 집을 졌다니 과연 장하다는 생각이 들었다. 그러나 다시 한 번 물어보니 이겼다는 게 아닌가? 도저히 믿을 수 없어 도세쓰는 즉시 사람을 시켜 확인했다.

100수를 넘는 시점까지는 백이 확실히 우세했지만 그 후 흑의 눈부신 추격과 탁월한 끝내기로 결국 믿을 수 없는 대역전극이 일어났던 것이다.

그 후 도오치와 센가쿠는 두 판을 더 두었다. 2국에서 도오치는 흑으로 열다섯 집의 대승을 거두었고, 3국에서도 백을 쥔 도오치가 석 집을 이겼다. 변명의 여지가 없이 완패한 센가쿠는,

'도오치와의 치수를 호선으로 응낙한다. 쟁기는 이로써 중지할 것을 바란다'라는 편지를 보내 허무하게 굴복하고 말았다. 도세쓰는 숙적을 궁

지에 몰아넣을 수 있는 기회로 보고 집요하게 쟁기의 계속을 주장했지만 센가쿠는 끝내 그 요구를 받아주지 않았다.

센가쿠와의 쟁기가 끝난 직후 도세쓰는 도오치와 10번기를 두었다. 도오치의 정선으로 도세쓰가 6승 3패 1빅의 전적을 올렸다. 떠오르는 태양인 도오치를 상대하여 정선으로 눌러 이겼다는 것은 도세쓰가 대단한 실력을 지니고 있다는 사실을 반증해주는 것이었다.

2년 후 도세쓰는 도오치에게 홍임보가를 물려주고 스스로 후견인 자리에서 물러나 이노우에가로 돌아갔다. 도오치는 자신을 양육시켜준 도세쓰의 은혜에 보답코자 강력히 추천하여 도세쓰를 명인으로 추대했다.

"도사쿠 스승님께서 명인기소를 바라지 말라는 유언이 있지 않았는가."

도세쓰가 도오치의 제안을 거절했지만 도오치의 의사는 완강했다.

도오치의 간곡한 제안으로 인해 도세쓰는 마침내 명인 자리에 올랐고 우여곡절 끝에 기소(고도꼬로) 직위에 머무르고 있었다.

도세쓰를 못 만나고 허송세월만 보내던 평인준은 하는 수 없이 야스이가를 방문했다. 그곳에서 평인준은 일본에 온 후 처음으로 바둑다운 바둑을 만날 수 있었다. 당주 센가쿠가 촉망하는 야스이가의 기사 나가시마 4단이었다. 나가시마는 호선으로 평인준에게 두 판을 완패한 후 센가쿠의 근황을 언급했다.

"당주님은 지금 나라(奈良) 온천에 계십니다. 1년에 두어 차례 그곳에 내려가서 몇 달씩 기거하곤 하지요."

평인준은 그길로 나라 온천으로 내려가 센가쿠를 만났다.

센가쿠는 이미 완숙기에 접어들어 있었다. 비록 가슴속에 홍임보가와 이노우에가에 대한 원한이 깊게 쌓여 있었지만 아직은 패기도 있었고 과거 도오치와의 치욕을 설원하고자 절치부심 기도에 매진하고 있었다.

평인준과 센가쿠의 대국은 비밀리에 두어졌다.

막부 치하에 번성했던 바둑 4가의 손꼽히는 기사답게 센가쿠의 기력은 눈부셨다. 하지만 대륙의 달인 귀견수 평인준에게는 역부족이었다. 그들의 대국은 4승 1패로 평인준의 절대 우위에서 막을 내리게 되었다.

나라 온천에서 돌아온 평인준은 마지막으로 다시 한 번 도세쓰에게 면담을 신청했다. 뜻밖에도 센가쿠와의 대국 소식을 들은 탓인지 도세쓰는 면담을 허락했다.

도세쓰와 평인준은 어두컴컴한 에도(江戶)의 외진 신당(神堂)에서 은밀하게 대면했다. 신당 밖에는 거친 눈보라가 휘몰아치고 있었다. 이미 60을 넘긴 도세쓰와 40대의 평인준은 말 한마디 없이 서로를 바라만 보았다. 도세쓰의 주름 가득한 얼굴엔 오랜 연륜의 무게가 실려 있었고 평인준의 몸에서는 준엄한 명인의 기세가 구름처럼 피어올랐다. 그런 침묵 상태에서 돌연 도세쓰가 자리를 떨치고 일어나 신당을 나가버렸다.

그렇게도 어렵게 마련한 자리에서 도세쓰가 왜 나가버렸는지는 아무도 모른다. 그것은 후세에 와서도 영원한 수수께끼로 남아 있다.

큰 기대를 가지고 일본행을 결행했던 평인준은 별 성과 없이 일본을 떠나게 되었다. 귀국길에 오른 그는 가는 길에 조선을 방문했다. 평인준은 조선에서 처음으로 순장바둑을 접하고 그 바둑에 흥미를 느꼈다. 그러나 자신의 제자들이 조선의 기객들을 상대로 쉽게 이기는 것을 보고 조선의 바둑은 그 역량이 대륙이나 왜국에 비해 현저히 처진다고 단정해버렸다.

사건의 시초는 묘향산 어느 산사에서부터였다. 산수를 즐기다가 날이 저물어 절에서 하룻밤을 지낸 평인준 일행은 묘향산 비경에 빠져 며칠을 더 유숙하게 되었다. 그러던 중 그들은 우연히 그곳에서 조선 승려들 중 고수의 반열에 속하는 스님을 만나게 되었다. 평인준의 제자가 그 스님에게 한 수 대국을 청하게 되었고 스님도 선선히 승낙하여 바둑을 두게 되었다. 평인준이 옆에서 관전해보니 꽤 잘 두는 바둑이긴 하나 제자의 상대로는 부족했다. 백을 쥔 제자가 불계승을 거두고 스님을 향해 빈정거렸다.

"조선엔 정녕 고수가 없단 말이오?"

스님의 얼굴에 자비로운 미소가 흘렀다.

"빈도가 알기론 고수(高手)란 흐르는 물과 같아서 족적(足跡)을 남기지 않는 법이외다."

며칠 후 평인준 일행은 절을 떠나 중국으로 향했다. 묘향산을 떠난 지 이틀 만에 일행은 평안북도 북진(北鎭)에 이르러 한 주막에 들게 되었다. 주막에는 때마침 내기바둑이 벌어져 소란스러웠다.

바둑은 중반을 지나 막바지에 접어들었다. 미세한 계가 바둑에서 흑을 쥔 사내가 끝내기 부분에 몇 수 실족을 하자 승부는 자연스럽게 종결되었다.

"이 끝내기가 패착이오."

바둑에 진 사내가 자책했다.

이긴 사내가 그 말에 동의했다. 뒤에서 보고 있던 평인준의 제자가 나섰다.

"그렇지 않소. 승부는 이렇게 된 것이오."

제자는 끝내기 수순을 바둑판 위에 그림처럼 늘어놓았다. 구경꾼들은 제자의 거침없는 해설에 감탄했다. 그때 웬 삿갓 쓴 사내가 등장했다.

"선생의 수순에 착오가 있소이다."

제자의 표정이 굳어졌다.

"무슨 말씀이오?"

제자가 사내를 쏘아본다.

"수순이란 상대에 따라 결정되는 법."

"그렇다면 내 수순에 문제가 있다는 거요!"

갑자기 상황이 돌변한다. 구경꾼들은 사내와 제자를 주시했다. 제자는 분을 참지 못하고 씩씩거렸다. 사내는 판 위에 돌을 슬그머니 한 수 놓고 그 자리를 떠났다.

사내가 가고 처음부터 제자와 사내의 행동을 지켜보던 평인준이 무심코 반상으로 눈길을 돌렸을 때 그의 눈이 크게 떠졌다. 사내가 놓고 간 수는 평인준이 보기에 가장 완벽한 끝내기의 요처였다.

다음 날 주막에서 하루를 지낸 평인준 일행이 길을 나서는데 사내가 물통을 양 어깨에 메고 다시 나타났다. 사내는 인근 마을을 돌아다니며 물을 길어 파는 것을 업으로 하는 물장수였다.

평인준의 제자가 가던 길을 멈추고 사내에게 한 판 바둑을 제의했다. 사내가 거절했으나 제자는 재차 사내에게 청했다. 사내는 마지못해 제자와 마주 앉았다.

바둑은 100여 수 만에 승부가 갈라졌다. 사내의 탁월한 기량 앞에 제자가 손 한 번 제대로 못 쓰고 압도당한 한 판이었다. 애초부터 평인준의 제자는 사내의 적수가 되지 못했다. 묵묵히 관전하던 평인준이 나섰다.

"나는 청나라의 평인준이란 사람이오. 보아하니 선생의 기예가 실로 놀라운바, 나와 한 번 겨루어봄이 어떻소?"

"……."

"원하신다면 순장바둑으로 대응해드리리다."

평인준은 자신만만했다.

"그럴 수는 없지요. 먼 데서 오신 손님인데 그건 결코 도리가 아니지요."

드디어 주막집 평상 위에서 중국의 국수 평인준과 무명의 조선 기객 사이에 처절한 사투가 벌어졌다. 신출귀몰한 수들이 시종 반상 위를 종횡무진 누볐고 숱한 변화와 갖은 비술이 현란하게 판 위에 그려졌다.

두 사람은 무아의 경지에서 바둑에 몰입했다. 주막엔 연일 장대비가 퍼부었으나 두 사람은 움직일 줄 몰랐다. 그렇게 사흘 밤낮으로 둔 바둑

　　대륙에 불어닥친 피바람

이 막바지에 접어들었을 때 마지막으로 평인준은 대장고에 들어갔다.

다시 하루 반을 꼬박 새운 평인준이 반상에 한 수를 착수하자 사내는 곧바로 일어섰다.

"어디를 가시오?"

"물을 길러 가야지요."

사내는 물통을 지고 주막 밖으로 나갔다.

평인준은 반상으로 눈길을 돌렸다. 반상을 한참 내려다보던 평인준이 돌연 소스라치게 놀랐다. 자신이 하루 반의 장고 끝에 둔 수는 결국 성립되지 않는 수였다. 사내는 이미 그것을 알고 있었다. 다만 사내는 평인준에게 승부를 확인시켜주지 않고 사라진 것이었다. 평인준으로서는 일생일대의 패배였다.

평인준은 설욕하리라 다짐하고 비통한 심정으로 절박하게 사내의 행방을 찾았다. 수소문 끝에 물어물어 사내의 집을 찾아갔건만 사내는 이미 그곳을 떠났고 집을 지키던 한 노파가 평인준에게 한 장의 편지를 내밀었다.

평인준은 서신을 펼쳐보았다. 서신에는 단 한 자의 글씨만 적혀 있었다.

불(不).

평인준은 쓸쓸히 귀국길에 올랐다. 그는 죽을 때까지 평생 짐을 지듯 '불'자와 싸웠다. 그리고 그는 죽음에 이르러서도 끝내 '불'의 숙제를 풀지 못했다.

사흘 후 여목과 석정이 위지손을 방문했을 때 위지손은 두 사람의 참관인과 함께 여목을 기다리고 있었다. 한 사람은 몰락한 명조 황실의 후손이었고 또 한 사람은 남경에서 손꼽히는 거상의 아들로서 두 사람 모두 대단한 바둑 애호가라 했다.

돌을 가린 후 흑을 쥔 위지손이 반상 위에 첫 수를 놓자 마침내 조선의 국수 여목과 대륙의 명인 위지손 사이에 절체절명의 대결이 시작됐다.

위지손은 대륙과 같은 두터운 기풍에다 날카로움까지 겸비한 자였다.

중국이란 대륙은 묘한 나라다. 수천 년 역사가 이어지는 동안 어떤 국가도 중국이란 나라를 완벽하게 지배하지 못했다. 그들은 외세가 침입하면 일단 그 세력을 대륙 깊숙한 곳으로 끌어들였다. 그리하여 치고 빠지고 물러섬으로써 단순히 군대와 군대와의 싸움이 아닌 군대와 대륙의 싸움으로 몰아갔다. 외세는 스스로 지리멸렬하여 무릎을 꿇었다.

항거할 수 없는 세력에 대해서는 땅은 지배하게 하되 그 정신은 중국 사람이 지배했다. 원(元)이나 청(淸)의 지배 세력은 땅만 지배할 뿐 정신적인 면에서는 오히려 중국의 지배를 당했다.

대부분의 중국인은 왕조의 부침(浮沈)에 초연했다. 그들 입장에서는 권력을 지닌 탐관오리가 한 집단에서 다른 집단으로 옮겨간 것 외에는 별로 의미가 없었다. 그리고 그들은 인내하고 기다렸다. 역사는 영원히 어느 한편에 머물지 않는다는 사실을 그들은 누구보다도 잘 알고 있었다.

바둑은 신중하게 전개되었다.

서로가 서로의 기량을 존중하여 바둑은 조심스럽게 한 걸음 한 걸음 모양을 갖추어나갔다. 위지손이 다가가면 여목이 물러섰고 여목이 다가가면 위지손이 물러섰다. 인내엔 인내로 전투엔 전투로 서로를 탐색했다. 요석(要石: 상대의 돌들을 끊고 있는 기둥말)과 폐석(廢石: 단순히 집의 가치만 있을 뿐 전략적 가치가 전혀 없는 돌)의 구별이 엄격했고 세력과 실리의 배합이 적절했다.

바둑은 물 흐르듯이 흐른다. 승부는 한 치의 오차도 없이 팽팽한 균형을 유지했다.

과연 위지손은 중국 최고의 고수로서 손색이 없었다.

60여 수에 이르러 위지손의 한 수가 반상 위에 떨어졌다. 여목으로서는 처음 보는 수였다.

운석(運石)의 상(相)을 보면 그 수는 정형(正形)이 아니다. 행마의 형태가 기리(棋理)를 벗어났다. 허나 상대는 중원의 기객 위지손이 아닌가.

여목은 생각에 잠긴다.

피할 것인가 되받아칠 것인가. 피하면 집이 상하고 받아치면 국면이 어지러워진다. 위지손의 행마가 이치를 벗어났다고는 하나 그 나름대로 사고가 있다. 어찌 보면 그 수는 위지손가(家)의 비기(秘技)일 수도 있다.

여목은 위지손의 비수를 다각도로 분석해본다.

길은 두 가지다. 인내할 것인가, 추궁할 것인가.

응징하면 앞으로 일어날 천태만상의 무궁무진한 변화를 다 헤아릴 수는 없는 일, 결국 실전감각에 의존할 수밖에 없다. 비켜가면 그것으로 승부는 길어지나 집의 균형에 미세한 균열이 생긴다. 균열은 경우에 따라 승부와 직결될 수도 있다.

승부란 찰나에 일어난다. 티끌과 같은 무명(無明)이 일생을 번뇌에 빠뜨린다. 반대로 그 무명을 매개로 깨달음을 얻는 사람들도 있다.

선악의 윤곽이 확실치 않고 결론에 도달하기도 전에 여목의 혜안이 흐려진다.

돌과 돌이 부딪치면 소리가 나고 기와 기의 대립은 필연적이다.

여목은 호흡을 가다듬고 단전에 힘을 주었다.

차라리 흘러가고 싶다. 물처럼 바람처럼 지나가버리고 싶다. 세상을 희롱하고 유유자적하고 싶다.

마침내 여목은 깨닫는다.

지금은 때가 아니라고, 때가 아니라고.

여목은 옆으로 비켜선다.

위지손이 유유히 다음 수를 착수했다.

아침나절에 시작한 바둑은 벌써 술시를 지나고 있었다. 작은 소요가 끝난 뒤 바둑은 초반을 지나 중반을 향했다. 방 안에 달아놓은 유등 주위로 몇 마리 나방이 몰려든다.

"오늘은 이쯤에서 끝내는 게 어떨는지요."

위지손이 봉수를 제의했다. 여목은 선선히 그 제의를 받아들였다. 위지손 측에서 마련해준 숙소를 사양하고 여목은 석정과 함께 마차를 타고 미리 정해놓은 자신들의 숙소로 돌아갔다.

사흘 후 대국은 속개되었다.

위지손은 전날 확보한 근소한 우위를 지키기 위해 신중에 신중을 거듭했다. 여목은 꾸준히 자신의 길을 갔다. 위지손이 달아나면 여목이 접근했고 위지손이 멀어지면 여목은 다가갔다. 치고 빠지기를 수십 합. 찌르고 피하기를 또 수십 합. 그러나 승부는 한 치 앞을 내다볼 수 없는 형국의 연속이었다.

위지손의 머릿속에 끈질기게 추격해오는 여목의 형상이 그려진다. 위지손은 마음을 다잡았다. 위지손은 이 한 판의 바둑에 자신의 모든 것을 걸었다. 수많은 중원의 고수들을 짓밟고 여기까지 온 여목에게 자신마저 무너진다면 그것은 대륙의 마지막 남은 요처(要處)를 내주는 꼴이 된다.

그럴 수는 없다. 결코 그럴 수는 없다.

두 사람은 간격을 두고 끊임없이 나아갔다. 한 나절이 지나고 100여 수가 가까워졌으나 위지손의 근소한 우세는 변함이 없고 바짝 따라가는 여목의 행보도 변함이 없다.

이대로 가면 승부가 끝나리라. 그대가 아무리 날 쫓아와도 대세는 거역할 수 없으리라. 머잖아 승부의 종착점에 그대와 내가 기어이 도착하고 말리라.

위지손은 눈을 감고 애타게 승부의 혼을 불렀다.

돌아가라, 여목!

중국은 그런 나라가 아니다.

일개 조선의 기객에게 대륙의 은신처를 노출시키는 그런 나라가 아니다.

중원의 뭇 강호들을 그대의 무릎 앞에 굴복시키지 않았던가.

그것으로 그대의 소임은 끝났다.

돌아가라, 조선의 기객 여목이여!

그대의 나라는 동방예의지국이 아니던가.

희고 고운 백의민족이 아니던가.

여목은 기다렸다. 하염없이 기다렸다. 승부처가 올 때까지 반상의 주변을 끝없이 서성거린다. 그것은 참으로 길고 긴 인고의 세월이었다. 여목은 눈을 감았다. 아득한 옛날 먼 조상들의 말발굽소리가 여목의 귓전에 생생하게 울려퍼진다.

대인이여!

길을 비켜주시오.

그 넓은 대륙은 원래 조선의 땅이었소. 조선의 영토요 조선의 낙원이었소.

이제 옛 주인이 찾아왔거늘 무얼 그리 망설이시오.

대인이여!

먼길을 달려온 동방(東方)의 아들에게

부디 길을 비키시오.

여목의 머릿속에 반면이 그려진다. 반면은 보다 넓게 확대되어 그 모습을 선명하게 드러낸다. 여목은 애써 마음속의 반면을 지우려 했다. 여목은 모든 사념을 버리고 무념무상의 경지에 몰입했다. 장좌불와한 상태에서 여목의 몸은 석고처럼 굳어갔다.

한 시간, 두 시간, 세 시간……

방 안에 있는 사람들은 숨소리를 죽여가며 여목의 모습을 주시했다.

날이 어두워질 무렵, 돌연 바깥에 비바람이 불고 천둥번개가 치기 시작했다. 바둑판 위에 섬광이 떨어지고 뇌성벽력이 울리며 여목의 얼굴 위로 전광(電光)이 명멸(明滅)했다.

여목의 형상은 귀신의 몰골이요 사람의 형상이 되기도 한다.

위지손은 갑작스런 천변(天變)에 기이한 징조를 느꼈다.

그때, 여목의 눈이 번쩍 뜨였다.

강렬한 눈이 반상을 뚫어지게 쏘아본다.

일순 여목의 눈에서 푸른 광채[靑光]가 쏟아진다. 광채는 이내 여목의 청정한 기를 타고 반상 위로 부서진다.

석정의 손에 들려 있던 다기가 바닥으로 떨어지고 사람들은 놀라서 몸을 움츠렸다. 그 순간 혼백을 담은 여목의 신검이 반상 위를 내리쳤다.

장내는 숨죽은 듯이 고요하다.

여목의 안광을 피해 반상을 내려다보던 위지손이 갑자기 비명을 질렀다.

신품(神品)이다!

위지손이 소리를 지르며 반상 옆으로 쓰러졌다.

여목의 눈에서 그제서야 광채가 사라졌다.

여목이 놓은 수는 형체가 없었다.

무형의 수[無形之手].

사량분별이 불가하여 모양도, 빛깔도, 냄새도 없었다. 그것은 진정으로 생사를 초월한 천하의 수[天下名手]였다.

저녁이 지나 밤이 깊어가고 있었다. 위지손은 쓰러진 채 일어날 줄 몰랐다.

그것으로 그날 대국은 자연 봉수가 되었다.

대국은 쓰러진 위지손측 요구에 따라 열흘 후로 연기되었다.

열흘간의 휴식은 석정에게는 평생 잊을 수 없는 날이었다. 석정으로서는 오랜만에 맞는 긴 휴식인 데다가 북경과 천진에서만 자란 그녀가 북경을 떠난 이래 처음 남방의 이국적인 풍물을 접할 수 있었던 것이다.

두 사람은 양자강을 굽어보며 자연 속을 노닐었고, 해가 지면 주루에 들러 술을 마셨다. 여목은 양자강 기슭에 앉아 명상을 하며 시간을 보냈다. 석정은 여목을 말없이 지켜보고만 있었다. 건곤일척의 승부를 앞둔 여목의 심기를 어지럽히지 않으려는 깊은 배려였다. 그녀는 참으로 현명한 여인이었다.

그러나 그 건곤일척의 승부는 결국 미완성으로 끝나게 되었다. 대국을 이틀 앞둔 날 밤 한 젊은이가 여목을 찾아왔다.

"누군가?"

하고 여목이 묻자 청년은 다짜고짜 비수를 탁자 위에 꽂았다.

여목은 청년을 바라보았다. 야밤에 남의 숙소를 무단침입한 사람답지 않게 청년의 얼굴은 해맑았다. 청년은 천천히 탁자 위에 꽂아둔 칼을 빼서 여목의 얼굴을 겨누고 일어섰다.

"내가 누군가는 중요한 일이 아니다. 여목, 당신은 지금 무얼 하고 있는가?"

"……."

"지금 나라는 국치를 당해 왜놈의 총칼 아래 조선의 만백성이 신음하고 있거늘 당신은 바둑이나 두며 허송세월을 보내고만 있단 말인가?"

순간 여목의 얼굴이 굳어졌다.

"국치라니, 그게 무슨 말인가?"

"나라의 주권이 왜놈들에게 강탈당한 사실을 정녕 몰라서 묻는 말인가!"

"……."

"지금 조선에는 이완용 등 만고의 대역적들이 나라를 팔아 백성들을 마구 짓밟고 있거늘 대원군의 특별한 총애를 받았다는 당신이 지금 하고 있는 게 무엇인가? 나라가 있어야 백성이 있고 나라가 있고서야 바둑도 있는 게 아닌가."

준엄한 문책이었다. 여목으로서는 바둑에 빠져 경술국치의 사실을 몰랐다고 하지만 그것은 어디까지나 변명일 뿐 참으로 할 말이 없었다.

여목의 망연자실한 모습을 보며 청년이 말했다.

"내 비록 어머니를 조선 여인으로 둔 반쪽 조선인이지만 누구보다도 조선인임을 자랑스럽게 생각하는 사람이오. 나라를 팔아먹은 만고의 역적들을 응징하러 가기 전에 한가하게 바둑이나 두고 있는 당신을 그냥 지나칠 수 없어 한달음에 달려왔지만 그만 돌아가겠소."

그 말을 끝으로 청년은 돌아섰다. 여목이 청년을 불러 세웠다.

"청년의 이름은 무엇인가?"

"이익환(李益丸)이라 하오."

여목은 청년에게 품속에 있던 권총을 내주었다. 청년은 말없이 권총을 받아들고 사라졌다. 후에 여목은 그 청년의 소식을 들었다. 그 청년은 조선 땅으로 건너간 후 매국노 이완용의 암살을 기도했으나 그 하수인 몇 명을 죽이는 데 그치고 왜경들에게 체포되어 총살당했다.

꼬박 뜬눈으로 밤을 새운 여목은 다음 날 아침 일찍 위지손의 집 대문을 두드렸다. 이른 방문에 놀라 불편한 몸으로 달려나온 위지손에게 여목은 조선의 사정을 설명하고 대국을 끝마치지 못하고 떠나는 데 대한 유감의 뜻을 표명했다.

"비록 한 이름 없는 기객이나 나에게 뼈와 살을 나눠준 조국이 참혹한 지경에 처했다는 소식을 접한 이상 더 이상 머뭇거림은 도리가 아닌 것 같아 이만 고국으로 돌아갈까 하오. 설령 내 가장 가까운 친인의 부고 소식을 접했다 하더라도 대국은 마치는 것이 도리이겠으나 만백성이 왜놈의 총칼 앞에 놓인 이 시점에서 조국을 외면함은 조국에 대한 배신행위일 것이오. 언젠가 인연이 닿으면 선생과의 못 다 이룬 대국을 끝내는 날이 있을 것이오."

두 사람은 후일을 기약하며 굳은 악수를 나누었다. 헤어질 때 위지손은 봉투를 한 장 내밀었다. 일찍이 여목이 위지손에게 전달한 상관숭의 편지였다.

하루라도 조속한 귀국을 위해 배편을 이용하기로 한 여목은 상해로 향하는 길에 상관숭이 위지손에게 전한 편지 내용을 읽어보았다.

···(전략)··· 여목의 바둑은 정말 무섭소이다. 하나의 틀에 얽매이지 않고 자유자재하며 능소능대합니다. 특히 전투에 강하여 전투에 임하면 온몸에 소름이 돋을 지경입니다. 선비와 같은 풍모 속에 어디에서 그런 강한 전투력이 나올 수 있는 건지 불가사의하기만 합니다. 또한 전판을 읽어내는 예리한 통찰력은 단연 백미(白眉)입니다.

그는 약점이 없는 바둑을 구사합니다. 다만 내가 겪어본 바에 따르면 이런 류의 바둑을 상대하는 데는 신수(新手)와 체력, 두 가지 길밖에 없다고 봅니다. 그것마저도 절대 장담할 수는 없지만 다른 방면을 공략하는 것보다는 승산이 있다고 보기에 삼가 무례를 무릅쓰고 이런 글을 올리게 되었습니다. 대륙 바둑의 자존심이 선생의 양어깨에 달려 있소이다. ···(후략)···

여목은 조용히 그 편지를 불살랐다. 상관승과 위지손의 얼굴이 피어오르는 연기 속에 그려졌다가 천천히 하늘로 향해 올라갔다.

석정은 처음 여목에게 약속한 대로 미련 없이 여목을 전송했다. 여느 여인처럼 눈물을 뿌리지도 않았고, 가지 말라고 옷깃을 부여잡지도 않았다. 그저 담담한 표정으로 여목을 배웅하며 여목의 무사한 귀국을 기원했다.

여목은 상해에서 어렵게 구한 배편으로 귀국길에 올랐다. 배가 항구에서 멀어지자 석정은 떠나는 여목의 배가 시야에서 사라질 때까지 그 자리에 서서 움직일 줄 몰랐다.

9 　하늘이 내린 제자

"그 당시의 기보는 남은 것이 없습니까?"

박 화백이 감회에 젖어 해봉처사에게 물었다. 따지고 보면 자신의 발걸음을 이곳까지 끌고 온 것도 한 장의 기보 때문이 아닌가.

"없네. 그 옛날 설숙 스승께서 두 장의 기보를 보유하고 있었다고 하더군. 한 장이 바로 위지손 선생과의 대국이었는데 설숙 스승께선 이런 말씀을 자주 하셨네. '내 일생에 단 한 번만이라도 실전에 임하여 이런 신수를 두어볼 수만 있다면 여한이 없겠다'라고. 일본 바둑사에 불멸의 기성으로 불리는 슈사쿠(秀策)가 둔 이적지수(耳赤之手)를 고금의 묘수라고 칭송하지만, 여목 대스승과 위지손 국수의 대국에서 대스승의 마지막 한 수는 가히 무형지수(無形之手)라 할 만한 것이지."

슈사쿠는 일본 바둑사에서 도사쿠(道策), 오청원(吳淸源)과 더불어 영원한 기성(碁聖)으로 불리던 세 사람 중 한 사람이었다.

그에게는 유명한 일화가 있었다. 슈사쿠는 돌이 갓 지났을 무렵 자주 칭얼거리고 떼를 쓰며 울었다. 하루는 슈사쿠의 어머니가 참다못해 버릇을 가르친다고 슈사쿠를 벽장 속에 가두었다. 그런데 벽장 속에 가둔 후 신기하게도 울음소리가 그치고 조용해졌다. 어머니가 놀라 벽장을 열어

보니 슈사쿠는 벽장 속에서 혼자 바둑돌을 바둑판 위에 놓으며 놀고 있었다고 한다.

슈사쿠가 4단 시절, 당시 일본 바둑의 풍운아 겐낭 인세키(幻庵因碩) 8단과의 대국 때였다. 4단과 8단과의 대국은 원칙적으로 두 점 바둑이었으나 겐낭이 스스로 슈사쿠의 선(先)을 자청하여 대국했다. 슈사쿠는 필승의 신념으로 맞섰지만 바둑은 어느덧 선착의 효를 잃고 겐낭에게 밀리게 되었다. 바둑은 누가 보아도 겐낭의 우세가 확실한 듯이 느껴졌다.

그때 고금의 묘수가 반상 위에 등장했다. 후세 사람들이 불멸의 묘수라고 지칭하는 이적의 수였다. 이적의 수란 그 수를 본 겐낭이 마음의 동요를 일으켜 귀가 점점 빨개졌다 하여서 붙여진 이름이었다.

결국 이적지수는 국면을 백의 절대 우세에서 형세 불명으로 만들었고 계가 결과 흑이 3목을 남겨 슈사쿠의 승리로 이끌었다.

해봉처사가 여목 대스승의 수를 무형지수라 한 이유는 그 수의 형상(形相)이 없는 데 연유한 것이었다.

"두 번째 기보는 어떤 것입니까?"

"그 기보는 대스승이 중국을 떠돌면서 제남의 국수 방인목과 둔 대국이었네. 실리 바둑과 대륙적인 세력 바둑의 피나는 대결을 극명하게 보여준 대국으로 중반까지 불리했던 바둑을 극적으로 뒤집은 명국으로 평가되었네. 아쉽게도 이 두 기보는 설숙 스승의 타계와 더불어 소실되었네. 참으로 안타까운 일이지."

박 화백은 선대의 거인 여목을 떠올리며 깊은 감회에 젖었다.

그것은 기이하다고 할 수도 있는 광경이었다. 소담(素潭)의 사랑채에 가끔씩 유하는, 기인으로 소문난 박 선달과 더벅머리 소년이 사랑채 앞 양지 바른 평상에서 바둑을 두고 있었다. 사람과 동물이 바둑을 두는 게 아닌 이상 하등 이상할 이유가 없었지만, 문제는 그 소년이 소담댁에 대대로 내려온 노비의 아들이라는 점이었다.

"허허, 그 참! 바둑이 재미있게 돼가는걸."

박 선달은 혀를 끌끌 차고 소년은 바둑판만 뚫어지게 보고 있었다.

여목이 사랑채로 올라가다가 그 광경을 목격했다.

두 사람의 바둑은 겨우 초보 단계를 벗어난 수준이었다. 소년은 옆에 누가 다가와 있는지도 모르고 수를 읽는 데 온통 정신이 팔려 있었다.

여목이 소년을 바라보았다. 소년의 각진 턱과 깊고 고집스런 눈매가 여목의 시선에 잡혔다. 여목은 이제껏 한 번도 눈여겨보지 않았던 소년을 찬찬히 뜯어보았다.

좋은 눈을 가졌구나. 참으로 보기 드문 승부사의 눈이 아닌가…….

사랑채에는 봉화, 영양 일대에서 손꼽히는 고수로 소문난 윤 진사가 여목을 기다리고 있었다. 윤 진사의 목적은 단 하나였다. 몇 년 전 여목이 이곳에 들렀을 때 그는 여목과 몇 번 대국을 한 적이 있었다. 그는 여목과 같은 고수에게 한두 판 배우는 것을 평생 영광으로 아는 애기가였다.

"웬 아이가 바둑을 두고 있더군요."

여목의 말에 윤 진사가 방문을 열고 바깥을 내다보았다.

"아니, 저 애는!"

윤 진사 얼굴에 노기가 서린다.

"감히 상것이!"

"그냥 두시지요."

"변고로고."

"바둑에 반상이 어디 있겠습니까."

여목은 두루마기를 벗어 벽에 걸었다.

잠시 후 소년이 바둑판을 들고 들어왔다. 여목에게 윤 진사는 넉 점을 놓았다.

그리 빠르지도 느리지도 않게 바둑이 진행되었다. 100여 수가 넘어가자 윤 진사의 좌변 흑대마가 몰살하는 지경에 이르렀다. 그때 여목의 눈에 소년의 모습이 들어왔다. 그때까지 소년은 나가지 않고 바둑판에서 몇 발짝 떨어져 반상을 주시하고 있었다.

눈이…… 역시 좋은 눈이구나……. 그런데 바둑을 모르는 아이가 무얼 저리 열심히 보고 있는 것인가.

소년은 여목의 눈을 의식하고 슬그머니 밖으로 나갔다. 여목의 눈길이 소년의 뒷모습에 잠시 머물렀다.

밤이 깊도록 여러 가지 생각에 잠을 이루지 못하던 여목은 방을 나왔다. 서늘한 야기가 얇은 홑적삼을 거침없이 뚫고 들어왔다. 여목은 어금니를 지그시 깨물며 어깨를 폈다. 그리고 완만한 발걸음으로 걷기 시작했다. 처음에는 좀 서늘하던 밤바람도 이내 시원하게 느껴졌다. 여목은 고개를 들어 하늘을 보았다. 밤하늘의 무수한 별들이 빛을 발하고 있었다.

그래, 조선의 운명도 이 밤하늘처럼 어둡기만 한 것은 아닐 것이다. 저 수많은 별들처럼 무수한 조선의 인재들이 살아 있는 한, 그 인재들이 새로운 조선에 밑거름이 된다면 이 암울한 시대는 스스로 물러가고야 말리라. 나 또한 기꺼이 그 밑거름이 되리라. 기꺼이…….

어디선가 바둑돌 놓는 소리가 들려왔다. 행랑채 뒤쪽 후미진 방에서 희미한 불빛이 새어나오고 있었다.

여목은 성큼 방 앞으로 다가가 방문을 열고 들어갔다. 소년은 여목이 들어서자 이내 당황한 얼굴로 자리에서 일어나 고개를 숙였다. 종의 신분으로 상전을 대하는 몸에 배인 동작이었다.

무심코 반상 위를 보던 여목은 소스라치게 놀랐다. 바둑판 위에는 낮에 자신과 윤 진사가 두었던 대국이 완벽하게 그대로 재현되어 있었다. 여목은 자신의 눈을 의심했다.

'놀라운 소년이다.'

복기란 아무나 할 수 있는 것이 아닌, 어느 정도 수준의 기력에 올라야 가능한 일이다. 겨우 초보자에 가까운 소년의 기력으로 복기는 절대 불가능한 일이었다.

'더구나 자신이 직접 둔 바둑도 아니질 않은가.'

"내가 누군지 아느냐?"

"예."

여목은 생각했다.

가공할 기억력을 가진 소년이다. 분명 바둑으로 본다면 인세에 드문 기재임에는 틀림이 없다. 그러나 바둑은 단순한 기억력만으로 이루어지는 건 아니다. 바둑에 필요한 재능은 무수히 많다.

여목은 천천히 수염을 쓸어내렸다.

"앉아라."

"……."

"나와 한번 두어보겠느냐."

여목은 그날 소년과 한 판의 바둑을 두었다.

소년은 단순한 천재가 아니었다. 지칠 줄 모르는 끈기, 타고난 근성, 승부에 대한 집착, 비록 얕은 수이나 나름대로 번뜩이는 감각과 추리력, 소년은 타고난 신기(神器)였다.

여목은 태어나서 처음으로 탐욕을 느꼈다.

소년의 이름은 추평사(秋平斜)라 했다.

다음 날 오후, 여목은 소담을 청했다. 소담이 전갈을 받고 사랑채에 들렀을 때 여목은 바둑판을 앞에 두고 지난 밤 평사와 두었던 바둑을 복기하고 있었다.

"누구와의 바둑인가?"

"……."

여목은 말없이 바둑판을 쓸었다. 흑백의 돌이 각기 돌통 속으로 들어갔다.

"몸은 어떤가?"

여목은 지병으로 인해 섭생차 내려와 있었다.

"내려가려 하네."

"더 유하지 않고."

"도장을 오래 비워두었어."

"설숙 그 아이는 어떤가?"

"진중한 아이일세."

"하긴 그 애는 어릴 적부터 청정하고 곧은 대나무와 같은 기상이 있었지."

소담의 말에 여목이 수긍한다.

"자네, 기억나는가?"

"무슨?"

"처음 자네와 만났던 날 말일세. 대원위 대감과 함께였지."

"왜, 새삼 그때가 그리워지는가?"

"그때……."

그때, 청나라에서 풀려난 대원군이 어느 날 여목을 불렀다. 여목이 운현궁에 당도해 대원군을 뵈었을 때 대원군은 문성공과 함께 여목을 기다리고 있었다.

여목이 머리를 조아려 절을 하자 대원군의 깊은 눈이 여목을 쏘아보았다. 한땐 산천초목도 벌벌 떨었다는 강렬한 태공의 눈빛이었다.

"네가 여목이냐?"

"그러하옵니다."

"소담, 게 있는가?"

"예."

문 밖에서 젊은 사내의 말이 들려왔다.

"그 기반을 가져오너라."

"예."

곧이어 문이 열리고 청년 소담이 바둑판을 들고 들어왔다.

소담은 바둑판을 태공과 여목 앞에 놓았다.

여목의 눈이 커졌다. 판의 덮개를 벗기자 반상이 눈부시다.

여목의 눈에 비친 바둑판은 천하의 명반이었다. 여목의 시선은 줄곧 바둑판에 머물렀다.

"몇 점을 놓아야 하느냐?"

이윽고 태공이 묻자 그제서야 정신을 차린 여목이 대답했다.

"들리는 대감의 기력이면 여섯 점은 놓아야겠습니다."

"그래……?"

그리고 태공의 손이 반상 위에 옮겨졌다. 치수 여섯 점.

"저하."

곁에 있던 문성공이 어쩔 줄 몰라 한다.

"기반을 앞에 놓은 이상 내가 국태공이 아니질 아니한가."

"…….."

오후의 따가운 햇살이 서편에 기울도록 바둑은 오랫동안 두어졌다. 미세하지만 백이 남는 국면이었고 어차피 상수와 하수의 바둑이면 그 차이는 늘어날 수밖에 없었다.

"여목!"

"예."

"당금의 판세를 어찌 보느냐?"

그것은 애매한 질문이었다. 현 바둑판의 형세를 묻는 말일 수도 있고, 어지러운 국내 사정을 묻는 말일 수도 있었다. 그러나 여목은 그것이 조선 국내 사정을 묻는 말임을 감지했다.

"아직 세상을 보는 눈이 어린 제가 뭘 알겠습니까."

"네가 원세개를 평했다고?"

그것은 문성공과 함께 원세개를 처음 만난 후, 바둑이 끝나고 여목이 원세개의 인물됨이 크고 탐욕스러우며 그가 원대한 야망을 숨기고 있는 큰 그릇이라고 이야기했던 것을 가리킨 말이었다.

"사람을 보는 눈이 있으면 세상을 볼 눈도 있을 게 아니겠느냐?"

"……결국 청나라, 왜국, 로서아의 삼파전이 되겠지요. 세 나라 다 강대국이며 조선과 지리적으로 접한 강점을 지니고 있습니다. 영국이나 미국, 독일 등은 여러 가지 정황으로 보건대 세력 다툼에 본격적으로 참여하기는 어렵다고 봅니다."

"조선의 미래는?"

"……대세를 놓쳤습니다."

"……흠."

태공은 깊게 신음했다.

여목의 이마에서 땀이 진득하니 배어나왔다. 막상 대답을 해놓고 보니 자칫하면 목숨이 달아날 말이 아닌가.

"네가 한 나라를 수중에 넣었다고 가정하자. 그러면 영원히 그 나라를 지배하기 위해서 무엇을 하겠느냐?"

"……총칼은 침략 수단일 뿐 지배 수단으로 최상책은 아니라고 생각합니다. 쉽지 않겠지만, 또한 장구한 세월을 요하는 것이겠지만, 저라면 그 나라의 문화와 정신을 서서히 바꿔나가겠습니다."

"……."

침묵하던 태공이 갑자기 말을 바꾸었다.

"이 기반을 알아보겠느냐?"

"수령 수백 년의 비자목으로 만든 참으로 귀한 명반이지 않습니까."

"그렇다. 만든 지 200년 이상 지난 명품이지. 여기 기반 밑에 벽송이란 호가 새겨져 있지 않느냐."

바둑판 밑에는 양각으로 벽송(碧松)이란 호가 새겨져 있었다. 벽송이라 면 거의 200년 전에 살았던 절세의 명공(名工)이었다.

"벽송에 대한 이야기를 아느냐?"

"……."

인조 말기.

해마다 내전(內殿)으로 나전칠기와 목공예품이 진상되는 시기가 다가 오면 김달수(金達修)는 초조하게 자신이 만든 물건이 궁중으로 들어가기 를 학수고대했다.

지난날 명공으로 이름을 떨쳤던 김달수의 부친이 유명을 달리한 이후 해마다 기회는 백승직(白承直)의 수제자 유병로(柳秉路)에게 돌아갔다. 김 달수의 이름은 항상 그다음이었다.

김달수는 왜 자신이 선친의 기예를 다 물려받지 못하고 젊은 날 술과 노름으로 허송세월을 했는가 수없이 자책했지만 이젠 영원히 그 세기(細 技)를 되찾을 기회가 없었다. 김달수는 밤낮으로 원목과 더불어 몸부림쳤 으나 유병로의 탁월한 기예에는 미치지 못했다.

차츰 김달수의 가슴에는 유병로를 원망하는 마음이 싹트기 시작했다.

그 병신만 없다면 내 작품이 내전으로 진상되는 광영을 내가 차지할수 있을 텐데…….

유병로의 투철한 장인정신은 장안에 소문이 자자했다. 이경이 되기 전에 잠자리에 드는 법이 없었고 일이 있으나 없으나 어김없이 새벽 묘시가되면 자리에서 일어나 연장을 갈고 닦았다. 그는 한번 일에 매달리면 모든 사람과의 교류를 금했다. 정심(定心)이 흐트러진다는 것이었다. 그런저런 일로 때로는 주위 사람들로부터 고집스럽고 오만하다는 평을 받았지만, 오히려 그 점 때문에 그의 천품이 더 돋보이기도 했다.

유병로가 만들어내는 작품은 자신의 것에 비해 뭔가 모르게 달랐다.특별히 안목이 없는 평범한 사람의 눈으로 보면 모두가 명품이었다. 겉보기에는 두 사람의 기량 차이가 없었으나 두 사람이 만든 작품 중 한 가지를 꼽으라면 사람들은 십중팔구 유병로의 작품을 택했다. 그것이 자신과유병로의 차이였다.

유병로는 그 차이를 순(順)과 치(治)라고 했다.

김달수는 어금니를 꽉 깨물었다.

작년 이맘때쯤, 혼신의 힘을 기울여 완성한 행장(杏欌)을 전 공조참판대감에게 진상했다. 대감은 그 물건을 뛰어난 명품이라 극찬하며 주위 사람들에게 김달수의 노고를 치하했다. 그 자리에 동석한 유병로가 술이 거나하게 취하자 김달수의 행장을 거론했다.

"무릇 모든 명품의 가치는 얼마나 다스리는[治]가에 있지 않고 얼마나그 본성에 따라[順] 그것을 살리는가에 있다. 내가 보기에 이 물건은 다스림에서 벗어나지 못했다. 다스림에서 벗어나 편안함을 찾는 것이 순의 도리일 것이다."

유병로의 비판에 김달수는 한마디 반론도 제기하지 못했다. 그때 웬선비가 유병로에게 물었다.

"무엇을 순이라 하고 무엇을 치라 하는가?"

"공예의 대상인 목(木)을 생명으로 보지 않으면 결코 치의 경지를 벗어나지 못한다 그 말이오. 나무는 살아 있소. 그것을 깨칠 때 비로소 결을 보는 눈이 생기게 되오. 그 결을 생명으로 보아야 순리를 알게 되고 그제서야 겨우 나무를 안다고 할 수가 있소."

유병로는 김달수의 선친 김문기(金文奇)와 더불어 나라에서 손꼽히는 명공이었던 백승직의 후계를 이었다. 유병로가 제법 나무를 다룰 수 있을 무렵, 그는 불행히도 큰 사고를 당하여 한쪽 다리를 쓰지 못하는 불구가 되었다. 작업에 몰두하던 중 쌓아놓은 원목이 무너져 유병로의 하반신을 덮쳐버린 것이다. 불구가 된 후 그는 오히려 미친 듯이 일에 매달렸다. 그때부터 유병로는 변했다. 온화했던 그의 성품은 차갑고 모가 졌다. 그럼에도 불구하고 그의 솜씨는 점점 더 빛을 발하기 시작했다.

생전에 김달수의 선친이 유병로의 작품을 보고 말했다.

"아직은 나이가 어려 부족한 점이 눈에 띄나 근본이 탁월하다. 가히 명공의 재목이다."

선친의 예견대로 유병로의 나무나 자개를 다루는 솜씨는 장족의 발전을 거듭하여 당대 제일의 장인이 되었다. 유병로는 김달수가 결코 넘지 못할 벽이었다.

김달수는 자신의 손을 물끄러미 내려다보았다. 손등은 온통 찢어지고 긁힌 흉터 자국으로 가득했다. 그것은 유병로를 뛰어넘기 위해 평생 몸부림친 흔적이었다.

"안됐네. 올해도 역시 유병로일세."

대전 내시의 말은 김달수를 다시금 깊은 절망에 빠뜨렸다.

사대문이 닫힌 지도 이미 오래되었고 가끔씩 들리는 순라군의 딱딱이 소리는 김달수의 결단을 재촉하고 있었다.

하현달이 서쪽으로 기울 무렵, 김달수는 담벼락의 어두운 그늘을 밟으며 남산골에 있는 유병로의 집으로 향했다.

불이 꺼진 유병로의 집은 적막했다. 집안은 괴괴한 정적 속에 빠져 있었다. 얕은 싸리문 고리를 풀고 김달수는 유병로의 방 쪽으로 다가갔다. 소리 없이 유병로의 방 안으로 들어선 김달수는 비수를 움켜쥐었다.

유병로는 깊은 잠에 빠져 있었다. 이불 밖으로 드러난 그의 한쪽 다리가 유난히 가늘게 보였다. 김달수는 눈을 부릅뜨고 유병로의 가슴에 칼을 꽂았다. 그리고 베개로 유병로의 얼굴을 힘껏 눌렀다. 베개가 한동안 요동치다가 이내 잠잠해졌다. 옷자락으로 스물스물 배어나오던 피가 칼을 뽑자 분수처럼 쏟아졌다.

김달수는 미친 듯이 그 자리를 빠져나와 어둠 속으로 사라졌다.

유병로의 죽음은 장안에 큰 파문을 불러일으켰다. 살해 수법이 치밀하고 대담한 데다가 무엇보다도 그가 당대 제일의 명공이었기 때문에 소문이 꼬리에 꼬리를 물었다.

포도청의 수사는 가닥이 잡히지 않았다. 김달수에게도 의심의 눈길이 쏠렸으나 김달수가 딱 잡아떼자 사건은 유야무야 제자리를 맴돌았다. 김달수는 오직 궁중에서 올 소식만 초조히 기다렸다. 유병로가 없는 이상 궁중 진상품은 이제 자신의 몫이었다.

애타게 기다리는 소식 대신 어느 날 포도청의 군졸들이 집으로 들이닥쳐 김달수를 잡아갔다. 김달수는 완강하게 버텼다. 모진 고문 속에서도 김달수는 자신의 물건이 진상되기만을 간절히 바랐다. 며칠 후 포도청에서 유병로를 죽일 때 사용한 김달수의 칼이 나왔다.

피 묻은 한 자루의 칼은 움직일 수 없는 증거였다.

"네놈의 아내가 스스로 이 칼을 가져왔다. 이래도 네놈이 잡아떼겠느냐!"

"아니오! 그럴 리가 없소!"

김달수는 미친 듯이 소리쳤다.

"네놈 아내는 어제 목을 매 자결했다."

김달수는 그 자리에 힘없이 주저앉았다.

형조에서 판결한 김달수의 처분은 살인죄로 인한 참수형이었다.

모든 것을 포기한 김달수는 조용히 죽을 날만 기다렸다. 그러나 이상하게도 형 집행은 차일피일 미루어지고 있었다. 그러던 어느 날, 뜻밖에도 옥으로 사람이 찾아왔다. 중추원 부사 댁의 청지기라고 자신을 소개한 사람은 김달수에게 의외의 제안을 했다.

우연히 600년 묵은 비자 원목을 한 둥치 구한 부사가 그 나무로 희대의 명반을 만들고자 하는데 그 나무를 다룰 사람이 없다는 것이었다. 그 나무를 재단하고 완벽하게 옻줄을 칠 수 있는 사람은 죽은 유병로와 김달수 당신밖에 없는데 한 사람은 죽고 없으니 자연 남은 사람은 당신밖에 없노라 했다.

부사는 그 사실을 알고 형조판서에게 은밀히 부탁하여 김달수의 형 집행을 미루고 있었으며, 만일 그 나무로 후세에 길이 남을 명반을 만들어주기만 한다면 최소한 바둑판이 완성될 때까지는 목숨을 부지할 수 있도록 해주겠다는 것이었다.

죽음이 가까워지면서 안절부절못하던 김달수에겐 참으로 뜻밖의 제안이었다.

처음에는 그저 목숨을 연명하기 위해 수락을 했지만 비자 원목 둥치를 본 김달수는 이내 비자나무에 젖어들고 말았다. 김달수는 울었다. 명공은 누구 앞에서도 고개를 숙이는 법이 없거늘 오직 하나 영목(靈木)을 대할 때는 예를 갖춰야 한다는 선친의 말이 떠올랐다.

그 원목으로 천하제일의 명반을 만들고자 작심한 김달수의 투지가 어느덧 무럭무럭 피어올랐다.

"5년만 기다려주시오. 그렇게만 해주시면 그때 대감께서는 천하제일의 명반을 자손만대에 물려주는 첫 번째 주인이 될 것이오."

은밀하게 부사와 회동한 자리에서 김달수는 그렇게 호언장담했다. 부사는 김달수의 말을 믿었다.

김달수는 하인 한 명과 더불어 원목을 걸머지고 소백산으로 떠났다. 자신이 언젠가는 쓸모 있게 사용하리라고 기억해두었던 5백 년 묵은 영삼(靈蔘)이 난 자리를 찾아간 것이다. 산삼은 본래 지기(地氣)가 높고 한(寒), 습(濕), 열(熱)이 침범하지 못하는 영험한 자리에서 자란다는 사실을 익히 알고 있던 김달수는 천하제일의 명반에 영묘한 지기를 불어넣고 최적의 상태에서 자연 건조시키기 위해 삼밭을 찾은 것이었다.

김달수는 그 땅에 차양을 치고 비자목을 건조시키기 시작했다. 나무로 건조시키는 동안 김달수는 끊임없이 결의 원리를 터득하고 조각에 몰두했다. 조금만 칼질이 빗나가도 김달수는 가차 없이 목각을 불 속에 처넣었다. 3년이 가까워져서야 김달수는 그 옛날 유병로가 말했던 '순'의 도리가 생각났다.

다음날부터 김달수는 완성된 형상에 옻으로 그림을 그리기 시작했다. 붓이 조금만 미끄러져도 원점에서 다시 시작했다. 조각을 하고 옻으로 그림 그리기를 다시 2년이 다 되어 부사와의 약속 시간이 가까워올 무렵 김달수는 드디어 완전한 하나의 칠기 조각품을 만들어낼 수 있었다.

그때서야 김달수는 바둑판 제작에 착수했다.

바둑판 제작은 건조하는 과정을 우선으로 한다. 통상 3년에서 4년 이상 자연 상태에서 완벽하게 건조시키는 것을 제일로 친다.

김달수는 더 이상 건조될 수 없도록 마른 비자 원목을 조심스럽게 재단했다. 재단된 원목의 다음 과정은 대패질이었다. 한 점의 어긋남도 없는 완전한 수평은 눈의 정확도에 달려 있다. 대패질 후에 남은 과정으로 가장 중요한 것은 옻줄을 입히는 일이었다. 김달수는 이 모든 과정을 일호의 빈 틈 없이 수작업으로 해나갔다. 피를 말리는 작업이 연일 계속됐다.

김달수는 바둑판에 순(順)의 숨결을 불어넣고 자신의 혼을 불살랐다.

바둑판과 씨름한 지난 3개월 동안 김달수는 진정한 장인이었다. 생사를 초월해 오직 명반을 만들기 위해 모든 것을 바친 김달수가 완성된 바둑판을 들고 나왔을 때 김달수는 사람의 몰골이 아니었다. 온몸의 정기가 한 점 남김없이 빠져나간 허깨비와 같은 형상이었다.

뜻밖에 부사가 손수 청지기를 데리고 그 먼 산골까지 와서 기다리고 있었다.

완성된 기반을 본 부사는 감탄했다.

"오! 정녕 천하제일의 명반이 아닌가!"

부사가 김달수의 손을 잡고 어쩔 줄 몰라 했다. 그러나 피골이 상접한 김달수 얼굴에선 어떤 감정의 빛도 찾아볼 수 없었다.

헤어지기 전에 부사를 수행해온 청지기가 김달수에게 넌지시 귀띔을 했다.

"자네 아들이 치악산에서 화전민이 되어 살고 있네. 그곳으로 가게. 이후 다시는 세상에 나오지 말게. 이것은 내 뜻이 아니고 대감마님의 뜻일세. 부디 명심하게."

바둑판을 메고 떠나는 부사 일행을 물끄러미 쳐다보던 김달수도 서서히 하산하기 시작했다.

그러나 김달수가 찾아간 곳은 근처 관아였다. 스스로 관아에 걸어 들어간 김달수는 한마디도 입을 열지 않고 한양으로 호송됐다. 도착한 지 보름 만에 김달수는 형장의 이슬로 사라졌다.

달포가 지나 부사는 가까운 사람들을 사랑에 불러 바둑판을 처음 공개했다. 이리저리 바둑판을 구경하던 한 식객이 바둑판 밑에 새겨진 벽송이란 글씨를 발견하고 부사에게 물었다.

"벽송이라…… 푸른 솔이란 말인데, 무슨 뜻입니까?"

"벽송? 어디 한번 보세."

당황한 부사가 바둑판 밑을 살펴보았다. 과연 바둑판 밑에는 정교한 솜씨로 벽송이라는 글씨가 양각으로 새겨져 있었다. 부사는 청지기를 불렀다.

"벽송이 김달수의 아명이더냐?"

청지기가 대답했다.

"벽송은 김달수의 호가 아닙니다. 벽송은 김달수의 칼에 맞아 죽은 목공 명인 유병로의 아호입니다."

"유병로라……."

부사가 깊이 탄식했다. 이미 불귀의 객이 된 초췌한 김달수의 얼굴을 떠올리며 부사의 눈에 비로소 이슬이 맺혔다.

벽송은 그렇게 탄생되었다.

그 후 벽송은 역모에 연루된 판중추원 부사의 집안이 몰락할 때, 그 집 유모의 친자가 빼내 평생 보관하다가 죽기 전 어떤 스님의 손에 넘어가게 된다. 스님은 오랜 세월 천품을 타고난 벽송의 주인을 찾아 헤매다가 한 소년을 발견하고 바둑판을 물려주었으나 소년은 스물도 되기 전에 요절하고 만다. 소년의 아버지는 바둑 때문에 아들이 죽었다고 원망하다가 어느 대갓집에 벽송을 팔아버린다. 그 뒤 대갓집에 불이 났을 때 온 집안이 전소되다시피 했는데도 불구하고 신기하게 벽송이 있는 서재는 천장으로 불기운만 스쳐 지나갔을 뿐 벽송은 온전하게 살아남았다.

그 주인이 죽자 다시 벽송은 여기저기로 흘러다닌 끝에 헌종(憲宗) 초기 누군가가 벽송을 안동 김씨 가문에 헌상했고, 그 후 벽송은 치욕의 60년

세월을 보내게 된다. 그리고 우여곡절 끝에 벽송이 전 한성부 판윤 김병
교(金炳喬)의 손에서 풍운아 대원위 대감에게 넘어온 것은 지금으로부터
4년 전 일이었다.

절세의 명반은 그 오랜 세월 동안 한 번도 주인다운 주인을 만나지 못
했다. 그러나 비로소 그 명반은 여목이란 진정한 주인을 찾아 안주하게
되었다.

"이 기반을 너에게 하사하겠다."

태공의 뜻밖의 말에 여목은 놀라지 않을 수 없었다. 가히 재물로 그 가
치를 논할 수 없는 천하 명반을 주겠다는 말에 여목은 선뜻 대답을 하지
못했다.

"명품은 소장할 자격을 갖춘 사람이 지녀야 그 빛이 나느니라."

문성공이 몸 둘 바를 몰라 했다.

"대감……."

"그대는 조선의 정신이 외세에게 침탈당하지 않도록 신명을 다하라."

태공의 시선이 소담이란 청년을 향했다.

"두 사람은 격의를 풀어라. 소담은 여기 있는 문성공의 적손으로 서화
에 천품을 타고났다."

두 사람이 읍을 하자 태공이 탄식했다.

"조선은 이제 병이 깊다. 병든 조선의 정신과 문화를 지키고 계승해나
가는 것은 이제 그대들의 몫이다. 재주가 아깝구나. 태평성대에 태어났으
면 그대들은 역사에 길이 남을 명인이거늘……. 이제 조선의 미래는 스러
진 난초처럼 슬프기 그지없구나."

"태공 말년까지 수시로 운현궁을 드나들었지."

"말년의 태공께 남은 게 무엇이던가. 난초 치는 일과 바둑……. 덧없음일세."

소년이 마당을 비질하고 있다.

"저기 일하는 아이 말일세."

"……."

"내가 데리고 가겠네."

"저 아이를……."

"……기재가 있어."

"그 아인 노비가 아닌가."

갑오경장 후 법적으로는 노비제도를 혁파하여 인정하지 않았지만 사가에서는 엄연히 노비가 존재했었다. 합방이 있은 후 8년이 지난 그때까지도 반상(班常)의 신분에 대한 골은 깊었다.

"아무려면 어떤가."

10   여목도장

추평사의 파란만장한 바둑 인생은 그렇게 시작되었다.

경북 봉화군 봉성의 산골에서 며칠이나 걸려 경성 필동(筆洞)에 있는 여목도장에 당도한 그 첫날의 가르침을 평사는 평생 잊지 못했다.

"인간에겐 누구나 정(精), 기(氣), 신(神)이 있다. 정은 몸의 근본(根本)이요, 기는 신(神)의 주(主)요, 형(形)은 신(神)의 집이다. 그러므로 신을 너무 많이 쓰면 정식(停息)하고, 정을 과히 쓰면 갈(竭)하고, 기가 태로(太勞)하면 끊어지게 된다. 신이 기에서 나고, 기가 정에서 난다. 신이 심(心)의 통솔을 받고 기가 신(腎)의 통솔을 받으며 형체는 수(首)의 통솔을 받으니 형과 기가 교합(交合)하고 신(神)이 그 중의 주(主)가 되는 것이다. 내가 왜 이런 말을 너희들에게 하는고 하니 어떠한 일이 있어도 너희들은 몸을 바르게 하고 정신을 일깨워서 살아야 한다는 뜻을 전하고자 함이다. 비록 조국을 잃어 왜놈들 발길에 짓밟힌다 한들 이러한 정신만 살아 있으면 짓밟혀도 짓밟히는 게 아니고 꺾여도 꺾인 것이 아니니라. 비단 바둑에 있어서뿐 아니라 학문과 기술에서도, 아니 세상을 살아가는 저잣거리의 한 장사치까지도 이런 정신만 살아 있다면 언젠가는 조선이 누구도 꺾을 수 없는 진정한 강국이 될 것이니라."

아직 언문만 겨우 깨친 평사에겐 어려운 말이었지만 그 뜻은 충분히 새길 수 있었다. 문하생들 모두의 가슴에는 여목 스승의 말이 깊게 새겨졌다.

"원래 바둑은 성격상 무(無)에서 유(有)로 나아간다. 그 첫 출발은 포석이다. 초반 포석은 집을 짓는 일에 비유하면 기둥을 세우는 일과 같다. 기둥이 튼튼하지 못하면 그 집은 오래지 않아 무너진다. 초반 포석의 중요한 점은 이와 같이 아무리 강조해도 과하지 않지만, 어디에서 전단을 구하는가 하는 게 오히려 더욱더 중요할 수도 있다. 집을 짓는데 지붕이 바르게 덮이지 않으면 비가 샐 것이요, 벽이 허술하면 바람을 막을 수 없다. 또한 방바닥 구들을 고르게 놓지 않으면 허리가 배기거나 겨울에 추워서 떨게 될 것이다. 이런 것들이 포석 이후의 단계를 마무리하는 장치다."

문하생들은 한 마디라도 놓치지 않으려고 여목의 말에 주의를 기울였다.

"또한 바둑에서 감각은 매우 중요한 요소다. 물론 감각이 무심하게 키워지는 것은 아니다. 오랜 수련과 수많은 실전을 겪어야 곧은 감각이 나온다. 기운이 탁한 것은 곧은 감각이 아니다. 감각은 명쾌해야 한다. 형상이 거친 호흡 속에서 선명해질 때 그것이 곧은 감각이다. 곧은 감각은 전국면의 흐름을 잡는 데 주도적 역할을 한다."

여목의 가르침은 평범하면서도 그 핵심을 찌르고 있었다. 초반 포석 부분을 설명한 후 여목은 중반으로 넘어가며 급소에 대해 언급했다.

"인체에는 수많은 혈이 있다. 통상 급소라고 이야기한다. 그러나 그 급소에도 격이 있다. 사혈(死血)이 있고 요혈(要血)이 있다. 사혈은 대체로 중추 신경을 관장하는데 잘못 건드리거나 침을 놓지 말아야 할 때 놓으면 죽거나 반신불수가 된다. 요혈도 인체에서 매우 중요한 혈이긴 하나 잘못 건드린다고 해서 치명적인 영향을 주는 것은 아니다. 사혈에 비해 그 폐해가 적으니 사혈에 비할 바는 못 된다. 그렇다고 해서 그 가치가 떨어지는 것은 아니다. 바둑에도 사혈과 요혈이 있다."

잠시 숨을 돌린 여목이 반상에 한 수를 착수했다. 바둑판 위에는 이미 여러 수가 전개되어 있었다.

"이 한 수는 분명히 요혈에 속한다. 물론 백의 어깨 짚는 수가 그릇되다할 순 없으나 이 수로 선수가 기약되는 것은 아니다. 선수를 빼앗긴다는 것은 전쟁에서 기선을 제압당하는 것과 같다."

여목은 그 변화를 설명한 후 동일한 조건에서 다른 곳에 한 수를 놓았다.

"여기에 착점한 한 수는 사혈에 속한다. 전단이 너무 급속하게 벌어짐으로써 잘못하면 여기에서 승부의 윤곽이 드러날 수도 있다. 바둑은 인생과 같이 긴 승부다. 물론 좋은 결과를 얻어 우세를 점하면 더 이상 바랄 바가 없지만 조급하게 서둘러 형세가 어려워질 수도 있다. 그래서 사혈을 건드릴 때는 조심에 조심을 거듭해야 한다. 기예를 쫓는 자는 기나긴 승부에서 단 한 수에 결정을 내리려고 하지 않는다."

여목 스승의 말은 계속 이어졌고, 스승의 말을 새겨듣는 평사의 눈은 빛나고 있었다.

도장 분위기는 자유스러운 편이었다. 그러나 대국에 들어가면 제자들 사이에는 불꽃 튀는 경쟁이 벌어졌다. 평소의 교분과는 관계없이 각자 최선을 다해 대국에 임했고 일단 승부가 가려지면 복기를 하며 진지하게 국후 검토를 했다. 여목도장은 자애와 규율이 적절히 조화된 그야말로 이상적인 도장이었다. 문하생들은 가끔씩 여목의 허락을 얻어 바깥세상을 구경하기도 했고 경성 안에 집이 있는 사람들은 자유롭게 집을 드나들었다.

그러나 시대의 흐름은 그런 평온한 여목도장을 그냥 내버려두지 않았다.

평사가 도장에 몸을 담은 그다음 해, 헤이그 밀사사건을 지시했던 고종이 일본에 의해 강제로 퇴위된 지 햇수로 12년 만에 승하했다.

"왜놈들이 고종을 독살했다."

이런 소문이 전국에 나돌았다. 인심은 극도로 흉흉해졌으며 조선의 피 끓는 젊은이들은 그 울분을 참을 수 없었다.

드디어 고종의 국장을 며칠 앞둔 3월 1일 파고다 공원에서 만세운동이 터졌다. 파고다 공원에서 시작된 만세운동은 전국을 독립의 열기로 몰고 갔다. 피 끓는 젊은이들뿐 아니라 소년, 소녀, 나이 든 노인들까지 손에 손에 태극기를 들고 거리로 쏟아져나왔다.

여목도장이라고 예외는 아니었다. 평소 여목의 가르침을 뼛속 깊이 새겼던 문하생들은 모두 거리로 뛰어나와 만세운동에 가담했다. 워낙 만세운동의 규모가 크고 그 열기가 뜨거웠기 때문에 모두들 독립이 되리라고 굳게 믿었다.

보신각 대로변에서 여목은 젊은이들을 불러모아 비장한 자신의 심경을 토했다.

"오늘의 이 만세운동에 즈음하여 모두가 조국의 광복을 맞이하기 위해서는 이 한 목숨을 바친다는 결사의 정신으로 임해야 할 것이다. 우리 민족에게 지금 남아 있는 것이 무엇인가? 살아도 살아 있는 목숨이 아니며 죽어서도 후세 사람들에게 부끄러운 조상으로 기억될 것이다. 이젠 일어서야 할 시점이다. 비록 왜놈들의 총칼이 무섭다 하나 그것이 무서워서 이 시점을 놓치면 실기하고 만다. 독립은 반드시 우리의 피와 땀으로 얻어야 한다. 수없이 많은 이 땅의 정령들이 죽어갈 것이나 자신의 피를 흘리는 걸 두려워하여 승부를 결하지 못하면 조선의 아들이 아니다."

여목은 그렇게 말하며 만세운동 집회에 직접 문하생들을 이끌고 참가했다.

그러나 총칼로 무장한 일본 군대는 무자비한 진압을 강행했다. 일본은 탄탄한 국제적 지위를 등에 업고 무차별 사격과 강경 진압에 나섰다. 일본의 그 잔인한 만행으로 수많은 젊은이들이 그토록 갈구하던 독립을 보지 못한 채 조국의 산하에 그 피를 뿌렸다. 이 전대미문의 학살은 수천 년이 지나도 지워질 수 없는 통한의 상처를 조선의 가슴에 남겼다.

만세운동의 상처는 여목도장도 쑥밭으로 만들었다. 문하생 중 한 사람이 현장에서 왜경의 총격을 받고 즉사했고 두 명이 총상을 입었다. 또 다른 두 사람은 일경에게 체포되었고 끝까지 만세를 부르던 여목은 설숙과 또 한 사람의 문하생 덕에 겨우 도장으로 돌아갔다.

다음 날 만세운동의 주모자로 지목된 여목을 체포하기 위해 순사들이 도장으로 들이닥쳤다. 밤새 한숨도 자지 않고 분노에 떨고 있던 여목은 의연한 자세로 일경을 맞아들였다.

"당신이 이상순(李常舜)인가?"

여목은 고개를 끄덕이며 대답했다.

"그렇다. 나를 아는 모든 사람은 나를 여목이라 부른다."

"건방진 늙은이 같으니…… 체포해라!"

일경의 지휘관이 순사에게 명령했다.

"무슨 죄목인가?"

"코노야로, 몰라서 묻는가? 어제의 폭동을 주도했던 죄다. 대일본제국에 반기를 든 용서받지 못할 죄다."

여목의 호탕한 웃음소리가 도장을 뒤흔들었다. 그리고 다시 일경을 보는 순간 여목의 눈에서는 서슬 푸른 기운이 줄기줄기 뻗어나왔다. 일경은 그 무서운 안광을 접한 순간 움찔해서 걸음을 멈추었다.

"폭동? 무엇이 폭동인가. 나라를 잃은 사람이 나라를 되찾기 위해 만세를 부른 것이 폭동인가? 용서받지 못할 죄라니? 무엇이 용서받지 못할 죄인가. 용서받지 못할 죄를 저지른 것은 너희, 총칼로 조선 땅을 점령하고 수많은 약탈을 자행하며, 또한 헤아릴 수도 없는 이 땅 젊은이의 피를 금수강산에 뿌린 너희들이 저지른 것이다. 내 너희 일본인들에게 고하노니 지금 당장 총칼을 거두고 이 나라 죄 없는 백성에게 머리 숙여 백 번 천 번 사죄하고 너희들 섬나라로 돌아가라. 내 장담하노니 너희들이 뿌린 이 피의 값은 누대에 걸쳐 그 업보를 받을 것이다. 그 죗값은 하늘도 결코 용서하지 않으리라. 만약 하늘이 그리하지 아니하면 내 죽어 원혼이 되어서라도 반드시 그리하고야 말 것이다!"

그 엄청난 꾸짖음에 일경들은 당황하여 어쩔 줄을 몰랐다. 그러나 이내 정신을 수습한 일경들은 욕설을 퍼부으며 여목을 체포하려 했다. 남아 있던 문하생들은 결사적으로 여목의 앞을 가로막았다. 개머리판이 난무했고 문하생들이 피를 쏟으며 쓰러졌다. 평사도 죽을 각오로 일경을 가로막았다. 불과 10대의 어린 소년이 일경들 앞을 가로막자 일경들이 잠시 주춤했다.

다시 여목의 추상같은 고함소리가 터져나왔다.

"전부 물러섰거라!"

여목의 그 한마디에 문하생들은 행동을 멈추었다.

"내 스스로 걸어갈 것이니라! 내 죄가 없음은 하늘이 알고 땅이 알고 2천만 동포 모두가 알 것이다!"

여목은 그렇게 스스로 일경에게 잡혀갔다. 그리고 초로의 몸으로 일경들의 잔인한 고문을 신음 한마디 뱉지 않고 받아넘겼다. 일경들은 조서에 다음과 같이 단 한 줄로 기록했다.

'1급 불령선인. 개전의 여지가 전혀 없음.'

설숙은 한달음에 조부 소담을 찾아갔다. 급보를 받은 소담은 그길로 상경하여 백방으로 여목의 구명 운동을 벌였다. 소담은 명문대가의 후손으로 아직도 그 후광이 남아 있었다.

소담이 백방으로 뛰어다닌 보람이 있었던지 여목은 6개월 만에 석방

되었다.

여목이 도장으로 돌아오자 그동안 침체에 빠졌던 도장은 다시 활기를
되찾았다. 여목은 전과 다름없이 문하생들에게 바둑을 가르치며 일상에
전념했다. 누구도 3·1운동 때 왜놈 총칼에 쓰러진 동문 이야기를 꺼내지
않았다. 모두의 가슴에 동문의 가슴을 관통한 총알의 상흔이 그대로 남아
있었다.

그렇게 세월이 흘렀다. 평사가 여목도장에 입문한 지도 어언 몇 년이
지났다. 여목은 지병인 속앓이와 고문이 남겨준 고질적인 무릎 통증으로
가끔 봉화의 소담댁에 들러 요양을 했다. 그동안 문하엔 두 명의 제자가
떠났고 새로 몇 명이 입문했다.

도장은 대체로 평온했다. 그중 큰 변화가 있었다면 벽송의 반면 수정
이었다.

여목은 벽송이 순장바둑판인 것이 내내 마음에 걸렸다. 비록 벽송이
역사적인 골동품으로서의 가치는 크다 할 수 있겠으나 바둑판은 그것이
실전용으로 쓰일 때라야 그 진가를 발휘한다. 순장바둑판이라 해서 못 두
라는 법은 없지만 그 실효성이 떨어짐도 사실이었다. 게다가 200년 이상
의 세월이 흘러 반면의 옻줄이 일부 훼손된 부분도 있었기에 반면 수정은
불가피했다.

그러나 아무에게나 반면 수정을 맡길 수는 없었다. 대패로 미는 작업
은 고도의 숙련을 요구했다. 넓은 바둑판을 한 부분도 높고 낮음이 없이
고르게 대패질하는 것은 쉬운 일이 아니었다. 더구나 옻줄을 입히는 과정
은 더욱더 어려웠다. 좋은 줄을 치기 위해서는 고도의 숙련 이전에 흐트
러지지 않는 정심(定心)이 필요했다.

일본 사람 중에는 기반사라 하여 특별히 바둑판을 만드는 전문 직업인
이 있었다. 그러나 여목은 여하한 경우가 오더라도 일본인에게 반면 수정

을 맡길 마음은 없었다.

여목은 은밀히 벽송을 손질할 수 있는 사람을 물색했다. 물색 끝에 경기도 수원 땅에서 많은 바둑판을 만들어 보급한 경력이 있는 사람을 찾아냈다. 우종구(禹宗久)라는 이름을 가진 그 노목(老木)은 그때까지 손수 제작한 바둑판이 200여 개가 넘으며 기반을 제작하는 기술만은 조선인으로서는 타의 추종을 불허한다고 했다.

수원 땅까지 직접 찾아가서 우종구 노인이 만든 바둑판을 본 여목은 그에게 벽송 손질을 맡기기로 결심했다.

여목이 우 노인의 작업실에 들렀을 때 뜻밖에도 우 노인은 여목의 내방을 기다리고 있었다.

"나는 오늘 선생께서 찾아오실 줄 알고 있었소."

"어째서 그렇습니까?"

"약 한 달 전부터 어떤 노인이 꿈속에 자꾸 나타나는 것이었소. 노인은 나에게 매번 똑같은 소리를 했습니다. '조만간에 어떤 사람이 당신을 찾아갈 것인데 일을 하는 것은 허락을 하되 2년을 기다려서 작업을 해야 한다'는 것이었소. 어젯밤에 그 노인이 또 나타나더니 '내일 그분이 당신을 찾아갈 것이다. 그러나 그분이 어떤 조건을 내세워도 2년 후에 작업을 해야 한다'고 했소. 너무나 같은 꿈을 생시처럼 여러 번 꾸었기에 꼭 선생이 오늘은 찾아올 걸로 믿고 있었소이다."

여목은 꿈속의 노인이 벽송을 만든 김달수일 것이라고 짐작했다. 벽송 문제로 꿈속에 나타날 사람은 김달수밖에 없었다.

그길로 여목은 우 노인을 데리고 상경하여 도장으로 돌아왔다.

벽송을 씌운 덮개를 벗기자 우 노인은 한참 동안 넋 나간 사람처럼 멍하니 벽송을 바라보았다. 이윽고 정신을 차린 우 노인이 벌떡 일어나더니 바둑판을 향해 큰절을 두 번이나 했다.

"왜 바둑판에 절을 하시오?"

여목이 물었다.

"이 바둑판은 건조 과정에서부터 제작 과정까지 사람의 혼이 실린 명반입니다. 물론 보관 상태도 좋았겠지만 제작 후 200년이 지나도록 이렇게 원형을 보존하기는 실로 어려운 일이오. 게다가 이 반면의 평형(平形)에는 가히 명인의 숨결이 숨어 있소이다. 그리고 옻줄을 입힌 솜씨도 세월은 흘렀으나 처음의 옻줄을 추정하건대 이 또한 인간의 경지를 벗어난 듯한 생각마저 드오. 이제야 그 노인이 왜 2년간을 기다리라고 했는지 이해가 갑니다."

우 노인은 그렇게 말하고 2년 후에 다시 오겠노라 하며 수원으로 내려갔다.

약속대로 2년이 지난 후 우 노인은 다시 여목도장을 찾아왔다. 그리고 손수 정갈한 작업실을 만든 후 매일 목욕재계하고 제단을 만들어 기도하기를 백일을 했다.

백일기도가 끝난 후 우 노인은 처음으로 신중하게 대패질을 시작했다. 약 2밀리미터를 고르게 깎아내는 정교한 작업이었다. 그리고 오랫동안 내려온 종가의 비법으로 정성들여 옻줄을 입혔다.

여목은 사람들에게 작업장 근처에는 얼씬도 못하게 금족령을 내렸다.

그렇게 정성들여 작업하기를 두 달 만에 벽송은 재탄생하게 되었다.

그동안 연락을 받고 경성에 올라온 소담과 여목 이하 문하생들이 보는 앞에서 새 생명을 얻은 벽송이 처음으로 그 얼굴을 내밀었다.

방 안은 비자나무의 은은한 향기로 가득 차는 듯했다. 그리고 그 옻줄은 세상의 모든 어둠을 빨아들인 암흑의 제왕처럼 도도히 모습을 드러냈다. 여목과 소담의 가슴에는 감동의 물결이 출렁거리고 있었다.

우 노인이 말했다.

"지난 2년간을 하루도 편안하게 자지 못했소이다. 좋아하던 술도 끊고 매일 아침저녁으로 목욕재계했소. 좋은 옻줄을 치기 위해 다시금 기구를 만드는 것도 문제였지만 그 기구를 손에 능숙하게 익히기 위해 손가락이 짓무르도록 연습을 했소이다. 내 일생에 영원히 다시는 이런 명반에 손을 댈 기회는 없을 것이오."

우 노인은 사례를 하겠다는 여목과 소담의 호의를 뿌리쳤다.

"돈을 받고 작업을 하려고 했으면 벌써 했소이다. 이런 명품에 사사로운 욕심을 가지는 것은 명반에 대한 예가 아니오. 오히려 당신들이 이 늙은이의 평생소원을 풀어주었소."

우종구 노인은 이 말을 남기고 떠났다. 그의 뒷모습은 당당한 장인의 품격으로 빛나고 있었다.

평사는 일도정진 바둑에만 몰두했다. 타고난 기재와 잡초 같은 끈질긴 투혼, 그리고 뛰어난 실전감각으로 평사는 어느덧 도장의 실질적인 실력자로 뿌리를 내렸다. 이미 도장 내에서 암암리에 다음 벽송의 주인은 평사라는 말들이 오고 갔다.

설숙은 바둑판을 응시하다가 눈을 감았다. 평사의 날카로운 한 수가 머릿속을 어지럽혔다.

사흘 전.

동문들 간에 두었던 바둑을 검토하던 중 중반에 놓인 한 수의 가치에 의론이 분분했다. 지켜보고 있던 설숙이 자신의 견해를 피력했다.

"전체 국면으로 볼 때 역시 이 수가 최선일 것이야. 비록 바둑이 기와 기의 대립이라곤 하나 물러설 자리에선 물러서야지."

둘러선 사람들이 모두 설숙의 그 말에 동조했다. 스승 밑에서 가장 오랫동안 수업을 닦았고, 그에 걸맞은 설숙의 기력은 동문들에게 신뢰를 주기에 충분했다.

그때 묵묵히 지켜보고 있던 평사가 판 앞으로 다가갔다.

"우형(愚形)이긴 하나 저라면 이렇게 두겠습니다."

평사가 한 수를 놓자 좌중이 조용해졌다. 수의 성립 여부는 차치하고라도 설숙과 평사 사이에선 거의 볼 수 없던 광경이었다. 어색해진 분위기 탓인지 평사는 슬그머니 자리에서 일어나 나가버렸다. 설숙은 대청을 끼고 돌아가는 평사의 뒷모습을 물끄러미 바라보았다.

평사는 도장에 온 지 오랜 시간이 흘렀건만 한 번도 자신에게 먼저 말을 거는 법이 없었다. 평사는 자신의 집안에 대대로 내려온 노비의 자식이었다. 상전으로 모셔온 자신과 같이 수학하는 동문이 되자 평사가 자신을 대하는 거북함 못잖게 자신도 평사를 대하기가 어색했다. 상대를 바꾸어가며 대국을 하는 탓에 평사와 부딪치는 경우에도 두 사람 사이에는 알게 모르게 무거운 기운이 흘렀다. 평사와의 대국엔 어쩐지 부담감이 있었고 그때마다 승부를 서두르다가 불리함을 자초하기도 했다.

그러나 그 모든 것에 우선하여 평사의 기재는 실로 걸출했다. 근 3년을 자신이 더 수련했음에도 결코 우위를 점한다고 확신할 수 없었다. 더구나 근래 들어 도장 내에선 암암리에 다음 벽송 주인으로 평사를 거론했고 은연중에 그 말이 자신의 귀에까지 흘러들어와 심기가 불편했다.

스승 여목은 두 사람 간의 그런 흐름에 단 한 번도 가타부타 내색이 없었다.

설숙은 서서히 눈을 떴다. 눈을 뜨고 앞을 보던 설숙은 뜻밖에 스승 여목이 자신을 바라보고 있는 것을 알고 흠칫 놀랐다. 설숙은 자세를 고쳐 잡고 스승 앞에 머리를 조아렸다.

"무슨 생각을 그리 깊이 하고 있었더냐?"

설숙이 대답을 못하고 머리만 더욱 깊숙이 숙인다. 여목은 설숙이 공부하던 바둑판을 바라봤다. 판 위에는 바둑돌이 두서없이 놓여 있었다.

설숙이 정신을 차리고 바둑돌을 쓸어담았다.

"장자를 읽어보았더냐?"

"예."

"그럼 평생 동안 한 번도 칼날을 갈지 않은 백정 이야기를 알고 있겠구나."

"⋯⋯."

물론 설숙은 그 내용을 기억하고 있었다.

『장자(莊子)』 내편(內篇) 양생주(養生主)에 보면 포정(捕丁)이라는 백정이 나온다. 포정이 소를 잡을 때는 그 동작이 마치 운율을 타듯 부드러웠다. 그의 탁월한 칼 쓰는 솜씨에 감탄한 문혜군(文惠君)이 포정에게 물었다.

"참으로 훌륭하다. 소 잡는 기술이 대체 어떻게 이런 경지에까지 미칠 수 있는 것인가?"

포정이 칼을 놓으며 말했다.

"내가 좋아하는 것은 도(道)로서, 그것은 기술에 앞섭니다. 옛날 내가 처음으로 소를 잡기 시작할 땐 눈에 보이는 것이 소밖에 없었습니다. 그러다가 3년이 지난 뒤에는 소를 본 적이 통 없었고, 지금에는 오직 마음으로 일할 뿐 눈으로 보지는 않습니다. 곧 손발이나 눈 따위의 기관은 멈춰버리고 마음만이 작용합니다. 소 몸뚱이 속의 자연스런 본래 이치를 따릅니다.

뼈와 살이 붙어 있는 큰 틈바귀를 젖힐 때나 뼈마디가 이어져 있는 큰 구멍에 칼을 넣는 일들은 모두 소가 생긴 그대로를 쫓아 하기 때문에 내 기술은 아직 한 번도 뼈와 살이 맺힌 곳에서도 칼이 다치도록 하지 않습니다. 그런데 하물며 큰 뼈다귀이겠습니까?

솜씨 있는 백정은 1년에 한 번 칼을 바꾸는데 그것은 살을 베기 때문이요, 보통 백정은 한 달에 한 번 칼을 바꾸는데 그것은 뼈다귀에 부딪혀 칼이 부러지기 때문입니다. 그러나 내 칼은 이제 십 수 년이나 지났고 잡은 소가 수천 마리에 이르는데도 그 칼날이 막 숫돌에 간 것과 다름이 없습니다. 뼈마디에는 틈이 있고 칼날은 두께가 없습니다. 두께가 없는 것을 틈이 있는 곳에 집어넣기 때문에 그 공간은 무주공산만큼이나 넓고 넓어 칼날을 놀리는 데 충분한 여유가 있습니다. 그래서 십 수 년이나 지난 칼인데도 숫돌에서 막 나온 것과 다름이 없습니다.

그러나 뼈와 힘줄이 한데 얽혀 있는 곳을 만날 때마다 나는 그것이 다루기 어려움을 알고 늘 두려워하며 조심합니다. 눈길을 그곳에 멈추고, 몸놀림은 느려지고, 칼놀림은 아주 더디어집니다. 그러다가 뼈와 살이 갈라지는데, 마치 흙덩이가 땅에 떨어지는 것 같습니다. 그러면 나는 칼을 들고 일어서서 사방을 둘러보고 만족해하며 흐뭇한 마음으로 칼을 닦아 간직합니다."

문혜군이 이 말을 듣고 말했다.

"좋구나! 나는 포정의 말을 듣고 생명을 기르는 도를 깨달아 얻었다."

설숙은 스승이 말씀하시는 뜻을 어렴풋이 짐작하고 있었다.

"너와 바둑을 두어본 지도 오래되었구나."

여목이 그렇게 말하며 바둑판을 가운데 두고 설숙과 마주 앉았다. 설숙은 잠시 스승을 응시하다가 깊숙이 머리를 조아리고 호흡을 가다듬은 후 첫 수를 착수했다.

늦은 밤에 시작한 바둑은 새벽이 가까워서야 끝이 났다. 계가를 맞춰 보지 않았으나 설숙의 반면 석 집 승이었다.

"송구합니다, 스승님."

입문한 지 10년.

처음으로 스승에게 이긴 설숙의 말끝이 떨렸다.

"쉽지 않을 것이다."

"무슨 말씀이시온지."

"그 백정 이야기를 하고 있는 게다."

"……."

"고기에만 결이 있는 게 아니다. 모든 현상에는 흐름이 있고 그 흐름을 짚는 맥이란 게 있게 마련이다."

"……."

"정신을 온전히 하여 심안을 맑게 하여라."

여목은 방문을 열고 나갔다. 여목의 훤칠한 뒷모습이 어둠 속에 묻혀 갔다. 설숙은 고개를 들어 미명의 밤하늘을 올려다보았다. 옅은 어둠 속에서도 무수한 별들이 머리 위에서 쏟아지고 있었다.

이것이 그 흐름을 짚는 맥이라는 것인가. 생각해보면 스승은 내가 고뇌에 젖어 흔들리고 있거나 혹은 중대한 기로에 서 있을 때마다 마치 나의 모든 것을 꿰뚫고 있는 것처럼 내 앞에 나타나 고통에 대한 답을 내려주고, 내 흔들림에 중심을 잡아주고, 기로에 선 나를 인도해주었다. 스승의 그 신비로움의 끝은 어디인가?

망연히 밤하늘을 올려다보고 서 있던 설숙은 자신의 방으로 돌아왔다. 방 한가운데에는 아득한 옛날의 일처럼 스승과 자신이 두었던 바둑이 덩그러니 놓여 있었다.

담장 너머 어디선가 닭 우는 소리가 들려왔다.

여목도장

11 파문당하는 제자

평사는 종로에서 만물상을 경영하는 인사동 정 역관(驛官)의 집에 가서 종종 바둑을 두었다.

정 역관의 사랑채엔 상당한 실력을 갖춘 바둑 고수들이 들락거리고 있었다. 그들은 대부분 내기바둑을 두는 사람들이었다. 여목이 내기바둑은 위기정신에 어긋난다 하여 그것을 엄격하게 금하고 있었지만 그런 부류의 사람과 바둑을 두는 것 자체를 금한 것은 아니었다.

평사가 겪어보기에 내기바둑을 두는 사람은 비록 자신보다 두어 수 아래이긴 했지만 결코 녹록한 상대가 아니었다. 그들의 바둑은 실전적이며 끈질기고, 암수가 많은 바둑이었다. 어지간히 불리해도 결코 돌을 던지는 법이 없고 실낱같은 허점도 여지없이 파고드는 승부사 기질이 돋보였다.

평사는 나름대로 그들의 세계를 인정하고 있었다. 그들의 어두운 얼굴 뒤에는 승부로 살아온 그들만의 고통이 숨어 있었다.

평사를 고뇌의 늪에서 헤어나지 못하게 하는 것은 비천한 노비의 자식이라는 피의 명제였다.

얼마 전, 평생을 종으로 살았던 아버지가 세상을 떠난 이후, 대부분이 양반의 후예들인 동문들보다 차라리 그들에게 평사는 묘한 동지의식을 느끼고 있었다.

평사가 자리에 앉자 정 역관이 조심스럽게 입을 열었다.

"자네 요즘 항간의 소식을 들어 알고 있겠지."

"……."

"큰일이야. 일본서 건너온 두 전문기사 때문에 조만간 조선의 바둑이 쑥밭으로 변하게 생겼네."

평사는 벽에 걸린 족자를 바라보았다.

"국수급으로 평판이 자자하던 성병국, 김영태, 노사초, 안익수까지 파죽지세로 무너졌다더군."

족자에는 무량수불(無量壽佛)이라는 글자가 주먹만하게 박혀 있다.

"그뿐이 아닐세. 어제는 상춘도장의 우석(愚石) 선생까지 그들 앞에서 분패했네."

"그런 일이……."

"사실일세. 상춘도장은 끝났네. 문하생들이 말리는데도 불구하고 오늘 도장 문을 닫았다는 이야기를 전해들었네."

입을 닫고 있는 평사에게 정 역관은 헛기침을 한 번 하더니 은근히 물었다.

"여목 선생께서도 이 사실을 모르고 계시지는 않겠지?"

"……."

"모르고 계신단 말인가?"

"알고 계십니다."

"무어라 말씀하시던가?"

"스승께서는 그들과의 대국을 금하셨습니다."

정 역관은 그 말에 깜짝 놀랐다.

"그들과의 대국을 금하셨다고? 이유가 뭔가?"

"스승께서는 이렇게 말씀하셨습니다. 그 왜놈들은 조선에서 바둑의 도를 일깨우는 게 아니고 승부만 탐할 뿐이니 상대할 가치가 없는 자들이라 하셨습니다. 더구나 그들은 공공연하게 돈이나 전답을 걸고 내기바둑을 두고 있지 않습니까?"

정 역관은 쓸쓸하게 입맛을 다셨다.

"나야 단순한 바둑 애호가에 지나지 않아 바둑의 깊은 도는 잘 모르지만 현 조선 바둑은 왜놈들에게 엄청난 수난을 겪고 있지 않는가. 기도정신도 중요하지만 작금의 현실은 그런 것을 따질 계제가 아니네."

"……."

"여목 선생께선 이제 연로하셨으니 직접 나서기가 뭐할 테고 자네나 설숙이라도 그들을 상대해야 할 게 아닌가. 요즈음 그놈들은 공공연하게 현대 바둑의 종주(宗主)는 일본이라 하며 큰소리들을 치고 있네. 어쨌든 자네 사정은 알겠네."

평사는 목례를 하고 자리에서 일어섰다. 방 안에는 작설차가 이미 싸늘하게 식어 있었다.

도장으로 가는 밤길은 그날따라 어둠이 짙었다.

평사는 고고한 스승의 모습을 떠올렸다.

얼마 전 스승은 안채로 평사를 불렀다.

"네가 여기 온 지 얼마나 되었느냐?"

"7년이 지났습니다."

"아비의 나이를 아느냐?"

"쉰이 넘었습니다."

"네 아비가 죽었다는 전갈이 왔다."

"……."

"생사의 이치는 불변이다. 종신(終身)을 못한 것이 안타까울 것이나 효란 마음에 있다. 원효대사가 말하길 마음속에 자신보다 부모가 먼저 있으면 그것이 효라 했다."

"……."

"너의 마음속에 아비가 있으면 네 아비는 죽은 것이 아니다."

평사는 고개를 숙인 채 미동이 없다.

"마음을 굳게 먹고 더욱 용맹정진하여 기도 연마에 매진하도록 하여라."

평사의 눈에서 기어이 눈물이 떨어진다.

도장에 돌아와보니 자운(紫雲) 선생이 기다리고 있었다. 그는 예전부터 평사의 자질을 높이 사서 평사에게 깊은 관심을 주던 사람이었다.

자운 선생의 본명은 조동선(趙東宣)이며 여목 스승의 절친한 후배로서 다방면에 걸쳐 대가의 호칭을 듣는 문사였다. 특히 바둑과 대금, 그리고 사군자 중 매화에는 탁월한 경지에 도달한 인물이었다. 사대부 집안 출신으로 그의 조부는 대사헌까지 지낸 명문이었지만 조부가 철종 때 안동 김씨의 모함으로 강화에서 귀양 도중 사약을 받았다. 대원군이 조부를 복권시켜주었지만 불행히도 그것은 사후에 취해진 조치였고 안동 김씨에게 한번 받은 상처는 치유될 길이 없었다.

그는 평생을 부운처럼 떠도는 사람이었다. 성격이 활달하고 정이 많았으며 한 군데 얽매이기를 싫어했다. 그렇게 살다 보니 자연히 그에겐 따라다니는 일화가 무성했다.

그 중 한두 가지를 소개하면 이렇다.

자운 선생이 소년 시절, 그는 전라도 나주에 있는 외가에서 몇 년 기거를 했다. 자운이 어린 나이임에도 여러 가지 악기를 능숙하게 다룬다는 소문이 인근에 번지자 나주에 기거하고 있던 대금의 명인 영파(永波) 선생이 소년 자운을 불렀다. 한번 대금을 불면 죽어가는 잎에도 생기가 돌고 메마른 꽃이 슬피 운다는 영파 선생이었다.

영파 선생은 소년 자운에게 음의 재능을 시험해보고자 거문고 탄주를 시켰다. 자운이 그에 응해 한 곡 탄주했는바 진정 그 재기가 심상치 않았다. 영파가 두 눈을 지그시 감고 음률을 감상하며 연신 고개를 끄덕이자 자운이 탄주를 끝내고 당돌하게도 영파 선생에게 대금을 청했다.

영파 선생이 소년치고는 뱃심이 있는 놈이라고 생각하며 그 청을 받아 대금을 한 곡 연주했다. 대금을 불다가 영파가 자운을 보니 꼭 자기처럼 눈을 감고 고개를 끄덕끄덕하는 것이 진정으로 음률에 빠져 있는 품새였다. 연주가 끝나고 영파가 자운에게 물었다.

"소리가 어디에 있느냐?"

자운이 당돌하게 물음에 답했다.

"소리는 먼 곳에 있습니다."

영파는 어린 자운의 상을 본다. 대금이라는 악기가 단소보다는 음이 부드럽고 장중한 데다가 자신의 곡은 선비의 기상과 힘을 표현하고자 했는데 그 음의 해석이 자신의 의도와는 달랐기 때문이었다.

영파가 다시 자운에게 물었다.

"소리란 무엇이냐?"

자운이 곧바로 대답했다.

"소리란 흘러가는 것입니다."

영파가 혀를 찼다.

"재주는 타고났으나 부초 같은 삶이로고!"

영파는 자운에게 3년간 대금을 가르쳤다.

자운은 영파의 예언대로 평생을 한 군데 뿌리박지 못하고 떠돌며 살았다.

또 한 번은 이런 일이 있었다.

자운이 행려(行旅)중 평양에 있는 지우를 찾아가다가 어느 주막에서 하루를 유하게 되었다. 긴 여독 때문인지 자운은 그만 앓아눕게 되었다. 며칠 동안 심하게 앓았는데 그 주막의 젊은 주모가 자운의 번듯한 외모에 반하여 병간호를 극진히 했다. 자운은 몸이 낫자 그 주모의 간병에 보답하는 뜻으로 대금을 한 곡 불어 그 노고를 치하했다.

푸른 달빛을 깨치고 울려퍼지는 대금 소리는 구슬프고도 애절하여 주모의 심금을 울렸다. 소리가 끝나자 주모가 자운에게 말했다.

"어르신, 쇤네 소청이 하나 있사옵니다."

"무엇이오."

"며칠만이라도 좋으니 어르신을 모시고 싶습니다."

자운이 여인의 눈을 보니 뜻밖에도 그 여인의 심정이 절실하게 느껴졌다.

자운은 여인과 달포 남짓 정을 나누었다.

그 주모에게는 평소 가까이 지내는 샛서방이 있었다. 인근 마을에 살면서 주모와 정분이 깊었던 샛서방이 소문을 듣고 분기탱천하여 연놈을 때려죽인다고 주막으로 쳐들어왔다.

샛서방이 당도해보니 마침 자운이 평상 위에 걸터앉아 대금을 불고 있었다. 교교한 달빛 아래서 단정하게 앉아 있는 자운의 모습은 마치 하늘에서 내려온 신선 같았고, 그 손끝에서 울려나는 소리는 천상의 음률 같았다. 샛서방이란 자도 평소에 풍류깨나 하는 사람이었다. 그는 대금소리에 취해 그만 자기가 가져온 몽둥이를 던져버리고 자운에게 한 곡을 더 청하게 되었다. 자운은 영문도 모른 채 그의 청에 따라 한 곡을 더 연주했다. 연주가 끝나자 샛서방이 한숨을 쉬며 말했다.

"제가 원래 저 여자와 오랫동안 정분을 나누었습니다."

그리고 자신이 주막으로 쳐들어온 목적을 이야기하며 자운의 대금에 반해 몽둥이를 던졌노라고 실토했다. 이야기를 듣고 있던 자운이 벌컥 화를 냈다.

"빈 배에 주인이 어디 있더냐."

"그렇기는 하지만 배는 제가 먼저 탔습니다."

"네 이놈! 배를 탔으면 노를 저어야지 풍류깨나 한다는 놈이 흘러가는 빈 배가 처량치도 않더냐!"

자운의 호통에 샛서방은 혼비백산 달아나버리고 말았다.

평사는 자운 선생을 존경했다.

자운 선생은 도장에 올 적마다 문하생들과 격의 없는 지도대국을 가졌다. 자운 선생의 기품은 그의 기질처럼 자연스럽고 유연했으며 대세를 판단하는 눈은 가히 독보적이었다.

기인(奇人) 자운. 그가 개성에서 내려온 이유는 내로라하는 조선의 국수들이 일본서 건너온 두 전문기사에게 무릎을 꿇었다는 소식을 접하고 비분강개하여 그들과 승부를 결하기 위해서였다.

다음 날, 자운은 평사를 데리고 백상훈 남작의 집을 찾았다.

백상훈은 조선에서 손꼽히는 친일파 거두였다. 그의 일본에 대한 충성심과 정치적인 처세술은 항간에 널리 알려져 있었다. 일본 군부는 그에게 특별히 남작 작위를 주었고, 그 사실만으로도 그는 대다수 조선인들에게 지탄 대상이었다.

자운이 백상훈 집을 찾은 것은 순전히 바둑을 두기 위해서였다. 일본에서 건너온 두 전문기사 야마다(山田)와 기무라(木村). 조선의 국수급 인사들을 한칼에 쓸어버린 그들은 그때 백상훈 집에서 기거하고 있었다.

남작 지위에 걸맞은 화려한 서구식 응접실에서 그들은 처음으로 상면했다.

"나는 조동선이란 사람이오. 당신들과 기예를 겨루기 위해서 왔소."

뻐드렁니가 앞으로 튀어나온 30대 초반의 야마다가 두루마기를 걸친 늙은 자운을 보고 비웃었다.

"조동선? 별로 들어보지 못한 이름이군. 우리는 아무하고나 바둑을 두지 않소."

반백인 자운의 머리칼이 천장으로 곤두섰다.

"그대들이 어찌 조선 국수들의 이름을 다 안다 할 수 있는가!"

자운의 기세가 워낙 호기등등해서인지 야마다가 머쓱해했고 옆에 있던 전형적인 사무라이 상을 한 기무라가 대신 나섰다.

"좋소이다. 노인장은 제가 상대해드리리다."

기무라가 선선히 대국을 응낙하여 곧바로 바둑이 시작되었다.

자운은 초반부터 배수의 진을 치고 판을 힘겹게 짜나갔다.

육신은 늙었으나 정신은 젊은 사람 못잖은 기개와 패기가 있었고, 나라의 체신을 땅에 떨어뜨리지 않으려 필사적으로 대항했다. 얼굴은 평소의 그답지 않게 시종일관 침울했으며, 간혹 두 눈을 부릅뜨고 반상을 쏘아보는 그의 얼굴은 망국의 한을 품은 투사의 모습을 연상케 했다.

바둑은 분노와 모멸, 적개심이 뒤얽히면서 100여 수 가까이 흘러갔다.

그러나 역부족이었다.

자운의 의기는 드높았지만 그것을 받쳐주는 기량에서만큼은 기무라에 미치지 못했다. 노구의 몸으로 최선을 다해 승부에 임했으나 시간이 흐를수록 승부는 한쪽으로 기울어갔다.

평사가 보기에 중반에 들어 한두 번 기회가 없는 것도 아니었지만, 그 기회를 살리기에 이미 쇠퇴한 자운의 기력으로는 승부를 뒤집기가 용이치 못한 일이었다.

종반에 접어들어 집은 집대로 부족한 가운데 자운의 대마가 기어이 위험한 지경에 다다랐다. 자운은 전멸을 각오하고 처절하게 버티었으나 그의 마지막 안간힘에도 불구하고 어찌해볼 도리가 없었다. 기무라의 튼튼한 동아줄은 서서히 자운의 목줄을 죄어들었다.

마침내 대마의 죽음이 선명하게 바둑판 위에 드러난 순간, 지금까지 한 점 떨림 없이 꿋꿋하게 반상을 지키던 자운의 몸이 휘청거리며 벽 쪽으로 쓰러졌다. 자운은 얼굴이 창백해지며 식은땀을 흘리고 가쁜 숨을 몰아쉰다.

평사가 황급히 자운을 부축하여 옆방으로 데리고 갔다. 반 혼수상태에 빠진 자운에게 평사는 물을 먹이고 팔다리를 주무르며 그의 의식이 회복되기까지 정신없이 같은 동작을 되풀이했다.

한참 후에야 자운은 가까스로 눈을 떴다.

간신히 고비를 넘긴 자운을 보자 평사는 겨우 안도한다.

자운이 평사의 손을 잡으며 어렵게 입을 뗐다.

"면목이 없네."

혼신의 힘을 다한 노 기객의 말에 평사는 목이 멘다.

그때 대국을 했던 옆방에서 기무라와 야마다의 대화가 들렸다.

"그 노인네 미련하기는, 아 대마가 살아도 끝난 바둑인데 그만 돌을 던져야지. 조센징들은 다 그런가? 승부에 미련이 많아."

"그 왜 상춘도장의 우석이란 사람 말일세. 그 양반 우리에게 작살나고 도장 문도 닫았다면서?"

"그 늙은이나 이 늙은이나 똑같아. 늙으니까 노욕이 생기는가."

웃음소리에 섞여 그들의 말이 계속 들려왔다.

"그나저나 이번 일로 조선인들은 우리 대일본제국보다 열등한 민족이라는 게 바둑에서조차 증명된 셈이니 보람이 있었네. 게다가 수입도 수월찮았고……."

"어쨌든 이번 기회에 확실하게 바둑의 종주국은 일본이라는 것을 심어 줬으니 그것도 성과라면 성과지."

평사가 자리에서 일어날 기세다.

"하지만 여목이라는 늙은이를 아직 꺾지 못한 것이 조금은 안타깝군."

남작이 그들의 말에 제동을 건다.

"내가 듣기에 여목이란 사람은 만만한 상대가 아니라고 하던데, 자네들은 여목을 상대로 확실한 승리를 장담하는가?"

"이보시오 남작님. 이제까지 두 눈으로 똑똑히 목격했으면서 무슨 말씀이시오. 자칭 타칭 국수라고 소문난 사람들이 어디 우리에게 힘이나 한번 씁디까? 여목 그 사람이라고 뭐 다를 게 있겠소. 그 바둑이 그 바둑이지."

마침내 평사가 일어섰다.

평사는 굳은 얼굴로 돌아서서 그들이 있는 방문을 확 열어젖혔다.

"내가 당신들을 상대해주지!"

난데없이 평사가 치고 들어오자 야마다와 기무라가 놀라 평사를 바라보았다. 그들은 평사를 그냥 자운을 따라온 사람쯤으로 치부했었다. 한번도 눈여겨보지 않던 사람이었기에 그들로서는 전혀 예상 밖의 도전이었다.

"넌 누구냐?"

야마다가 물었다.

"스승을 욕하는 자들은 용서할 수 없다."

기무라의 눈이 번쩍 뜨인다.

"너의 스승이 여목이냐?"

"그렇다."

"네가 진정 여목의 문하란 말이지."

"그렇다."

"요시! 잘 만났다. 내 당장 요절을 내주겠다."

바둑판을 가운데 두고 평사와 기무라가 마주 앉았다.

"그전에 돈을 걸어라! 조선놈들은 못 믿겠다. 하나같이 형편없는 솜씨로 큰소리만 쳐대니."

기무라가 돈을 걸 것을 요구하자 평사는 난감했다. 승부의 액수가 모르긴 몰라도 작은 금액이 아닐 터인데 평사에게 그런 돈이 있을 턱이 없었다. 평사가 머뭇거리자 옆에서 사태 추이를 보고 있던 남작이 나섰다.

"자네들, 여목을 상대로 두어도 확실히 승리를 장담한다고 했겠다?"

"그렇소."

야마다가 자신 있게 대답하자 남작이 장난스럽게 말한다.

"저 친구 판돈은 내가 대지."

평사는 남작의 집에 온 이래 처음으로 남작을 직시했다. 남작 얼굴엔 기름기가 번질번질했다. 대체로 준수한 용모였지만 선입견 탓인지 얼굴에 욕심이 가득해 보였다. 남작이 입가로 묘한 웃음을 흘린다.

"재미있지 않은가? 간접적이나마 자네들이 그렇게 원했던 여목과 대국하는 것을 볼 수 있는 기횐데 이런 호기를 놓칠 수야 없지 않은가."

판돈이 바둑판 옆에 놓여지자 기무라가 백돌통을 자신 앞으로 끌어다 놓았다.

"나이도 있고, 내가 백으로 두지."

평사가 단호하게 그 말을 거부한다.

"그럴 순 없다. 돌을 가리자."

"기백이 좋군."

야마다가 돌통 속에 손을 넣고 한참 달가닥거리다가 돌을 쥔다. 평사가 이례적으로 반상 위에 흑돌 두 개를 올려놓았다. 통상적으로 한 개를 올려놓는 게 상례였으나 평사는 두 개를 선택했다.

돌을 가리자 반상에 열세 개의 돌이 가지런히 놓인다. 평사의 백번이었다. 평사가 흑돌을 기무라에게 밀었다. 기무라의 양미간이 찌푸려진다.

기무라는 초반부터 난해한 정석으로 반상을 운영해나갔다. 그는 의도적으로 차후 신포석(新布石)으로 각광받게 될 미완성의 큰 눈사태형 정석으로 이끌어나갔다. 비록 미완성이라고는 하나 많은 연구가 있었는지 기무라는 자신만만했다.

방문이 열리고 자운이 비실거리며 들어왔다. 어느 정도 정신을 수습한 자운은 바둑판 옆으로 다가와 앉았다. 그는 한눈에 모든 상황을 짐작했다.

이미 빼든 칼이다.

자운이 안타까운 심정으로 평사를 바라본다. 바둑이 시작되기 전이라면 어떻게 만류해보겠는데 벌써 20여 수가 진행된 상태고 보니 자운으로선 어찌해볼 도리가 없었다. 자운이 보기에 그들이 평사에겐 버거운 상대로 느껴졌다. 자운은 걱정스런 얼굴로 반상을 내려다보았다.

평사는 신정석에 대한 변화를 검토했다. 피하고자 마음먹으면 어려운 일이 아니다. 그러나 바둑은 기세 싸움이다. 어떤 경우에는 설사 진다 하더라도 기세에 밀릴 수 없어 어려운 싸움을 감수하고 강수로 일관하는 경우도 있다.

평사는 석점머리를 과감하게 두들겼다. 바둑이 없어지지 않는 한 가장 난해한 대형정석 중 하나인 큰 눈사태 정석이었다. 한 수만 삐끗해도 천 길 나락으로 떨어지는 형국이 진행되었다. 원래 대형정석은 큰 승부에서는 피하기 마련이다. 정석 자체 크기가 반면의 약 4분의 1을 차지하는 관계로 차후 변화의 여지가 적고 판이 좁아지는 탓이다. 또한 대형정석일수록 주변 배석이 중요하며, 많은 변화에 따라 한 수만 실착을 범해도 판세를 급격히 악화시키기에 쌍방간에 대형정석은 신중을 요하는 일이었다.

기무라 쪽은 실리를 취했고 평사는 세력을 얻어 피차 큰 불만 없는 형태로 정석이 마무리되었다. 기무라는 그 미완의 정석으로 인해 내심 평사가 녹록한 상대가 아님을 직감하고 신경을 곤두세웠다. 일본에서 이미 많은 연구가 있었고, 조선에 와서 한두 번 사용하여 재미를 보았었는데 평사를 상대로 해서는 아무런 득을 보지 못하자 거꾸로 불안해지기 시작했다.

조선에도 이런 고수가 있었던가. 겨우 약관을 벗어난 정도의 연령인데 이 정도라면 이 청년을 가르친 여목의 기력은 그야말로 대단하지 않은가.

어느새 기무라의 이마에는 송글송글 땀이 맺히기 시작한다.

자운은 눈앞에 벌어지는 광경을 믿을 수가 없었다. 흑을 쥔 기무라가 모양상으로 기분 좋은 곳은 혼자서 선점하는 것처럼 보였다. 그러나 실제 국면에서 흑은 야단스럽게 기세만 올릴 뿐 별로 힘도 쓰지 못한 채 조금씩 조금씩 밀리고 있었다. 중반에 접어들어서도 점점 더 밀리더니 종반에 가서는 손을 써볼래야 써볼 수 없는 지경에 도달해버리고 말았다. 게다가 눈을 씻고 찾아보아도 이젠 승부수를 띄울 곳마저 없었다.

별다른 완착도 없이 기무라는 주저앉고 말았다. 두다 보니 어느새 승부는 끝나 있었다.

패인이 분석되지 않는 대국. 분위기상으로는 기무라가 몰아갔지만 실제로는 평사에게 일방적으로 밀린 대국이었다. 패배 원인이 분명치 않고 평사의 특별한 호착이 눈에 띄지 않는 이해할 수 없는 승리였다.

자운이 보기에 기무라는 기량과 감각을 고루 갖춘 기사였다. 그런 그가 맥없이 무너진 것은 근본적인 실력 차이라고밖에 말할 수 없었다. 어른과 아이의 싸움이랄 수밖에. 바둑은 철저한 두뇌싸움이다. 고수들 대국에서 백지장 같은 미세한 차이도 실제 대국을 해보면 천양지차로 벌어진다. 의외의 사태가 벌어질 가능성은 거의 희박하다. 평사는 분명 기무라보다 기량에서 훨씬 앞섰다.

기무라는 자신의 패배를 도저히 납득할 수 없었다. 시야가 흐릿해져오고 머릿속이 멍멍하다. 완벽한 패배였다. 이름조차 알 수 없는 조선 청년에게 당한 불가사의한 패배였다. 기무라는 끓어오르는 분을 이기지 못해 씩씩거렸다.

"졌다."

기무라가 투석을 했다.

남작이 평사를 바라보았다. 젊은이는 아무 말 없이 판 위의 돌을 갈라 자신의 백돌을 통 속에 주워담고 조동선이라고 자신을 소개한 노인을 데리고 밖으로 나간다. 청년은 단 한 번도 돈 쪽으로는 눈길을 주지 않았다. 그저 평범하게, 어찌 보면 거칠게 생겨 바둑과 어울릴 것 같지 않은데 그의 어디에 그런 놀라운 기예가 숨어 있을까 하고 남작은 곰곰이 생각해 보았다.

남작은 황급히 그들의 뒤를 따라 나갔다.

"젊은이, 돈은 가져가야지."

남작은 저만치 자운을 부축하여 떠나는 평사에게 큰소리를 지르며 봉투를 흔들었다. 평사가 돌아서서 매서운 눈빛으로 남작을 노려본다. 봉투를 흔들던 남작의 손이 멈칫했다.

평사는 돌아서서 자운과 함께 골목길을 빠져나갔다.

남작은 한동안 멀거니 서 있었다. 그날따라 남산의 소나무가 잡힐 듯이 눈앞으로 성큼 다가와 있었다.

사흘 후, 평사는 남작으로부터 한 통의 서찰을 받았다.

서찰 내용은 간단했다. 일본 기사들이 한 번의 승부로는 도저히 패배를 수용할 수 없으니 그들과 다시 자웅을 겨루어봄이 어떻겠냐는 취지였다.

승부가 있은 다음 날 자운은 말없이 경성을 떠났다. 헤어질 때 자운은 평사의 손을 꼭 잡았다.

언제부터인가 평사는 여목도장이 답답하게 느껴졌다. 도장을 떠나 자유롭게 비상하고 싶었다. 그러나 하늘과 같은 스승을 저버릴 수는 없었다. 지난 시절 종이라는 신분이 자신의 족쇄를 채웠다면 그 신분의 굴레를 풀어준 사람은 스승이었다.

솔직히 평사에게는 조국이니 독립이니 하는 민족관은 희박했다. 그에겐 오직 스승이 전부였다. 스승의 말은 절대적이었고 스승의 행동거지 하나하나가 평사에겐 모든 삶의 표본이었다.

그러나 그런 그에게도 새로운 승부의 장은 어김없이 다가왔다. 한번 맛본 승부의 유혹은 자꾸만 평사의 머릿속을 어지럽게 했다.

평사는 승부를 하고 싶었다. 세상 누구라도 만나 승부를 결하고 그 희열을 맛보고 싶었다. 가슴 밑바닥에서 올라오는 승부에의 열정을 간직한 채 평사는 승부의 먼길을 떠나고 싶었다.

며칠 후 생각 끝에 평사는 백상훈 남작의 집을 찾아갔다. 그곳에서 평사는 기무라와 야마다를 상대해서 다시 두 판의 바둑을 더 두었다.

기무라와의 한 판은 흑을 잡고 초반부터 완벽하게 밀어붙여 불계승을 거두었고, 야마다와의 한 판은 백을 잡고 다섯 집을 남겼다. 두 판의 바둑을 참패한 그들은 벌린 입을 다물지 못하고 불가사의한 눈으로 평사를 바라보더니 마침내 결과에 승복했다.

그 후에도 평사는 자신의 바둑에 매료된 남작의 요청으로 몇 판의 바둑을 두었다. 일본에서 건너온 내기바둑꾼도 있었고 지방에서 소문난 국수급도 있었다.

그동안 남작은 자신의 집을 드나드는 평사에게 최상의 융숭한 대접을 했다. 기름진 음식과 고급의 술에, 상상조차 해본 적 없는 아리따운 기생들로 하여금 술시중을 들게 했다.

한번은 대국이 끝난 뒤 남작이 평사에게 고급 회중시계를 선물했다. 가난한 노비 신분으로 태어난 평사로서는 처음 보는 물건이었다. 단추를 누르면 뚜껑이 열리고 맑은 종소리 같은 음악이 흘러나오며 시계 문자판이 제 모습을 드러내는데, 투명한 햇살을 받아 번쩍번쩍 빛을 발하는 유리로 만든 시계 덮개와 조그만 보석을 박아 만든 용두가 탐스럽게 보였다.

살아오면서 온전하게 제 것이라곤 어떤 물건도 지녀보지 못한 평사는 남작이 주는 그 회중시계를 슬며시 받아 넣었다. 사실 이제까지 남작이 이것저것 선물을 주었으나 그때마다 평사는 완곡하게 그 물건들을 거부해왔었다.

그러나 마지못해 받은 그 조그마한 회중시계 하나가 평사의 일생을 파란의 나락 속으로 빠뜨리리라고는 그 누구도 상상조차 하지 못했다.

동설(冬雪)은 의심스런 눈으로 평사 주위를 맴돌았다. 근자에 들어 동설의 그런 행동은 거의 습관이 되어버렸다. 그 발단은 평사의 금빛 휘황찬란한 회중시계를 보고 난 뒤부터였다.

회중시계를 들여다보던 평사는 시간을 확인한 후 시계 뚜껑을 닫았다. 평사는 잠시 무언가 생각하더니 대문을 빠져나갔다.

밤이 시작되는 시간이었다. 동설은 나가는 평사를 바라보며 여러 가지 상념에 잠긴다.

평사의 기재가 드러난 이후부터 동설은 찬밥 신세였다. 그전까지만 해도 설숙과 더불어 도장의 실세로서 여목의 총애를 한몸에 받던 그였다. 비록 설숙에게는 못 미쳤으나 끊임없는 노력으로 그 한계를 극복하려 했고 내심 그럴 자신도 있었다.

그러나 평사가 가세한 이후부터 동설의 의욕은 사라졌다. 그의 탁월한 재주 앞에선 모든 것이 허망했다. 평사를 뛰어넘는 것은 불가능한 일이었다. 그때부터 동설은 투지가 꺾이고 자신에게서 멀어져가는 스승의 시선을 느끼며 실의와 번민의 나날을 보내고 있었다.

동설은 평사 주위를 배회했다. 평사가 정 역관 집에 자주 들락거린다는 것을 모르는 사람은 없었다. 동설은 조심스럽게 정 역관 집에서 흘러나오는 소문에 귀를 기울였다. 하지만 어디에도 평사가 그릇된 짓을 한다는 정보는 없었다.

동설은 초조했다. 급기야 동설은 평사를 미행했고 평사가 백상훈 남작의 집으로 들어가는 것을 여러 번 확인했다. 그로써 평사와 회중시계에 대한 의문은 확실해졌고, 동설은 그길로 여목 스승에게 달려가 평사의 그간 행적을 낱낱이 고해 바쳤다.

"내놓아라!"

스승 앞에 부복한 평사는 앞이 캄캄했다.

"내 말이 들리지 않느냐!"

여목이 평사를 노려본다. 평사는 어쩔 수 없이 회중시계를 꺼내 여목 스승 앞에 내놓았다. 평사 뒤로 문하생들이 모두 꿇어앉아 있다.

"어찌된 연유인지 말해보아라."

어조는 낮았지만 스승의 목소리는 떨리고 있었다. 평사는 아무 말도 못하고 고개를 떨구었다.

"어서 썩 고하지 못할까!"

쩌렁쩌렁한 여목의 고함소리가 도장 안에 울려퍼진다. 근자에 들어 이렇게 노한 스승의 모습은 처음 있는 일이었다. 평사는 더듬더듬 그간의 전말을 소상하게 이야기했다. 자운을 따라갔던 일, 남작의 대국 제의, 그리고 그 후의 일까지 숨김없이 고했다.

"네 이놈!"

여목이 회중시계를 집어 평사의 얼굴에 던진다.

"나라를 팔아먹은 왜놈의 앞잡이에게 꼬리를 흔들다니!"

여목이 분을 참지 못하고 부르르 떨었다. 평사의 깨진 이마에서 피가 뚝뚝 떨어진다. 문하생들은 마치 자신이 죄인이라도 된 것처럼 쥐 죽은 듯이 고요하다.

설숙은 평사를 바라보았다. 평사는 눈을 감은 채 스승의 처분만을 기다리고 있다.

신분 차이는 있었지만 어쨌든 어릴 적부터 같이 자라온 평사였다. 평사의 기재가 뛰어나 스승 여목의 관심이 깊어지자 설숙의 마음은 무거웠다. 스승이 평사를 보면서 언뜻언뜻 내비치는 애정 어린 시선을 발견할 적마다 설숙은 질시의 감정을 억누를 수 없었다. 그것은 그의 기재에 대한 부러움보다는 스승의 애정이 평사에게 가고 있음을 안타까워하는 마음이었고, 나아가 자신의 재질이 스승을 충족시키지 못한다는 자괴감이었다.

그때마다 설숙은 자신을 채찍질하며 흔들리는 마음을 다스렸다. 그리고 언젠가는 다가올 평사와의 승부를 위해 자신의 몸과 마음을 수없이 갈고 닦았다. 결코 평사와의 정면 대결을 피할 생각은 추호도 없었다.

그러나 의외의 사태는 벌어졌고 평사에 대한 기대가 컸던 만큼 스승의 분노는 누그러질 기미가 없었다. 어쩌면 평사는 도장에서 쫓겨날 수도 있으리라. 그렇게 되면 어찌되는 것인가.

설숙은 순간적으로 생각이 거기까지 미치자 애써 생각을 지워버렸다.

고래고래 고함을 지르던 여목의 호흡이 가라앉고 얼굴엔 형언할 수 없는 비감이 흐른다.

"천한 것을 불쌍히 여겨 은혜를 베풀었더니……. 불민한 놈."

여목이 자리를 박차고 일어섰다.

"저놈을 밖으로 내쳐라!"

말이 끝나기가 무섭게 여목은 총총걸음으로 안채를 향해 사라졌다.

바닥에 내팽개쳐진 망가진 회중시계가 평사의 눈을 아프게 찌른다. 깨진 유리 밑으로 문자판이 일그러져 있고 충격 탓인지 간신히 걸려 있는 분침이 제멋대로 건들거리고 있었다.

어느덧 해는 지고 마당엔 짙은 어둠이 다가온다.

평사는 엎드린 채 언제까지나 그 자리에서 일어날 줄 몰랐다.

떠도는 부초

"추평사 선생이 일본 기사와 대국을 한 것은 어떻게 보면 나라의 자존심을 세워준 것인데 그분을 꼭 그렇게 내쳐야만 했을까요?"

박 화백이 안타까운 자신의 심정을 드러냈다.

"내가 어떻게 그 어른의 의중을 정확하게 알겠는가만, 내 생각에는 그 어른의 선비적 기품과 무관하지 않으리라고 보네. 그 일본 기사들이 단순한 위기(圍碁: 일본과 중국에서 바둑을 일컫는 말)정신에 입각해서 쟁기(爭碁)를 신청해왔다면 여목 스승께서도 거부하지 않으셨을 것이네. 그러나 그들은 전문기사라는 특수 집단인데도 불구하고 승부라는 수단을 통해 조선인이 열등한 민족이라는 점을 부각시키고자 했으니 그 근본 취지가 위기정신에 어긋나기에 그들과의 대국을 거부했던 것으로 추측되네. 그 증거로 그 사건이 있은 지 몇 년 후 중국으로 여행 가던 요시모토 메구미(好本惠)란 한 정상급 기사가 조선에 들러 소문을 듣고 여목 스승을 찾아와 시범대국을 벌인 일이 있었는데, 연로하신 데다 건강까지 좋지 않았던 여목 스승이었지만 쾌히 대국에 임하셨고, 세 판에 걸친 대국에서 여목 스승께서 2승 1패로 우위를 점했지. 세 판 다 백을 잡은 쪽이 이겼기 때문에 백번 필승이라는 이상한 선례를 남겼어. 그런데 요시모토는 당시 일본에서도 흔하지 않은 7단 위치에 오른 사람으로 여목 스승과는 달리 자신의 기량이 절정기에 서 있던 사람이었고 야마다나 기무라 같은 기사보다는 한참 윗길이었으니, 돌이켜 생각해보면 여목 스승께서 대국을 피한 이유는 승패를 떠나 위기정신에 연유한다고밖에는 결론을 내릴 수 없네."

"여목 선생의 뚜렷한 위기정신을 볼 때 그렇게 생각됩니다만, 추평사 선생을 내친 일은 선뜻 이해가 가지 않습니다. 어쨌거나 평사 선생은 스승과 조선의 명예를 지키기 위해 나서지 않았습니까."

"현재 기준의 잣대로 보면 그렇지. 그러나 당시의 시대 상황과 여목 스승의 철저한 반일사상 등 모든 것을 고려해보건대 이해 못할 바도 아닐세. 바둑에서 승부는 도를 향한 과정일 뿐 승부 그 자체가 되어서는 안 된다는 게 평소 그분의 지론이시지. 그것이 황새와 뱁새의 근본적인 차이라네."

해봉처사는 그렇게 결론지었다.

"추평사 선생은 끝내 쫓겨난 채 용서받지 못했습니까?"

박 화백이 그렇게 묻자 해봉처사는 말끝을 흐렸다.

"글쎄……. 결과적으로 그렇긴 하지만 대스승의 의중을 누가 짐작할 수 있었겠나."

바둑이 유일한 도락인 정 역관은 상금을 걸어 바둑 시합을 자주 열었다. 그런 관계로 정 역관의 사랑채에는 전국에서 모여든 고수들이 항상 북적대고 있었다.

경기도 이천에 만석지기 땅을 가진 정 역관은 당시 종로통에 사무실을 내어 조선과 일본을 드나들며 만물상을 경영하는 큰 부자였다. 양반과 상민에 대한 계급관념이 뿌리 깊은 시대였지만 일찍이 물산에 눈을 뜬 아버지의 권고로 젊은 시절 일본 게이오 대학에서 잠시 유학한 적이 있었고 그 당시 러시아와 중국을 오가며 많은 경험을 쌓았다.

거부인 아버지를 둔 덕택에 정 역관은 손이 크고 배포가 시원시원했으며 사업상 필요에 의해 여러 유력 인사와 교분을 맺고 있었다.

당시 부자의 사랑채에는 많은 시인, 묵객, 재사들이 머물다가 떠나곤 하는 풍토가 있었다. 정 역관의 집에는 다른 재사들에 비해 주로 기객들이 많이 드나들었다. 정 역관의 사랑채에 유독 기객들이 많이 몰리는 데는 이유가 있었다.

정 역관이 시인 묵객들을 홀대하는 것은 아니었지만 바둑 두는 사람을 훨씬 많이 배려했고, 현상 바둑 이외에도 더러 자신이 직접 뒷돈을 대고 다른 전주들을 불러 본격적인 내기바둑을 주선했기 때문에 정 역관의 사랑채는 갈수록 기객들의 발길로 붐볐다.

한 사내가 사랑방 문을 열고 들어왔다. 덥수룩한 수염 때문에 정확한 나이를 짐작키는 어려웠지만 강파른 얼굴과 굴강한 콧대에도 불구하고 어딘가 청년의 그늘이 남아 있었다. 사내는 왁자지껄한 실내를 둘러보다가 대국이 벌어지고 있는 바둑판 앞으로 다가갔다.

바둑은 막바지였다.

"미세한데……."

관전자 중 누군가 한마디 던졌다.

끝내기를 마저 한 뒤 공배를 메우고 계가를 하니 백을 쥔 사내가 두 집을 이겼다. 승패가 갈라지자 주변 사람들은 패인을 분석하며 수선을 떨었다.

그때 방문이 열리고 정 역관이 들어섰다. 정 역관은 사내를 발견하고 깜짝 놀란다.

"자네……."

사내는 평사였다.

사람들이 복기를 하다가 말고 정 역관과 평사를 흘깃흘깃 쳐다본다.

근 1년 만의 만남이었다.

"그동안 어디 있었나?"

1년 만에 평사는 초췌하고 어두운 모습으로 돌아와 정 역관을 바라보고 있었다. 사람들의 시선이 정 역관과 평사에게 집중된다. 의식해서가 아니라 평사는 그것이 거추장스러웠다.

"나가세."

정 역관이 평사를 데리고 밖으로 나갔다.

"많이 상한 것 같군."

평사는 말없이 정 역관 뒤를 따라간다.

안채로 돌아드는데 아침나절만 해도 멀쩡하던 날씨가 어느새 어두컴컴해져 비를 흩뿌리고 있었다. 키 큰 나뭇가지에 매달린 잎사귀 위로 떨어지는 빗방울 소리가 제법 크게 들렸다.

"바둑을 다시 두어보려 합니다."

술이 몇 순배 돌아가자 무겁게 닫혀 있던 평사의 입이 열렸다. 평사의 말에 정 역관이 고개를 끄덕였다.

"나야 원래 바라던 바지만 안타깝군."

평사의 눈이 정원의 시든 동백나무에 가서 멎었다.

정 역관은 그의 눈이 어둡게 느껴진다. 음울하고 황폐하다.

옛날 여목 선생이 한눈에 반했던 눈이 아니던가.

정 역관은 비애에 젖었다.

"그래 돌아다녀보니 어떻던가?"

정 역관의 말에 평사는 대답 없이 쓸쓸하게 웃었다.

"하긴 어디나 사람 사는 건 다 똑같겠지. 나도 자네만한 나이에 많이 돌아다녔어."

어느새 평사의 잿빛 눈길은 사라지고 그의 눈에 허허로움이 가득 차오르기 시작한다. 기껏 20대 나이건만 세상을 많이 산 얼굴이다.

"당분간 이곳에서 지내게 해주십시오."

"좋도록 하게."

정 역관은 반쯤 남은 술잔을 단숨에 비웠다.

평사가 정 역관 집에 기거한 이후부터 바둑을 두는 사람들 사이에서 평사는 화제의 대상이었다. 짧은 기간이었지만 현대 바둑이든 순장바둑이든 아무도 평사를 당해내지 못했다. 몇 번에 걸친 현상 바둑에서 평사는 모든 상금을 독식해버렸고, 정 역관이 주선한 너덧 번에 걸친 내기바둑에서도 상대들은 단 한 차례도 평사를 이기지 못했다. 엄밀히 말해서 평사의 바둑이 워낙 강했기 때문에 다른 사람이 평사를 이긴다는 것은 애초부터 불가능한 일이었다.

평양에서 자타가 인정하는 순장바둑의 일인자 김용택이 소문을 듣고 평사와 일전을 벌이고자 방문했다가 무참하게 무너진 채 귀향길에 올랐고, 부산에서 자칭 국수라고 떠벌리던 홍민표는 두 점으로 평사에게 무릎을 꿇었다. 충청도를 대표하는 승부사 편춘섭(片春燮), 그 대승부사 편춘섭도 평사에게 걸려 고향에 있는 전답을 사그리 날렸고 일본 가서 바둑을 배워왔다던 이원하(李元河), 일본 정상급 전문기사에게도 선으로 쉽게 지지 않는다는 그도 평사에게 힘 한 번 쓰지 못하고 선으로 내리 세 판을 지고 난 후 한동안 그 충격으로 몸져눕기까지 했다는 소문이 나돌았다.

바둑에 있어 평사는 무패의 상승(常勝) 장군이었지만 평사의 삶 자체는 풍랑에 파손된 배가 어디론가 흘러가는 꼴이었다. 상금이나 내기바둑의 배당금으로 밤마다 기방 출입을 일삼으며 술과 여자를 탐닉했다.

하루는 평사가 밤늦도록 술을 마시고 기생과 밤을 지낸 후 느지막이 정 역관 집으로 돌아왔을 때 사랑채에선 처음 보는 어떤 스님이 바둑을 두고 있었다.

그날따라 사랑에 드나들던 손꼽히는 고수들은 모두 자리를 비웠고, 스님은 그나마 남은 사람들 중에서 고수급에 속하는 사람과 바둑을 두고 있었다. 스님이 바둑을 두는 것이 약간 이채로워 보였지만 평사는 윗목에 앉아 비스듬히 벽에 기대어 눈을 감았다.

"야! 그 스님 잘 두네!"

조용하던 방 안이 갑자기 시끄러워진다. 바둑은 끝났고 스님이 이겼다.

평사는 눈을 감은 채 기척이 없다. 소란스러운 분위기가 멎고 스님의 음성이 평사의 귀에 들려왔다.

"보시오, 시주님. 눈 감고 뭐하시오? 도 닦으시오? 하긴 눈 감고 법열(法悅)에 빠져보는 것도 큰 낙이지."

평사가 눈을 뜨고 스님을 봤다.

"이보시오, 젊은 양반. 사람들에게 들으니 여기서 당신이 제일 기예가 높다던데 돌중에게 바둑 한 판 시주하시오."

뭉툭한 주먹코에 얼핏 보아 중답지 않게 생긴 용모였다. 나이는 평사에 비해 예닐곱 살 위로 보였는데 말하는 모양새나 행동거지가 꽤 뻔뻔하게 보였다.

평사가 반응이 없자 스님이 직접 바둑판을 들고 평사 앞으로 다가왔다.

"탁발하는 걸승에게 바둑 한 판 두어주는 것도 큰 보시요."

반상 위에는 이미 흑돌 하나가 외목을 점하고 있었다. 평사는 대꾸 없이 바둑판만 내려다보았다.

"시주가 바둑을 썩 잘 둔다기에 소승이 흑을 잡았소이다."

물끄러미 바둑판을 바라보던 평사는 가만히 돌통을 자신 앞으로 끌어당겨 백돌을 하나 쥐고 우하귀 화점에 부드럽게 착점했다. 스님과 평사의 대국에 흥미를 느낀 구경꾼들이 주위에 몰려들었다.

스님은 지독한 장고 바둑이었다. 반상에 약 40수가 놓일 때까지 걸린 시간이 무려 네 시간이 넘었다. 처음에는 흥미를 가지고 몰려든 사람들이 너무나 지루하게 바둑이 진행되자 하나둘 그 곁을 떠났다.

대국을 하면서 평사는 스님의 바둑이 꽤 잘 두는 바둑이긴 하나 아직 고수의 반열에 이르지는 못했다고 생각했다. 지루한 10여 수가 더 두어진 후 스님이 갑자기 돌을 거두었다.

"불사에도 어두운 돌중이 혁(奕: 바둑)인들 제대로 알 리가 있겠소이까."

불과 50여 수의 짧은 대국이었다.

스님이 패배를 인정하자 평사는 바둑돌을 하나하나 주워 담았다. 포석에서부터 짓눌려 좀 답답하기는 하나 돌을 던지기에는 너무 이른 형국이었다.

"이보시오, 시주. 돌중에게 곡차 한 대접 주시오."

스님이 돌을 거두는 평사에게 술을 요구했다. 평사는 스님의 요구에 한마디 대꾸가 없다.

"사람 무게는 몇 근 안 나가면서 그 입만큼은 만 근도 넘을세. 시주는 말이 없소이다. 하기사 천수경에도 정구업진언이라 했으니 입으로 짓는 업이 크기야 크지."

스님은 곁에 있던 냉수 한 대접을 벌컥벌컥 마셨다. 그 대접을 다 비우고서야 장삼 자락으로 입을 닦은 스님이 눈을 치켜뜨고 새삼스럽게 평사를 바라본다.

"이보시오, 시주."

"……."

"소승의 법명은 법고(法鼓)라고 하오. 돌아가신 선사께서 소승더러 불법의 북을 두드리라는 뜻에서 지어주신 법명인데 어찌어찌 떠돌다 보니 불법의 북을 두드리기는커녕 같잖은 중생에게 무시나 당하고 있소이다 그려."

평사의 무관심을 비꼬던 스님의 음성이 나직나직해진다.

"소승이 일주암에서 선사와 함께 공부하던 때였소. 벌써 10여 년 전의 일로 소승이 막 머리를 깎았을 때로 기억하외다. 하루는 어떤 시주님이 우리들 암자로 찾아왔소. 그 시주님은 선사와 오랜 교분을 맺은 사이였는데 그분을 처음 본 순간 사람이 저럴 수도 있구나 싶었소이다. 푸른빛이 넘치는 얼굴에 고고한 기상과 품격을 지니신 분이었소. 학문 또한 대단한 경지에 오른 분이었지. 이 돌중의 썩어가는 얼굴과는 비교도 할 수 없는 분이었소이다. 그분은 며칠 우리 암자에 기거하며 선사와 바둑을 두었는데 그때 소승은 처음으로 바둑이란 기예와 접했소. 그 후로 참선하는 중답지 않게 한땐 바둑에 미쳐 불법을 닦는 일을 게을리한 적도 있었소이다. 아무튼 1년에 몇 번씩 그 시주님은 선사를 찾아와 며칠씩 머물다 가시곤 했소. 소승은 늘 그분을 뵐 때마다 가슴 저미는 사모로 밤잠을 설친 적이 한두 번이 아니었소.

3년 전에 선사께서 열반에 드신 후부터 그 시주님을 뵈올 수가 없었지만 지금까지도 소승은 그 시주님에 대한 흠모의 감정을 지울 수가 없소이다. 세상 사람들은 그 시주님을 이렇게 부르더이다. 여목 선생이라고."

평사의 얼굴엔 아무런 동요의 기색이 없다.

"돌중의 넋두리로 치부해도 좋소이다만 소승의 생각은 이렇소. 업이라는 것은 닦아도 닦아도 먼지만 낄 뿐이오. 먼저 마음의 먼지를 닦아서 바른 길[正道]로 가야만 업의 기나긴 고리가 풀릴 것이오. 추선생! 당신의 재능은 이런 곳에서 술과 계집으로 지새울 그런 인연이 아니오. 사람의 인연이란 맺기는 쉬우나 끊기는 어려운 법이외다."

침묵으로 일관하던 평사가 몸을 일으켜세운다.

"돌아가는 게 어떻겠소, 추선생."

평사의 날카로운 눈이 법고를 노려보더니 끝내 아무런 말 없이 문을 열고 밖으로 나가버린다. 법고가 나직하게 한숨을 몰아쉬며 혼자 중얼거렸다.

"흐르는 것은 세월이요, 남은 것은 갈마(羯磨: 업)려니……. 나무아미타불……."

"행마란?"

동설의 전신에 식은땀이 흐른다. 근 한 시간 반 동안 동설은 여목 스승의 문답을 힘겹게 받아넘기고 있었다.

평사가 쫓겨난 후 동설은 노골적으로 여목의 후계자임을 자처했다. 설숙은 그런 동설의 행동에 항상 의연했지만 동설은 걸핏하면 설숙을 상대로 시비를 걸었다.

사건의 발단은 오후 대국이 끝나고 복기를 하던 중 동설이 설숙의 수를 비판한 데서 비롯됐다.

"설숙의 그 한 수가 비록 나쁘지는 않지만 어째서 최선이라 말할 수 있는가?"

상황은 미묘했다. 초반 혼전 끝에 사활이 걸린 전투가 벌어졌다. 살리기도 여의치 않았고 그 말을 죽이고 사석으로 활용해도 그 대가를 보상받을 수 있는 국면이었다. 그때 설숙이 살린다면 이것이 최선이라 하여 놓은 한 수를 동설이 물고 늘어진 것이었다.

평소 설숙을 따르는 김개원이 동설의 비판에 이의를 제기했다.

"그렇다면 그 상황에서 최선의 수는 무엇입니까?"

"돌을 잡는 것만이 능사가 아니라고 스승님께서 누누이 말씀해오셨지 않는가. 설혹 돌을 버리기 아깝다 하더라도 그 상황에서는 버리고 보다 큰 것을 취해야 할 것이다."

"설숙 사형의 이 수는 살린다는 전제하에서 검토한 것이지 전체 국면을 반영한 것은 아니지 않습니까."

"한 판의 바둑에는 여하한 일이 있더라도 조건이란 있을 수 없는 것. 최선의 수를 찾아내는 것이 우리가 추구하는 목표가 아니던가. 그에 비하면 조건이란 하잘 바 없는 말장난에 지나지 않는 법."

동설의 말이 근본적으론 일리가 있었지만 지금은 설숙을 향해 억지를 부리는 것에 지나지 않는다. 동설의 억지에 김개원은 기가 막힌다.

"사형의 생각이 그렇더라도 사형의 언동은 장(長)제자에 대한 예의가 아닙니다."

동설이 발끈한다.

"장제자? 어찌하여 설숙이 장제자인가? 스승님의 문하를 거쳐간 제자의 수가 무려 몇 명이며 설숙보다 먼저 입문하여 이미 일가를 이루고 떠난 사람은 또 몇 명이더냐. 나만 해도 설숙과 거의 같은 시기에 입문한 제자다. 그런데도 어찌하여 설숙을 장제자라고 못박을 수 있단 말이더냐. 더구나 바둑은 연치가 아니라 실력이 말해주는 것."

동설이 씩씩거리며 바둑판을 엎을 듯한 기세다.

설숙은 입을 다문 채 아무런 말이 없다.

그때 느닷없이 여목 스승이 나타났다.

"웬 소란이냐?"

스승은 마당에서 대청으로 천천히 올라섰다. 그리고 엄한 눈빛으로 제자들을 쏘아본다. 스승이 자리에 앉자 제자들이 모조리 그 앞에 꿇어앉았다.

"바둑이 무엇이냐!"

머리를 조아린 설숙, 동설 이하 문하생들이 스승의 돌연한 문답에 어찌할 바를 몰라 했다.

"바둑이 무엇이냐고 묻지 않았느냐?"

동설은 사태가 심상찮음을 느낀다. 스승이 많은 제자들 앞에서 이렇게 문답을 하는 데는 그만한 이유가 있을 것이다. 동설은 직감적으로 스승과 벽송을 같이 떠올렸다.

근간에 스승은 말수가 줄어들고 매사에 예전만큼 도장과 제자들에게 관심과 애정의 빈도가 미치지 못했다. 스승은 지병으로 인해 몸이 불편했고, 딱히 병이 아니더라도 나이가 들어 노쇠한 기미가 역력했다. 동설은 정신을 가다듬고 스승의 물음에 답을 했다.

"후한(後漢)의 반고(班固)가 말하길, 바둑은 가로 세로 19줄 종횡 361로는 한 해를 상징하고, 네 귀는 춘하추동의 사계절을 말하며, 바둑판이 모가 난 것은 고요한 땅이요, 돌이 둥근 것은 하늘을……."

여목이 동설의 말을 가차 없이 자른다.

"내가 원하는 답은 그것이 아닐 터, 바둑은 무엇이냐!"

너무나 포괄적인 스승의 질문에 동설은 갑자기 앞이 막막해져온다. 동설은 이것이 고비라 생각하며 사력을 다해 그 질문의 뜻을 헤아린다. 동설의 이마엔 금세 식은땀이 배어나왔다.

"바둑의 본질은 집을 차지하기 위해 각자의 기량을 겨루는 것입니다. 그 이유는 바둑의 승패가 집 수에 달렸기 때문입니다."

"그 출발은?"

여목은 동설의 말이 끝나기가 무섭게 다시 동설을 추궁한다. 동설은 필사적으로 스승의 강의 내용을 떠올렸다.

"바둑의 출발은 집을 짓는 요령입니다. 귀에 먼저 선착하는 것은 그 한 수가 가장 능률적으로 집을 차지할 수 있기 때문입니다. 그래서 그 일착을 귀로 하는 것입니다."

"천원(天元: 바둑판의 맨 한가운데 화점)이 의미하는 바는 무엇이냐?"

여목의 질문은 서슴없이 계속되었다.

"포석의 경계는?"

"변의 효율성은?"

"배석(配石)의 원리는?"

그렇게 시작된 여목의 질문은 벌써 한 시간을 훨씬 넘어서고 있었다.

"행마란?"

여목의 음성이 재차 도장에 쩡쩡 울려퍼진다.

"행마란 돌의 형상과 그 운용을 말합니다."

동설이 흐르는 땀을 훔치며 스승의 질의에 답했다.

"돌의 형상은?"

"대저 돌의 형상은 좋은 모양과 나쁜 모양으로 구별됩니다. 좋은 모양은 정형(正形), 양형(良形), 호형(好形)을 말함이며, 나쁜 모양은 우형(愚形), 응형(凝形), 사형(邪形)을 말합니다. 좋은 모양은 보기 좋은 것을 지칭하는 게 아닌 자생력을 지닌 모양입니다. 정형은 바른 법도에 따른 형이고, 양형은 함부로 상대를 탐하지 않는 형이며, 호형은 주변의 배석과 조화하는 형을 뜻합니다. 우형은 돌의 효율이 떨어지는 형으로서 대표적인 형태로 빈삼각, 삿갓, 오궁, 매화육궁 등을 말하며, 응형은 집이 있으되 돌이 뭉쳐진 빈보를 말하며, 사형이란 욕(欲)을 다스리지 못하여 흐트러진 형태를 말합니다."

"그리고."

"……."

동설은 등줄기가 서늘해온다. 필사적으로 머리를 쥐어짜지만 머릿속은 점점 혼미해져갔다.

"그것뿐이더냐?"

"……."

동설은 그 자리에 주저앉고 싶다. 스승을 상대로 더 이상 버틴다는 것은 자신의 한계만 재촉할 뿐이었다.

"교형(巧形)과 권형(權形)이 있다. 교형이란 자신에겐 해가 없으되 상대가 실수하면 상대로 하여금 불이익을 유도하는 형이며, 권형이란 수단은 비록 옳지 않으나 목적이 타당하여 묘수나 실전적인 수로 평가받기도 한다. 임기응변으로 두어지는 이 두 가지 형은 돌의 형태가 양형과 우형의 중간을 점하고 있다. 그러나 제아무리 출중한 모양이라 하나 수읽기와 형세 판단이 받쳐주지 않으면 그것은 죽은 모양이다."

"……."

"돌의 운용은 어떻게 하느냐?"

"……기리를 좇아 적절한 운석(運石)을 하며 때론 깃털처럼 가볍게, 때론 산처럼 육중하게 하되 능률은 극대화하고, 그런 가운데 돌은 무리 없이 제자리를 지키고……."

설숙은 스승의 건강이 염려스러웠다. 옥고를 치른 후 몸이 시들긴 했지만 어쩐지 스승은 평사가 나간 이후로 눈에 띄게 기력이 쇠잔해졌다. 평사가 나간 이후 스승은 외롭고 적막하게 보였다. 공교롭게도 시기가 맞물린다는 생각보다는 평사가 스승의 가슴에 차지하는 비중이 컸을 것이라 여겨졌다. 그럴 때마다 과거 평사와 같이 생활할 때 느끼던 경쟁심이 되살아났고 시기와 질투의 감정이 솟아올랐다. 그러나 그렇게 생각하다가도 왠지 자신의 감정이 평사에 대해 떳떳치 못하다는 자책 때문에 스스로 괴로워하곤 했다. 어쨌거나 평사는 이제 이곳을 떠났고 그로 인해 설숙의 마음 한구석엔 일말의 안도감이 상당 부분 차지하고 있는 것만은 분명했다.

여목의 얼굴엔 피로한 기색이 역력했다. 그러나 여목의 문답은 계속

된다.

"돌의 기운은 어디서 오느냐?"

"……."

대답을 하지 못하는 동설에게 동문들의 시선이 집중되었다. 동설의 모습은 보기 측은할 정도였다. 머리부터 발끝까지 온통 땀에 젖어 있었고 두 눈엔 핏발이 가득 서 있었다.

여목이 냉담하게 동설을 쏘아본다.

"돌의 기운은 어디서 오느냐!"

마침내 동설이 그 자리에 쓰러졌다. 그러자 이제까지 침묵을 지키던 설숙이 앞으로 나선다.

"돌의 기운은 스스로를 돌봄에서 나옵니다. 함부로 변화를 구하면 불리함을 자초하고, 부딪치면 외롭습니다. 깊이 뛰어들면 무리하고 허술하면 상대방의 공격을 받습니다. 마땅히 스스로를 돌보아 과욕을 버리면 자연히 돌에 생명력을 불어넣을 수 있습니다."

"폐석(廢石)과 요석(要石)의 구별은?"

"폐석이라 함은 죽지는 않았으나 죽은 돌과 같은 무거운 돌로서 살리고자 하면 오히려 상대를 도와주는 이적(利敵)의 돌을 말함이며, 요석이란 비록 단 하나의 돌일지라도 그 효용이 지대한 돌을 말합니다. 요석을 효율적으로 이용하면 상대는 피곤해져 스스로 화를 불러들이게 됩니다."

"효율이라 함은 무엇이냐?"

"효율이라 함은 반상에서 공격을 해야 할 시기와, 물러서서 자신을 방어할 때, 그 경계선을 말합니다. 최상의 효율은 공격과 수비를 겸비한 수나 세력과 실리를 동시에 취하는 수입니다."

"승부의 도리는?"

어느새 설숙의 이마에도 진땀이 흐르기 시작한다. 설숙은 정신을 가다

듣고 긴장을 푼다. 설숙은 애써 태연해지려 노력했다.

하늘과 같은 스승이건만 긴 세월 스승의 그늘에서 이제는 벗어나야 할 때라고 설숙은 생각했다. 태산처럼 거대한 스승의 모습은 예나 지금이나 그대로이련만 이제는 스승 곁에서 멀어질 때라고 생각한다.

설숙은 눈을 감았다.

설숙은 정신을 가다듬고 차분하게 스승의 뜻을 헤아린다.

"승부의 도리는!"

다시 스승의 호령이 도장 안에 울려퍼진다.

"승부의 유형은 크게 세 가지로 나눕니다. 우선 상대의 실수로 승부를 점하는 것이 그 첫 번째입니다. 두 번째는 자신의 기력만으로 승부의 고지에 올라서는 것이고, 나머지 하나는 서로의 기량이 한 치의 오차도 없이 발휘되어 승부는 하늘의 섭리에 따르는 것입니다.

군자는 남의 잘못으로 이기는 것을 늘 경계해야 하며, 군자는 자신의 능력을 과시하지 말며 재주에 치우치지 말고, 모름지기 군자는 상대를 존중할 줄 알며 하늘의 뜻을 따르는 것이 으뜸이라 하여 군자는 그것을 평생 승부의 도리로 삼습니다."

여목은 한동안 눈을 감고 앉아 생각에 잠기더니 자리에서 일어났다. 동설에게 첫 질문을 던진 이래 장장 세 시간에 걸친 스승과 제자의 문답이었다.

여목은 대청 뒤 문갑에서 삼베 한 필을 꺼내 설숙 앞에 내밀었다. 오래전부터 준비가 되어 있었는지 삼베는 잘 손질되어 있었다.

설숙은 공손하게 스승이 내민 삼베를 받아들었다.

"바둑은 기도정신(棋道精神)을 대전제로 한다. 도(道)의 이치가 평등하듯이 바둑은 권자(權者)의 전유물이 아니다. 너는 이 삼베로 벽송의 보(褓)를 만들어 후세에 내 뜻을 전하도록 하여라!"

설숙은 스승의 하명에 깊숙이 머리를 숙였다. 여목의 그 말은 적전(嫡
傳: 후계를 정함)의 의미를 내포하고 있었다.

여목은 휘청이는 걸음으로 대청을 내려갔다.

지나온 60여 년 인생이 뜬구름 같았다. 대청에서 비치는 불빛을 등지고
마당을 가로질러 사라지는 여목을 바라보며 설숙은 감정이 북받쳐왔다.

긴 세월이었다. 돌이켜보면 조부의 곁을 떠나 도장에 입문한 지 어언
십 수 년의 세월이었다.

눈앞에서 스승의 모습이 완전히 사라지자 삼베를 받아든 설숙의 얼굴
에 비로소 눈물이 비 오듯 흐르기 시작한다.

"자네, 나와 같이 백상훈 남작 집에 한번 가보지 않겠나?"

평사의 이마가 조금 좁아졌다.

"남작이 자네를 지목하여 전갈을 보내왔네. 나로서는 그 청을 거절하
기 곤란하니 어지간하면 같이 한번 들러보세."

정 역관 입장에서 백상훈 남작과 친해두면 그로부터 사업상 도움받을
일이 많았다.

평사는 싫다 좋다 말이 없다.

평사가 여목도장에서 쫓겨나 여기저기 떠돌다 다시 경성에 올라온 이
래 거의 1년 이상의 시간이 지난 후, 이미 그의 명성이 퍼질 대로 퍼진 지
금에 와서 새삼스럽게 자신을 보고자 하는 남작의 저의를 평사는 짐작하
기 어려웠다.

"무슨 특별한 일이야 있겠나. 기껏해야 바둑 한 판 두고 오기밖에 더 하
겠나."

평사의 입가에 냉소가 흘렀다. 돌이켜보면 도장에서 쫓겨난 원인도 남
작 때문이 아닌가. 그때 남작의 집에서 바둑을 두지만 않았더라도, 아니

남작의 회중시계를 받지만 않았더라도…….

"그런데 자네 괜찮겠나?"

평사가 의아스럽게 정 역관을 바라보았다.

"왜놈들 앞잡이가 아닌가?"

여목의 민족관을 익히 알고 있는 정 역관은 평사가 여목의 문하에 있었다는 사실을 주지시켰다.

"전 괜찮습니다."

평사가 잘라 말했다.

'이 사람이 왜 이렇게 변해버렸나.'

정 역관은 안타까웠다. 여목의 그늘에서 벗어난 그가 그만 정신의 지주를 잃어버린 채 방황과 허무로 황폐해진 삶을 스스로 방기하고 있다고 생각되자 그의 앞날이 걱정스러웠다.

남작의 집은 2년 전 그대로였다.

평사는 정 역관을 따라 남작이 기다리고 있는 응접실로 들어갔다. 응접실에는 남작이 단정한 옷차림으로 그들을 기다리고 있었다. 곤색 조끼 차림의 남작은 예전보다 몸이 비대해졌고 2년이란 세월에 비해 꽤 많이 늙어 보였다.

"오랜만일세……. 내 자네가 경성에 돌아온 이래 언제 한번 자네를 초대한다 해놓고 그만 차일피일 미루다가 지금에서야 자네를 보게 되는구만."

남작이 그들에게 자리를 권했다.

사실 남작은 평사에게 미안한 감정을 가지고 있었다. 2년 전 자신의 집을 들락거리다가 평사가 그의 스승으로부터 쫓겨났다는 이야기를 풍문으로 전해듣고 내심 마음이 편치 않았다. 그런 관계로 평사가 경성으로 돌아왔다는 소문은 이미 들어 알고 있었지만 선뜻 평사를 만나기가 꺼림

칙했다.

　남작은 최근 조선 총독부 나카지마 참사관 집에 또다시 일본의 전문기사들이 수시로 드나들며 조선인 국수급을 상대로 내기바둑을 벌인다는 소식을 접했다. 남작도 한두 번 사람을 내세워 승부를 해보았지만 번번이 대패하여 그동안 적잖이 손해를 봤다. 그렇게 되자 남작은 평사를 필요로 하게 됐고, 몇 차례 자신으로부터 도움을 받은 적이 있는 정 역관을 통하여 평사를 데리고 오라고 은밀히 부탁했던 것이다.

　"내 과거 자네 바둑을 몇 번 본 적이 있었지만, 그 후로 이제까지 자네만큼 기예가 출중한 사람은 보지 못했네. 사실 자네 바둑 생각을 많이 했었지. 나카지마 참사관 집에 유숙하는 게이오(芸雄)라는 그 일본 기사 말일세. 자네 같으면 그 자를 누를 충분한 실력이 있다고 보는데."

　"……."

　"어떤가? 언제 날을 잡아 그 사람과 한번 두어보지 않겠나? 지든 이기든 내 대가는 충분히 지불함세."

　"그러지요."

　평사가 의외로 순순히 응낙하자 남작은 흡족해하며 평사의 손을 잡았다. 평사는 남작을 보며 스승에게 쫓겨나 떠돌아다니던 이태 전의 일이 떠올랐다.

　부산 부둣가에서 하역작업을 하던 시절, 한번은 일이 끝나고 인근 부둣가 술집에서 동료들과 어울려 술을 마시던 중 옆자리 손님들과 사소한 시비가 일어났다. 밀고 당기는 가운데 술에 취한 평사의 동료 중 한 사람이 상대편에게 심한 폭력을 행사하는 바람에 결국 주먹이 오가고 급기야 패싸움으로까지 번졌다. 신고를 받고 달려온 순사들에게 현장에 있던 사람들이 모조리 잡혀갔다.

　조사를 받은 다음 평사는 경찰서 유치장에 갇혀 있었다. 그때 누군가 자신을 불렀다.

"추평사."

조선인을 개돼지 취급하는 일본 순사에게 여러 차례 구타를 당한 평사가 부어오른 얼굴로 소리 나는 곳을 향해 돌아보았다. 철창 앞엔 빵모자를 깊숙이 눌러 쓰고 턱수염을 기른 신체 건장한 사내가 서 있었다.

"나와."

사내는 열쇠로 철창 문을 따고 평사를 끄집어냈다.

"따라와."

사내는 뒤도 돌아보지 않고 앞장서서 걸어갔다. 평사는 그 사내의 뒤를 따르면서 사내 모습이 어딘가 눈에 익다고 생각했다. 취조실로 들어간 사내는 평사에게 앉으라고 권한 후 직접 물을 한 잔 가져와 평사에게 권했다.

"날 모르겠나?"

사내는 그렇게 말하며 깊숙이 눌러쓴 빵모자를 치켜올렸다. 그제서야 평사는 사내를 알아보았다. 10여 년 전에 야반도주하여 홀연히 사라진 박두칠(朴斗七)이었다.

박두칠은 어릴 적 같은 동네에 살았던 형이었다. 그의 집안도 대대로 소작을 일구며 살아온 머슴 집안이었다.

"봉화……."

"그래, 나 박두칠이다."

박두칠은 평사의 손을 힘주어 잡았다. 한참 동안 아무 말 없이 평사의 손만 잡고 있던 박두칠은 평사를 데리고 밖으로 나갔다.

경찰서를 나온 박두칠은 근처 큰 음식집으로 평사를 데리고 가서 고기와 술을 시켰다.

"짐작했겠지만 나는 일본 순사 앞잡이다."

박두칠은 그 한마디로 자신의 지나온 과거와 현재의 입장을 정리했다.

그날 평사와 박두칠은 밤늦도록 많은 양의 술을 마셨다.

헤어질 때 박두칠은 평사에게 얼마간의 돈을 건네주었다.

"나라야 어찌됐든 난 상관 안 해. 왜놈이면 어떻고 떼놈이면 어때. 우리 같은 종놈 신세야 다 똑같은 게 아닌가 말이다. 많은 사람들이 내 뒤에서 손가락질하고 있지만 그게 무슨 대수인가. 그놈들 막상 내 앞에 서면 고양이 앞의 쥐새끼처럼 바들바들 떨기만 하던걸. 솔직히…… 솔직히 내 이날 이때까지 살아오면서 이렇게 배부르게 산 적이 없었다. 왜놈 세상이면 어때, 까짓거."

박두칠은 그렇게 말하며 술에 취해 흐느적흐느적 어둠 속으로 사라졌다.

"모레쯤으로 날짜를 잡지."

남작의 말을 들으며 평사는 묵묵히 그를 바라보았다. 남작의 얼굴 위로 박두칠의 얼굴이 겹쳐진다.

일본기원 4단이라는 게이오의 기력은 평사가 여목도장 시절에 두었던 야마다나 기무라에 비해 조금 윗길이었다.

조선 총독부 참사관 나카지마 집에서 벌어진 두 번의 대국에서 처음 흑을 쥐었던 평사는 시종일관 판을 압도하여 쉽게 불계승했고, 두 번째 판엔 백을 쥐고도 어렵지 않게 게이오를 눌러버렸다. 두 판 다 완승을 했기에 더 이상 참사관 집에서 바둑을 둘 일이 없을 것이라 생각했는데 뜻밖에도 나카지마는 며칠 후 남작과 평사를 정식으로 다시 초대했다.

나카지마는 적지 않은 돈을 잃었음에도 불구하고 반갑게 평사와 남작을 맞이했다.

나카지마의 집은 전형적인 적산가옥으로 다다미를 깐 넓은 거실에는 미리 술상이 마련되어 있었다. 시원스럽게 열어젖힌 창문 밖으로 공들여

가꾼 잘 다듬어진 정원이 한눈에 내려다보였다. 가산 밑에는 인공으로 만든 큰 연못이 있었고 연못엔 팔뚝만 한 비단 금붕어가 왔다 갔다 했다.

"오시느라고 수고가 많았소."

나카지마가 자그마한 눈에 웃음을 담고 두 사람을 환대했다.

"안녕하시오."

평사가 자리에 앉자 건너편에 있던 게이오가 평사에게 인사를 건넨다. 나카지마가 도자기 병에 옮겨 따끈따끈하게 데운 마사무네(일본식 정종)를 남작과 평사의 술잔에 따랐다. 술이 몇 잔 오간 뒤 나카지마가 말문을 열었다.

"역시 백 남작이 보는 눈이 있소. 추선생 당신 대단한 솜씨야."

평사를 추켜올리며 나카지마가 게이오를 지칭한다.

"이 사람도 본토 관서지방에서는 알아주는 사람인데 추선생에겐 힘 한 번 못 쓰고 주저앉더구만. 정말 대단한 솜씨야."

나카지마가 거듭 평사를 칭찬했다.

"모레쯤 저 친구는 본토로 돌아가야 하고, 그 전에 같이 술자리를 한번 해보고 싶다길래 불렀네. 솔직히 나도 개인적으로 추선생에게 흥미가 있어. 비록 손실은 있었으나 정당한 승부였고, 그 점에선 게이오도 불만이 없지."

나카지마는 유쾌하게 웃으며 연신 평사에게 술을 따랐다. 그의 말처럼 나카지마와 게이오는 평사에게 별다른 감정은 없어 보였다. 처음에는 그들을 경계하던 남작도 어느덧 느슨해져 그들과 유쾌하게 어울렸다.

술자리가 한창 무르익을 무렵, 웬 여자가 나타났다. 한복을 입은 옷매무새가 정갈하고 쪽빗으로 머리를 땋아 넘긴 이마가 다소곳했다.

언젠가 평사가 기방에서 소문으로 듣던 여자였다. 참사관 집에 기거하는 여자에 대해 장안에는 소문이 구구했다. 눈을 아래로 내리깐 채 여자는 조용히 자리에 앉아 손님들 술시중을 들었다. 취한 평사의 눈에 여자의 모습이 아른아른하다.

'이름이 화정(花靜)이라 했던가.'

평사는 기방에서 들은 여자의 이름을 기억해냈다.

평사가 들은 바로 그녀는 특이하게 기생이 되었다. 그녀의 집안은 그런대로 부유한 양반가였는데 투전에 미친 그녀 아버지가 탄탄했던 재산을 노름으로 다 날려버리고 급기야는 자신의 딸을 300원에 어느 부잣집 영감의 첩으로 팔아버리고 말았다. 어린 나이였지만 늙은 영감의 첩이 되는 것보다 차라리 기생이 되리라 마음먹은 여자는 열네 살 나이로 스스로 당당하게 권번으로 걸어 들어갔다. 여자의 미색에 반한 권번 주인은 두말 없이 300원을 내놓고 여자를 받아들였다.

몇 년 후 그녀는 그 뛰어난 미모와 기품으로 손꼽히는 명기가 되었다. 그녀를 차지하기 위해 장안의 내로라하는 수많은 한량들이 그녀 주변에 들끓었다. 그러나 그녀를 차지한 사람은 뜻밖에도 일본인이었다.

처음 그녀의 미모에 반한 참사관 나카지마는 거액으로 그녀를 유혹했지만 뜻을 이루지 못했다. 나카지마는 몇 차례 계속해서 권력과 물량 공세를 퍼부었으나 의외로 여자는 지조가 강해 일본인의 수청을 거부했다. 애가 단 나카지마는 다시 여러 통로를 통해 그녀를 회유했으나 여자는 끄떡도 하지 않았다.

나카지마는 참다못해 마지막 방법으로 여자를 거느리고 있는 권번 주인을 협박했다. 권번을 없애버리겠다며 온갖 공갈 협박을 동원한 나카지마의 무력 앞에 권번 주인은 결국 굴복했고, 자신을 거두어준 주인을 저버릴 수 없었던 화정은 어쩔 수 없이 나카지마의 첩으로 들어가고 말았다.

왜놈의 여자가 된 그녀는 자신을 비관했고, 대부분의 기생들은 그녀의 처지를 안타깝게 생각하고 있었다.

"화정아, 술 한 잔 쳐라. 이 사람은 조선의 국수인 추평사 선생이시다."

화정과 평사의 눈길이 잠시 마주쳤다. 화정은 이내 무심하게 두 손으로 술병을 받쳐 들고 조심스레 술을 따랐다. 술자리에 미모의 여인이 가세하자 분위기는 한층 고조되었고, 자연스럽게 바둑이 다시 화제에 올랐다. 나카지마 참사관은 또다시 평사를 추켜세웠다.

"자넨 정말 보기 드문 바둑이야. 전에도 우리 일본 기사들이 자네에게 당했다고 들었네. 자네 솜씨가 이런데 하물며 자네의 스승인 여목이란 사람의 바둑은 그 경지가 도대체 얼마나 높겠는가. 신묘하다고 들었는데 제자를 보니 이제 정말 실감이 가네!"

여목이라는 말에 평사의 안색이 잠시 굳어졌다. 그때 게이오가 평사에게 말했다.

"추선생, 우리 일본인들은 자신보다 강자를 존경하오. 그런 점에서 나도 추선생을 존경하고 있지요. 그래서 내 추선생에게 물어보는 말인데, 추선생은 우리 일본 바둑을 어떻게 보시오?"

평사가 술잔을 들다 말고 게이오의 질문에 답을 했다.

"내가 보기엔 일본 바둑은 모양과 형태만 중시하는 데 급급하오."

화기애애하던 분위기가 평사의 말 한마디에 착 가라앉았다. 게이오와 나카지마 참사관의 눈이 마주친다.

"힘이 부족하다는 뜻이오?".

"그렇소이다."

평사가 거침없이 답했다.

"일본 바둑은 도요토미 히데요시 시대에 기소(碁所)제도가 생긴 이후 투쟁으로 점철된 역사를 가지고 있소. 목숨을 건 쟁기가 수없이 일어났고, 기소에 오르기 위해 여러 가문이 피나는 혈투를 벌이기도 했소. 그것이 오늘날 일본 바둑의 밑거름이 되었거늘 어찌 추선생은 일본의 바둑이 실전적이지 못하다 운운할 수 있는 거요."

"역사란 흘러가버리면 그뿐인 것이오."

"추선생의 그 말은 근대 바둑의 종주인 일본 기계를 모독하는 발언이 아니오."

게이오가 점잖게 평사를 나무랐다. 하지만 평사는 게이오의 말을 단칼에 잘라버린다.

"모독이 아니고 사실이오."

"그 말에 책임을 질 수 있소?"

게이오의 분노에 찬 눈길이 평사를 직시했다. 평사가 술잔에 남아 있던 술을 단숨에 털어넣는다.

"그렇소."

평사는 태연자약하다. 오히려 평사 옆에 앉아 있는 남작이 그 말에 당황했다. 곁에서 지켜보던 나카지마 참사관이 나섰다.

"자네, 그 말이 정녕 사실인가?"

"물론이오."

"일본 기사는 누구라도 이길 수 있다는 뜻으로 해석해도 좋겠는가?"

"그렇소."

"정녕 그러한가?"

"그렇소이다."

나카지마가 평사를 정면으로 노려보았다. 나카지마의 얼굴이 표독스럽게 변한다.

"큰 내기를 하면 어떻겠느냐?"

"상관없소."

"그럼 무얼 걸겠느냐?"

"뭐든 좋소이다."

"뭐든 좋다!"

"……."

"내가 말해보랴?"

"말하시오."

평사는 고개를 꼿꼿이 치켜세우고 화정에게 술잔을 내밀었다. 화정이 평사의 잔에 술을 쳤다. 분위기는 일시에 흐트러지고 남작의 심정은 착잡해진다.

"그대는 재주가 손에서 나오는 것 같더구나. 손이 방정이야. 돌을 놓는 손가락이면 어떻겠느냐?"

평사의 입언저리가 묘하게 찢어졌다. 자조도 아니고 조소도 아닌 이상한 웃음이다.

"당신은 무엇을 거시겠소."

당신이라…….

백 남작은 평사의 언행이 못내 염려스럽다. 나카지마 참사관은 연령으로 보더라도 평사보단 한참 위가 아닌가.

"네놈이 일평생 만지기 힘든 돈을 걸마. 2천 원이면 되겠느냐? 네놈 손가락보다 훨씬 큰 금액일 것이다."

"싫소이다."

"싫다니. 엄청난 금액이 아니더냐?"

"술맛을 알고 나니 돈이란 부질없더이다."

"그러면 무엇을 원하느냐?"

평사가 화정을 바라보았다. 화정은 평사의 눈길을 애써 피한다. 평사가 화정을 손가락으로 가리켰다.

"저 여자를 주시오."

"화정이를!"

화정과 나카지마가 동시에 놀랐다.

"조선 국수의 손가락이 계집의 정조만 못하겠소."

평사가 나카지마를 쏘아보았다. 나카지마의 이마에 땀이 흘러내렸다. 화정이 고개를 떨군다. 나카지마가 입술을 깨물고 주먹을 부르르 쥔다.

"좋다."

나카지마가 평사의 요구를 승낙하자 화정이 거실 밖으로 나가버렸다.

화정이 나가자마자 게이오가 대국을 기정사실화시켰다.

"대국은 정확히 보름 후에 하도록 합시다. 대국 이틀 전에 날짜와 시간을 연락하겠소. 일본과 조선의 명예를 걸고 서로가 약속은 꼭 지켜야 할 것이오."

평사와 남작은 곧바로 나카지마 참사관의 집을 나왔다. 돌아가는 길에 남작이 평사에게 말했다.

"일본과 조선의 차이가 뭔 줄 아나? 일본은 대다수가 저런 사람들인 데 반해 조선엔 자네 같은 사람이 흔하지 않다는 것일세."

"……."

"쓸데없는 용기는 만용일세. 자네의 실력을 못 믿는 바는 아니지만 어쨌거나 조심하게. 내 비록 일본의 앞잡이가 되었지만 조선 국수의 손가락이 떨어지는 건 원치 않네."

평사는 남작의 말을 귓전으로 흘렸다. 그 어떤 이야기도 귀에 들어오지 않는다. 평사의 유일한 관심은 승부였다.

나카지마 참사관은 거액의 돈을 들여 일본에서 전문기사를 초빙해왔다. 당시의 일본은 내기바둑 천국이었다. 내기바둑이 전국적으로 성행했고 전문기사들도 암암리에 내기바둑을 두고 있었다.

그러나 이번에 일본에서 건너온 아오야마(靑山) 6단은 그런 부류의 기사는 아니었다. 청탁이 있어 건너오기는 했지만 아오야마는 일본기원 소속의 정식 기사였고 일본기원 내에서도 기량이 출중한 정상급 기사였다.

보름 후 대국날, 약속 시간이 가까워지고 있었다.

남작은 초조하게 평사가 나타나기를 기다렸다. 평사가 대국을 피하지는 않으리라 생각됐지만 상대가 워낙 거물 전문기사이다 보니 혹시나 싶은 생각도 들었다. 남작은 미리 와서 기다리고 있는 아오야마를 힐끗 바라보았다. 40대 초반으로 보이는 아오야마는 기모노 차림으로 바둑판 앞에 꿇어앉은 채 눈을 감고 명상에 잠겨 있었다.

이길 수 있을까?

솔직히 남작도 이번엔 자신이 없었다. 상대도 상대 나름. 바둑에서 지고 손가락을 잘린 평사의 손에서 흘러내리는 붉은 피가 보이는 것 같았다.

나카지마를 비롯한 여러 사람들이 시계를 보며 평사를 기다렸다. 거실에 걸린 커다란 괘종시계가 육중하게 울리기 시작했다. 정확히 뎅 뎅 괘종이 여덟 번 울렸을 때 열린 대문으로 평사가 모습을 드러냈다.

지난 보름 동안 무얼 하고 지냈는지 덥수룩한 수염에 술에 전 초췌한 몰골이었다.

화정은 복잡한 심정으로 평사를 바라보았다. 처음 자신을 거론했을 때 화정은 모욕 같은 것을 느꼈다. 그러나 지난 보름 동안 화정은 그 남자 생각을 많이 했다. 지금까지 수없이 많은 조선인들이 참사관 집을 드나들었지만 한 사람도 예외 없이 허리를 굽히고 아부하는 사람들밖에 없었다.

그런데 그 남자는 달랐다. 조선인에게는 절대 권력을 가진 참사관을 대하면서 그는 한 치도 물러서지 않았고 대쪽 같은 기개로 서슴없는 행동을 보여주었다. 딱히 그래서만은 아니겠지만 그날 이후 화정은 평사의 뒤틀린 모습이 내내 마음에 걸렸다.

돌을 가리면서부터 바둑은 조짐이 심상치 않았다. 아오야마의 흑번이었다.

나카지마는 희색이 만면에 그득했다. 본토에서도 알아주는 전문기사인 아오야마가 흑을 잡은 이상 바둑은 절대 유리한 고지를 선점한 것이나 마찬가지였다. 흑을 잡고는 거의 패한 경험이 없다는 아오야마였다. 게이오의 말에 따르면 아무리 평사의 바둑이 만만치 않다지만 아오야마가 흑을 잡게 되면 그 순간 아오야마가 이긴 것으로 봐도 좋다고 하질 않았던가.

저 건방진 조센징에게 일본 바둑의 뜨거운 맛을 보여주리라.

나카지마는 흥분을 억누르지 못하고 두 주먹을 불끈 쥐었다.

게이오 역시 비슷한 생각을 하고 있었다.

거액을 들여 초청한 아오야마였다. 나카지마에게 승리를 장담하며 그를 불러들였지만 정상급 바둑, 더구나 단판 승부인 경우 기량 못지않게 중요한 점은 그날 운이 따라주느냐 하는 문제였다. 그날의 운에 따라 의외의 결과가 날 수도 있는 게 바둑이었다. 게이오 자신이 겪어온 바로는 아오야마의 기량이 높다 하나 백을 잡는다고 가정할 경우엔 승리를 장담하기 어려웠다. 게이오가 보기에 그만큼 평사의 바둑도 호락호락하지 않은 구석이 있었다. 그러나 우려와는 달리 아오야마가 흑을 잡았고 이젠 어느 정도 느긋하게 관전해도 좋을 만큼 안심이 되었다.

바둑을 시작하기 전 아오야마는 눈을 감고 묵상에 잠겼다. 평사는 아오야마가 무슨 태도를 보이든 아랑곳하지 않은 채 빈 바둑판만 묵묵히 내려다보고 있었다.

묵상에서 깨어난 아오야마의 선수로 바둑은 시작되었다. 한쪽은 손가락을, 또 한쪽은 애지중지하는 여자를 건 괴이한 승부는 출발선을 넘어긴 장정의 길로 들어섰다.

아오야마는 장점이 많은 기사였다. 전반적으로는 두터움을 지향하지만 전체 국면을 식별하는 눈이 탁월했고 판을 짜나가는 응집력 또한 대단했다. 그저 무심하게 한 수 한 수를 놓는 것 같았지만 매 수마다 빈틈이 없었고 그 뒤는 확실히 계산된 수읽기가 받쳐주고 있었다. 그런 형태의 바둑은 일견 평이하다는 느낌을 주지만 상대가 얕잡아보고 한두 수 욕심을 부리다 보면 흔적도 없이 조금씩 조금씩 밀리게 된다.

아오야마의 회심의 한 수가 반상 위에 떨어졌다. 50여 수에 이르러 우상귀에서 서로 손을 뺀 미완성의 정석에서 흑을 쥔 아오야마가 3·3(귀의 제3선과 제3선의 교차점)을 침입하는 평범한 수를 외면하고 우변 흑돌의 원군을 배경으로 백의 요석에 붙여온 것이다. 보기 드문 형태였지만 그 수의 의미는 백의 공격을 유도하여 다시 늘고 젖힌 후 상대의 응수에 따라 백을 양분시키든지 자신의 흑돌을 사석으로 하여 외부에서 서서히 죄어오겠다는 은밀하면서도 심원한 안목이 숨은 것이었다.

평사는 처음으로 장고에 들어갔다.

평사가 장고하는 것은 크게 세 가지 이유 때문이었다. 첫째는 일단 흑의 의도를 거슬러 양단되는 수를 피하고자 함이다. 어떤 변화를 주든 양곤마(兩困馬: 바둑에서 두 군데 모두 살기 어려운 말로 몰린 형세)를 피할 수만 있으면 일단은 백이 실리를 확보하게 된다. 비록 흑의 세력을 무력화시킬 수는 없어도 그렇게만 되면 백으로선 만족스런 결과다. 그러나 흑이 그런 결과를 원하지 않을 것은 자명한 일, 아오야마의 기력으로 보아서 분명 반발해올 것이다.

그렇게 되면 워낙 난해한 난타전이 되어 결론을 미리 내릴 수가 없다. 아무리 수를 읽어보아도 그 싸움은 백이 불리하게 보였다. 어떤 타협을 보더라도 부분적으로 밀리게 되면 차후의 반면 운영은 한층 어려워질 것이다.

둘째는 그 변화가 싫어 간명하게 젖히고 한 칸 뛰어서 연결시키는 수였다. 이러한 결과는 아오야마에게 중앙을 선수로 허용하고 다시 3·3을 내주게 되니 다른 곳에서 대가를 찾지 못하면 승부는 결정적으로 불리해진다. 더구나 자신의 기질과는 상충이 되는 밋밋한 변화였다.

셋째는 붙여온 수를 과감히 몰아서 잡으러 가는 것이었다. 그 결과는 귀에 20여 호 집을 장만하는 것이지만 흑은 사석 여섯 점의 대가로 우변에서 중앙에 이르는 방대한 세력을 형성하게 된다. 백의 실리가 크다 하나 흑에게 웅대한 세력을 허용한다면 국면의 향방이 극단적인 세력과 실리의 양상으로 양분되어 쌍방 겁나는 바둑으로 치닫게 된다. 지금까지의 반면 운영으로 보아 두터움을 지향하는 아오야마는 내심 세 번째 결과를 원할 것이다.

평사의 장고는 30분 이상 지속되었다.

장고 끝에 평사는 세 번째 변화를 선택했다. 평사는 극단적인 승부의 길을 간 것이다. 아오야마는 자신의 의도대로 평사가 따라와주어 흡족했으나 막상 평사가 그 길을 선택하자 의외라고 생각했다.

일단 몰아온 수가 놓인 이상 바둑은 외길 수순이었다. 백은 귀를 배경으로 20목 정도의 튼튼한 집을 장만했고 흑은 우변에 방대한 철벽을 구축했다.

판세는 불투명했다. 다만 흑의 두터운 위력이 돋보였고 선착의 효과가 충분히 남아 있었지만 백의 실리도 그리 녹록한 편은 아니었다. 승부는 안개 속에 가려져 있고 아오야마나 평사 어느 쪽이건 한순간도 긴장을 풀지 못할 쉽지 않은 국면이었다.

바둑을 모르는 화정은 어느 쪽이 유리한지를 알 수 없었다. 게이오나 나카지마의 얼굴은 밝아 보이고 남작의 얼굴은 흐려 있다. 화정은 대국하는 두 사람의 표정을 유심히 살폈다. 아오야마의 미끈한 용모에 비해 평사의 모습은 어둡고 거칠었다. 간혹 아오야마의 착점을 보며 뒤틀리는 그의 입가엔 냉소의 그늘이 짙게 묻어났다.

바둑은 더디게 두어졌다. 중반을 넘어 흑의 세력과 백의 실리로 더욱 극명하게 대비되었다. 흑은 우변에서 중앙을 싸고도는 거대한 세력으로 마침내 약 60집의 대가를 형성했다. 또한 우상귀에 10여 집, 좌변에 흑의 눈목자와 두 칸 벌린 곳에서도 최소한 대여섯 집은 실했다. 백은 도처에서 실리를 취했다고는 하나 모두 합해 70집 언저리였다. 덤이 없던 시대라 전체적으로 보아 아무래도 흑의 유망한 형국이었다.

바둑의 향후 승패는 그 철옹성 같은 흑의 세력을 최대한 삭감하지 않으면 백의 비세가 확실했고, 따라서 평사의 손가락은 미구에 잘려질 위험에 처해 있었다.

설상가상으로 흑의 두터운 위력이 조금씩 살아나기 시작했다. 아오야마의 노련한 반면 운영은 이제 그 정점을 넘어서고 있었다. 최소한 게이오의 눈에는 백의 승리가 굳혀지는 것으로 보였다.

나카지마는 게이오의 밝은 얼굴에서 아오야마의 승리가 가까워져옴을 확신했다. 아무리 바둑이 의외성이 많고 막판에 뒤집어지는 수가 비일비재하다지만 최소한 아오야마의 기력과 기풍으로 보아 그런 일이 일어나리라고는 상상키 어려웠다.

나카지마는 득의의 미소를 지으며 거실 벽 한쪽에 걸려 있는 선대로부터 물려받은 명검 옥청(玉靑)을 바라보았다. 막부시대로부터 수백 년을 쇼군(將軍)의 가신으로 내려온 가문의 상징이었다.

새벽이슬을 베어도 물기가 묻어나지 않는다는 일본에서도 손꼽히는 명검 옥청, 궁신(弓身)처럼 완만하게 휘어진 칼집을 박차고 옥청의 푸르른 날이 금세라도 튀어나와 오만하기 짝이 없는 평사의 손가락을 싹뚝 베어낼 것만 같은 환상에 사로잡혔다.

눈앞에 잘린 손가락을 거머쥐고 짐승처럼 울부짖는 평사의 처참한 얼굴이 금방이라도 그려질 것 같았다. 그 순간의 쾌감을 상상하며 나카지마는 부르르 몸을 떨었다.

남작의 얼굴에는 점점 수심이 짙어진다. 남작의 기력으론 정확하게 승패를 판단할 순 없었지만 대국장 분위기로 보아 왠지 모르게 승부는 평사에게 불리하게 느껴졌다.

일본을 등에 업고 부귀영화를 누리는 남작이었으나 바둑만은 평사가 이겨주길 간절히 바랐다. 그것은 남작의 동족에 대한 애정이라기보다 평사 개인에게 느끼는 감정이었다.

바둑은 이제 종반을 향해 치달아간다.

유망한 흑의 형세를 지키기 위해 아오야마는 안전 일변도로 마무리를 서둘렀다. 바둑은 누가 보아도 이대로 가면 아오야마의 승리였다. 평사는 무슨 생각을 하는지 표정에 전혀 변화가 없다.

아오야마는 평사가 승부를 포기했으리라 짐작했다. 아직 몇 군데 끝내기가 남아 있었으나 종반에 와서 서너 집 차이는 승부가 불변임을 말해준다. 아오야마는 느긋하게 서양인들이 즐겨 피우는 시가를 입에 물었다.

그때 평사가 평범한 선수 한 집 끝내기를 두어왔다. 아오야마가 잠시 생각하다가 평사가 두어온 자리를 늦추어 받았다. 원래 그 자리는 평사가 들어가고 아오야마가 늦추고 평사가 계속 밀고 들어올 때 다시 막아서 마무리할 자리였다. 당연히 그런 결과를 예측하고 아오야마가 무심히 시가 연기를 뿜어내고 있을 때 별안간 평사가 다음 수를 미는 대신 한 칸을 뛰어버린다.

아오야마는 깜짝 놀랐다. 무모한 수다. 그 수는 평사가 무리하여 오히려 보태주는 꼴이 아닌가. 아오야마 눈에는 평사가 마지막 발악을 하는 것으로 보였다. 아오야마는 한 칸 들어온 평사의 돌을 잡으러 갔다.

그러나 막 그 수를 잘라먹으려던 아오야마의 손이 마지막 순간에 가서 멈칫한다. 아오야마는 반상을 다시 유심히 살펴보았다. 반상에 놓인 평사의 돌이 묘한 형태다.

시가를 끄고 아오야마가 자세를 고쳐 잡는다. 한참을 내려다보던 아오야마의 얼굴이 불시에 파랗게 질린다. 아오야마의 얼굴이 점점 경악스럽게 변했다.

비로소 아오야마는 중대한 문제가 발생했음을 깨닫는다. 평사가 놓은 수는 끝내기에서 좀체 보기 힘든 수였다. 한 칸 뛰어온 그 수를 잡으면 그 옆자리가 선수가 되어 안형이 풍부했던 흑의 변이 그 선수로 인해 사활이 걸린다. 물론 대마의 사활에는 문제가 없으나 먹여치는 수순에 의해 꼬리의 석 점이 떨어진다. 그렇게 되면 보태준 한 점을 잡는다 해도 바둑은 미세한 계가가 된다. 그렇다고 한 칸을 뛴 그 돌을 연결시켜주고 뒤에서 막으면 집의 결과는 비슷하다. 어떤 길로 가더라도 극히 미세한 계가였다. 너덧 집 실하게 우세했던 흑의 바둑이 평사의 그 절묘한 묘수에 순식간에 승부가 보이지 않았다.

아오야마는 평사를 바라보았다. 술에 전 평사의 찌든 얼굴은 그대로다.

섬뜩했다. 평사가 둔 수는 끝내기를 하다가 우연히 나온 게 아니고 바둑이 중반을 넘어설 때부터 평사가 노리고 있었던 것이 분명했다.

갑자기 판 전체가 의심스러워진다.

'이상한 바둑이다. 이상한 사람이다.'

뒤늦게 눈치를 챈 게이오의 안색이 흙빛으로 변했다. 나카지마와 남작은 어리둥절했다. 기력이 못 미치는 나카지마와 남작은 아오야마와 게이오의 표정이 왜 그렇게 변했는지 이해할 수가 없다.

아오야마는 더 이상 돌을 놓지 못하고 반면을 응시한 채 석고처럼 굳어 있다. 한참 후 아오야마는 정신을 가다듬고 전체 집 계산을 다시 했다.

두 번, 세 번 역시 극미한 계가 바둑이다. 아오야마는 아직은 알 수 없다고 생각하며 분주히 계가를 다시 해보았다.

그러나 평사는 자신의 한 집 승을 알고 있었다.

평사가 보기에 승부는 이미 이승의 명부를 접어버렸다.

도장을 떠난 이래 평사는 술과 여자에 파묻혀 살았다. 평사의 삶이 비극적이고 황폐해질수록 평사의 바둑은 더욱 살기가 감돌기 시작했다. 음산한 바람이 불고 건드리면 베일 것만 같은 날이 곤두섰다.

도장에 있을 때 그의 기풍은 뛰어난 기재를 바탕으로 신출귀몰하고 감각적이었다. 행마는 명쾌했고 운석은 밝았으며 감각은 화려했다. 그러나 도장을 나온 후 평사의 기풍은 변했다.

평사의 기풍은 재질보다 기질에 더 가까워지고 있었다. 어찌 보면 술과 기질이 접목되어 또 다른 바둑의 세계로 나아가고 있었다.

화정과 평사의 눈길이 마주쳤다. 평사는 눈길을 반상으로 돌린다. 화정은 남자가 여느 사람과는 다르다는 생각을 조심스레 해본다. 화정은 남자가 평범하지도, 사리에 맞지도 않을 거라 생각한다. 화정은 남자를 정면으로 바라보았다. 남자를 보는 화정의 눈에 뒤틀린 또 다른 남자의 얼굴이 겹쳐졌다. 화정은 고개를 흔들었다.

술에 취해 밤낮 없이 친모(親母)를 괴롭히던 사람. 노름에 미쳐 자신을 권번에 팔아넘긴 사람.

2년 전, 그 사람이 죽었을 때 화정은 죽었다는 소식만 들었다.

화정은 눈을 감았다. 바로 눈앞에 있는 메마른 남자의 얼굴이 가물가물하다.

남자의 돌 놓는 소리가 들린다.

소리는 귓전을 울리면서 긴 터널을 지나간다.

반상에 돌들이 가득 채워지고 대국은 끝이 났다. 평사의 예상대로 백의 한 집 승이었다.

아오야마의 고개가 밑으로 떨어졌다. 나카지마의 얼굴이 붉으락푸르락한다.

"쿠소(빌어먹을)!"

나카지마가 욕설을 퍼부으며 자리를 박차고 일어나 밖으로 나가버렸다. 나카지마가 나간 후 거실에 남은 사람은 그 누구도 말이 없다. 창밖엔 어느 틈에 어둠이 내리고 있었다.

인적이 드문 한적한 밤거리를 인력거가 달렸다. 인력거가 도착한 곳은 종로에 있는 어느 고급 여관이었다.

방 안에는 미리 술상이 준비되어 있었다. 인력거에서도 여관에 도착하고서도 평사와 화정 두 사람은 전혀 말이 없었다. 평사는 계속 술만 마셨고, 화정은 술잔이 비워지기가 무섭게 평사의 잔에 술을 따랐다.

"바둑을 아시오?"

술이 여러 병째 비워지고 난 후 거칠고 메마른 사내의 음성이 들린다.

"바둑은 모르오나 서방님 이름 석 자는 들어 알고 있습니다."

평사의 눈이 게슴츠레해진다.

"나를 안다. 어떻게 나를 아시오?"

"조선의 국수이시고 기방에서는 타고난 풍류객이 아니시온지."

"잘 보았소. 국수는 못 되나 떠돌이 난봉꾼이란 그 말은 제대로 맞췄소."

평사가 대번에 비튼다.

"서방님답잖은 말씀입니다. 바둑의 고수가 되려면 매사에 고수가 되어야 한다고 들었습니다."

"들리는 소문과 같이 양반 가문의 딸이라 역시 다르시군."

화정은 개의치 않고 평사에게 술을 따르며,

"저도 한 잔 해도 되올는지요?"

하고 물었다.

"술이란 마시라고 있는 게 아니겠소."

평사가 화정의 잔에 술을 채운다.

"도도한 여자가 어쩌다 그렇게 되었소?"

"나라가 없는데 기생인들 온전할 리 있겠습니까."

"나라 없는 양반집 딸이 천한 종놈의 신세를 지게 되었군."

화정은 대꾸 없이 평사가 부어준 술을 마셨다. 기녀 출신이라 하나 함부로 대할 수 있는 품새가 아니다. 꼿꼿하고 매몰차다. 여염집 규수 이상으로 정갈해 보이기도 한다.

화정을 보는 평사의 마음속에 괜한 심술이 났다. 평사의 끼가 슬슬 발동한다.

"술상을 치우고 자리를 펴시오."

화정은 반응이 없다.

"내가 싫소?"

계속 반응이 없다.

"왜놈의 손에서 구해주니 마음이 변했소?"

"아닙니다."

"아니라면?"

"서방님이 지금 저를 원하시면 왜놈들과 다를 것이 무어 있겠습니까."

"왜놈들과 다를 게 없다?"

"그렇습니다. 왜놈들에게서 저를 구해 다시 건드린다면 결국 저들과 똑같지 않습니까."

평사의 안색이 변한다.

"난 투사가 아니오."

"저도 의기가 아닙니다."

두 사람 사이에 침묵이 흘렀다. 이윽고 화정이 술상을 치우고 자리를 편다.

"옷을 벗겠습니다."

화정은 저고리 고름을 풀었다. 화정의 눈이 젖는다.

가만히 앉아 있던 평사가 자리에서 일어났다. 방문을 열고 평사가 비실비실 걸어 나간다.

방문이 닫히고 화정의 귓가에 멀어져가는 평사의 괴이한 웃음소리가 들린다.

평사와 화정이 다시 만난 것은 몇 달 후 어느 기방에서였다.

마포에서 술도가를 여러 개 가지고 있는 그 지역 유지를 따라 평사는 그 기방에 들렀다. 술이 거나하게 취하자 유지는 바둑판을 청했는데 바둑판을 들고 들어온 여자는 뜻밖에도 화정이었다.

평사와 화정 두 사람은 처음 대면하는 사람처럼 서로가 말이 없었다.

유지는 평사에게 일곱 점을 붙였다. 평사는 술에 취해 건성으로 돌을 놓았다.

바둑이 중반을 지날 즈음 평사는 딱 한 번 자신의 빈 술잔을 화정 앞으로 내밀었다. 화정은 남자의 얼굴이 전보다 더 수척해졌다고 여겼다.

남자의 잔에 술을 채우며 화정은 거칠고 황폐한 남자에게서 처음 외로움을 느꼈다.

그날 평사는 술에 만취돼 끝내 바둑을 두다 말고 판 앞으로 고꾸라졌다.

13 　　　　떨어지는 큰 별

"추평사 선생의 바둑은 어땠습니까?"

다시 데운 물에 녹차를 우려내어 한 잔을 따르며 박 화백이 물었다.

"글쎄, 이미 오래전 고인이 되신 분의 바둑을 후세 사람이 어떻게 함부로 평가하겠는가. 다만 그와 동문이었던 김개원 선생께서 말씀하신 바에 따르면, 기이하게도 술과 여자 그리고 내기바둑에 탐닉하면서 오히려 바둑은 끈적끈적하고 잡초와 같은 끈질긴 기운이 배어 한 단계 올라선 것 같다는 말씀을 하셨네."

박 화백은 선뜻 그 말에 찬동할 수가 없었다.

"기력을 증진시키기 위해선 바둑 공부 자체가 더 중요하지 않을까요?"

"꼭 그렇게 볼 수만은 없지. 옛날에 검으로 도의 뜻을 이루고자 하는 사람이 한 사람 있었네. 산에서 홀로 오직 일도정진 검의 수련을 한 지 십 수 년 만에 나름대로 검의 뜻을 얻었다고 자부하여 하산을 했지. 그리고 자신의 실력을 가늠해보기 위해 이름난 검사들에게 비무(比武)를 청하여 한 번도 지지 않았다네. 나름대로 자신감을 얻은 그 사람은 당시 나라에서 제일가는 검사를 상대로 다시 비무를 청했지.

절체절명의 승부에서 그 사람은 나라에서 제일가는 검사와 비겼네. 그러나 엄밀히 말하면 그 사람이 졌네. 그는 머리칼이 한 움큼 베였고 제일의 검사는 가슴께 옷이 베였으니까. 1년 후에 다시 만나서 승부를 겨루기로 하고 제일의 검사는 산으로 올라갔는데, 그 사람은 오히려 반대로 저잣거리로 내려왔어. 거기서 그 사람은 생선장수를 1년 동안 했다네. 사람들은 1년 후 대결에는 그 사람이 반드시 질 것이라고 했지. 온종일 검을 수련해도 이긴다고 장담하기 어려운데 한쪽은 산에서 불철주야 피나는 연습만 하는데도 그 사람은 생선만 열심히 팔고 있었으니까. 1년 후 다시 맞붙은 대결에서 제일의 검사는 예상과는 달리 생선장수에게 일패도지하고 말았다네."

"……."

"사람들은 도가 멀리 있다고만 생각하네. 그러나 도는 의외로 가까운 곳에 있네. 백정들이 고기를 썰고 뼈를 바르는 동작 하나하나에도 검의 도가 있고 시금치 한 단을 정리하는 손끝에도 도가 있어. 단지 사람들은 그걸 모를 뿐이라네. 도는 일반 대중들이 사는 저잣거리에서도 충분히 깨칠 수 있네."

"그런 식의 논리라면 산에 가서 도를 깨치기 위해 수도하는 모든 사람들은 공염불을 하는 게 아닙니까?"

"그건 아닐세. 산에서 공부하는 게 확실히 지름길은 지름길이지. 왜냐하면 잡다한 것에 방해받지 않고 일도정진할 수 있으니까. 그러나 대중들 속에 묻혀서 공부하는 게 더 효과적일 수도 있네. 다만 일순간도 화두를 놓지 않는 정심(定心)이 필요하네. 그것만 있다면 산이든 저잣거리든 차이가 있을 수 없어. 그런 면에서 볼 때 추평사 선생의 바둑은 철저하게 속세에 처해 있었지."

박 화백은 해봉처사의 말을 곰곰이 새겨보았다.

거친 바람에 문짝이 쉴 새 없이 덜커덩거린다. 방 안의 공기가 답답한

지 해봉처사가 방문을 열어젖혔다.

깨알처럼 박혀 있는 뭇별을 가르고 유성 하나가 긴 꼬리를 그리며 떨어졌다.

"낙성(落星)이라……."

해봉처사가 긴 한숨을 토해낸다.

여묵도장에는 여묵의 마지막 임종을 지켜보기 위해 자운을 비롯한 많은 사람들이 모여들었다.

벽송을 앞에 두고 앉아 있는 여묵의 모습은 생명의 모든 기운이 빠져나간 허허로운 형상이었다.

"보를 벗겨라."

여묵의 말이 떨어지자 설숙이 벽송 위에 덮인 삼베보를 걷었다. 곧 쓰러질 것 같은 여묵의 허리가 꼿꼿하게 펴진다.

여묵은 감회에 젖어 벽송을 내려다보았다.

대도를 중시했던 여묵은 어떻게 하든 도장을 부흥시키고자 무진 애를 썼다. 나라가 없는 시대에 나라의 정신마저 그들에게 빼앗길 수 없다고 여묵은 생각했다. 그러나 이미 민족의 정기는 서서히 허물어지고 있었고 바둑에서도 일본 바둑이 동시대를 주도하고 있었다.

자신의 뒤를 이어줄 재목으로 여묵은 평사와 설숙을 생각했다. 그러나 자신의 기대만큼 모든 것은 뜻대로 되지 못했다. 조선의 앞날은 기약이 없었고 평사마저 그의 곁을 떠난 뒤 기약 없는 조선의 운명을 지켜보며 그는 쓸쓸한 만년을 보내야 했다.

"절세의 반(盤)이다."

여묵은 설숙을 바라보았다. 방 안은 깊은 적막에 싸여 있고 도장 뒤뜰에서 이따금씩 벌레 우는 소리가 들려왔다.

"바둑은 도(道)이다."

여목의 음성이 아득하게 울려퍼진다. 그것은 평생 동안 기도(碁道)와 더불어 갈구했던 여목의 삶이었다.

"수로써 도를 구하여 하늘의 이치를 터득한다."

방 안은 쥐 죽은 듯이 고요하다. 여목은 힘겹게 팔을 뻗어 설숙의 손을 잡았다.

설숙의 눈에 눈물이 어리기 시작한다.

여목의 생명이 꺼져가고 있었다. 잡고 있던 여목의 손이 서서히 풀린다.

"벽송을 욕되게 하지 마라."

여목의 말은 이제 알아듣기 힘들 정도로 낮았다.

"하늘이, 하늘이, 이 여목을 부르는구나……."

그 말을 마지막으로 여목은 벽송 앞에서 앉은 채로[坐脫] 세상을 떠났다.

그의 죽음을 애도하듯 하늘에서 때 이른 어둠이 조용히 내려 천지를 감싸고 있었다.

여목(余木) 이상순(李常舜).

대원군이 득세하던 고종 2년에 태어나, 일본이 조선을 핍박하던 암흑의 시대 1928년 10월 문득 졸했으니 향년 64세 나이였다.

하늘도 감탄해 마지않을 바둑의 도를 얻어 중년 나이로 바둑의 발원지인 중국으로 건너가 중국 기계를 병탄하기 일보 직전, 조국의 합방을 알고 중원 통일의 대업적을 눈앞에 둔 채로 귀국길에 오른 뜨거운 민족혼을 가슴에 품은 거인이었다. 태평성시에 태어났더라면 바둑 역사에 전무후무한 발자취를 남겼을 기재였건만 조선의 몰락과 함께 역사에 이름 석 자도 실리지 못한 불운의 기객이었다.

조선의 마지막 순장바둑의 대가였으며 바둑을 도의 품격으로 승화시킨 조선이 배출한 불세출의 명인 여목. 그가 떠난 것이다.

"스승님……."

설숙의 눈에서 흘러내리는 눈물이 벽송 위로 떨어진다. 그 눈물은 이내 반면 위에 피처럼 번져갔다. 벽송도 주인의 죽음을 아는 듯 소리 없는 침묵으로 깊게 깊게 통곡하고 있었다.

다음 날.

설숙은 스승의 유품을 정리하다가 스승의 장롱 서랍 깊숙한 곳에서 한 장의 낡은 기보를 발견했다. 아홉 점 바둑이었는데 그것은 옛날 여목이 소년 추평사와 처음 봉화에서 둔 바둑을 손수 기록한 것이었다.

정 역관의 사랑채에 평소 지면이 있는 기객들이 들어섰다.

평사는 그곳에서 바둑을 두고 있었다. 들어선 사람들이 여목의 죽음을 알렸다.

"여목 선생께서 타계하셨다네."

착점하려던 평사의 손이 멎었다.

"언제?"

"어저께 장례를 치른 모양이야."

"조선 제일의 국수가 결국 떠나셨구만."

"애석한 일일세!"

평사의 눈길이 아래로 처진다.

"천하의 여목 선생도 죽음만은 피할 수 없구만."

여덟 살 아니면 아홉 살이었으리라.

평사는 아버지를 따라 평해(平海)에 갔다. 몇 날 며칠을 걸어 목적지인 평해에 당도했을 때, 바다가 눈앞에 있었다. 평사는 태어나서 그때 처음 바다를 보았다.

배를 타고 사람들이 바다로 나아가고 있었다. 그때 평사는 바다를 보며 꿈을 꾸었다.

평생 남에게 속박받으며 살아온 아버지를 보며 자신은 대자유의 바다를 꿈꾸었다. 노비라는 족쇄를 풀 수만 있다면 바다를 누비며 평생을 살아가리라 다짐했다. 바둑을 만남으로써 그 꿈은 깨어졌지만 바둑을 알면서 그는 또 다른 삶의 바다를 만났다.

가끔씩, 바둑을 두다 보면 망망한 대해 위에서 혼자서 표류하고 있는 듯한 느낌을 받곤 했었다. 반상은 자신에게 바다가 되고, 흑백의 돌들은 자신의 몸을 실은 배가 되고, 그 행마는 거친 풍랑을 헤치는 뱃길이 되었다. 바둑을 두다가 수세에 몰려 빠져나갈 길을 더듬다 보면, 해무로 가득 덮인 바다 위에서 깜빡이며 길잡이가 되어주는 등대 불빛을 만난 것처럼 절묘한 묘수를 찾아내기도 하는, 그처럼 바둑판은 하나의 바다가 되어 자신을 기다리고 있는 것이었다. 아득한 절망과 솟구치는 희망을 함께 어우르고 있는 그 반상의 바다로 평사는 뛰어든 것이다.

평사가 조용히 일어나서 밖으로 나갔다.

그날 밤 술이 엉망으로 취해 평사가 찾아간 곳은 화정의 기방이었다.

어쩐 일이신지요.

못 올 데를 왔소.

약주가 과하십니다.

빚을 받으러 왔소.

떠나신 줄 알았습니다.

떠나요.

다른 곳, 먼 곳으로요.

떠난 사람은 여목이란 사람이오.

빚을 어떻게 갚으오리까.

술 한 잔이면 족하오.

새벽녘 술에 취해 쓰러진 평사가 눈을 떴을 때 화정은 곁에 누워 있었다.

평사는 화정을 물끄러미 바라보다가 와락 화정을 덮쳤다.

화정은 아무런 저항 없이 평사가 하는 대로 버려두었다.

평사는 미친 듯이 화정의 몸을 탐했다. 속옷이 차례로 벗겨지고 거의 알몸이 된 화정의 탐스러운 몸을 평사는 거칠게 다루었다. 화정은 평사의 손길이 자신의 은밀한 곳을 건드릴 때마다 조심스럽게 반응했다.

평사는 뜨거워진 몸을 주체하지 못하고 갈증으로 목말라했다.

평사가 달아오르는 화정의 몸속으로 급히 들어간다. 화정은 기꺼이 평사를 받았다.

급류를 타고 두 사람은 먼 곳으로 흘러간다.

평사가 살았던 고향으로.

화정의 어린 시절로.

두 사람은 해가 저물 때까지 낯선 곳으로 정처 없이 떠내려갔다.

마침내,

거칠고 황폐한 남자의 외로움이 절정에 달했을 때

여자는 남자를 힘껏 껴안았다.

평사는 여목의 죽음 이후 화정의 살림집에서 하루하루 세월만 보냈다.

화정이 일을 가고 나면 하루 종일 집에서 정원의 나무들을 바라보며 무료함을 달랬고, 화정이 일을 마치고 돌아오면 다시 술과 애욕의 밤을 지샜다. 남의 눈에는 평사의 삶이 한갓 한 여자의 기둥서방에 지나지 않았으나 평사에겐 난생 처음 가져보는 안락한 시간들이었다.

그렇게 반년이 지났을 무렵 정 역관이 평사를 찾아왔다.

"여자 치마폭에 싸여 세월 가는 줄 모르시는구만."

정 역관이 평사를 비꼬며 마루에 걸터앉았다.

"어쩐 일이십니까?"

"자네가 보고 싶어 왔네."

정 역관이 데리고 온 짐꾼들이 쌀가마니와 생선 꾸러미를 바닥에 내려놓았다. 정 역관은 궐련을 꺼내 입에 물고 불을 댕겼다.

"자네, 여기서 이렇게 세월만 보낼 작정인가?"

"……."

"이렇게 덧없이 세월만 보낼 게 아니라, 나하고 일본에 한번 가보지 않겠나?"

"일본이라 하셨소?"

"그렇다네."

평사가 고개를 들어 정원을 내다보았다. 정원에는 어느새 하얀 백목련이 활짝 피어 있다.

"여목 선생도 가셨고, 이제 경성은 잊어버리게."

정 역관이 은근히 평사를 달랜다.

"자네 재주가 이런 곳에서 그냥 썩기에는 너무 아깝네. 알다시피 일본은 지금 전국이 바둑의 열기로 뜨겁지 않은가. 그곳에 가면 뛰어난 기사들도 많을 것이고, 그리고 내기바둑도 성행하고 있으니……. 누가 아는가, 운이 좋으면 일본에서 전문기사로 생활할 수 있을지."

당시 일본은 전 국토가 바둑으로 인한 열병을 앓고 있었다. 1924년 춘추전국시대를 방불케 했던 일본의 기계는 재계의 거인인 오쿠라 시치로(大倉喜七郎)의 주도하에 동경에 일본기원(日本碁院)을 창설함으로써 기계(碁界)가 하나로 통일되어 군웅할거 시대는 막을 내리는가 했었다. 그러나 며칠 후 가리가네(雁金) 7단을 필두로 다섯 명의 전문기사가 일본기원을 탈퇴하여 단독으로 기정사(碁正社)를 설립했다. 가뜩이나 바둑 열기로 뜨겁던 일본이 그 사건으로 인해 의론이 분분했다.

일본기원은 곧 기정사를 제명했다.

1926년 요미우리신문이 일본기원에 대한 기정사의 도전기를 신문에 게재했다. 전 일본의 기대와 관심 속에서 일본기원과 기정사의 대결이 벌어졌는데 그 첫판이 불패의 명인 슈사이(秀哉)와 가리가네의 대국으로서 슈사이가 장장 20일 만에 중반에 접어들어 묘수를 냄으로써 낙승했는데, 슈사이 명인 불후의 명국으로 유명했다.

어쨌거나 슈사이와 가리가네의 기보 및 해설을 연재한 결과로 요미우리 신문사는 자신들 신문의 판매 부수를 단번에 세 배나 증폭시키는 엄청난 성과를 올렸다. 그만큼 일본 바둑의 열기는 대단했다.

정 역관이 몸을 일으켰다.

"잘 생각해보게."

대문을 열고 나가다가 그가 한마디 덧붙였다.

"승부사가 승부를 떠나면 그건 죽은 목숨일세."

자시가 지나서 화정이 돌아왔다.

화정은 술상을 차려 평사와 마주 앉았다. 술을 한 잔 따르고 화정이 평사에게 말했다.

"주(周)나라 태공망(太公望)께서 빈 낚싯줄을 강가에 드리우고 세월을 낚아보려 했던 이유를 아십니까?"

"……."

"서방님이 여기 오신 지 벌써 여러 달이 지났습니다."

평사는 묵묵히 듣고만 있다.

"아녀자는 아녀자의 길이 있고 장부가 나아가야 할 길은 따로 있습니다. 설마하니 그것을 모를 서방님은 아니실 테지요."

긴 세월은 아니지만 평사는 화정과 같이 지내면서 그녀가 매우 현명하고 강한 여자라는 것을 자주 느꼈다. 뒤틀린 자신을 상대하면서도 화정은 한 번도 자신의 마음을 상하게 하는 일이 없었으며 행동거지에서도 결코 흐트러진 모습을 보인 적이 없었다.

화정이 평사의 잔에 다시 술을 채운다. 화정의 긴 손가락이 유난스레 어여쁘다.

"정 역관께서 오늘 술청엘 다녀갔습니다."

평사는 화정의 뜻을 이미 짐작하고 있었다. 화정의 성격으로 보아 더이상 이 집에 머무를 수도 없을 것이다. 언젠가 이런 날이 오리라는 것을 평사는 예상했다.

평사는 술을 마신다.

여자와 보낸 지난날들이 평사의 머릿속을 어지럽힌다.

여자의 얼굴이 흐릿해지고 흐릿한 얼굴이 속절없이 멀어진다.

여자가 일어나서 나간다.

어두운 정원에는 달빛이 내려 꽃들이 화사하다.

막 꽃망울을 터뜨린 도화(桃花)처럼 붉은 여자의 모습이 곱다.

그 고운 여자의 얼굴 위로 눈물이 흘러 눈물은 무심히 핀 꽃망울 위로 툭 떨어진다.

14   승부를 찾아서

관부 연락선 페리호가 현해탄 검푸른 물결을 헤치며 앞으로 나아간다.

평사는 배 밑으로 부서져내리는 선미(船尾)의 흰 포말을 멍하니 내려다보았다.

떠나는 날 평사와 화정은 집에서 큰길까지 걸어 나왔다. 같이 걷는 동안 두 사람은 줄곧 말이 없었다. 갈림길에서 화정은 평사와 헤어져 권번으로 향했다. 옥색 한복에 푸른색 두루마기를 걸친 화정의 뒷모습을 평사는 시야에서 사라질 때까지 바라보았다. 화정은 결코 뒤를 돌아보거나 발길이 흐트러지는 법 없이 꼿꼿하게 앞만 보고 걸어갔다.

파도를 헤치며 배는 망망대해를 끝없이 미끄러진다. 배가 일본 해역에 들어섰을 때 정 역관이 평사가 몰랐던 사실을 실토했다.

"백상훈 남작과 얼마 전에 일본을 다녀온 일이 있었지. 그곳에서 게이오 4단을 만났네. 사실 자네의 일본행은 그 친구가 주선했어. 자네의 기력이면 일본 본토에서도 통할 수 있다는 게 그의 판단이었네."

갑판 위로 바람이 불어와 평사의 옷깃을 스친다.

일본이면 어떻고 중국이면 어떻단 말인가. 어디든 가보리라. 바람처럼 물처럼 발길 닿는 대로 가보리라. 그리하여 홀홀히 떠도는 부운처럼

살아보리라. 바람의 유자(遊子) 되어, 방랑의 깃발 되어 정처 없이 흘러
가보리라.

망망대해, 바다 한가운데 조난당한 난파선과 흡사한 자폐(自閉)의 심경
으로 평사는 바다 건너 일본 땅을 바라보았다. 어느새 육지가 성큼 눈앞
으로 다가온다.

긴 고동소리를 울리며 배는 힘차게 나아갔다. 멀리 수평선 끝에 하늘
과 바다가 맞닿아 있다.

시모노세키항에 내리자 게이오가 기다리고 있었다.

"반갑소이다, 추선생."

그는 옛날의 감정을 모두 잊은 듯했다.

"차를 대기시켜놓았으니 그쪽으로 갑시다."

걸어가며 정 역관이 평사에게 슬쩍 귀띔했다.

"관동대지진 때 무고한 조선인을 수천 명 죽창으로 찔러 죽인 민족이
네. 믿을 수 없는 놈들이지. 내 장조카도 그때 잃었네. 참으로 똑똑한 청년
이었는데……."

부두를 지나 밖으로 나오자 도로변에 낡은 승용차가 그들을 기다리고
있었다. 세 사람은 승용차에 올라탔다.

"마사오(雅雄)라고 본토에선 손꼽히는 내기바둑꾼인데, 솔직히 나보다
는 윗길입니다."

달리는 차 안에서 게이오가 말을 꺼냈다.

"그런 인물이 왜 전문기사가 되지 않았소?"

"돈이지요. 전문기사라고 해봐야 허울 좋은 껍데기일 뿐 오히려 실속
은 그들이 챙기지요."

"그래도 게이오상보다 고수라는 건 선뜻 납득이 되지 않는군요."

"두 번 두어 다 졌으니 그럴 수밖에요."

게이오가 솔직히 털어놓자 정 역관이 놀란다.

"대단한 바둑이군."

게이오가 힐끗 평사의 눈치를 살폈다.

"바둑에 어디 만만한 상대가 있습니까. 단 한 수에 승부의 명암이 갈라지는데……."

평사는 달리는 차창 밖을 물끄러미 내다보았다. 군데군데 벌판 사이로 자리 잡은 농촌 마을이 뒤로 스쳐 지나간다. 산이 많고 평야가 좁아 산하의 굴곡이 조선과는 큰 차이가 없다. 명치유신 이후로 개발된 농가는 주로 기와집이었다. 그러나 유려한 곡선을 그리는 조선 기와집과는 달리 딱딱하게 직선으로 처리한 기와집이 대부분이었다.

평사에겐 어쩐지 농촌 마을의 한적한 모습이 답답하게 느껴졌다.

"어쨌든 좋은 때 오셨습니다. 알고 계시는지 모르겠지만 지금 일본은 중국에서 발견된 천재 소년기사 오청원이 얼마 전 입국한 이래 어딜 가나 바둑 이야기뿐이니까요."

오청원(吳淸源). 후일 수백 년 일본 바둑 사상 단 세 명에 불과한 기성(碁聖)의 반열에 오른 그는 당시 약관 열네 살의 소년이었다. 오청원이란 기재가 발견된 이래 그의 초청 문제로 일본은 한 차례 파문을 겪었고, 우여곡절 끝에 그가 일본에 상륙함으로써 일본은 또 한 차례 술렁거렸다. 그 오청원이 입국한 것은 불과 열흘 전의 일이었다.

"나도 들은 적이 있소. 대단한 기재라고 합디다."

정 역관이 게이오의 말에 맞장구를 쳤다. 평사는 그들의 대화엔 관심이 없는지 여전히 차창 밖으로 시선을 고정시키고 있다. 먼 곳에서 열차가 기적을 울리며 철로 위를 지나간다. 열차는 철로를 타고 꾸불꾸불 산모퉁이를 돌아 사라졌다.

마사오는 중년 나이에 자그마한 키의 사내였다. 짙은 눈썹 아래 매섭게 빛나는 눈매는 한눈에 봐도 승부사 모습이었다.

간밤의 과음으로 아직 숙취가 가시지 않은 평사를 보고 마사오는 눈살을 찌푸렸다. 평사의 헝클어진 모습은 마사오의 기분을 상하게 했다.

고수들 간의 대국에서는 사소한 틈 하나가 승부로 직결된다는 사실을 너무나 잘 알고 있는 정 역관은 내심 평사가 불안했다. 평사는 밤을 새워 술을 마셨고 수면도 거의 취하지 못한 상태였다.

돌을 가려 평사의 흑번이 나오자 정 역관은 속으로 안도의 숨을 내쉬었다. 흑을 쥐면 그나마 선착의 효를 기대할 수 있지만 백을 쥔 이상 어려운 싸움이 될 것이 자명했기 때문이었다(당시는 호선 바둑이라도 덤이 없었다).

바둑은 무리 없이 진행되었다. 그러나 바둑은 외형상으로만 그렇게 보였을 뿐, 마사오 입장은 매우 미묘했다. 마사오가 계속 장고를 하는데도 불구하고 평사는 시종일관 빠른 속도로 바둑을 두어 나갔다. 수를 읽고 두는지 파악할 수 없을 정도로 마사오가 장고 끝에 한 수를 놓으면 평사는 곧바로 다음 수를 착수했다.

평사의 그런 행동은 마치 아무렇게나 두어도 이길 수 있다는 자신감으로 주위에 비쳐졌다.

마사오는 슬며시 화가 났다. 바둑이 중반에 접어들자 마사오는 건방진 평사의 운석(運石)을 향해 칼을 뽑았다. 마사오는 허약한 흑말의 허리를 잘라 양곤마로 몰아갔다. 행마 형태로 보아 잡으러 가는 수는 누가 보더라도 타당했고, 마사오는 기이한 형태로 비틀어져 있는 평사의 대마를 잡아낼 자신도 있었다.

그때, 반상 위에 이상한 현상이 일어났다. 마사오가 평사의 양곤마를 공격하고 몇 수가 지나지 않아 잡으러 갔던 마사오의 백말이 거꾸로 평사의 흑돌에 휘말리게 되었다. 졸지에 공·수가 뒤바뀌어버리고 만 것이었다.

마사오는 귀신에 홀린 기분이었다. 공격은 분명 자신이 했는데 결과는 그 반대였다. 참으로 기가 막힌 일이었다.

마사오에겐 선택의 여지가 없었다. 대마가 죽으면 바둑은 끝이었다. 마사오는 장고에 장고를 거듭했다. 어떻게 하든 대마를 살려 계가를 맞추어볼 심산이었다. 그에 반해 평사는 초지일관 빠른 속도로 계속 두어 나갔다. 그러나 그 수는 하나같이 급소였고 백 대마의 숨통을 조여들었다.

마사오의 노력에도 아랑곳없이 몇 수가 더 지나 결국 잡으러 간 백 대마는 허망하게 죽어버렸다.

마사오가 넋이 빠져 반상을 내려다보았다. 도무지 어떻게 된 영문인지 알 수가 없다. 단 한 번의 공격, 누가 보더라도 타당한 공격의 끝이 오히려 백 대마의 비명횡사로 결말이 나다니⋯⋯. 마사오는 망연자실했다.

마사오는 돌을 던져야 한다는 사실조차 잊어버리고 있었다.

게이오는 기보를 기록하다 말고 멍청히 앉아 있었다. 아오야마와의 바둑에서 어느 정도 평사의 기력을 간파했지만 평사의 바둑이 어쩌면 자신의 상상 이상으로 높을 것이라는 생각이 들자 게이오는 갑자기 평사가 무섭게 느껴졌다.

걱정했던 정 역관은 평사가 쾌승을 거두자 주위 눈치를 살피며 머쓱해했다.

평사는 아무런 기색이 없다. 그의 얼굴에는 어떤 표정도 없다. 대마를 생포한 승리자로서의 희열도 없었고 아직은 투석을 보류하고 있는 상대를 책망하는 빛도 없었다.

평사는 바둑판 앞에서 그냥 꾸벅꾸벅 졸고 있는 것 같았다.

그날 밤 승리를 자축하는 술자리에서 게이오는 평사에게 양해를 구했다.

"미안합니다, 추선생. 솔직히 추선생의 바둑을 다시 한 번 확인해보고 싶었습니다. 사실 오늘 바둑을 둔 마사오상은 현역 5단의 전문기사입니다. 조선에서 겪어본 추선생의 기력을 확인해보고픈 성급한 마음에서…… 용서하십시오, 추선생."

게이오는 깍듯하게 머리 숙여 자신의 잘못을 사과했다. 평사는 게이오의 행동을 전혀 탓하지 않았다. 이미 평사의 마음속엔 상대가 전문기사이든 내기바둑꾼이든 그 누구든지 간에 아무런 문제가 될 수 없었다.

일본에서의 첫 승부의 밤은 그렇게 깊어가고 있었다.

그것이 시작이었다.

일본 본토의 숱한 승부사들과 추평사 간의 피비린내 나는 혈투가 일본 전역에서 벌어졌다. 그들은 평사가 휘두른 칼에 우후죽순처럼 쓰러졌고 조선의 기객 추평사는 일본 바둑계에 지울 수 없는 상처를 남겼다.

조선을 떠나온 지 두 달이 지날 즈음 평사에 대한 소문은 서서히 꼬리를 물기 시작했다. 게이오가 주선한 대국마다 평사는 연전연승, 오사카와 나고야시를 오가며 승부사들을 연일 격파했다.

얼마 전 정 역관은 혼자 조선으로 돌아갔다. 조선에 할 일이 산적해 있는 정 역관 입장에서 언제까지나 평사와 같이 시간을 보낼 수 없었다. 대신 평사에겐 새로운 일본인 전주가 생겼다. 마쓰모토 다카시(松本隆)라는 사업가이자 바둑광인 그는 우연히 평사의 대국을 보고 그에게 반하여 전주가 될 것을 자청했다. 한 가지 특이한 일은 평사의 대국을 게이오가 매번 기보용지에 정확하게 기록을 하고 있다는 사실이었다.

주위가 시끌시끌했다. 고베시 본정목 중심가에 있는 일지(一至)기원에서 벌어진, 고베를 대표하는 전문 내기바둑꾼과 평사의 대국은 오전에 대국을 개시하여 밤이 되어서야 종국에 가까워졌다. 일본에선 그 당시 기원에서도 큰 내기바둑이 자주 벌어졌다. 시종일관 평사가 앞서가던 끝에 집이 부족한 상대가 마지막 승부수를 띄웠으나 무리한 승부수로 결국은 상대의 대마가 몰살지경에 이르렀다.

잠시 생각하던 평사가 한 수를 놓자 대마는 속절없이 사(死)했고 고베 제일의 강자는 돌을 던졌다. 기원으로 몰려들었던 관전객들이 술렁대기 시작했고, 곧이어 게이오가 기록장에 178수 완(完)이라고 기록했다.

평사가 일어나서 마쓰모토와 게이오를 앞세우고 걸어 나갔다.

그때 기원 옆자리에선 그 당시 소장파 기사로서 한창 명성을 날리던 기다니(木谷實)와 하시모토(橋本宇太郎)의 바둑이 여러 사람들에게 복기되고 있었다.

사람들이 연신 탄성을 터뜨리며 감탄을 했다.

"과연 천하 명점이로고!"

"기다니가 아니면 놓기 힘든 수야. 마치 새가 비상을 염두에 두고 잔뜩 움츠려 있는 것 같지 않은가!"

나가다 말고 평사의 발길이 멎었다. 복기를 하던 사람 중 한 사람이 평사를 향해 물었다.

"이것 보시오, 조선 국수. 이 수는 진정 천하의 묘수가 아니오?"

중반을 넘어선 바둑인데 기다니의 마지막 한 수가 누가 봐도 빛이 난다.

평사는 그 수를 물끄러미 내려다보았다. 평사가 대답이 없자 방금 말을 건넨 사람이 한 번 더 평사에게 채근했다.

"그렇지 않소이까?"

"……."

평사가 계속 반응이 없자 갑자기 주위가 조용해졌다. 반상에서 눈을 뗀 평사가 걸어 나가며 말했다.

"이겼으면 묘수외다."

마쓰모토와 게이오가 허겁지겁 평사를 뒤따라 나갔다.

코우노 마사히로(河野雅弘)는 귀족 출신의 골동품 수집가로서 바둑에 조예가 깊었다. 교토 지역의 유지로서 집안 대대로 부를 축척한 거부였다. 올해로 환갑을 맞는 마사히로의 기력은 아마추어 1급 정도였으나 그는 골동품 수집만큼이나 편집광적으로 바둑에 심취하여 바둑에 대한 식견은 그 누구 못잖게 뛰어나고 해박했다.

마사히로는 연중행사처럼 1년에 한 번 자신이 돈을 걸어놓고 현상 바둑대회를 개최했다. 단 바둑에 참가하는 선수는 모두 열 명으로 전문기사든 직업 내기바둑꾼이든 마사히로가 직접 선별했다.

일본 전국에 내로라하는 바둑꾼들은 대부분 마사히로가 주관하는 대회에 관심이 많았다. 이유는 상금이었다. 최고 승자가 되면 큰돈을 손에 쥐기 때문에 승부사라면 누구나 구미가 당기는 대회였다. 설혹 패한다 하더라도 자기 쪽 돈이 나가는 내기바둑에 비해 부담도 적었다.

마쓰모토와 평소 친분이 있는 마사히로가 평사의 소문을 듣고 특별히 평사가 와주기를 권했고, 마쓰모토는 기다렸다는 듯이 평사를 데리고 나타났다.

다섯 명씩 두 조로 나누어 이틀 동안 리그전을 벌인 결과, 최종전에 올라온 사람은 관서 지방의 강자들을 모조리 꺾은 조선의 추평사와 하남성(河南省) 출신의 재일 중국인 괴걸 왕기련(王騎連)을 이긴 센다이 지방의 일류 승부사 미즈타니(水谷)였다.

특별히 관서 지방의 원로 기사 요시모토(好本) 7단이 입회인 자격으로 자리를 같이했고, 그 지방 유지들이 관전하는 가운데 도요카 온천 여관에서 열린 대국은 이미 흑을 쥔 평사가 초반부터 일방적으로 밀어붙이고 있었다.

중반전에 진입할 즈음 100여 수 못 미쳐 원로 기사 요시모토는 침통한 표정으로 대국장 밖으로 나가버렸다.

내실에 모여 있던 참가자들이 방금 대국장에서 나온 요시모토 7단 주위로 몰려들었다. 그들을 향해 요시모토 7단은 간단히 대국에 대한 강평을 했다.

"50수만에 승부는 끝났어."

그의 말대로 그날 바둑은 평사가 쉽게 완승을 했다.

초반 대형 정석에서 미즈타니가 암수를 들고 나왔으나 그 형태는 평사가 과거 여목도장에 있을 때 설숙, 동설 등과 더불어 수없이 많이 연구가 된 정석이었다. 거꾸로 걸려든 미즈타니는 초반부터 비세(非勢: 바둑에서 형세가 이롭지 못함)에 몰려 허덕거리며 형세를 만회하고자 안간힘을 썼으나 승부는 뻔한 이치였다.

게이오가 148수 완이라고 기록했다.

대국이 끝나고 마사히로가 주연을 베풀었다. 도요카 여관은 원래 요정이고 보니 술자리는 대국이 끝나는 시간에 맞추어 미리 준비되어 있었다.

게이샤들이 분위기에 맞추어 흥을 돋웠다. 술이 여러 잔 돌아가자 입회인으로 참석했던 요시모토 7단이 평사의 전주 마쓰모토에게 핀잔을 준다.

"조선엔 순장바둑밖에 없다더니, 어디서 저런 인물을 데려왔나?"

마쓰모토가 멋쩍어하며 어색하게 웃었다.

"쇼후시(승부사야)!"

"조선 바둑을 깔보다간 큰코다치겠어."

사람들이 제각기 한마디씩 했다. 평사는 그들의 말을 외면한 채 술을 마셨다.

"그렇지 않습니다. 요시모토 선생께서 조선 바둑을 모르고 하는 소리요."

시합을 주최한 마사히로가 특유의 부드럽고 고풍스런 말투로 요시모토의 말을 반박했다.

"그런가요. 난 또 마사히로 선생께서 조선 바둑에 그렇게 관심이 많은 줄 몰랐습니다."

요시모토 7단이 넌지시 마사히로를 비꼰다.

"십 수 년 전인가 골동품 구입차 중국 산동성엘 갔지요. 그곳에 가서 우연히 바둑의 대가로 손꼽히는 하림이란 산동성 국수와 상면을 하게 되었습니다. 그런데 그 하림 선생이 제일 존경하는 바둑인이 조선인이었소."

"조선인이었다……."

요시모토 7단이 입맛을 다신다.

"그렇습니다. 그분이 제일 존경하는 사람은 조선의 대국수 여목 선생이란 분이었소."

"여목이라…… 여목이란 사람이 누구요?"

"저도 뵌 적은 없는데 하림 선생의 말로는 그분의 탁월한 기예와 인품은 두고두고 잊을 수 없다 하셨소. 나 또한 조만간에 조선으로 가서 그분을 찾아뵈려던 참이었소."

"여기 계신 분들 중에 누가 여목이란 이름을 들어본 적이 있소?"

요시모토 7단이 좌중을 둘러보았다. 사람들의 눈길이 평사를 의식한다. 평사는 아무런 말이 없다.

"그분은 2년 전에 타계하셨습니다."

말석에 앉아 있던 게이오가 여목의 죽음을 알렸다. 게이오는 평사가 여목의 제자였다는 사실을 굳이 밝히지 않았다.

"아뿔싸! 그럴 수가. 내 한 번도 뵙진 못했지만 마음속으로 여목 선생을 깊이 흠모했거늘……."

마사히로는 여목의 죽음을 진실로 애통해했다. 마사히로는 일어나서 조선 쪽을 향하여 정중하게 두 번 절을 했다. 요시모토 7단의 얼굴이 약간 일그러진다.

"사람이 태어나서 죽는 것은 산샤 명인께서도 말씀하셨지만 하늘의 뜻이오."

요시모토 7단이 언급한 산샤(算砂) 명인은 초대 명인기소이자 홍임보가의 개조로서 닛가이(日海)라는 법명을 쓴 중이었다. 그는 일본 바둑의 실질적인 원조로 추앙받는 사람이다. 일찍이 바둑을 좋아하던 오다 노부나가(織田信長)와 인연을 맺어 자신이 몸담고 있는 적광사(寂光寺)를 크게 중흥시켰고 스스로 적광사 일곱 탑파의 하나인 홍임보의 주지가 되었다. 이것이 차후 홍임보란 가문의 연원이 되었다.

그는 도요토미 히데요시(豊臣秀吉)를 거쳐 도쿠가와 이에야스(德川家康)의 바둑 스승을 지내기도 했는데, 1585년 도요토미가 관백(關白)이 되어 열린 바둑회에서 낙승하여 초대 '기소'의 자리에 올랐다.

바둑 기사가 공식적으로 관으로부터 봉록을 받은 시초였다. 이후 일본 바둑의 역사는 기소의 자리를 차지하기 위한 피비린내 나는 전쟁이라고 해도 과언이 아닐 정도로 기소의 권위는 불가침의 위력을 지니게 된다. 그 이유는 기사들이 기소의 승인을 받지 않으면 승단이 불가능했기 때문이다.

그는 일본 바둑을 반석 위에 올려놓은 걸출한 인재였으며, 그의 노력과 막부의 비호 아래 일본 바둑은 비약적인 발전을 거듭해왔다.

초대 홍임보 산샤 명인은 65세 되던 해에 세상을 떠나며 다음과 같이 한탄했다.

"바둑이라면 패를 내서라도 살아보겠지만 목숨이 꺼지는 것은 어찌할 수가 없구나."

마사히로가 여목의 죽음에 대해 워낙 애통해하자 요시모토 7단이 그것을 빗대어 산샤를 들먹인 것이다.

여목 스승의 이야기가 계속 화제에 올랐으나 평사는 끝내 입을 다물었다.

창밖 정원에 벚꽃이 활짝 폈다. 샤미센 소리에 맞춰 게이샤들이 춤을 춘다.

평사는 화정 생각을 했다. 조선에 두고 온 화정의 얼굴이 아른아른거린다. 헤어질 때 말 한마디 없던 여자의 얼굴이, 선홍빛 짙은 여자의 슬픈 얼굴이.

평사는 급히 술을 마셨다.

평사가 일본에 들어온 지 1년이 지났다. 그 당시 일본 열도는 역사상 유례가 없을 정도로 가장 바둑이 성행하던 시절이었다. 그 기간 동안 일본 바둑은 타국에서 온 두 천재 기사 때문에 몸서리를 치고 있었다. 한 사람은 열네 살 어린 나이에 『창옥여운(敞玉餘韻)』 한 권만 달랑 지닌 채 세고에(瀨越) 7단 문하로 입문한 후 일본기원으로부터 즉각 3단 면허를 수여받고 후일 20세기 불세출의 기성(棋聖)으로 역사에 길이 남을 오청원이라는 중국인이었으며, 다른 한 사람은 비록 비공식적인 바둑이었지만 도일 후 내기바둑꾼이든 전문기사든 상대가 그 누구라도 개의치 않고 30회 이상의 대국을 치르는 동안 단 한 번도 패하지 않고 연승함으로써 일본 바둑계에 불멸의 족적을 남긴 추평사라는 조선인이었다.

평사는 한 자리에 오래 머물지 않았다. 동경에서 오사카로, 오사카에서 교토로, 교토에서 히로시마로, 또다시 후쿠오카로 거기서 저 북쪽 아오모리항까지, 승부가 있는 곳이라면 어김없이 평사의 발길이 닿았다. 직업 내기바둑꾼에게는 공포의 대상으로, 전문기사들에게는 기피 대상으로 평사의 승부를 향한 행각(行脚)은 그칠 줄을 몰랐다.

거칠 것 없이 앞으로 나아가기만 하던 평사의 발길이 멈춘 곳은 산간 오지나 다름없는 북해도(北海島)의 오타루(小樽)라는 조그마한 중소 도시였다.

1930년 9월 어느 날, 아오모리항의 어느 고급 여관에서 평사는 게이오로부터 뜻밖의 이야기를 듣고 있었다.

"내가 추선생의 기보를 기록한 이유는 추선생의 대국 기보를 저희 도장으로 보내기 위해서였습니다. 저희 산쓰이(三遂)도장에서는 내가 보낸 추선생의 기보를 자세히 복기 검토해보고 추선생 같은 기재를 지니신 분께서 한낱 내기바둑꾼으로 떠돌고 있다는 사실을 매우 안타깝게 생각하고 있습니다. 마침 추선생이 아오모리항에 나타났다는 소식을 전해듣고 이 기회에 관장님께서 실례가 안 된다면 뵙고 싶다는 뜻을 전해달라고 했습니다."

게이오가 자신의 신분이 산쓰이도장 출신임을 밝혔다.

"산쓰이도장은 어디에 있소?"

마쓰모토가 물었다.

"홋카이도(北海島) 오타루(小樽)란 곳에 자리 잡고 있습니다. 아시다시피 본토의 기원 4가 즉 홍임보가, 하야시가, 야스이가, 이노우에가 4가가 득세하던 100여 년 전에 창설되었으나 지역적인 여건상 큰 빛을 보지 못했습니다. 그러다가 하야시가와 야스이가가 후세의 부재로 단절되고 호엔사(方圓社)가 창립된 와중에 산쓰이는 결국 빛을 보지 못하고 유명무실한 존재로 전락해가고 있습니다. 최근에 일본기원이 창립되고 바둑계가 사실상 통일되었지만 혼슈(本州) 위주의 기원을 운영하고 있기 때문에 별종으로 취급받는 실정이지요. 그렇지만 산쓰이 출신의 기사 몇 명은 관주님의 허락을 얻어 일본기원에서 기사 생활을 하며 성적을 올리고 있습니다. 저나, 전날 추선생과 대국을 한 마사오 5단 같은 경우가 그와 같은 경로로 혼슈에서 기사 생활을 하고 있습니다."

"산쓰이는 해석을 하면 세 가지를 성취한다는 뜻인데 그 뜻이 무엇이오?"

마쓰모토가 시큰둥하게 게이오를 향해 다시 물었다.

"참으로 좋은 질문을 하셨습니다. 세 가지 중에, 바둑의 수양으로 도를 이루는 것이 첫째의 목표입니다. 둘째는 그 수양을 기반으로 기원 4가 이외에 또 다른 명문으로 일가를 이룬다는 것입니다. 그러나 그 꿈은 야스이가와 하야시가가 단절됨으로 해서 유명무실해졌지요. 게다가 실제로 일본 기계를 통일한 일본기원이 탄생함으로써 그 목표는 상실된 것이나 진배없습니다. 셋째는 뛰어난 기재를 발굴 육성하여 언젠가는 산쓰이 이름으로 일본 기계를 석권하는 것이 목표입니다. 관장님 의중을 정확히 알 수는 없지만 추선생을 북해도로 초청하는 이유는 아마 그 세 번째 이유가 아닌가 사료됩니다."

게이오가 자세하게 질문에 답했다. 어느 순간부터인지 게이오는 평사가 자신보다 연하인데도 불구하고 추선생이라고 조심스럽게 호칭했다.

마쓰모토는 게이오의 대답에 의문이 생겼다.

"당신들 의도대로 추선생이 만약 그 세 번째 목표를 이루게 되면 당신들은 범의 새끼를 키우는 꼴이 되지 않소. 합방이 되었다 하나 추선생은 엄연히 조선인 신분인데 그렇게 되면 문제가 생기지 않겠소?"

"기예를 논함에 있어 국경이 어디 있겠습니까? 조선인이면 어떻고 파란 눈의 서양인이면 어떻습니까? 또한 제가 지금 말씀드리는 것도 어디까지나 저의 추측일 뿐 무엇 하나 결정된 것은 아닙니다. 다만 이런 여러 가지 점을 고려해서 저와 같이 저희 도장에 한번 방문해주십사 하는 부탁을 드리는 것입니다."

"……."

평사가 반응이 없자 게이오가 재차 설득을 한다.

"가능하면 저와 같이 가도록 합시다. 추선생 같은 분이 더 이상 떠돌이 기객으로 돌아다닌다는 것은 우리 일본 기계의 입장에서 보더라도 큰 손실입니다. 부디 현명한 판단을 내리시길 바랍니다."

"관장의 기력은 어떠하시오?"

마쓰모토는 평사를 데려가려는 게이오가 못마땅하다. 관장의 기력이 언급되자 게이오가 머뭇머뭇한다.

"관장님 연세가 이미 60을 넘어선지라……. 제 개인적인 판단입니다만, 저는 추선생과 필적할 수 있는 고수는 슈사이 명인을 비롯해 최정상의 기사 몇 명 정도에 불과하다고 보는 게 정확하지 않을까 싶습니다만……."

게이오가 우회적으로 마쓰모토의 질문을 비켜갔다.

"결심이 서면 이곳으로 연락을 주십시오."

게이오는 자신의 연락처를 남긴 후 총총히 사라졌다.

평사의 장고는 길지 못했다. 오랜 떠돌이 생활에 평사의 몸과 마음은 많이 지쳐 있었다.

며칠 후 평사는 게이오에게 동행의 뜻을 전했다.

15 　　　산쓰이(三邃)도장

마쓰모토와의 오랜 만남을 청산하고 평사는 게이오와 함께 아오모리
항을 떠났다. 아오모리에서 배를 타고 하코다데로, 하코다데에서 열차를
타고 다시 오타루로 향했다.

9월의 북해도는 아직 수확기인데도 불구하고 어느새 아침저녁으로 기
온이 떨어져 두터운 옷을 입어야 할 지경이었다.

9월 하순, 평사는 오타루의 한적한 시골에 위치한 산쓰이도장에 도착
했다. 미리 연락을 받은 호리에 마나부(堀江學) 관장 외에 십 수 명에 달하
는 원생들이 평사를 기다리고 있었다.

"먼길 오시느라 수고하셨습니다. 여행중에 무슨 불편한 점은 없었습니
까?"

호리에 관장이 일본 전통의 기모노를 걸치고 평사를 반갑게 맞이했다.

호리에 관장과 평사는 꿇어앉아 서로 마주 보고 절을 했다.

조선 예법으로 보아 20대 후반의 젊은 평사에게는 좀 과분한 치레였다.

호리에 관장은 평사에게 원생들을 한 사람 한 사람 소개했다.

"이쪽은 다카하시(高橋), 이쪽은 이마무라(今村), 이 사람은 도미노(富
野)……."

원생들은 40대 장년에서부터 10대 소년까지 그 연령층이 다양했다.

"말씀 많이 들었습니다. 추선생의 방문을 진심으로 환영합니다."

대형격으로 보이는 다카하시가 평사의 손을 잡았다. 평사는 그냥 어색하게 웃었다.

원생들이 모두 물러가자 호리에 관장이 입을 열었다.

"게이오에게 대강 말씀을 들었을 줄 압니다만, 우리 산쓰이도장 사람들은 참으로 한이 많은 사람들입니다. 100여 년이 넘는 역사를 가지고 있으나 항상 우리는 일본 기계에서 이단 취급을 받아왔습니다. 그들 입장에서는 우리가 북해도에 있는 시골 무지렁이 집단에 지나지 않는 것으로 인식되었으니까요."

눈 고장답게 뜰에는 첫눈이 소담스럽게 내리고 있었다.

"그동안 나름대로 많은 기재를 받아들여 저희들 도장의 원을 풀어보고자 했으나 어차피 바둑은 걸출한 천재에 의해서 빛을 발하는 법, 뛰어난 인재를 배출해내지 못하여 아직도 일본 본토로부터 인정받지 못하고 있는 실정입니다. 그러다가 게이오에게 추선생 이야기를 전해듣고 추선생이 그간에 두어온 기보를 검토해본바 선생이야말로 그 오랜 세월 동안 저희들이 갈구해왔던 조건에 부합된다는 결론을 얻고 지금에야 모시게 된 것입니다."

"······."

"며칠간 여독을 푸신 후 저희 도장 원생과 대국을 해보셨으면 합니다. 올 겨울에는 이곳에서 저희들과 바둑을 연구하시고 결례가 안 된다면 저희 도장 출신으로 나가셔서 본토의 콧대 높은 기계에 북해도의 산쓰이도장이 결코 이방인 집단이 아니라는 것을 보여주셨으면 합니다. 그리하여 우리 산쓰이의 100년 한을 풀어주십사 하는 것이 우리의 바람이고 그것이 저희가 선생을 초청한 이유입니다. 물론 당장 그 대답을 듣자는 것은 아닙니다. 시간을 두고 천천히 생각해보셨으면 합니다."

호리에 관장은 이야기 도중 산쓰이도장 출신 운운하며 슬쩍 평사에게 운을 떼어본다. 평사는 말이 없다. 창밖으로 멀리 요테이산(羊蹄山)이 보인다.

"오시느라 피곤하실 텐데 오늘은 편히 쉬십시오……. 준코야!"

호리에의 말이 떨어지자 미닫이문이 소리 없이 스르르 열렸다. 방 밖에는 한 여인이 고개를 숙인 채 꿇어앉아 대기하고 있었다.

"부르셨습니까?"

호리에 관장은 평사에게 여자를 소개시켰다. 여자는 평사에게 선 채로 절을 했다.

"바둑에 심취해 혼기조차 넘긴 제 조카딸입니다. 준코(純子)라고 불러 주십시오. 거처하시기에 불편한 점이 있으면 언제라도 준코에게 말씀하십시오."

눈 내리는 뜨락을 가로질러 별채를 향할 때에야 평사는 준코를 자세히 볼 수 있었다. 나이가 꽤 어려 보이는 전형적인 일본 여자였다. 게이샤를 제외하고는 처음으로 일본에 와서 가깝게 접하는 여자였다.

일본 여인의 예법은 까다로웠다. 준코는 먼저 방문 앞에 꿇어앉아 문을 열어준 다음, 평사가 방 안으로 들어가기를 기다린 후 소리 나지 않게 방문을 닫고 사라졌다. 처음으로 겪어보는 일본 여인의 극진한 예법에 일면 거북한 느낌을 받았다. 평사는 노곤한 몸을 자리에 뉘었다.

그때 준코의 가느다란 목소리가 다시 들렸다.

"저어…… 목욕물을 데워놓았습니다. 씻고 나시면 안마사가 대기하고 있습니다."

일본을 돌아다니면서 늘상 보아왔던 것이지만 조선과는 달리 일본은 성에 대해 많이 개방된 나라였다. 외간남자에게 목욕물 운운하는 것은 조선의 여염집 여인으로서는 생각지도 못할 일이었다.

평사는 욕탕으로 가서 몸을 씻었다. 목욕을 마치고 나오자 평사가 벗어놓은 옷 대신에 곱게 갠 유카타(목욕 후 입는 무명 홑옷)가 놓여 있었다.

유카타를 입고 방으로 돌아오니 방 안에는 한 여자가 평사를 기다리고 있었다. 안마사였다. 평사는 막연한 심정으로 안마사에게 몸을 맡겼다.

이틀 후, 거실에서 다시 만난 호리에 관장은 다카하시와 함께 자신을 기다리고 있었다.

"여독은 좀 풀렸습니까, 추선생?"

"예."

"그렇다면 오늘쯤 여기 있는 다카하시와 시범대국을 부탁드려도 되겠습니까?"

"그러시지요."

다카하시가 바둑판을 가져와서 평사 앞에 놓았다.

"부탁드리겠습니다."

평사에 비해 위 연배인 다카하시가 자세를 고쳐잡고 돌을 한 움큼 쥐었다. 다카하시의 떨리는 손을 보며 평사는 가만히 흑돌 하나를 반상 위에 올려놓았다. 돌을 가르자 홀수로 평사의 흑번이었다.

평사가 놓은 첫 수는 우상귀 소목(귀의 제3선과 제4선의 교차점)이었다. 다카하시의 다음 수는 좌상귀 소목, 평사의 다음 수는 우하귀 소목이었고, 다카하시는 바로 우상귀에 날일자로 걸쳐왔다. 평사가 손을 빼고 좌하귀 소목에 착수함으로써 바야흐로 1·3·5 포석이 전개됐다.

평사는 별 생각 없이 슈사쿠의 1·3·5를 그들 앞에 거꾸로 시도해보았다.

바둑의 습관이란 묘한 것이다. 이 슈사쿠류의 포석은 백에게 불리하다는 통설이 있는데도 불구하고 꾸준히 두어지고 있었다. 그것은 아마도 불리하다는 통설을 뒤집고 이기고 싶다는 기사들의 묘한 고집 때문일 것이다.

서로간에 기세가 넘치는 바둑이 진행되었다. 그 때문에 포석이 끝나기도 전에 39수에서부터 패 싸움이 시작되었다. 결국 10여 수가 더 진행되어 팻감이 부족한 백이 마지못해 굴복하기까지 치열한 패 싸움이 전개되었다. 일단 팻감 부족으로 백이 굴복했지만 불과 10여 수가 더 진행되어 또다시 흑이 패를 걸어왔다.

종반 끝내기 단계에 도달할 때까지 무려 네 번의 패 싸움이 났다. 패의 결과는 백이 세 번을 굴복했고 흑도 한 번 양보했다. 그 결과로 반면은 흑이 10여 집 가까이 우세한 국면이었다. 고수들 간의 대국에서는 매우 큰 차이였다. 도저히 더 승부를 뒤집어볼 곳이 없다고 판단한 다카하시가 조용히 돌을 거두어 패배를 자인했다. 일곱 시간에 걸친 긴 접전이었다.

그날 평사의 바둑은 네 번의 패 싸움이 일어났음에도 불구하고 전반적으로 편안하게 두어졌으나 순간순간 승부의 기로에서 맥을 짚어내는 솜씨만은 역시 일품이었다. 호리에 관장은 나름대로 평사의 기예를 예리하게 포착하고 있었다.

바둑이 끝나자 묵묵히 지켜보고 있던 호리에 관장이 무겁게 입을 열었다.

"추선생의 바둑은 포석, 중반전, 끝내기 그리고 수를 읽는 세기(細技)까지 어느 한 구석도 나무랄 데가 없는 이미 완성된 바둑을 구사하고 있습니다. 추선생의 바둑은 이미 스스로 일가를 이루었다고 보아도 전혀 지나친 말은 아니라고 생각합니다."

"과분하신 말씀이오."

평사가 멋쩍어하며 관장의 말을 부인했다.

"그렇지 않습니다. 기회를 만나지 못했을 뿐 지금이라도 늦은 건 아닙니다. 추선생 나이에 전문기사가 되어 높은 경지에 도달한 사람이 한둘이 아니지요."

호리에는 은근히 평사를 추켜세운다.

"그건 그렇고 며칠 전 제가 제안했던 사안에 대해서는 생각해보셨습니까?"

"……."

"어떻습니까, 우리 산쓰이도장 출신으로 전문기사의 길을 걸어보시는게."

마침내 호리에가 노골적으로 평사의 심사를 떠본다. 그것이 호리에 관장의 본래 목적이었다.

"추선생이 생각만 있으시다면 내가 길은 열어드리리다. 우리 산쓰이 입장에서도 추선생이라면 환영이오."

호리에가 평사 앞으로 바짝 다가앉는다.

"내년 봄 입단 심사까지는 아직 시간이 많이 있으니까 천천히 생각해보십시오. 저는 추선생이 바둑의 수를 읽는 것만큼이나 현명한 판단을 내리리라 믿습니다."

"……."

평사가 묵묵히 일어나 거실 밖으로 나가자 호리에 관장이 다카하시에게 물었다.

"다카하시, 그의 바둑을 어떻게 보느냐?"

호리에의 느닷없는 질문에 다카하시가 무어라 쉽게 대답을 못한다.

"어떤 면을 말씀하시는지 잘 모르겠지만…… 그와 바둑을 두면서 일종의 신기(神氣) 같은 것이 전해져왔습니다."

호리에 관장이 머리를 저었다.

"그렇지 않다. 내 그동안 몇 차례 그의 기보를 검토해보았지만 오늘에야 비로소 알았다. 그의 바둑은 살(殺)의 바둑이다. 예를 중시하는 사무라이의 바둑이 아니라 닌자의 바둑이다. 검으로 치면 도(道)도 없고 예(藝)도 없는 미치광이 바둑이다. 오직 죽이기 위해서, 이기기 위해서 두는 바둑이란 말이다. 승리만이 그가 신봉하는 유일신이다."

다카하시의 얼굴에 두려움이 스쳐간다.

"그러나 감히 단언할 수 있다. 그의 기재는 내가 보아온 사람 중에 단연 최고다."

다카하시는 관장의 그 말이 무엇을 뜻하는지를 몰라 멍청하게 그를 쳐다보았다.

"게이오에게 들은 바로는 그가 조선의 무슨 도장 출신이라고 들었는데 기억하느냐?"

"여목도장 출신이라고 들었습니다."

"그곳에서 쫓겨났다지?"

"예."

호리에 관장의 시선이 멀리 창 너머 눈 내리는 산을 더듬었다. 한참 만에 그의 입에서 중얼거리는 소리가 새어나왔다.

"올해는 유독 일찍이 눈이 내리는군."

흩날리는 눈발 사이로 희미하게 보이는 산이 내리는 눈 속에 차츰차츰 가려지고 있었다.

북해도의 겨울은 추웠다. 거의 영하 20도를 넘나드는 강추위가 연일 몰아쳤다. 조선의 겨울도 추운 편에 속했지만 북해도의 겨울은 추위 강도가 한층 더 심했다. 며칠씩 강추위가 몰아치다가 조금 기세가 누그러진다 싶으면 다시 추위가 밀려왔다. 게다가 자주 큰 눈이 내려 교통이 며칠씩 두절되기도 했고, 그럴 때마다 쉴 새 없이 제설차가 돌아다니며 눈을 치웠다.

겨울 한철을 평사는 고다쓰(이불 속에 놓는 화로)의 도움을 받아 지냈다.

산쓰이(三遂)도장

화롯불을 갈아주기 위해 준코가 드나들었는데, 그녀의 순종적이고 몸에 배인 친절을 접할 때마다 이상하게도 평사는 그녀에게서 꼭 집어 말하기 어려운 감정이 일어났다. 그녀를 범하고 싶다는 육체적인 욕망도 아니었고 마음속 깊이 묻어나는 애정 또한 아니었다. 미모나 기품에서 준코는 화정에 비할 바가 못 되었다. 좋은 집안에서 잘 교육받은 정숙한 준코를 볼 때마다 평사는 문득 문득 조선에 두고 온 화정을 떠올렸고 애써 준코에 대한 감정을 자제했다.

"죠와(丈和) 선생께선 후손들에게 이런 말씀을 남기셨습니다."
다카하시는 산쓰이 동문들에게 근엄한 자세로 강론을 시작했다.
"무릇 바둑에는 세 가지 법이 있으니 포석, 중반전, 끝내기를 말한다. 그 중 하나를 터득하면 비범하다. 대체로 30수 혹은 50수, 100수에서 승부를 아는 것을 수업의 첫째로 한다. 수업에는 정(正)과 사(邪)가 있다. 사도라는 것은 과욕을 지칭한다. 욕심이란 안 보이는 수를 찾아내려 굳이 시간을 끌어서 생기는 수법이다. 모르는 수는 아무리 생각해도 여간해서 보이지 않는 법. 따라서 둘수록 후퇴한다. 정도란 욕심이 크지 않음을 의미한다. 욕심이 생기지 않으면 수법이 훌륭하여 날로 진보한다. 또 집 취하기, 말 잡기, 적진에 깊이 들어간 돌을 달아나도록 하는 따위는 모두 좋지 않다. 무릇 집 취하기는 틈이 생기고 돌 잡기는 무리하다. 깊이 들어가는 것은 욕심이다. 돌이 달아나는 것은 비겁하다. 집을 취하지 않으면 견고하고 돌을 잡지 않으면 무욕(無慾)하다. 돌을 버리는 것은 날카로움이다. 나의 돌을 감춰 굳힌 연후에 적의 허를 치라. 이와 같이 하면 진보할 수 있다."
방 안에는 침묵만이 흐른다. 다카하시가 평사에게 물었다.
"죠와 선생의 이 말씀을 추선생은 어찌 생각합니까?"

평사가 자신의 생각을 밝혔다.

"옛 사람의 말이 틀릴 리가 있겠소. 다만 무수한 변화가 숨어 있는 승부에서 꼭 그 원칙을 고수하는 것은 어리석다고 생각하오."

"옛 명인의 말씀이 허술하다는 것입니까?"

"그런 뜻이 아니오. 모든 변화를 검정해보고 확인에 확인을 거듭하여 이기는 방향으로 나아가야 한다는 것이오. 취하지 않고 잡지 않으면 견고해지는 것은 당연지사이나 그것만으론 승부를 점하기에 족하다 할 순 없고, 변화무쌍한 반상에선 승부의 기리(棋理)가 따로 없는 법이외다."

다카하시가 그 말에 이의를 달았다.

"바둑이란 게 오직 승부만을 추구하는 건 아니지 않을까요? 이기기 위해서라면 바둑이 싸움과 다를 게 없지 않습니까?"

"그건 아니오. 내가 말하는 건 승부의 의념(意念)이오. 유리한 바둑을 지키기 힘든 이유는 이 승부의 의념이 떨어지기 때문에 그렇소."

평사의 그 말에 많은 사람들이 수긍했다.

그렇게 겨울 한철 내내 평사는 호리에 관장과 그 밑의 문하생들과 어울려 격의 없는 바둑 토론을 벌이곤 했다. 호리에 관장과 문하생들은 바둑 토론에서 평사의 탁월한 감각에 탄복했다. 그리고 일견 평범한 듯 보이는 수 뒤에 숨어 있는 평사의 뛰어난 직관에 부러움을 표시하기도 했다.

그들의 첫 놀라움은 평사의 믿을 수 없는 기억력이었다. 처음 한꺼번에 취한 상견례 이후에 평사가 단번에 그들 모두의 이름을 기억하고 그 이름의 주인을 정확하게 구별하는 데는 놀라움을 금할 수 없었다. 어떻게 보면 평범한 일이라고 할 수 있겠으나 그것은 결코 쉬운 일이 아니었다.

또한 평사는 산쓰이도장에 비치해 있던 『창옥여운(敞玉餘韻)』에 실린 100종의 기보를 단 열흘 만에 한 수순도 어긋남이 없이 복기해 보이는 가공할 기억력을 과시하기도 했다. 『창옥여운』이란 일본 바둑사의 영원한 기성으로 존경받는 도사쿠(道策)와 함께 기성 반열에 오른 슈사쿠(秀策)의 기보가 실린 책이었다. 기억력이 뛰어난 사람이라 하더라도 단시간 내에 기보 수십 국을 수순 하나 틀리지 않게 기억하기란 쉬운 일이 아니었다. 하물며 100국이라는 방대한 양의 기보를 열흘이란 짧은 기간에 기억하기란 사실상 불가능한 일인데도 평사는 그것을 해낸 것이다.

두 번째는 언뜻언뜻 내비치는 평사의 바둑에 대한 뚜렷한 주관과 그것을 뒷받침하는 예리하고 명쾌한 분석력이었다.

그날 저녁 준코가 다구(茶具)를 준비해서 평사의 방에 들렀다. 평사는 그때 마침 요미우리신문에 게재된 연승전 기보를 들여다보며 바둑판 위에 복기 검토를 하고 있었다.

준코가 차를 달여 평사 앞에 내밀었다. 평사는 준코가 들어온 줄도 모르고 바둑에만 정신이 팔려 있었다.

"오청원의 바둑입니까?"

준코가 평사에게 물었다. 평사는 그제사 준코에게 시선을 돌렸다.

"그렇소."

"참으로 발상 자체가 새롭고 자유로운 신수가 아닐는지요?"

"신수라 했소?"

"그렇습니다. 사람들은 어린 오청원에게서 도인의 품격이 엿보인다고들 합니다."

"도인이라……."

평사가 눈을 감고 깊은 상념에 젖었다.

"나에게 바둑을 가르쳐준 사람이 있었소. 언젠가 그가 말하길……."

평사의 기억은 이제 돌아갈 수조차 없는, 치열하게 자신의 육신과 정신을 불태웠던 과거의 한 시점으로 거슬러 올라갔다.

주위 사람들에게 바둑 천재라는 소리를 수없이 듣곤 하던 평사였지만 평사가 얼마나 노력하는지 아는 사람은 아무도 없었다. 그 시절 평사는 하루에 세 시간 이상 수면을 취해본 적이 거의 없었다. 도장에 있는 책들이 닳고 닳아서 걸레가 되도록 놓아보고 또 놓아봤다.

그런 피나는 노력에도 불구하고 실전 대국에서 승부의 우위를 점한다는 것은 여전히 멀고 먼 풀리지 않는 숙제였다. 평사는 자신의 기재가 탁월하다는 주위 평가에 아랑곳없이 스스로에게 깊은 절망을 하고 있었다.

갈수록 바둑은 오리무중이었고 수(手)의 길은 요원했다. 기리(碁理)의 늪은 깊고 깊어서 헤어날 수가 없었다.

어느 날 자시가 넘은 한밤중이었다. 모든 사람이 잠든 그 시각까지도 평사는 새로운 수를 발견하기 위해서 바둑판과 씨름하고 있었다.

방문이 열리면서 스승이 나타났다. 여간해서 제자들 방에 걸음을 하지 않는 스승이었다. 뜻밖에 스승을 대하자 평사는 적이 당황했다.

"공부를 하느냐?"

"……."

"……완벽한 수는 없다."

스승의 말이 송곳처럼 평사의 가슴을 찌른다. 평사는 감히 대꾸할 엄두를 못 내었다.

스승이 자리를 고쳐 앉으며 평사를 노려봤다.

"여기 천하에 보기 드문 신수가 있다고 하자. 그러나 그것이 아무리 빛나는 신수라 하더라도 결국 한 수에 지나지 않는 법. 제아무리 기예가 출중한 사람일지라도 승부는 어쩌지 못한다."

다음 순간 평사를 노려보던 스승의 얼굴이 갑자기 허해진다.

"바둑에서 신수란 없다. 승부의 틀 속에서 보면 모든 수는 이기기 위한 과정에 불과하다. 나는 평생 승부에 임해서 한 번도 수(手)를 염두에 둔 적이 없다. 그저 한 수 한 수마다 승부를 생각했고, 이기기 위해 최선의 수를 찾아 반상을 헤매고 또 헤매고 다녔다. 매 수마다 승리를 생각했고 스스로를 쉴 새 없이 채찍질했다. 과수를 두거나 실착을 범할 때마다 자신에게 온갖 질책을 퍼부었고 다시는 그런 수를 놓지 말기를 수없이 다짐했다."

그것은 참으로 스승답지 않은 이야기였다. 평사에게 스승 여목은 도인의 품격을 지닌 거인이었다. 스승의 바둑관은 자연의 흐름과 동화되어 있어서 승부에 연연하리라고는 꿈에도 생각지 못했는데 스승의 그 몇 마디 말로 스승 또한 얼마나 승부에 집착했고 지지 않기 위해 몸부림쳤는가를 알 수 있었다.

그 이야기를 하는 순간 그는 이미 예(藝)와 도(道)를 숭상하는 스승이 아닌 한갓 승리에 집착하는 평범한 승부사에 불과했다. 그도 역시 완전한 인간이 아니었고 또한 완전한 승부사도 아니었다. 힘든 승부에 임하면 가슴 저리는 비애와 고통을 느끼는 한 사람의 평범한 인간이었던 것이다.

뜰을 가로질러 어둠 속으로 묻혀가는 스승의 뒷모습은 꾸부정하게 어깨가 굽어 있었다. 일생을 바둑과 더불어 살아온 스승에게 남은 것은 희미한 영욕의 그림자뿐이었다.

"그분이 누구시죠?"

준코가 눈을 동그랗게 뜨고 평사를 바라본다. 처녀의 싱그러운 체취가 평사의 코끝에 다가왔다.

"……내게 바둑을 가르쳐준 사람이오."

평사의 대답은 딱딱하고 준코는 더 이상 캐묻지 않았다.

"그분 논리에 따른다면 우리 일본 바둑에 남아 있는 불멸의 금자탑인 고금의 묘수가 그 빛을 잃고 말겠군요."

"고금의 묘수라니, 그게 무엇이오?"

준코는 어이가 없었다. 자신이 아는 한 평사의 바둑은 타의 추종을 불허할 정도로 높은 경지에 올라 있었지만 그는 의외로 바둑에 얽힌 상식이 너무나 일천했다. 고금의 묘수만 하더라도 바둑을 모르는 사람들까지 알고 있을 정도로 바둑을 두는 사람에게서는 극히 초보적인 상식이었는데 그가 그것조차 모른다는 것이 이해가 되지 않았다.

준코는 고금의 묘수에 대해 상세하게 설명했다.

"기나긴 일본 바둑 역사상 세 번에 걸친 고금의 묘수가 있었지요. 그 첫째는 11세 홍임보 겐죠(元丈)와 야스이가의 지도쿠(知得) 간에 두어진, 지금으로부터 백 수십 년 전에 두어진 바둑이었는데 야스이가의 지도쿠가 흑을 쥐고 둔 69수를 말하지요. 중반에 공배를 두었다 해서 그 69수가 묘수냐 아니면 단순한 공배를 두었느냐 말이 많았고 또 그에 따른 의견이 분분했지요. 그러나 결과적으로 지도쿠가 겐죠를 완벽하게 밀어붙여서 불계승했기 때문에 그 수를 공배의 묘수라고 지금도 칭송하고 있지요."

고금의 묘수 두 번째인 '죠와(丈和)의 3묘수'에 대한 준코의 설명은 길었다.

수백 년 일본 위기사상(圍碁史上) 가장 피비린내 나는 전투인 토혈국(吐血局)은 그 성립 배경에서부터 결말에 이르기까지 파란만장한 권모술수로 얼룩져 있었기에 준코는 세세하게 그 전말을 소개했다.

토혈국의 주역은 당시 홍임보가 당주 죠와와 일본 바둑사에 길이 남을 풍운아 겐낭 인세키(幻庵因碩), 그리고 그의 제자 아카보시 인데쓰(亦星因徹), 그 세 사람이었다.

먼저 그 상황을 정리해보면 이러했다.

9세 홍임보 사쓰겡(察元)이 죽은 후 메이진 고도꼬로(名人碁所)는 공석인 채로 남겨져 있었다. 이를 계승하여 그 자리를 차지하려는 죠와, 그에 대항하여 명인기소의 집념을 불태우는 겐낭 인세키의 갈등이 첨예하게 대립했다.

발단은 겐낭 인세키의 고도화된 술책에서 비롯됐다. 명인기소의 야망을 지닌 겐낭은 7단의 저단으로서는 명인을 바라볼 수 없었기에 먼저 8단의 승단을 필요로 하게 되었다. 그렇게 해야만 쟁기(爭碁)든, 또 다른 수를 쓰든 명인 자리를 넘볼 수 있었기 때문이다.

8단 자리에 오르기 위해 겐낭은 우선 은밀하게 야스이가(安井家)의 지도쿠 8단을 찾아갔다.

"이미 아시고 계시겠지만 죠와는 명인기소를 차지하려고 하야시가의 겜비(元美)를 앞세워 높은 분들을 찾아다니고 있습니다. 선생님께서는 이 사실을 어떻게 생각하십니까?"

주위 모든 사람에게서 명인의 그릇이라고 인정받았지만 한 번도 그 자리를 넘본 적이 없는 공배의 묘수 장본인인 지도쿠는 솔직하게 자신의 신념을 이야기했다.

"명인기소는 억지로 만들어지는 것이 아니오. 기량과 인품이 탁월한 자가 추대를 받아 자연스럽게 되어야지요. 죠와에겐 아직 시기상조라고 보오."

"그것을 저지하는 길은 쟁기밖에 없는데, 아시다시피 준명인(8단)은 선생님뿐이신데 몇 년이 걸릴지도 모르는 쟁기에 선생님께서 직접 나서기는 여러 가지 여건상 어렵지 않겠습니까? 아무쪼록 저를 8단으로 승단시켜주시면 제가 죠와와 쟁기를 벌여 그의 명인기소 취임을 막겠습니다."

겐낭에게 설득당한 지도쿠의 추천 덕분에 겐낭은 손쉽게 8단 자리에 오르게 되었다. 그런데 막상 죠와의 명인 승격에 대한 회의가 열렸을 때 겐낭은 교묘하게 지도쿠와의 약속을 외면했다.

화가 머리끝까지 치민 지도쿠는 노구를 이끌고 죠와에게 쟁기를 신청했다. 겐낭의 고단수 술책에는 일단 8단으로 승단한 후 지도쿠와 죠와를 대결시키고 피투성이가 되도록 싸우게 한 후 자신은 어부지리를 노려 그

승자와 대결함으로써 명인기소에 오르려는 심모원려가 숨어 있었다.

그러나 겐낭의 계산은 뜻밖에 지도쿠가 횟병으로 앓아눕게 되면서 빗나갔다. 어쩔 수 없이 겐낭은 자신이 직접 죠와와 쟁기를 결심하게 되었다. 그런데 이번에는 죠와측에서 엉뚱한 제의가 들어왔다.

그 제의는 첫째, 겐낭은 과거의 원한과 쟁기 신청을 취소하고 죠와의 명인기소 취임에 찬성한다.

둘째, 죠와는 기소 재위 6년 후 그 자리를 겐낭에게 양도하며 그 대가로 겐낭은 200냥을 홍임보가에 기증한다.

셋째, 서로의 신뢰를 위해 친자식을 인질로 교환한다.

6년이면 못 참을 것도 없다고 생각한 겐낭은 서슴없이 그 조건을 받아들였다. 그러나 죠와는 막상 기소에 오른 후에는 이 모든 사실을 모른 척했다. 죠와의 교묘한 술책에 겐낭이 역으로 넘어간 것이었다.

그렇게 몇 년이 지난 1835년, 마쓰다이라(松平)의 로오쥬우(老中) 직위 은퇴기념 바둑회가 열리게 되었다. 마쓰다이라가 바둑계 거물이었기에 벌어진 바둑 모임회였다. 죠와 명인은 일반 대국은 피할 수 있었지만 바둑계 거물인 마쓰다이라의 초빙만은 거절할 수 없었다.

한을 품어온 겐낭에게는 참으로 천재일우 기회였다. 마침내 암암리에 자신과 죠와의 대국을 성사시킨 그는 뜻밖의 결정을 내렸다. 자신이 죠와와 붙는 대신 자신의 제자 아카보시 인데쓰로 하여금 죠와와 대결할 것을 명했다. 겐낭의 계산은 수제자인 인데쓰가 7단으로, 8단인 자신이 죠와를 이기는 것보다 파급 효과가 크리라 생각했다. 거기다가 당시 인데쓰의 기력은 겐낭의 생각에 정선(定先)으론 충분히 죠와를 누를 것이라 확신했다.

결전의 날, 스승의 한을 익히 알고 있는 인데쓰는 스승 겐낭에게 눈물로써 고했다.

"스승님, 목숨을 걸고 기어이 이겨서 돌아오겠습니다."

말을 마친 인데쓰는 비장한 각오로 마쓰다이라가로 떠났다.

죠와와 인데쓰의 대결은 마쓰다이라 저택에서 이루어졌다. 이것이 그 유명한 '마쓰다이라 바둑회'이며, 표면적인 바둑 동호인 모임과는 달리 그 실상은 명인기소를 계속 지키려는 죠와와 이를 탈취하려는 겐낭 인세키 간의 가문의 흥망을 건 대결투였다.

대국 첫날까지만 해도 흑을 쥔 인데쓰가 앞서 나갔다. 이노우에가의 비수로 무장한 인데쓰가 착실하게 선착의 효를 지켜 나가 59수로 봉수될 때까지만 해도 흑이 유망했다.

첫날 대국이 끝난 후 죠와는 심각한 고민에 빠졌다. 아무리 보아도 백이 쉽지 않은 형국이었다. 죠와는 무거운 심정으로 집에 돌아와 형세를 만회하기 위해 깊은 수심에 잠겼다. 『좌은담총(坐隱談叢)』에는 그날의 죠와를 이렇게 표현하고 있었다.

"……이리하여 죠와는 전심전력으로 연구에 연구를 거듭하여 밤중에 이르러 드디어 묘수를 찾아내고는 이제 되었다라고 한 소리 크게 지르고 자리에서 일어서는가 했더니, 또 죠와가 큰일이구나 큰일이구나 소리치며 사람들을 불렀다. 제자들이 놀라서 뛰어가본즉, 죠와가 입은 바지가 오줌에 질펀히 젖었을 뿐 아니라 지린내가 코를 찌르니……."

바둑 연구에 골몰한 죠와는 소변을 보는 것도 그만 잊어버렸던 것이다.

반면에 그 시간 인데쓰는 독감으로 심하게 앓아눕게 되었다. 그러나 이왕에 시작한 바둑을 중단할 수는 없는 일. 인데쓰는 하루를 쉬고 다시 대국장에 나와 아픈 몸을 끌고 정신력으로 죠와를 상대했다.

그리고 그날 죠와의 묘수가 반상에 떨어졌다. 소위 '죠와의 3묘수'였다. 그 3묘수로 인해 형세는 완전 역전되어 인데쓰는 벼랑 끝에 몰리게 되었다.

대국 사흘째와 나흘째에 접어들어 인데쓰는 초죽음 상태가 되었다. 가 냘픈 몸으로 간신히 버티고 있는 모습은 차마 눈 뜨고 볼 수 없을 정도로 애처로웠다.

마지막 대국 날, 결국 형세를 뒤집지 못한 채 인데쓰는 마침내 돌을 던 지고 판 앞으로 피를 토하며 쓰러졌다.

인데쓰는 그대로 쓰러진 채 혼수상태에서 벗어나지 못하다가 한 달이 못 돼 숨을 거두고 말았다.

자신의 욕심으로 인해 사랑하는 제자를 잃은 겐낭은 이후 평생을 떠돌 아다녔다.

풍운아 겐낭 인세키, 자신의 첩과 눈이 맞아 도망가 살던 제자에게 심 심할 테니 바둑이나 두라며 비자판을 선물했던 괴걸. 그 희대의 괴걸 겐 낭 인세키는 말년에 이런 말을 남겼다.

"바둑은 실력이 아니고 운이다. 승부는 하늘이 점지한다."

말년의 그는 철저한 운명론자였다.

"그때 죠와가 놓은 묘수를 '죠와의 3묘수'라 하여 고금의 묘수 그 두 번 째로 칩니다."

준코는 내친김에 세 번째 묘수까지 일사천리로 설명했다.

"세 번째 묘수는 조금 전에 언급한 겐낭 인세키와 후성(後聖)이라 일컫 는 슈사쿠(秀策)와의 대국인데 당시 8단인 겐낭에게 4단인 슈사쿠가 선으 로 둔 바둑을 말합니다. 초반에 선착의 효를 잃고 불리했던 슈사쿠가 중 반에 가서 놓은 한 수로, 그 수 때문에 겐낭의 귀가 빨갛게 변했다 하여 이 적의 수[耳赤之手]라고 불리던 한 수입니다. 결국 그 한 수 때문에 바둑은 슈사쿠가 세 집을 이겨 승리했지요. 어쨌든 그 세 번의 묘수를 일컬어 고 금의 묘수라고 합니다."

"……."

평사는 무표정했다. 그의 표정으로 미루어 준코는 그가 고금의 묘수에 대해 별 흥미가 없다는 것을 알 수 있었다. 보통 사람이라면 이야기만 듣고도 당장 기보를 보자 할 터인데 이 사람은 그런 면이 다른 사람들과는 판이했다. 산쓰이도장 동문들과의 연습대국에서도 그의 수를 칭송하면 그는 자신의 바둑을 자랑하거나 뽐내는 법이 전혀 없었다.

준코는 평사의 그런 모습이 갈수록 안쓰럽고 마음에 걸렸다.

그 무렵 호리에 관장은 한 가지 문제로 고민하고 있었다.

평사를 산쓰이도장에 잡아놓기 위해선 어떤 조치가 필요하다는 게 호리에가 내린 최종 결론이었다. 누가 보더라도 의심할 여지 없는 걸출한 천재인 평사가 자신의 제의를 받아들여줄지 의문이었고, 설사 받아들인 후 산쓰이도장의 명패를 걸고 일본 기계를 정복한다 한들 엄밀한 의미에서 그것은 겉으로만 그렇게 보일 뿐 실제로는 평사 개인의 승리에 지나지 않을 수도 있다는 사실이 그를 괴롭게 했다. 호리에 관장의 염원은 완전한 산쓰이도장 출신에 의한 일본 기계의 정복이었다. 호리에 관장이 진정으로 탐나는 것은 평사의 기재였고 그것을 온전히 소유하는 방법은 평사를 완전한 자기 사람으로 만드는 것이었다. 호리에 관장은 그 수단으로 평사와 준코의 결합을 생각했다.

평사와 준코가 결합하면 호리에 생각으로 우선 두 가지 이득이 발생했다.

그 하나는 젊은 여자에게 정을 붙이고 살다 보면 평사는 영원히 산쓰이도장을 떠날 수 없을 뿐 아니라 종래에는 자신의 뜻대로 산쓰이도장에 귀속되어 일본 기계를 흔들어준다는 계산이었고, 다른 하나는 두 사람 사이에 만일 자식이 생긴다면 그 자식은 분명 부모의 피를 이어받아 모르긴 몰라도 평사 못잖은 기재가 나온다고 봤을 때 산쓰이도장은 평사의 뒤를 이어 먼 훗날까지도 미래가 보장되는 것이었다.

평사가 조선에 여자를 두고 왔다는 것을 호리에 관장은 알고 있었다. 하지만 그것은 별 문제가 되지 못했다. 평사가 준코를 받아들이기만 하면 모든 것은 시간이 해결해줄 것이라 생각했다.

그것은 상식을 가진 사람으로서는 있을 수 없는 바둑에 미친 노인의 턱없는 욕심이었다. 어떻게 보면 산쓰이도장에 어려 있는 백수십 년에 걸친 한을 풀기 위한 집념이 일그러진 모습으로 투영된 것이었다.

호리에 관장은 조용한 시간을 틈타 준코를 불렀다.

"준코야, 너는 추선생을 어떻게 보느냐?"

준코는 호리에의 질문을 이해할 수 없었다.

"어떤 면을 말씀하시는 거예요?"

"내가 묻는 것은 한 여자로서 남자를 보는 시각을 말한다."

그제서야 준코는 호리에가 무슨 생각을 하고 있는지 대강 짐작이 갔다.

"잘 모르겠습니다."

그것은 준코의 솔직한 심정이었다. 호리에는 준코에게 자신의 뜻을 밝혔다.

"추선생은 내가 보기에 바둑 이외에는 쓸모가 없는 사람이다. 더구나 나는 그의 삶에 대한 의지나 삶을 살아가는 사고방식에 대해서도 무척 회의적이다. 그러나 누구도 부인할 수 없는 뚜렷한 사실은 그가 천재라는 점이다. 다른 방면에도 천재성이 있는지는 잘 모르겠지만 바둑만큼은 고금에 드문 천재다. 근자에 오청원을 천재라고 높이 평가하고 있지만 내겐 그가 오청원 못잖은, 아니 그보다 더 뛰어난 천재로 느껴진다."

"그래서요?"

"오청원이 아직 어리긴 하나 어쨌든 그는 큰 재목이다. 준코야, 하나의 가정을 해보자. 오청원이 이대로 성장해서 자신의 기량이 정점에 올랐다고 가정해보자. 지금의 추선생과 승부를 겨룬다면 너는 누가 더 유리하다고 생각하느냐?"

준코는 호리에의 말에 한참을 망설였다. 어디선가 개 짖는 소리가 들린다.

"글쎄요. 제가 보기에는 호각지세로 좋은 승부를 이룰 것 같습니다."

"나도 그렇게 생각한다. 그러나 만약에 두 사람이 목숨을 걸고 바둑을 둔다면 나는 추선생에게 걸 것이다."

"……."

"사람들은 곧잘 이렇게 이야기한다. 끊임없이 노력하다 보면 언젠가는 정점에 도달한다고. 그러나 내 생각은 그렇지 않다. 정점에 도달하는 것은 천재의 몫이다. 더구나 그것이 바둑에 관한 것일 때는 더 이상 말이 필요 없다. 그것은 움직일 수 없는 진리다."

"……."

"나는 그를 산쓰이에 묶어두고 싶다. 그래서 온전한 산쓰이 사람으로 만들어 완전한 승리를 얻고 싶다."

"그래서 그와 합치라는 건가요?"

준코의 음성이 가늘게 떨린다.

"너도 산쓰이의 한을 잘 알고 있지 않느냐. 그것은 내 염원이다, 아가."

준코는 눈을 감았다. 어릴 적부터 자신을 키워온 큰아버지였다. 병으로 돌아가신 아버지, 기다렸다는 듯이 재가해버린 어머니, 백부는 자신을 친딸처럼 키웠다. 스무 살이 되도록 백부는 자신을 부를 때 늘상 따뜻한 음성으로 아가라고 불렀다. 백부가 설사 그것보다 더 심한 요구를 한다 해도 자신은 그것을 거부할 수 없을 것이었다. 준코는 온몸의 맥이 풀렸다.

"생각해보겠습니다."

며칠 후 호리에 관장은 밤늦은 시간에 술상을 차려놓고 평사를 초대했다.

"그동안 추선생과 술 한잔 변변하게 마신 적이 없어 오늘은 추선생과 통음을 하며 이야기를 나누고 싶어 불렀습니다."

술을 마다할 평사가 아니었다. 두 사람은 서로 술잔을 권하며 밤늦게까지 술을 마셨다. 화제는 주로 바둑 이야기였는데 어느 정도 취기가 오르자 호리에 관장이 본론을 끄집어냈다.

"추선생이 보기에 준코는 어떻소?"

"……."

"모자란 게 많은 여식이긴 합니다만."

평사는 호리에의 난데없는 제의에 난감했다. 준코에 대해 특별한 감정을 느낀 것은 아니었지만 그녀의 친절과 수발을 늘 고맙게 생각했다.

"그 아이가 추선생을 깊이 사모하고 있는 모양이라……."

그 정도에서 대화를 끊고 호리에는 다시 화제를 바꾸어 술을 마시기 시작했다. 새벽까지 취하도록 술을 마시고 평사는 자신의 거처로 돌아왔다.

거처엔 이미 준코가 이부자리를 깔아놓고 평사를 기다리고 있었다. 술에 취한 평사는 모든 것을 잊은 채 준코를 끌어안았다.

평사는 준코의 옷을 하나씩 하나씩 벗겼다. 준코는 평사에게 몸을 맡긴 채 가만히 누워 있었다. 실오라기 하나 걸치지 않은 준코의 몸이 술 취한 평사의 눈에 확 와 닿았다. 겉보기와는 달리 그녀의 몸은 미끈하고 풍만했다.

평사의 손길이 준코의 몸을 부드럽게 애무하자 그녀의 몸은 조금씩 떨리기 시작했다. 평사의 입술이 그녀의 눈두덩을 거쳐 귓바퀴에 이르자 준코의 얼굴이 붉게 달아올랐다. 평사의 입술이 다시 그녀의 목덜미로, 어깨로, 겨드랑이를 거쳐 도톰한 가슴 위에 매달린 유실에 머무르자 그녀의 입에서 비명이 새어나왔다. 수줍게 숨어 있던 유실이 평사의 애무에 팽팽하게 부풀어올랐다. 매끄럽고 부드러운 그녀의 살결에서 처녀 특유의 싱그러운 체취가 진하게 배어나왔다.

오랫동안 그녀의 가슴에서 머물던 평사의 입술이 다시 밑으로 미끄러졌다. 평사의 부드러운 애무가 점차 중심부로 접근하자 준코의 몸이 갓물 위에 올라온 연어처럼 파닥거리며 평사의 등을 힘차게 끌어안았다. 그녀의 몸이 땀으로 미끈거리기 시작했다.

그녀의 은밀한 곳은 이미 축축하게 젖어 있었고 몸은 이미 완전히 열려 있었다. 그것을 확인한 평사는 서서히 그녀 위에 몸을 밀착시켰다. 평사의 몸이 그녀의 깊은 곳을 밀고 들어오자 그녀는 입술을 깨물었다.

"아……."

취기와 솟아오르는 욕망으로 평사는 거칠게 몸을 움직였다. 평사의 노련한 솜씨에 준코는 온몸을 파르르 떨었다. 준코는 평사를 끌어안고 까마득히 미궁 속으로 빠져들고 있었다.

눈 덮인 야산 어디에선가 부엉이가 울었다.

4월이 가까워지고 있었다. 산간 고지대의 눈은 아직도 두텁게 쌓여 있었고 가끔씩 폭설이 내리기는 했지만 어느 틈엔지 봄기운이 감돌았다.

평사는 창밖으로 보이는 눈 덮인 산을 건너다보며 깊은 생각에 잠겨 있었다.

얼마 전 어렵게 자신을 수소문해서 찾아온 정 역관을 통해 화정의 소식을 전해들었다.

"자네가 떠난 후 화정이 애를 낳았네. 여자 혼자 몸으로 애를 낳아 키우면서 다니던 권번도 그만두었다네. 자네가 적지 않은 돈을 보내주어 생활하기에는 어려운 점이 없는 것 같았지만 어딘가 허전해 보이더군. 두 사람 다 정말 모를 사람들이야. 화정이는 화정이대로 일체 아이 소식도 전하지 않은 채 언제 돌아올지 모르는 자네를 마냥 기다리기만 하고, 자네는 돌아갈 기약도 없이 이 북해도에서 세월만 보내고 있으니…… 애 이름은 동삼(東三)이라고 지었다더군. 사내아일세."

화정의 모습이 눈앞에 어른거린다.

평사는 길게 한숨을 내쉬었다.

평사가 그렇게 갈등에 빠져 있는 그 시각, 호리에 관장과 준코는 은밀한 대화를 나누고 있었다.

"확실하냐?"

"……예."

"얼마나 되었느냐?"

"3개월……."

"알았다. 그 사람에게 내가 좀 보잔다고 전해다오."

준코가 나가려 하자 호리에 관장이 다급하게 덧붙였다.

"아직, 내가 말해도 좋다고 허락할 때까지 그 사람에게 그 사실을 이야기하면 안 된다."

잠시 후 준코로부터 전갈을 받은 평사가 나타났다.

"이제 봄이 오고 일본기원에 알아보았더니 곧 입단 심사가 있을 예정이라고 하더군."

준코를 가까이한 이후로 호리에 관장은 평사에게 하대를 했다.

"기다릴 만큼 기다렸네. 이제 대답을 해주게."

평사는 잠자코 있다.

"산쓰이도장 출신으로 일본기원에 입단하는 것이 그렇게 어려운 부탁이었나?"

평사는 조선으로 돌아가리라 마음먹고 있다.

"내가 전에 세키야마 센다이우(關山仙太夫) 얘기를 한 적이 있었네. 내가 왜 그 사람 얘기를 자네에게 들려주었는지 아는가? 자네와 같은 기재가 세키야마의 전철을 밟게 될까 싶어 염려가 되었기 때문이야. 그렇게 되면 바둑계 전체로 봐도 불행스러운 일일 뿐 아니라 자네 개인에게도 불행한 일이 아닐 수 없네. 자네가 내 제안을 받아들이지 않는다면, 어쩌면 자네는 그 빛나는 기재를 가지고도 평생을 야인으로만 떠돌게 될 것이네."

호리에는 거듭 평사에게 자신의 제안을 받아들이라고 설득했다. 그가 언급한 세키야마 센다이우는 막부시대 이래로 바둑사에 남을 최강의 비전문기사였다.

원래 세키야마는 신주(信州)의 사무라이 가문 출신으로 그 자신도 엄연한 사무라이였다. 바둑에 대한 열정이 대단했던 세키야마는 틈나는 대로 바둑 수업에 몰두하여 열여섯 살 나이에 초단을 땄다.

그러나 바둑 수업 때문에 문무의 수업을 게을리한다는 것은 사무라이 본분에 어긋난다는 주위 비난 때문에 바둑 수업을 중단하고 7년간 무술에 전념했고, 그 후 다시 바둑의 길로 들어서서 주위 사람들 비난을 잠재웠다.

그는 3묘수로 유명한 죠와 명인에게 두 점으로 한 집을 이기고 5단 면허를 신청했다. 당시의 명인에게 두 점이면 당연히 5단격이었다. 그러나 고집 세기로 유명했던 죠와는 예의 고집을 부려 즉각적인 5단 면허는 전례가 없다 하여 3단을 수여하겠다고 세키야마에게 제의했는데 세키야마는 단호히 그 제의를 거부하고 평생을 비전문기사로 보냈다.

그는 후성(後聖)으로 일컬어지는 슈사쿠의 전성기 때 선으로 그와 20국을 두어 7번이나 이겼으니 대단한 기재였다.

"당시에 죠와 명인이 고집을 부리지 않고 즉각적으로 5단 면허를 부여하여 세키야마에게 전문기사의 길을 열어주었다면 일본 바둑사는 어떻게 변했을지 아무도 모르네. 그는 그만큼 걸출한 기재였고 전문기사 집단에 속해 좀 더 좋은 여건에서 바둑 수업을 했더라면 그의 성취가 어디까지 도달했을는지는 아무도 예측할 수 없었네. 그런 기재가 죠와 명인의 쓸데없는 고집 때문에 초야로 돌아간 것이네. 경우가 좀 다르긴 하지만 자네도 괜한 고집을 부려 자네 인생을 망치는 그런 일이 없었으면 좋겠네."

"조선으로 돌아가겠습니다."

한 시간이 넘는 설득 속에서 평사가 내린 답은 조선으로 돌아가는 것이었다. 호리에 관장과 준코를 생각하면 쉽게 간다고 말을 꺼낼 수는 없었으나 어차피 떠나야 했기에 평사는 냉정하게 잘라 말했다. 평사는 곧바로 호리에 관장에게 절을 하고 물러나왔다.

평사를 통해서 산쓰이의 100년 한을 풀고자 했던 호리에 관장은 자신의 기대가 무너지자 일순간에 그 염원이 뒤바뀌어 증오의 불길로 타올랐다.

"고약한 조센징!"

씹어뱉는 듯한 한마디가 기어코 호리에 관장의 얇은 입술을 비집고 나왔다. 호리에 관장의 안면 근육이 부들부들 떨렸다.

내친김에 다음날 평사는 산쓰이도장을 떠났다.

오타루 역사에서 기차를 타고 하코다데항에 도착했을 땐 이미 날이 저물고 있었다.

부두에서 아오모리행 표를 끊어 아오모리로 가서 그곳에서 시모노세키로, 그리고 다시 배를 타고 조선으로 돌아갈 요량이었다.

돌아가리라.

화정이 있는 곳으로 돌아가리라.

조선을 떠난 지 3년. 돌이켜보면 평생 처음으로 가슴에 두었던 사람이었다. 화정을 생각하는 평사의 가슴이 설레인다. 그때 그의 곁으로 낯선 두 사내가 다가왔다. 한 사내가 품속에서 서류뭉치를 꺼내더니 평사에게 물었다.

"추평사. 조선인. 경북 봉화 출신 맞나?"

평사가 흐릿한 눈길로 사내를 올려다보았다.

"그렇소."

사내의 입가에 비릿한 조소가 감돌았다. 그는 품속으로 서류뭉치를 다시 쑤셔 넣었다.

"규슈 사세보 철도건설 현장에서 징용인으로 부역하던 중 탈주, 6개월 동안이나 수배선상에 올라 있었는데 용케도 남쪽 끝에서 이 북쪽 끝까지 와서 숨어 있었군. 너를 체포한다."

한 사내가 잽싸게 평사의 허리춤을 잡았다. 동시에 방금 서류뭉치를 꺼냈던 사내가 평사의 손에 수갑을 채웠다.

"무슨 소리요?"

무언가 잘못되었다는 것을 직감한 평사가 거칠게 항의했다. 그때 수갑을 채운 사내의 주먹이 평사의 안면에 작열했다. 강철 같은 주먹이었다. 대번에 입안이 터져 입가로 피가 번져 나오기 시작했다. 연이어 사내의 주먹이 평사의 복부를 파고들더니 목덜미에 쇠뭉치 같은 강한 충격이 떨어졌다.

창자가 끊기는 듯한 심한 고통을 느끼며 평사의 몸이 앞으로 고꾸라졌다.

화정…….

아득히 정신을 잃어가는 평사의 뇌리에 화정의 얼굴이 아련히 떠올랐다.

16 징용인(徵用人)들

창문이 붉게 타오른다. 밤새 바람에 시달리며 어둠으로 물들어 있던 창틀엔 어느 틈엔가 새벽이 서성대고 있었다. 긴 이야기에 지쳤을 법도 하건만 해봉처사 몸에서는 피로한 기색 대신 미묘하게도 선(禪)의 향기가 뿜어져 나왔다.

여닫이문을 열자 새벽 찬 기운이 방안으로 쏟아져 들어왔다. 간밤 내내 태백의 준령을 울게 했던 바람도 잦아 있었다. 저 멀리 산마루에 걸려 있던 청명하고 붉은 해가 빠른 속도로 부상하며 온 산을 주황색으로 채색해놓았다.

박 화백은 어쩐지 여명의 하늘이 붉다기보다는 핏빛으로 번져오는 듯한 느낌을 받았다.

"추동삼씨 어머니 되시는 화정은 어떤 여인이었습니까?"

"기품과 아름다움을 겸비한…… 한마디로 가인(佳人)이었지."

해봉처사는 산자락을 돌아드는 바람에 조용히 흔들리는 나뭇잎을 바라보았다.

"사람의 운명이란 비정하네. 그 누구의 힘으로도 어쩌지 못해……."

해봉처사는 지그시 눈을 감는다.

"따지고 보면 추평사 선생의 운명이야말로 보기 드물게 기구하달밖에. 아니 추씨 일가의 운명이 기구했다고 해야 할까……."

갑자기 대열 후미가 소란스러워졌다.

호루라기 소리가 다급하게 울리며 군홧발소리와 연이어 계곡을 진동시키는 총소리가 간헐적으로 들려왔다.

"빠카야로. 이 조센징 새끼들, 빨리 한 줄로 서!"

대열을 인솔하던 군인이 거친 욕설을 뱉어내며 권총을 꺼내 흔들었다. 그의 거친 욕설과 명령이 없어도 사람들은 조금 전의 그 소요가 또 한 차례 일어난 탈출극 때문이라는 것을 짐작했다.

도로 한켠에 사람들이 일렬로 늘어서자 인솔 장교가 각 조의 조장들에게 인원 점검을 지시했다.

인원 점검을 하는 사이 인솔 장교는 급한 대로 무전기를 두드렸고, 곧바로 1개 분대쯤 되는 인원이 다급하게 군견을 끌고 탈출한 사람들의 도주로를 뒤쫓기 시작했다. 1차로 1개 분대 인원이 내려간 지 2분도 안 돼 두 대의 군용 도라꾸(트럭)가 도착하더니 소대 이상의 병력을 하차시켰다. 저 멀리 보이는 능선 아래에도 비슷한 수의 병력이 서로간에 긴밀한 연락을 하며 탈출자들의 도주로를 부산스레 차단하는 모습이 보였다.

한 차례 강풍이 몰아치자 나뭇가지 위에서 우수수 잎들이 주위에 떨어졌다.

'날은 잘 잡았구나.'

평사는 그렇게 생각했다. 산림은 제법 울창한 편이었고 마침 낙엽이 지천으로 깔리던 때라, 군용견만 아니면 어지간한 병력을 풀어놓아도 그들을 수색해내기는 쉽지 않을 것이다. 게다가 낙엽은 한밤 추위를 막아주는 데도 단단히 한몫을 할 수 있을 뿐더러 위장을 하거나 은신하기에도 적합했다.

그러나 왠지 무모하다는 생각도 들었다. 가장 큰 문제는 식량과 물이 충분히 확보되었느냐 하는 것인데, 이 척박한 징용지에서 식량을 제대로 확보한다는 것은 사실상 불가능한 일이었다. 부득불 도주 중간에 먹을 것을 확보해야만 하는 것인데 그게 만만치가 않았다. 여름이라면 나무 열매라도 간간이 있으련만 계절이 계절인 만큼 최소한의 식량 확보도 지난(至難)한 과제였다.

"이 개 같은 새끼들! 조장이란 놈들이 이렇게밖에 못해!"

인원 점검이 끝나고 탈출자 신원이 드러나자 인솔 장교가 도망간 조의 조장들을 마구 후려팬다.

평사가 속한 6조는 무사했지만 9조에서 세 명, 10조에서 한 명의 탈주자 신원이 확인되었다.

징용지는 독특한 성격을 지닌 곳이었다. 하루에도 통상 몇 명씩, 심하게는 10여 명씩 과로와 영양실조로 죽어나가지만 그것을 탓하는 사람은 아무도 없었다. 그것은 징용지의 성격상 당연한 일이었고 거의 매일 되풀이되는 일이었기에 누구에게도 책임을 묻는 일이 없었다. 그러나 탈출에 대해서만큼은 분명한 문책이 뒤따랐다. 아마도 탈출한 사람에 의해 징용지 실상이 밝혀질까 우려하는 조치일 것이다.

하지만 쉬쉬 한다고 징용지 실상이 묻힐 수는 없었다. 여기저기서 흘러드는 말을 종합해보면 그나마 이곳 규슈 지방은 나은 축에 속했다. 평사가 처음 끌려간 혼슈 최북단 벌목장만 하더라도 한마디로 지옥이었다. 배급되는 밥은 이곳이나 그곳이나 별 차이가 없었지만 그곳의 가혹한 자연 조건은 몸서리쳐질 정도로 혹독했다.

입김마저 얼어붙는 영하 40도를 오르내리는 강추위 속에서, 배급된 누비 솜옷 두 장에 의지해 그들은 작업장으로 짐승처럼 내몰렸다. 동상으로 발목까지 썩어나가는 일은 예사였고 얼어서 둔해진 몸으로 잠깐만 주의를 게을리하면 거대한 나무 둥치에 깔려 죽기 십상이었다.

북해도의 철도 징역지나 사할린의 탄광 지대는 더욱 악명이 높았다. 수많은 사람이 침목이나 레일에 깔려 죽어나갔고 막장 안에서 피 섞인 검은 가래를 토하며 쓰러졌다.

'어머니, 집에 가고 싶어요.'

사할린에서 한 청년은 갱도 벽에 연장으로 그렇게 글씨를 새겨 넣고 사흘 만에 무너진 막장에 갇혀 목숨을 잃었다.

언제부턴가 조선인 징용자들 사이엔 '아리랑'이 마지막 희망의 상징으로 널리 불리어졌다.

단성사에서 개봉되어 전대미문의 관객 동원 기록을 남긴 춘사(春史) 나운규(羅雲圭)의 〈아리랑〉. 그 영화의 주제곡으로 사용된 '아리랑'이 이제 전 조선인들에게 열병처럼 번져 민족의 노래가 되어버린 지 오래였고, 이국의 하늘 아래서 죽어가는 징용인들은 목숨이 다하는 그 순간까지 '아리랑'을 불렀다.

이곳 규슈 지방도 예외는 아니었다.

장용식(張用識). 언제나 묵묵히 시키는 일만 하던 과묵한 사내. 누구와도 가깝게 지낸 적이 없고, 남에게 말 한마디 거는 법이 없던 외톨이 장용식.

그가 탈출했다는 소식을 처음 접했을 때 평사는 그 말을 쉽사리 믿을 수 없었다.

석 달 전, 갑작스런 폭우로 도저히 작업을 지속할 수 없었던 그날. 서둘러 숙사로 돌아오던 길에 장용식은 허깨비처럼 사라졌다. 아무리 폭우 속이라지만 삼엄한 경비망을 뚫고 그가 어떻게 사라졌는지는 지금까지도 오리무중이었다.

장용식의 탈출이 발각된 건 숙사에 도착한 직후 인원 점검에서였다.

그 즉시 비상이 걸렸고 폭우 속에서 대대적인 수색 작업이 벌어졌다. 그는 1주일 만에 잡혀서 돌아왔다. 열병과 탈진으로 그는 거의 죽은 상태였다. 그와 탈출을 모의한 사람과 도주로를 캐내려는 상부의 은밀한 지시에 따라 그는 이례적으로 의무실에 입실됐다. 그런 그를 두고 사람들은 운이 좋았으면 그가 최초로 탈출에 성공한 조선인 징용자가 되었을 것이라고 수군거렸다.

입실 사흘 만에 의식을 회복한 장용식에게 일본군들의 잔인한 고문은 시작됐고, 그는 사지가 찢어지는 고통 속에서도 다른 사람들의 이름은 불지 않았다. 초죽음이 된 장용식은 징용자들이 지켜보는 가운데 연병장으로 끌려 나갔다. 장용식은 마지막 힘을 다해 '아리랑'을 불렀다.

그때 몇 발의 총성이 울렸고 장용식은 연병장 한가운데 무릎을 꺾고 쓰러졌다.

사할린을 포함한 전체 일본 열도에서 그런 징용지는 수십 군데를 헤아렸다.

대열이 서서히 앞으로 이동하기 시작한다. 죽음이 난무하는 처절한 곳을 처참한 형상을 한 사람들이 떼를 지어 일렬종대로 무거운 발길을 옮기고 있다. 탈출은 탈출이고 작업은 작업인 것이다. 이곳은 오늘 당장 죽는다 해도 하등 이상할 것이 없는 규슈 중앙 아소산(阿蘇山) 일대 산악지대 철도 건설 징용지다.

앞에서 걷고 있던 손씨의 발걸음이 휘청한다. 그로 인해 평사와 손씨의 어깨 위에 차곡차곡 쌓여 있던 침목(枕木)이 일순 균형을 잃고 기울어졌다. 평사는 이를 악물고 어깨와 다리에 더욱 힘을 주며 기울어지는 쪽으로 급히 상체를 따라 움직였다.

평사가 시의적절하게 대응한 탓으로 손씨는 곧바로 중심을 잡았다. 뜻하지 않게 길 앞쪽에 웅덩이가 파여 있었다. 멀리서 호루라기 소리가 들렸다.

배식 시간이다. 군용트럭에 싣고 온 밥을 배식병이 차례차례 징용자들에게 나누어주었다. 밥이라야 옥수수, 조, 보리를 섞어 찐 쉰내 나는 주먹밥과 풀떼기국이 전부였다. 항상 허기진 배로 중노동에 시달리는 징용자들, 그들은 쉰내 나는 주먹밥일망정 조금이라도 더 큰 것을 얻기 위해 배식병 앞에서 너나 할 것 없이 눈치를 슬슬 봤다.

"다음."

평사의 식기에 주먹밥과 국을 퍼 넣어준 배식병이 식기 바닥을 탕탕 두들긴다.

평사는 축축한 땅바닥에 털썩 주저앉았다. 온통 먼지와 흙투성이인 더러운 손으로 평사는 그냥 주먹밥을 쥐어 입으로 가져갔다. 입 안에서 역한 냄새가 확 배어나온다.

"양가 놈 배식받는다. 잘 봐."

손씨는 양이 배식받을 때마다 평사에게 주의를 환기시켰다.

굳이 손씨의 말이 아니더라도 분명 양의 배식에는 수상쩍은 점이 몇 가지 눈에 띈다.

양은 배식을 받을 때마다 자연스러운 동작이지만 동일한 방식의 행동을 반복했다. 오른손에 든 식기를 왼손으로 바꿔 들고 오른손으로 식기 옆면을 두어 번 두드린다. 그때마다 기계적으로 주먹밥을 식기에 던져 넣던 배식병이 흘깃 양의 얼굴을 본다. 그리고 짐짓 무심한 동작으로 주먹밥을 집어 올려 양에게 배급한다. 일체의 군더더기가 없는 행동이지만 결과는 항상 같다. 양의 주먹밥은 다른 사람 것과 비교해 배나 가까운 크기였다.

국을 퍼주는 배식병의 행동은 더욱 수상하다. 국자를 깊숙이 국 속으로 찔러 넣어 건어올린다. 아무리 멀건 풀떼기국이라도 약간의 건더기는 있게 마련, 어김없이 양의 식기에는 제법 알찬 건더기가 섞인 국이 건네진다.

"저 봐. 또 저렇게 큰 거야."

지겨우리만큼 손씨는 매번 같은 소리를 반복했다. 똑같은 소리지만 손씨의 말투엔 처음 양을 의심했을 때와는 달리 질투와 부러움까지 섞여 있다. 근래 들어 손씨는 눈에 띄게 체력이 떨어졌고 작업 도중 실수가 잦았다. 평사는 손씨를 이해했다. 지옥 같은 이곳에서는 무엇보다 잘 먹는 게 급선무였고, 살아남기 위해서라면 일본인 앞잡이가 아니라 그것보다 더 심한 일이라도 마다하지 않을 사람들이 지천으로 깔려 있었다.

중장비 도움 없이 순수한 인간의 노동력만으로 이루어지는 철도 건설 공사는 상상할 수 없을 정도의 가혹한 중노동으로 징용자들의 피와 땀을 요구했다. 규슈 중앙의 산악지대를 가로지르는 지금의 철도 공사는 난공사 중의 난공사였다. 그런 험한 공사를 하면서도 배급되는 식사는 겨우 목숨을 유지하는 데 필요한 최소한의 양에 지나지 않았다. 새벽부터 시작되는 작업은 밤 열 시를 넘기기가 예사였으며 하루에 계획된 작업량을 다 채우지 못하면 밤을 새워서라도 할당량을 채우기 위해 일을 계속했다.

휴식조차 없는 혹독한 노동과 영양실조로 인해 헤아릴 수조차 없는 징용자들이 시체로 변해 어디론가 실려 나갔고 쉴 사이 없이 새로운 인원이 보충되었지만 이곳에서 일하는 대부분의 조선인들은 언제 자신 또한 차디찬 시신으로 산속 어딘가에 쓰레기처럼 버려지게 될지 몰라 불안에 떨었다. 그러나 누구도 하루에 열다섯 시간을 넘는 중노동에 이의를 달지 못했고, 언제 어떻게 시체가 될지 모르는 공사 현장에서 그들은 아무런 대책 없이 매일매일 절망의 세월을 보내고 있었다.

"아무래도 저놈이 수상해."

손씨가 밥을 먹다 말고 양을 힐끗 본다.

"틀림없이 놈이 앞잡이야."

손씨는 마지막 남은 국물까지 알뜰하게 비웠다. 식사 시간이 끝났음을 알리는 호루라기 소리가 다시 들린다. 손씨가 느릿느릿 자리에서 일어나며 중얼거렸다.

"그나저나 아까 탈출한 사람들은 어찌 됐을꼬……."

털어봐야 곧 더러워질 엉덩이를 손씨가 무심하게 툭툭 턴다.

다이헤이산(太平山) 줄기 벌목장에서 2년, 그곳에서 얼마 떨어지지 않은 구리 광산에서 다시 1년을 보낸 평사가 이곳 규슈로 온 것은 지난해 가을이었다.

손씨는 평사가 한 해 동안 지낸 이곳 징용지에서 유일하게 사귄 사람이다. 경기도 양주(楊州)가 고향인 손씨는 합방 후 이곳저곳 떠돌아다니며 안 해본 일이 없었다. 부둣가로, 탄광촌으로 손씨는 돈을 벌기 위해 전국 각지를 떠돌아다녔다. 그러나 돈벌이는 신통찮았고 고향에 두고 온 처자식 생각에 밤을 지새우는 날이 태반이었다.

그러던 중 일본에 가면 돈을 많이 벌 수 있다는 소문을 듣고 노무자를 모집하는 일본 민간기업체에 스스로 자원을 했다. 그 후 일본으로 건너온 손씨는 소문과는 판이한 처참한 징용지에서 여러 공사 현장에 끌려 다니다가 결국 여기까지 흘러들어오게 됐다.

징용지에는 어딜 가나 일본인 앞잡이들이 있었다. 그들은 같은 처지인데도 불구하고 일본 군인들에게 징용지에서 일어나는 모든 일들을 샅샅이 고해 바쳤다. 그로 인해 징용인들 사이에는 불신이 횡행했고 서로가 서로를 견제하는 심리가 팽배했다.

함경도 원산(元山)에서 징용된 스무 살 안팎의 한 청년이 젊은 혈기로 불평을 터뜨린 적이 있었다. 하루 일하는 노동량을 줄여주든지 식사라도 제대로 배급해주든지, 이러다가 징용자 전원이 숙사 뒤쪽 야산에 시체가 되어 쓰레기처럼 던져지게 될 것이라고 가까이 있는 사람을 부추겼다. 청년은 징용지에 끌려온 지 아직 한 달도 채 안 되는 신출내기였다.

다음 날 새벽 기상시간이 되기도 전에 느닷없이 두 명의 일본 군인이 숙사에 들이닥쳤다. 그들은 다짜고짜 청년을 끌어내린 후 총 개머리판과 군홧발로 짓이기기 시작했다. 사람들은 누구 하나 나서지 못했다. 침묵 속에 자행되는 폭행은 그 자체만으로도 이미 공포였다.

청년의 몸은 순식간에 잘 다져진 고깃덩어리로 변해버렸고, 피투성이가 된 눈, 코, 입엔 핏물이 낭자했다. 청년이 완전히 의식을 잃어버리자 그들은 성기를 꺼내 청년의 얼굴에 오줌을 갈기고 난 후 휘파람을 불며 유유히 사라졌다.

그날 밤, 야간작업을 마치고 돌아왔을 때 청년은 이미 싸늘한 시신으로 변해 있었다. 어디서 날아들었는지 피투성이가 된 채 일그러진 청년의 얼굴 위로 쉬파리가 붕붕거리며 들끓었다.

징용자들은 누구 하나 시신에 손을 대려 하지 않았다. 그때 손씨가 손으로 파리떼를 쫓아내며 청년을 끌어안았다.

"차라리 죽는 게 편할 거다……. 잘 가라……. 그리고 다시는 조선인으로 태어나지 말거라……. 다시는……."

징용지에서 수없이 많은 죽음을 목격한 평사였지만 그날 밤 손씨의 행동은 오랫동안 그의 기억에 남았다.

시체는 그의 말대로 야산 어딘가에 매장되었다. 청년의 참혹한 징벌을 지켜본 사람들은 그날 이후 어떤 불평불만도 없었고 숙사에서는 철저하게 입을 봉해버렸다.

그때부터 손씨는 눈에 불을 켜고 청년을 고발한 일본놈 앞잡이를 색출하기 위해 혈안이 되었다. 그런 손씨의 그물에 걸린 사람이 바로 양가와 조장인 최팔용(崔八容)이었다.

평사가 속한 6조의 최팔용 조장은 과묵한 성격에 좀체 속을 드러내지 않는 사람이었다. 고향이 경남 산청(山淸) 출신이라는 것과 일본말을 일본인 이상으로 아주 능숙하게 구사한다는 점 외에는 모든 것이 두꺼운 장막 속에 감추어진 인물이었다. 자신의 과거를 스스로 밝히지 않으면 그 사람에 대해 전혀 알 수 없는 게 징용지의 일반적인 특성이었다.

그는 몇 가지 면에서 특이한 조장이었다. 우선 그는 대부분의 조선인 조장들과는 달리 일본인 반장에게 아부를 하지 않는 사람이었다. 그렇다고 그가 민족주의자라든가 선량한 편에 속하는 인물은 아니었다. 오히려 그는 악인에 가까웠다. 체격이 남달리 건장한 조장은 하루에 할당된 작업 목표량이 미달될 때는 같은 징용인 처지에 서슴없이 폭력을 자행했다. 그의 폭력을 두려워하는 노무자들은 그가 행사하는 완력이 무서워서도 열심히 목표량을 채웠고, 그 때문에 일본인 반장은 그를 신임하는 편이었다.

그가 조장이 된 배경도 조금은 특이했다.

평사가 막 이곳으로 이송된 직후의 일이었다. 탈출을 방조한 혐의로 전임 조장이 총살형을 당하자 일본인 반장은 적당한 조장감을 물색하다가 묵묵히 일만 하고 있던 그를 후임 조장으로 발탁했는데, 그게 석연치 않은 점이 많았다. 통상 조장은 조원들 중 나이가 지긋하고 통솔력 있는 사람을 뽑기 마련인데 아직 30대 초반에 불과한 그가 조장이 된다는 것은 상례에서 벗어난 일이었다. 그렇게 되자 주위 사람들이 그를 왜놈 앞잡이로 의심했다. 그러나 최 조장은 한 번도 동료들의 의심을 꺼려한다거나 그 의심을 불식시키려 한 적이 없었다.

그의 타고난 잔인성과 난폭한 기질은 악명이 높았다.

얼마 전 정척(定尺) 10.06 37규격(정척 10.06이란 레일 길이가 10.06미터임을 뜻하고 37규격이란 미터당 무게가 37킬로그램임을 말한다)의 레일을 운반할 때였다. 그날의 사고는 이미 예견된 사고였다. 정척 10.06은 무게가 370킬로그램으로 네 명이 메고 가기엔 좀 가볍고(작업을 지시하는 입장에서), 세 명이 메고 가기엔 지나치게 무거웠다.

일본인 반장은 작업 시간을 단축하기 위해 세 명을 한 조로 해서 무모하게 레일 운반을 지시했다. 그쯤 되면 운반조는 반쯤 죽은 목숨이었다. 기(旣)가 설치된 선로 끝 부분에서 가설 지점까지 30~40미터에 달하는 이동 거리는 그대로 죽음의 거리인 것이다.

아무리 일에는 요령이 따른다지만 이미 할당된 무게 앞에서는 어쩔 수 없이 무력하다. 한 번 왕복에 운반조는 이미 반쯤 정신을 잃어버린다. 두 번 왕복에 체력은 완전히 바닥을 보이고 앞이 가물가물해져서 사물을 인식하는 능력이 현저하게 떨어진다. 세 번째, 네 번째가 되면 완전 자포자기다. 깔려서 죽으면 죽는 거고 요행히 운이 좋으면 살아남는다. 그것이 징용인의 숙명이었다.

다행히 세 번까지는 무사히 운반했던 운반 1조에서 기어이 사고가 터졌다. 무게를 이기지 못했던 운반 1조가 허물어졌고, 중간에서 메고 가던 중국인 마오(毛)씨가 미처 피하지 못한 채 레일에 깔려버렸다. 순식간의 사고였다. 근처에 있던 다른 사람들이 힘을 합쳐 레일을 치웠을 때 마오씨는 이미 기절해버린 뒤였고 레일에 깔린 허벅지 아래는 제멋대로 흔들거리고 있었다.

호루라기 소리가 날카롭게 들려오더니 경계를 서고 있던 군인 한 사람이 달려왔다. 군인은 다짜고짜 쓰러진 마오씨의 옆구리를 걷어찼다. 마오씨는 쓰러진 채로 아무런 반응이 없었다. 군인은 한 번 더 세차게 마오씨를 걷어찼다. 끝내 반응이 없자 그는 멀리서 지켜보고 있던 운전병에게 신호를 보냈다. 운전병이 트럭을 몰고 와 마오씨 옆에 바짝 붙였다.

마오씨를 걷어찼던 군인은 욕설을 내뱉으며 때마침 주위에 얼쩡거리던 양가에게 마오씨를 트럭에 실으라고 명령한 뒤 제자리로 돌아갔다.

양은 투덜거리며 마오씨 옆구리를 양팔로 끼고 트럭 뒤 화물칸으로 마오씨를 운반하기 시작했다. 그때였다.

"안 돼! 살릴 수 있는 사람이야!"

누군가 고함을 지르며 양을 확 떠밀었다. 지난해 이곳으로 끌려온 함경도 사람 백남석이었다. 그는 손가락이 남보다 한 개가 더 많아 동료들 사이에선 육손이라 불렸다.

불의의 일격을 받고 양이 나동그라졌다.

"이런 호로놈의 새끼가 있나!"

양은 욕을 하며 벌떡 일어나 육손의 멱살을 잡았다. 구경하던 사람들은 바짝 긴장했다.

군인이 내린 결정을 정면으로 반박하고 나선 이상 결과가 어떻게 되리라는 것은 불 보듯 뻔한 일이었다. 반항은 현장에서 사살되는 게 관례였다.

소란이 일어나자 마오씨를 차에 실으라고 지시했던 군인이 돌아오고, 모두들 이제 육손이 죽었구나 생각할 즈음 최 조장이 앞으로 나섰다.

"그렇게 죽고 싶나?"

조장이 침착한 음성으로 물었다. 음성은 낮았지만 조장 눈에는 시퍼런 살기가 내비치고 있었다. 그 얼굴이 얼마나 살벌했던지 그제사 육손이 정신을 차렸지만 물은 이미 엎질러졌다.

"소원이라면 죽여주지."

말이 끝나기가 무섭게 조장은 육손이 안면에 주먹을 날렸다. 단 한 차례 주먹질로 육손이는 비명을 지르며 땅바닥에 거꾸러졌고, 넘어진 육손을 조장은 보는 사람으로 하여금 소름이 돋을 정도로 인정사정없이 짓이기기 시작했다. 군인이 다가오기까지의 그 짧은 시간에 육손은 난생 처음 당해보는 무자비한 구타에 반죽음 상태가 되었고, 군인이 '이제 그만하면

됐어.' 하고 말할 때까지 조장의 발길질은 계속되었다.

다행히 육손이에 대한 문책은 더 이상 없었다.

그 사건 이후 최 조장에 대해 진원지를 알 수 없는 소문이 나돌았다.

조장은 이곳에 오기 전 오사카에 있는 한 폭력 조직에 몸을 담았다. 조장이 속해 있는 조직은 군부의 비호를 받는 우익 단체 산하 조직이었다. 조장은 조직 일원으로 살인과 폭력 사건에 직간접으로 연루되었다. 어떤 연유로 조직으로부터 축출당해 징용지까지 흘러들어오게 되었는진 모르지만 소문은 사실이었다.

조장이 거세당한 이유는 그가 일개 행동대원의 범주를 벗어나 독자적인 세력 확장을 기도했기 때문이라는 보다 그럴듯하고 구체적인 조장의 행각이 사람들 입에 오르내렸다.

어쨌든 조장에게는 항상 일본 앞잡이일지도 모른다는 의심의 눈초리가 따라다녔다.

조장을 거론할 때마다 노골적인 적의감을 드러내는 육손이를 비롯한 대다수 징용인들은 조장을 미워했다. 징용인 중 몇몇은 평사에게도 의심을 품었다. 하지만 평사 또한 조장과 마찬가지로 오해를 풀려는 어떤 시도도 하지 않았다. 앞잡이에 대한 손씨의 결론은 다시 양가와 조장으로 거리가 좁혀졌다.

밤 열 시가 가까워지자 하루 종일 얼씬하지도 않던 현장 감독이 술에 취해 붉어진 얼굴로 군용 도라꾸를 끌고 나타났다. 그는 나타나자마자 각 조장들에게 인원 점검을 지시한 후 그날의 작업 현장을 꼼꼼하게 살펴보았다. 모두 초조하게 현장 감독의 행동을 주시했다. 만약 그의 입에서 불합격 판정이 내려지면 밤을 새워서라도 다시 재작업을 해야만 했다.

철도 공사에만 20년을 종사했다는 감독의 눈은 날카로웠고, 대충 망치로 몇 군데만 두드려보아도 잘못된 곳을 단번에 지적할 정도로 그의 판단은 정확하기로 정평이 나 있었다.

다행히도 그날의 작업은 합격 판정을 받았다. 사람들은 한시름 놓으며 줄줄이 지친 몸을 끌고 숙사로 돌아가기 시작했다. 돌아오는 길에 손씨가 말했다.

"꼬리가 길면 밟히는 법. 언젠가는 조장과 양가 그놈들이 앞잡이란 게 백일하에 드러날 거야."

"드러난들 어쩌겠소?"

묵묵히 듣고만 있던 평사가 손씨에게 되물었다.

"어떻게 하긴. 그들이 저지른 피값을 받아내야지."

"……."

"증거만 잡히면 앞잡이가 누구든 간에 내 그놈의 배를 갈라서 새끼줄을 뽑아버리고 말 거야. 두고 봐."

숙사 앞에 당도한 평사는 한 길 반은 족히 되는 높은 담장과 그 위에 둘러쳐진 철조망을 올려다보았다. 멀리 망루 위에 희끄무레하게 보이는 보초와 훤하게 불을 밝힌 탐조등(探照燈: 서치라이트)의 뿌연 궤적이 오늘따라 유난히 더 밝다고 평사는 생각했다.

탈출은 어렵다. 성공의 가능성은 극히 희박하다. 완벽한 확신 없이 탈출을 도모하는 것은 어리석다. 잡히는 그 순간 이미 죽은 목숨이다. 나는 절대 죽음을 걸고 도박하지 않는다. 단 한 번의 기회, 언제 올지 모르지만 기회는 반드시 온다. 그때까지 참고 기다려야 한다.

설령 그럴 확률이 희박하더라도 끝까지 기다려야 한다.

짧지 않은 생애 동안 승부로 점철된, 승부에서 다져진 감각이 그렇게 평사에게 속삭인다.

기다려야 한다. 끝까지 끝까지…….

호리에.

한동안 잊고 있었던 호리에 관장의 얼굴이 불쑥 떠오른다. 평사의 얼굴이 고통으로 일그러진다.

어떻게, 어디서부터 잘못되었는지 처음에는 갈피를 잡을 수 없었다. 그날, 자신을 체포한 오타루 경찰서 고등계 형사로부터 무차별 폭행을 당한 뒤 깨어나 정신을 차린 곳은 어두컴컴한 경찰서 유치장이었다.

취조를 당하면서 평사는 비로소 자신이 어떤 서류상의 착각이 아닌 누군가의 조작된 음해로 인해 헤어날 수 없는 함정에 빠진 것을 깨달았다. 조서에 박힌 자신의 이름도 틀림없었고 불령선인이란 사실도 확실했다. 막다른 덫에 걸린 평사는 침묵으로 형사의 취조에 응했고 형식적인 심문을 마친 직후 북해도에서 제일 가까운 벌목장으로 넘겨졌다.

호리에…… 그 외에는 없었다.

아무리 생각해도 납득이 가지 않았다. 처음에는 자신에게 바둑으로 돈을 잃은 피해자나 혹은 자신이 제거됨으로써 이득을 얻을 수 있는 사람을 애써 떠올려보았다. 그러나 아무리 생각해도 그에 합당한 인물이 선뜻 잡히지 않았다.

평사가 자신의 신분을 증명해줄 사람으로 산쓰이도장의 호리에 관장을 거론했을 때 형사의 얼굴에 비웃는 듯 떠오른 차디찬 미소, 처음에는 그것이 조선인에 대한 냉소적 반응이라 생각했다. 그러나 그것은 평사의 착각이었다. 그 냉소의 뒤편에 드러나지 않는 그림자…… 그것은 호리에였다.

전면에서는 산쓰이의 백수십 년에 걸친 한, 새로운 신분 운운하며 회유했고, 배후에서는 만약 평사가 자신의 제의를 거부했을 때를 대비해 호리에는 거세의 칼날을 갈고 있었던 것이다.

평사는 입술을 지그시 깨물었다. 바둑에 미친 한 노인네의 제안을 거부한 대가치고는 자신이 겪어왔고 또 언제까지 겪어야 할지 모를 고통의 나날들이 너무나 저주스러웠다.

　선로 가설 지점에 나타난 암반 때문에 발파 작업이 시작되었다. 암반에 구멍을 뚫고 다이너마이트를 심어 폭파할 때는 모든 사람들이 작업을 중단하고 피신해야 했다. 징용자들 입장에서 보면 흔치 않은 행운이다.
　"조장과 양가 놈은 한 패였네."
　발파 현장으로부터 멀리 떨어진 안전지대에서 손씨는 평사에게 속삭였다.
　"어젯밤 자다 말고 소피가 마려워 숙사 밖으로 나갔네. 숙사를 돌아가는데 어디선가 두런두런 말소리가 들려왔어. 알다시피 전부 지쳐 곯아떨어진 마당에, 그 밤늦은 시간에……. 순간적으로 이상한 생각이 들어 몸을 뒤로 숨겼지. 초소 옆에서 몇 사람이 대화를 나누고 있었어. 거리가 멀어 이야기 내용은 알 수 없었지만, 한 놈은 왜놈 작업반장이었고 그 앞에 몸을 숙이고 있는 다른 두 놈은 우리와 같은 작업복을 입고 있었네. 내가 다시 숙사로 돌아온 한참 뒤, 두 놈이 문을 열고 슬며시 들어와 자기 자리로 가는데…… 바로 조장과 양가 놈이었어."
　"……."
　"틀림없어. 오늘도 봐. 조장이 제일 쉬운 허드렛일은 꼭 양가 놈에게만 맡기잖아."
　"……."
　"두 놈이 똑같이 왜놈 앞잡이였어."
　"그래봤자 변하는 건 없소."
　평사의 한마디에 의기양양해하던 손씨의 얼굴이 침울하게 굳는다. 실상 그 점은 손씨 자신도 염려하는 바였다. 막상 그들을 없애기도 쉽지 않을 뿐더러 용케 앞잡이를 색출해 처단한다 한들 달라질 건 없었다. 그들은 다시 누군가 앞잡이를 만들어 어떤 형태로든지 징용자들 동향을 파악하려 들 테니까.

손씨는 평사의 말에 긍정도 부정도 하지 못하고 아스라이 산굽이를 돌아가는 철도로 시선을 돌렸다.

인간의 힘이란 참으로 놀라운 것이어서 산을 깎고, 축대를 쌓고, 굴을 파서 철도를 놓는 작업이 불가능해 보이던 이곳도 더디긴 하지만 날로 진척을 보여 어느새 상당한 성과를 올리고 있었다.

그런데 갑자기 벼락 치는 소리가 들리며 계곡 전체가 커다란 진동을 일으켰다. 꽤 멀리 떨어진 자리인데도 주먹만 한 돌들이 날아왔다. 발파 작업 현장에선 먼지가 뭉게뭉게 피어올랐다.

호루라기 소리가 들려온다. 자리에서 일어서다 말고 손씨가 평사를 보며 계면쩍게 씩 웃는다. 절망이 더께더께 붙은 얼굴이었다.

눈을 감았으나 평사는 잠이 오지 않았다.

내가 이곳에서 나갈 수 있을까. 과연 살아서 다시 바깥세상을 볼 수 있을까.

지옥 같은 지난 몇 년의 세월이 더욱 자신을 깊은 절망 속으로 빠뜨렸다.

'희망이, 희망이 있을까.'

평사는 감았던 눈을 떴다.

옆 자리 손씨가 어느새 코를 곤다. 평사는 일어나 숙사 밖으로 나갔다. 자정이 지난 시각은 밤바람이 차가웠다. 머잖아 겨울이 시작될 것이다. 겨울이 되면 작업은 더욱 거칠어지고 죽어나갈 사람은 배로 늘어날 것이다.

평사는 수용소 울타리를 쳐다보았다. 철망으로 엮어놓은 담장은 영원히 외부 세계와의 차단을 고하는 듯 어둠 속에 우뚝 치솟아 있다.

그때 어둠 속에서 한 사내가 다가왔다. 최 조장이었다.

"담은 높아."

"……."

"쓸데없는 짓은 안 하는 게 좋을 거야."

조장이 품속에서 담배를 꺼내 물며, 평사에게 한 개비 건넨다.

"피우겠나?"

평사는 거절했다. 그러자 조장이 머쓱해하며 담배를 다시 호주머니에 집어넣는다.

"사람의 목숨은 끈질겨…… 누구도 몰라."

담배를 한 모금 길게 허공에 대고 뿜어내던 조장은 담배를 그대로 입에 문 채 숙사 안으로 사라졌다.

오후에 현장에서 또 한 사람이 죽어나갔다. 근래 들어 이런 일이 더욱 다반사로 일어났다. 수용소에는 실적이 부진한 현재의 소장이 곧 경질될 거라는 소문이 나돌았다. 작업 목표량은 하루가 다르게 늘어갔고 안전사고와 과로로 인해 숨지는 사람의 수는 점차 증가했다. 작업 자체가 난공사인 점을 감안하면 징용자들 작업량은 초과 달성되고 있었으나 소장은 만족할 줄 몰랐고 애꿎은 징용자들 희생만 늘어날 뿐이었다.

"사람 목숨이 모질다지만 허망하군."

손씨가 한숨을 쉬었다. 오후에 죽어나간 사람은 평사와 같은 날 이곳으로 끌려온 전라도 사투리를 쓰던 건장한 사내였다. 웬만큼 건강한 사람들도 이곳에 들어오면 하루가 다르게 시들어갔다. 노역과 굶주림에 시달리다 보면 몸이 저절로 망가지는 것이다.

평사의 몸도 시들 대로 시들어 있었다. 수용소에 끌려오기 전 술과 방탕한 생활로 이미 평사의 몸은 많이 망가져 있었다. 그나마 타고난 튼튼한 체질과 어릴 적부터 종살이를 하며 단련된 몸으로 지금까지 버티어오고 있는 것이다. 그리고 평사를 지탱시키는 건 여기서 죽을 수 없다는 강한 정신력이었다.

어두워지기 전에 작업이 끝났다. 전에 없던 일이었다. 숙사로 돌아오자마자 일본군들은 전 징용자들을 곧바로 연병장에 집결시켰다.

천 명이 넘는 징용자들은 영문도 모른 채 운동장에 집결했다. 잠시 후 무장한 군인들의 호위를 받으며 소장이 모습을 드러냈다. 온몸에 불빛을 받으며 사열대 위에 우뚝 선 소장의 당당한 체구와 그 불빛 사이로 길게 늘어선 중무장한 군인들 모습이 전에 없이 엄숙했다.

소장이 연설을 시작했다.

"너희들은 영광스런 대일본제국의 황국 신민이다. 너희들이 먹는 밥은 황공하옵게도 천황 폐하께서 내려주신 은전이며, 너희들이 편하게 쉴 수 있는 잠자리도 천황 폐하께서 내려주신 성스러운 하사품이다."

소장의 모자와 어깨 위에 달린 중좌 계급장이 불빛에 반짝인다.

"너희들은 그 은혜의 대가로 나라의 대동맥인 철도를 건설하고자 이곳에 온 것이다. 그런데 근자에 들어 천황 폐하의 은혜를 저버리고 몰래 이곳을 탈출하고자 기도하는 배은망덕한 무리가 있어 오늘 그들을 처단하기 위해 이 자리에 모인 것이다."

비로소 징용자들은 왜 자신들이 이곳에 모이게 되었는지 짐작이 갔다.

"이제 너희들은 보게 될 것이다. 황국 신민이 된 자로서 우리의 믿음을 저버린 배신자의 처참한 말로를. 따라서 너희들은 이와 같은 불경스러운 사태가 다시는 일어나지 않도록 해야 할 것이다."

소장이 연설을 마치고 자리에서 물러나자 이내 눈을 가리고 입에 자갈을 물린 탈출자들을 군인들이 연병장 한가운데로 끌어냈다. 세 명은 비교적 멀쩡한 모습이었으나 들것에 실려 내팽개쳐진 한 명은 온몸이 군견에 물린 피투성이 시체였다.

"시행하라!"

부관의 입에서 짤막한 명령이 떨어졌다. 미리 준비하고 있던 군인들이 웃통을 벗어던진 채 굵고 단단해 보이는 검은 쇠파이프를 치켜들었다. 불빛 아래 꿈틀거리는, 그들의 등판에 아로새긴 문신 속의 용이 움직일 때마다 마치 살아서 튀어나올 것만 같았다.

징용자들의 공포가 극에 달할 때까지 주위를 빙빙 돌기만 하던 군인들은 손바닥에 침을 탁탁 뱉으며 더욱 힘껏 쇠파이프를 움켜잡았다.

"우-."

그 중 한 명이 갑자기 괴성을 질렀고 그것을 신호로 그들은 탈출자들을 쇠파이프로 후려치기 시작했다. 얼굴이고, 머리고, 온몸을 가리지 않고 무지막지하게 내리쳤다.

허연 뇌수가 튀어나오고 쇠뭉치에 뜯긴 살점들이 주위에 비산했다. 그들 몸에서 튀기는 피가 군인들의 전신을 피투성이로 만들었다. 살상을 시작한 지 몇 분이 지나지 않아 그들은 개구리처럼 사지를 파닥거리더니 대자로 뻗어버렸다. 그제서야 쇠파이프를 거둔 군인들은 피에 젖어 번들거리는 얼굴로 이빨을 드러내며 씨익 웃었다.

대열 앞쪽에 서 있던 사람 중 일부가 참지 못하고 구역질을 했다. 너무나 처참한 광경에 사람들은 모두가 고개를 돌렸다.

근엄한 표정으로 그 광경을 지켜보던 소장이 자리에서 일어나 만세를 불렀다.

"덴노 헤이까 반자이!(천황 폐하 만세)"

도열해 있던 군인들이 소장의 선창을 따라 만세를 불렀다.

"덴노 헤이까 반자이!"

"반자이!"

"반자이!"

군인들의 우렁찬 만세소리가 연병장에 메아리친다. 그들의 함성은 잠들어 있는 대지를 피로 일깨웠다.

그야말로 피의 제전이었다.

"나 좀 봅시다."

최 조장이 잠들어 있는 평사를 흔들어 깨웠다. 자정이 넘은 늦은 시각이었다. 조장 뒤를 따라 나가며 평사는 잔뜩 굳어 있는 그의 얼굴을 보고 의문에 잠겼다. 자신이 기억하는 한 조장은 누구와도 사적인 대화를 나누는 사람이 아니었다. 그런 그가 이런 밤늦은 시각에 자신을 불러내는 자체가 심상찮은 일이었다.

징용자 숙소는 이미 오래전에 불이 꺼진 채 조용했지만 일본 군인들 막사는 환하게 밝혀진 채 합창소리, 고함소리로 시끌벅적했다. 탈주자를 잡아들인 공로를 치하해 소장이 그들에게 특별히 회식을 베풀고 있는 것이다.

막상 평사를 불러낸 조장은 한동안 말이 없었다. 무얼 생각하는지 알 수 없는 눈길로 일본군 막사를 바라볼 뿐이었다. 막사엔 합창소리, 웃음소리가 절정에 달해 있었다.

"오늘은 아마 근무조 몇 명을 제외하곤 모두 술에 취해 있을 거요."

한참 만에 입을 뗀 조장의 말에선 뭐라 형언하기 어려운 미묘한 기운이 감지되었다. 기다리고 기다리던 패를 손에 쥔 노련한 화투꾼 같은 그의 눈빛이 어둠 속에서 번쩍번쩍 빛을 발한다.

"나는 오늘 이곳을 떠나오."

"……."

"죽은 사람들에겐 미안한 말이지만 오늘 같은 날을 오랫동안 기다려왔소."

결국 탈출이었다.

"탈출하고 싶거든 나와 같이 갑시다."

순간적으로 평사는 강한 유혹을 받았다. 기회는 기회였다. 군인들은 술에 취해 있고, 경계도 보다 느슨해져 있을 것이다.

"너덧 명이 며칠간 먹을 수 있는 식량도 준비해두었소. 아껴 먹는다면 아마 열흘까지도 가능할 거요."

"……."

"빨리 결정하시오. 시간이 없소."

"몇 명이오?"

침묵하던 평사가 말문을 열자 최 조장이 누런 이를 드러내고 웃는다.

"나까지 네 명이오. 당신이 합세하면 다섯 명."

"내게 이런 제의를 하는 이유가 뭐요?"

"이유는 없소. 이곳은 누구에게도 이유가 없는 곳이오."

평사는 보다 더 강한 유혹을 받는다.

"성공할 가능성은?"

평사의 질문에 최 조장의 안면이 차갑게 굳었다. 평사는 조장의 눈이 분출 직전의 화산과 같다고 생각했다.

"반반이오."

짧은 순간 평사는 격렬한 갈등에 휩싸였다. 조장 같은 성격은 함부로 허튼소리를 할 사람이 아니다.

반반이라…… 승부가 아닌가……. 이런 기회는 다시 못 올지도 모른다. 식량이 확보되어 있다면 아마 틀림없이 식수에 대한 대비책도 세워놓고 있으리라. 그리고 나름대로 도주로까지 세세히 계산해놓았을 것이다.

어떡할 것인가…….

그러나 다음 순간 평사는 고개를 흔들었다.

"그만두겠소."

평사의 거절에 조장은 예상했다는 듯이 조금도 놀란 빛을 보이지 않는다. 다만 입가에 한줄기 미소가 보일락 말락 스쳐지나갔다.

"그럴 줄 알았소."

막상 거절해놓고 보니 평사의 마음은 차라리 편안해졌다.

"사람들이 나더러 무서운 놈이라고 하지만 실상 당신이 더 무서운 사람이오."

"……."

"대신 내 부탁을 하나 들어주시오."

조장은 미리 준비한 봉투 한 장을 내밀었다.

"내가 실패하고 만약 당신이 살아 나가면 이 편지를 내 아내에게 전해주시오."

평사는 봉투를 건네받았다. 어두워서 봉투 겉면 주소는 확인할 수 없었지만 평사는 그 봉투를 품안 깊숙이 넣었다.

숙사 뒤에서 세 명의 사내가 나타났다. 두 명의 얼굴은 생소했지만 그 중 한 명의 얼굴은 확실히 알아볼 수 있었다. 7조 조장이었다. 최 조장이 그들과 손을 맞잡았다.

"가기 전에 한 가지 마무리해야 할 일이 있어."

최 조장이 사내들에게 눈짓을 한다. 세 명의 사내가 고양이같이 날렵한 동작으로 숙사 안으로 미끄러졌다.

잠시 후, 그들에게 끌려 나온 사람은 양이었다.

입이 수건으로 동여매진 채 양은 공포에 질려 바들바들 떨고 있었다. 양을 가운데 두고 그들은 빙 둘러섰다. 그 사이를 비집고 조장이 양의 앞으로 바짝 다가갔다. 양은 그 자리에서 털썩 무릎을 꿇었다. 그의 눈은 간절한 애원으로 가득 차 있었다.

징용인(徵用人)들

"누구나 그럴 수밖에 없을 때가 있지."

양의 얼굴에 일말의 희망이 보인다. 조장이 양의 어깨에 손을 올려놓는다.

"……지금 나도 그럴 수밖에 없어."

양이 창백하게 질린다.

조장이 일어나며 양의 목을 잡아 힘껏 비틀었다. 양은 아무런 저항 없이 컥컥대며 고통스러워했다.

팔에 힘을 주고 있는 조장의 얼굴은 침울했다. 조장은 팔에 힘을 더욱 가했다. 양이 강도가 세게 발버둥친다. 양의 눈알이 금방이라도 튀어나올 것만 같다. 연이어 우두둑, 듣기에도 섬뜩한 소리가 났다. 마침내 양의 목이 힘없이 건들거리며 아래로 처졌다.

조장은 목숨이 끊어진 양의 시신을 숙사 뒤 쓰레기통 안에 거꾸로 처박아버렸다.

"잘 알겠지만 놈은 왜놈 앞잡이였소."

일을 끝낸 조장이 손을 툭툭 털었다.

"가봐야겠소."

조장이 평사에게 손을 내밀었다. 평사의 가슴 밑바닥에서 복잡한 감정이 뒤엉킨다. 평사는 조장의 손을 잡았다.

"육손이에게 전해주시오. 살리기 위해선 그 길밖에 없었다고……."

조장은 평사를 바라보다가 잡고 있던 손을 놓고 일행과 함께 숙사 뒤편 어둠 속으로 급히 사라졌다.

최 조장의 마지막 패착은 양이었다. 양의 시신을 쓰레기통에 버린 것이 결정적이었다. 그날 술에 취해 화장실에 가던 일본 군인 눈에 우연히 양의 시체가 발견됐다.

그 즉시 군대는 출동됐고 도주로는 차단되었다. 그들은 방향을 돌려 산으로 달아났으나 도주 닷새째 되던 날 최 조장과 그 일행은 전원 시체가 되어 돌아왔다. 그들의 마지막 발악에 일본인 군인 세 명도 목숨을 잃었다.

　그리고 나흘 후, 새 소장으로 부임한 호소카와 유다카(細川裕) 중좌가 임지에 도착했다.

17   떠나는 자와 남는 자

똑똑.

문을 두드리는 소리가 나고 소장실 방문이 열렸다. 호소카와 소장은 보던 서류에서 눈을 떼며 들어온 사람을 바라보았다. 차렷 자세로 앞에 서 있는 사람은 자신의 부관 다나카(田中)였다. 그의 한 손엔 얇은 서류철이 들려 있었다.

"보고드릴 게 있습니다."

"뭔가?"

"현장에서 안전사고가 있었습니다."

"사람이 죽었나?"

호소카와 소장이 얼굴을 찌푸렸다. 아침부터 사고 소식을 듣는 게 소장은 짜증스러웠다.

"그렇지는 않습니다만 한쪽 다리와 갈비뼈가 부러진 것 같습니다."

"그러게 안전사고를 유의하라고 했잖은가! 조금만 조심하면 몇 년 더 써먹을 수 있는 사람을 하찮은 부주의로 잃는다는 게 얼마나 큰 손실인가!"

소장의 엄한 문책에 부관의 얼굴이 벌겋게 달아올랐다.

"죄송합니다."

"누구야?"

부관은 가져온 서류를 건네주며 소장에게 대답했다.

"제3숙사에 기거하는 추평사란 조선인입니다."

건네받은 신상 기록을 주도면밀하게 훑어보던 소장이 다시 이맛살을 찌푸리더니 나지막하게 중얼거렸다.

"징용지에서만도 4년을 넘게 버텼다. 대단한 놈 아닌가."

서류를 내려놓고 소장은 난로 위에서 하얀 수증기를 뿜어올리며 끓고 있는 주전자를 물끄러미 바라보았다.

많이 버티어봐야 한계가 3년이라고 알려진 징용지에서 4년을 넘게 버티어온 추평사에게 한순간 흥미가 일어났으나, 그러나 그뿐이었다. 얼핏 생각해보아도 4년 이상 징용지에서 굴렀다면 몸도 막바지에 온 게 분명하다. 4년 이상 버틴 그런 노련한 일꾼이 안전사고를 당했다는 사실 자체가 그런 점을 반영해주고 있지 않은가. 그렇다면 산으로 갈 수밖에 없지.

"여기 탄원서도 있습니다."

막 폐기처분 명령을 내리려는 소장에게 부관이 또 한 장의 서류를 내밀었다.

"탄원서?"

건성으로 탄원서를 받아 읽어보던 소장은 몇 줄 읽기도 전에 신경이 곤두섰다.

탄원서 내용은 간단했다.

나는 불령선인이 아니다. 나는 평생 바둑밖에 모르는 사람이다. 우연한 기회에 일본에 들어와 바둑을 둔 일밖에 없는 나를 불령선인으로 지목함은 심히 부당하다. 나를 풀어달라.

탄원서 내용은 대략 그러했다. 불령선인이고 부당이고 그런 것에 소장의 흥미가 끌린 것은 아니었다. 단 하나의 단어. 바둑, 그것이 소장의 시선을 끌어당겼다.

고(碁: 바둑)라…….

탄원서를 내려놓고 소장은 창밖을 내다보았다. 텅 빈 연병장에 산에서 불어오는 거친 바람이 누런 먼지를 피워올리고 있었다. 피할 곳도 없는 망루 위의 보초가 먼지바람을 등지고 돌아선다. 소장은 뜨거운 물을 한 잔 가득 잔에 부었다.

고라…….

불현듯이 이제는 기억도 희미한 증조부 얼굴이 떠올랐다.

세 살이던가 네 살이던가. 그날 증조부는 어떤 사람과 바둑을 두고 있었다. 바둑판 위에 놓여지는 돌 소리가 재미있어 장난삼아 흐트러뜨린 일이 있었다. 한 번도 자신을 나무란 적이 없던 증조부는 처음으로 자신을 호되게 꾸짖었다. 서운하기도 하고 무섭기도 해 울었던 그때의 기억만은 나이가 들도록 오랫동안 남아 있었다.

철이 들면서 우연히 아버지에게 그 기억을 말했더니 아버지는 빙그레 웃었다.

"네 증조부께서 일생 동안 가장 사랑했던 것이 있다면 그건 바둑이다. 어릴 때 처음 배운 바둑이 너무나 좋아서 바둑을 배우러 당시 기원 4가의 하나인 이노우에(井上)가에 단신으로 찾아가 바둑을 가르쳐달라고 졸랐다더구나. 다행히 관장님 눈에 들어 바둑을 배울 수 있었는데, 평생 애는 쓰셨지만 4단에 그쳐 대성하진 못했다. 하지만 바둑을 사랑하는 마음은 누구보다 강해 이 아비도 어릴 적에 강제로 가르쳐주는 바둑 때문에 곤혹을 치른 적이 여러 번 있었다. 그런 분이신 만큼 너를 혼낸 일은 당연하다고 봐야 할 것이다."

그런 집안에서 자란 탓인지 아버지의 바둑은 동년배 중에서는 적수를 찾기 어려울 정도로 강했고, 자신도 어지간한 자리에 가면 상석을 양보받을 정도로 고수 축에 끼었다.

"어떻게 할까요. 관례대로 폐기처분할까요?"

부관의 다그치는 물음에 소장은 잠시 젖어들던 과거의 상념에서 깨어났다.

"입실시켜."

소장의 명령에 부관은 잠시 멍청히 서 있었다. 소장이 뒷모습만 보이고 있었기에 그의 표정조차 읽을 수 없었다.

'그런 버러지 같은 조선인을 입실 치료시키다니, 새로 부임한 소장은 도무지 속을 알 수 없어. 뜻밖의 지시를 내려 사람을 당황하게 하질 않나, 의무실이 우리 군인들을 위해 있는 거지, 징용자들을 위해 있는 것이란 말인가.'

부관은 치밀어오는 부아를 잔뜩 삼키며 마뜩찮은 얼굴로 소장실을 나갔다.

소장은 뜨거운 물을 후후 불며 난데없이 그런 명령을 내린 자기 자신에게 실소를 보냈다. 원래 작정하고 그런 지시를 내린 것은 아니었다. 바둑, 증조부, 이런 연상에 젖다 보니 자신도 의식치 못한 사이에 즉흥적으로 내린 결정이었다. 하지만 그렇게 조처해놓고 보니 한편으로는 잘했다는 생각도 들었다.

부임해온 지 한 달이 다 됐지만, 처음 보름간 이것저것 파악하고 나니 별다른 할 일이 없었다. 미리 지시만 내려놓으면 부관이 다 알아서 처리하고 자신은 결재하는 것만으로도 충분했다.

이번 기회에 바둑이나 더 공부해볼까…….

중앙의 고위 군간부로부터 이곳 철도 공사가 마무리될 때까지만 여기서 소장을 지내면 좀 더 좋은 자리로 영전시켜준다는 것을 내락받은 호소카와 유다카 중좌였다. 게다가 실적만 채워주고 큰 사고만 없다면 상부의 간섭도 별로 받지 않는 한직이었다.

규슈 섬 자체가 본토와 떨어져 있어 지리적 여건으로는 아무래도 문화와 사회 발전이 더딘 곳이기는 하지만, 본토보다 따뜻한 기후 조건이 마음에 들었다. 또한 자식들의 교육 문제 때문에 동경을 떠나지 못하는 아내와 떨어져 있을 수 있어 자유스러웠다.

합리주의자인 소장은 대략 2년 가까이 추정되는 이곳의 재임 기간을 나름대로 의미 있는 데 투자하고 싶었다. 소장은 그 대상을 바둑으로 해도 나쁠 것이 없다는 생각이 들었다. 군에 발을 디딘 후로는 아쉽게도 거의 바둑을 접할 기회가 없었다.

'너는 평생 이 아비에게 두 점을 못 벗어나.'

호소카와 소장은 아버지의 그 말을 떠올리며 빙그레 미소 지었다. 바둑 후진국인 조선인 주제에 두어봐야 얼마나 둘 수 있을까만 그의 탄원서대로 평생 바둑과 살아왔다면 어쩌면 아버지 수준을 능가할지도 모를 일이었다.

혹시 아는가. 동경으로 돌아갈 때 아버지를 혼내줄 수 있을지…….

소장은 빙긋이 웃으며 들고 있는 물잔을 책상 위에 내려놓았다.

의무실에서 눈을 뜬 평사는 자신의 모습을 믿을 수 없었다. 누가 치료를 했는지 모르지만 거친 솜씨일망정 부러진 다리에는 부목이 대여 있고 가슴 또한 압박붕대로 칭칭 감겨 있었다. 통증이 조금씩 밀려왔다.

분명 꿈은 아니었다. 침목 아래 깔리면서 이젠 속절없이 죽었구나 생각했는데 의외로 치료를 받고 의무실에까지 입실해 있다니…… 지난번 소장 시절에는 상상도 못할 조치였다.

평사는 근래 들어 한 달에 한두 번씩 가슴에 통증을 느끼곤 했다. 대단한 통증은 아니지만 통증이 오는 짧은 몇 초간은 몸을 움직일 수조차 없었다. 일종의 근육 마비 현상이라고 생각했으나 하필 그 시간에 통증이 올 줄은 몰랐다. 순간적인 통증 때문에 앞 사람과 보조를 맞출 수 없었고 균형이 뒤틀리자 침목은 순식간에 무너졌다. 뻔히 보면서도 평사는 덮쳐오는 침목을 피할 수가 없었다.

침목에 깔리는 순간 평사는, 이제는 죽었구나 생각했다. 침목에 깔리는 이상 몸이 온전할 리 없고, 다치는 사람이 어떻게 처리되는가를 너무나 잘 알고 있던 평사는 순간적으로 모든 걸 체념했다.

그런데 입실이라니…… 이것도 새 소장이 오고 난 후 겪는 변화의 하나인가…….

근래 들어 새 소장이 부임해오고 징용인들은 커다란 변화를 겪고 있었다.

그 첫째가 작업 현장까지 가는 이동 수단이었다. 새 소장이 오고 1주일 만의 일이었다. 이제까지 징용인들은 아침에는 거의 뛰다시피 현장으로 쫓겨갔고 밤늦게 돌아올 때는 지친 몸을 이끌고 걸어서 숙사로 돌아왔다. 철도 공사가 진척을 보일수록 이동 거리는 늘어만 갔고 그것이 징용인들을 상당히 지치게 만들었다.

그런데 새 소장은 부임 1주일 만에 군용트럭 화물칸을 개조해 징용인들을 실어 나르게 했다. 물론 탈출을 염려해 빗장을 단단히 채웠고, 옆 사람에 치여 가슴이 답답해질 정도로 꽉꽉 채우긴 했으나 징용인들 입장에선 예전에 비해 작업장을 오가기가 훨씬 수월했다.

두 번째 변화는 작업 시간 단축이었다.

어느 날 소장은 전 징용인을 모아놓고 한 가지 약속을 했다.

"이 자리를 빌려 소장은 여러분에게 약속한다. 지금까지의 작업성과에 비해 매일 그 실적에서 1할만 더 올리면 마치는 작업 시간이 몇 시가 되든 간에 숙사로 돌아와 쉬게 해주겠다."

소장은 징용인들의 맥을 정확히 짚었던 것이다.

실상 그때까지 징용인들은 채찍질을 피해 혹사당하고 지친 몸을 사려 온 게 사실이었다. 사람들은 소장의 약속에 긴가민가하면서도 속는 셈치고 열심히 일해 소장이 제시한 목표를 채워보았다.

소장의 약속은 사실이었다. 저녁 일곱 시에 목표를 채웠던 그날, 징용인들은 처음으로 아무 조건 없이 숙사로 돌아와 푹 쉴 수 있었다. 그다음부터 사람들이 숙사로 돌아오는 시간은 여덟 시를 넘기는 일이 거의 없었다.

그것만 해도 징용인들 입장에서는 상상조차 해본 적 없는 변화인데, 이제 식사까지도 전에 비해 한결 나아졌다. 그때까지 관례적으로 양곡과 부식을 빼돌리던 군인들의 행위를 금지시키고 그중 일부를 징용인들에게 돌린 결과였다.

도저히 믿기지 않는 변화였다.

빈번하게 죽어나가던 징용인 수는 현저하게 줄어들었고, 일부 징용인들은 현재 소장을 멋쟁이 소장이라고 추켜세우는 일까지 있었다.

하지만 평사의 생각은 달랐다. 새 소장이 몰고 온 변화는 조금이라도 더 징용인의 노동력을 착취하려는 교묘한 술책으로 여겨졌다. 다만 그것을 나쁘지 않은 방향으로 끌고 가는 것이기에 비난하고 싶지 않을 뿐이다.

그러나 이건 정말 뜻밖이군.

평사는 자신의 가슴에 감겨 있는 붕대를 가만히 만져보았다. 붕대 특유의 부드러운 촉감이 손끝에서 만져졌다. 통증이 조금씩 가라앉고 졸음이 밀려왔다.

평사는 혼곤히 밀려오는 잠 속으로 깊이 빠져들었다.

"밖에서 바둑을 두었다지?"

소장실에서 뜻밖의 질문을 받는 순간 평사는 확연히 깨달을 수 있었다.

지난 한 달 동안 내내 품어왔던 괴이하고 수상쩍은 치료의 실체를……
그것은 결국 바둑이었다.

여기까지 와서도 바둑이란 말인가…….

새삼 바둑과 자신의 질긴 인연에 형언할 수 없는 비감마저 들었다. 생
각해보면 자신에게 일어났던 모든 인간관계의 시작과 끝은 바둑이었다.
자신을 이 무저(無低)의 고통 속에 밀어 넣은 것도 바둑이었고 죽음에서
구해준 것도 바둑이었다.

원인 모를 한을 곱씹으며 이 거리 저 거리로 떠돌게 한 것도 바둑이었
고, 회색빛 안개 속에 자신을 지쳐 잠들게 한 것도 바둑이었다. 그 옛날,
사랑에 든 손님의 바둑을 어깨 너머로 우연히 구경한 이래로 줄곧. 바로
지금, 목발에 의지해 이 차가운 수용소에서 깊은 절망 속에 몸부림치는
이때까지.

"자네 탄원서에 그렇게 기록돼 있던데?"

"……."

소장이 초인종을 누르자 옆방에서 대기하고 있던 당번병이 들어와 부
동자세를 취했다.

"바둑판을 가져와."

당번병은 소장실 구석에 놓여 있는 세 치 두께의 바둑판을 조심스럽게
탁자 위에 올려놓았다.

"나에게 바둑을 이겨라. 그러면 넌 편안하게 지낼 수 있다."

평사는 바둑판을 내려다보았다. 흡사 환각을 바라보는 듯한 몽환의 시
선으로. 그의 몽롱한 시선 너머에 유년의 그 암담했던 기억이 애환으로
부서져 내리고 있었고, 암울한 시대의 한 구석에 내팽개쳐진 한 불운한
기객의 몰락이 아픔으로 흩어져 내리고 있었다. 만감이 교차했다.

평사는 망연히 손을 내밀어 돌을 잡았다. 그 손, 말라 비틀어져 등걸이 앙상하게 드러나 있는 그 손. 처절했던 세월의 잔영이 백지(白紙) 같은 슬픔으로 녹아 있는 그 손이 돌을 움켜잡는다. 파란(波瀾)으로 가득했던 평사의 조락(凋落)한 삶이 그 안에 있었다.

갑작스레 목이 메어와 평사는 고개를 숙인 채 하염없이 바둑판만 응시했다. 그런 평사의 감정이 전이(轉移)된 듯 소장도 한동안 숙연히 앉아 있었다.

평사의 기억에는 어머니가 없었다. 철없이 어머니를 입에 올릴 적마다 못 들은 척 묵묵히 일만 하시던 아버지. 아버지가 꼭 한 번 자신에게 어머니를 이야기해준 적이 있었다. '네 어미는 저 산 너머에 있다.' 그때부터 평사는 어머니가 보고 싶으면 먼 산을 바라봤다. 그 산 너머엔 온갖 그리움이, 소망이…… 어머니의 기억들이 있었다.

어머니는 죽어 먼 산 속에 묻혔다. 묻힐 땅 한 평 없는 신세를 한탄하며 아버지는 어느 비 오는 날 죽은 어머니를 지게에 지고 산속으로 떠났다.

아버지가 임종했다는 소식을 듣고 도장에서 뒤늦게 달려왔을 때 아버지의 시신은 부패한 채 며칠이 지나 있었다. 평사는 생전에 아버지가 어머니에게 그랬던 것처럼 아버지를 들쳐 업고 깊은 산속에 묻었다.

무덤 위에 술 한 잔을 뿌리고 돌아서며 평사는 한없이 울었다. 아버지가 살아온 그 서러운 유적(遺蹟) 위로 한 마리 산새가 날아갔다.

철커덕.

소장이 자신의 돌을 돌통 속에 던져 넣었다. 70여 수만의 투석이었다.

"대단한 고수다. 그 실력 유감없이 발휘해라."

소장은 흡족한 얼굴로 평사를 칭찬했다. 끈질긴 장고파인 소장이 시간을 많이 소비한 탓으로 대국은 세 시간가량 걸렸다. 소장이 바둑판을 보며 한마디 덧붙였다.

"다른 지시가 있을 때까지 의무실에 있도록 해."

평사는 묵묵히 판 위의 돌을 쓸어담았다. 어쨌든 당분간 현장에서 죽음과 대치하는 위험은 사라진 것이다.

그날 밤, 평사는 짐이라고 할 것도 없는 몇 장의 옷가지를 챙기기 위해 숙사로 돌아갔다. 한 달 만에 보는 숙사의 분위기는 어딘지 모르게 낯설었고 사람들의 시선도 뜨악했다.

그사이 손씨의 모습은 한층 시들어 있었다.

"오랜만이군."

힘든 하루의 일과 끝이라 손씨 얼굴에는 피로의 기색이 역력했다.

평사는 그간 있었던 일을 대략 손씨에게 설명했다.

"몸은 좀 어떤가?"

"견딜 만합니다."

"운이 따라주었어."

손씨는 자기 일처럼 기뻐한다.

"나도 바둑이나 배워둘걸."

평사가 자신의 소지품을 챙긴다.

"가야 하나?"

"예."

하나둘 들리던 코 고는 소리가 시끄러울 정도로 점점 더 크게 들린다. 대부분의 사람들은 깊이 잠들어 있었다. 비스듬히 몸을 누인 손씨의 음성에도 졸음이 가득 묻어나온다.

"역시 자넨 내가 생각했던 대로 보통사람이 아니었어. 어쩌다가 이런 신세가 되었는지 몰라도 자넨 이런 데 있을 친구가 아냐. 사람은 누구나 자신에게 어울리는 길이 있어. 자네 사정은 모르겠네만 정말 잘됐어. 소장과 가까이하다 보면 어떤 길이 생길 수도 있을 거야……. 난 오랫동안 떠돌아다녔어. 탄광촌으로, 공사장 판으로 여기저기 안 다녀본 데가 없었어. 집 떠난 지가 10년이 넘었으니…… 어떻게 한밑천 잡으면 여편네 자식 기다리는 고향으로 내려가고 싶었는데…… 마음은 늘 그랬었는데…… 늘 고향에…… 고향에……."

어느새 손씨는 잠들어 있었다. 평사는 담요를 끌어올려 손씨를 덮어주고 자리에서 일어섰다.

이미 연병장엔 어둠이 짙게 드리워져 있다.

평사는 어두워진 연병장을 가로질러 의무실 쪽으로 천천히 걸어갔다. 어디선가 까마귀 우는 소리가 들려왔다.

간혹 그 여자, 화정이 꿈속에 나타났다.

꿈속의 그 여자는 언제나 슬픈 얼굴이었다. 여자는 갓난아이를 가슴에 안고 있었다. 아이는 어미의 젖을 빨다가 칭얼거리고 울었다. 여자는 아이를 달랜다. 아이는 여자의 손길을 뿌리치고 계속 울었다. 여자가 다시 아이를 달랜다. 아이는 그래도 울었다.

여자…… 아이…… 여자…… 아이…….

그러다가 화들짝 잠에서 깨어난다. 눈을 뜨고 아이의 얼굴을 헤아려보지만 아무리 기억을 되살리려 애를 써도 아이의 얼굴은 떠오르지 않고 슬픈 화정의 얼굴이 되살아난다.

의무실 생활은 편했다.

하루 종일 혼자 텅 빈 의무실을 지키는 날이 대부분이었지만, 간혹 한두 명씩 입실해오는 일본 군인도 있었다. 그런 일본 군인 중에 자신을 아니꼽게 바라보는 사람도 있었지만, 일부러 괴롭힌다거나 시비를 거는 사람은 없었다.

평사는 불안했다. 언제 어떻게 소장의 마음이 변해 자신을 다시 공사 현장으로 내몰지도 모르는 일이었고, 수용소 성격상 소장의 특별 배려가 언제까지나 자신에게 이어지리라는 보장도 없었다.

남쪽 지방이긴 하지만 고지대인 이곳에 어젯밤엔 두껍게 서리가 내렸다. 의무실 한쪽을 둘러싸고 있는 철제 난간을 하얗게 뒤덮은 그 서리도 이제 햇빛이 들면 칙칙한 물기의 흔적만 남긴 채 사라져버릴 것이다.

겨울이 깊어갔다.

지난 1년간 평사는 흘러가는 세월만 바라보았다. 위수(渭水)에 빈 낚싯줄을 던져놓고 세월 속에 묻힌 강태공처럼 시작도 결말도 없는 수를 반상 위에 놓으며 평사는 세월 속으로 그저 떠내려가고 있었다.

외상(外傷)에 대해 아는 건 아까징기(머큐로크롬)밖에 없고, 속 아프다면 횟배 앓는 거라며 산토닌밖에 처방할 줄 모르는 부대에서 유일한 의무병이 누워 있는 평사를 깨웠다. 소장의 호출이었다.

무슨 일인지 이틀 동안 소장은 연락이 없었다. 의무병의 말로는 소장의 옛 친구가 산간 오지인 이곳까지 찾아와서 두 사람이 가까운 구마모토(熊本) 시로 같이 나갔다고 했다.

소장과의 바둑은 1년째 석 점 바둑이었다.

처음 바둑을 둔 그다음 날 소장은 스스로 두 점을 놓았다. 그러고도 대패를 당한 소장은 고집스럽게 그 후 몇 번을 두 점으로 더 두었지만 아무래도 승부의 차이가 커 다시 석 점을 놓았다. 석 점 바둑에서 소장은 1년이 지나도록 치수상으로는 단 한 치의 진전도 못하고 있었다.

대부분의 승부는 평사가 두세 집, 드물게는 열 집 가까이 이기기도 했지만, 그런 정도의 차이는 얼마든지 극복할 수 있다는 게 소장 생각이었다.

대국 시 소장실 안에는 소장과 평사 단 두 사람밖에 없었다. 어수선한 것을 병적으로 싫어하는 소장은 대국 도중에는 일체 보고를 하지 못하도록 부관에게 명령을 내렸다.

바둑은 철저하게 침묵 속에서 두어졌다. 소장 입장에서는 비록 평사가 고수이긴 하지만 하잘것없는 징용자 나부랭이에 불과했다. 그런 평사에게 소장이 주절주절 말을 건네며 친분을 쌓을 턱이 없었고, 평사는 평사대로 소장에게 할 말이 있을 리 없었다.

기억하기로는 최근 들어 소장이 한 말은 딱 한 마디, 그것도 혼잣말이었다.

"역시 석 점으론 무린가……."

괜히 무리한 승부수를 띄워 서너 집 차이에 불과하던 바둑을 대마가 잡혀 불계패했을 때였다. 그런 소장의 자책은 최근에 들어서야 느끼게 된 한 가지 의문 때문이었다.

분명히 1년 전의 자기와 비교하면 돌 한 점 이상의 실력이 늘었는데도 치수는 요지부동, 조금도 좁혀지지 않는 데 대한 스스로의 의문을 그런 식으로 표현한 것이었다.

소장실에 들어갔을 때 소장은 밝은 얼굴을 하고 있었다. 무슨 좋은 일이 있는지 그의 얼굴에 화색이 돌았다. 반상 위에 석 점 치석을 놓는 그의 손길이 가볍다. 그렇다고 해서 장고파인 그의 습관까지 바뀌는 건 아니다. 거의 속기로 일관하는 평사가 두 칸 높은 협공을 하자마자 소장은 어김없이 턱을 괴고 깊은 장고에 빠져든다.

평사는 습관처럼 강가에 앉았다. 기약 없는 무심한 세월은 줄기차게 흐르고 반상 위에는 끝없는 인내만이 있을 뿐이다. 강가에 밤이 지나고 새벽안개가 몰려온다. 강 건너편에서 밀려드는 안개는 아득하고 또 막막하다. 강가에는 새벽안개만이 존재한다. 그리고 말없이 평사를 몰아간다. 막연한 기다림 속에서 과정도 없고 결론도 없는 바둑을 두라고 자꾸만 평사를 몰아간다.

소장의 야무진 손끝이 반상을 힘차게 두드렸다. 타성에 젖은 평사가 뒤이어 착수를 한다. 뻔한 수인데도 소장은 또다시 장고에 들어간다. 평사는 물결에 흔들리는 낚싯줄을 바라본다. 반상 위엔 아무것도 없다. 수도 없고 희망도 없고 승부도 없고 마침내는 바둑도 없다.

소장실 문이 덜컥 열렸다. 근래 없이 드문 일이다. 한 사내가 들어서자 소장이 반색을 했다.

"어쩐 일이오. 어젯밤 얘기론 기타큐슈로 간다더니만?"

한 쉰 살쯤 되어 보이는 사내가 소장 옆자리에 털썩 앉았다. 거침없이 행동하는 것으로 보아 소장과 상당한 친분이 있는 사람 같았다.

"저쪽 일이 틀어져버렸소. 잘됐지 뭐. 오랜만에 만나 헤어지기 아쉬웠는데……."

사내의 시선이 바둑판에 잠깐 머물렀다. 반상을 바라보는 그의 눈이 이채롭다.

"흑이 좀 답답한걸. 보아하니 접바둑 같은데 두 점? 아니면 석 점? 이거 뜻밖인걸. 이런 곳에 이만한 고수가 다 있다니……."

소장이 쓸쓸하게 대답했다.

"석 점이오. 조선인 징용자 중에 바둑 고수가 있어서."

조선인 징용자라는 말에 사내 얼굴엔 실망의 기색이 완연했다.

"조센징이라……. 이봐, 얼굴 한번 들어봐! 무슨 죄를 졌나? 얼굴은 왜 그렇게……."

묵묵히 바둑판만 응시하던 평사가 고개를 들자 갑자기 사내의 말이 뚝 끊어졌다. 평사를 보고 양미간을 좁히며 잠시 뭔가를 생각하던 사내가 별안간 고함을 질렀다.

"아니! 이 양반이 누구야! 당신이 어떻게 여길!"

평사가 사내를 보았다. 사내의 긴 인중(人中), 좁게 빠진 하관(下顴). 비록 세월이 지나 옛날의 희끗희끗한 머리가 반백이 되어버렸지만 평사는 사내를 알 것 같았다.

"이럴 수가! 세상에 이런 일이!"

갑작스런 충격으로 사내는 거듭 그 말만 되풀이했다.

"아는 사람이오?"

잔뜩 궁금해진 소장이 사내에게 물었다.

벌린 입을 다물지 못하던 사내가 겨우 정신을 차리고 소장에게 되물었다.

"엉? 뭐라 했소?"

"아는 사람이냐고 물었소. 엔도(遠藤)상!"

사내가 엉거주춤하자 더욱 궁금해진 소장이 짜증을 낸다. 짜증 섞인 소장의 말에 엔도라는 사내의 얼굴이 겨우 제자리를 찾는다.

"알지…… 잘 알지……추평사…… 조선 제일의 국수…… 당신이…… 당신이…….'

엔도는 평사를 지칭하며 어쩔 줄을 몰라 했다. 잔뜩 긴장된 엔도의 행동에 심사가 뒤틀린 소장이 판을 쓸어담으며 다소 냉랭한 음성으로 엔도의 주의를 환기시킨다.

"지금은 조선인 징용자요."

징용자라는 소장의 말에 엔도는 비로소 두서없이 내몰린 충격에서 가까스로 벗어났다.

"날 기억하겠나?"

"……."

"동경의 한 여관이었지. 그때 당신 옆엔 마쓰모토상이 있었고, 우리측 선수는 미라부였어. 두 점 접바둑이었는데…… 미라부에겐 두 명의 전주가 붙었고 그 중 한 명이 나였어. 지금에야 별 볼일 없지만 당시 마쓰모토상은 상대가 누구든, 돈이 얼마가 걸리든 항상 여유만만했지. 당신이 있었으니까. 그날도 마쓰모토상 얼굴엔, 두 점의 불리한 치석인데도 불구하고 여유가 넘쳤어. 오히려 우리 쪽에서 혹시 지면 어떡하나 하고 불안에 떨었지……. 붙어볼 만은 한데 확신은 할 수 없고…… 결국 미라부는 두 점으로도 당신의 벽을 못 넘고……. 그때 참관인은 일본기원의 게이오 4단이었지 아마…….”

어찌 그걸 잊을 수 있겠는가. 300원짜리…… 당시로선 꽤 큰 판이었다. 두 점으로는 불패의 명인 슈사이 본인방도 자신 있다고 큰소리 친 미라부였다. 종반에 가서 두세 집 차이가 확실해지자 미라부가 무리한 승부수를 던져 자멸했다.

평사는 무의식중에 갑자기 바둑판 위에다 한 수 한 수씩 착수하기 시작했다. 고삐 풀린 과거의 기억은 그때 그 자리, 그때 그 판으로 평사를 몰아갔고, 평사는 마치 방금 바둑이 끝난 그 자리에서 복기를 하듯 미라부와의 한 판을 7년이란 긴 세월을 건너뛰어 생생하게 반상 위에 재현했다.

머쓱해서 뒤로 물러앉은 엔도의 눈동자가 점점 커졌다. 엔도가 숨을 죽인 채 평사가 그리는 한 폭의 그림을 주시했다. 영문을 모르는 소장조차 기이한 열정에 감응되어 긴장된 표정으로 바둑판을 응시했다.

바둑판에 돌이 촘촘히 들어차 있을 즈음 평사의 손에서 떨어진 백의 한 수를 보고 엔도가 돌연 소리를 쳤다.

“맞아! 그 한 수였어! 그 수 때문에 혼미하던 바둑의 균형이 일시에 무너져버렸지. 당신의 결정적인 한 수였어.”

목전에서 벌어지는 상황을 소장은 믿을 수가 없었다.

“그러니까 이게 7년 전 그 바둑이란 말인가! 이거 정말 상상이 가지 않는 일이군. 이게 가능한 일인가?”

비로소 돌아가는 사태를 파악한 소장이 입을 딱 벌렸다. 평사는 하던 복기를 멈추고 주섬주섬 돌을 챙겨 통 속에 집어넣었다.

"대단하군. 어떻게 그걸 다 기억하고 있나? 당신한텐 꼭 기억해야 할 만큼 중요한 판도 아니었을 터인데……. 그나저나 어쩌다가 이런 신세가 되었나?"

평사의 가공할 기억력에 탄복한 나머지 앞뒤 생각 없이 불쑥 엔도가 물었다. 그때 흥분을 가라앉힌 소장이 평사에게 명령했다.

"그만 됐어. 나가봐."

평사가 나가자 소장실에는 한동안 적막이 감돌았다. 한참 후 엔도가 조심스럽게 소장에게 물었다.

"저 친구가 어떻게 이런 곳에 오게 되었소?"

"나도 모르는 일이오. 내가 부임받아 왔을 때 그는 이곳에 있었소."

"……."

"궁금한 게 하나 있소."

소장이 어색한 표정으로 엔도를 쳐다본다.

"나와 그 친구 간의 정확한 치수는 몇 점이오?"

"글쎄…… 소장이 좀 늘긴 했소만…… 내가 그 사람에게 넉 점으로 자신을 못하니…… 소장이 여섯 점을 놓아야 할 거요. 물론 정식 승부라면 일곱 점은 해야겠지. 그래도 장담할 수 없소."

엔도의 그 말에 소장은 경악을 금치 못했다.

"그렇게나! 아니 그런 바둑이 있소? 난 누구에게도 다섯 점은 자신 있다고 생각했는데……."

"아마 어지간한 최정상급 기사라도 소장 정도면 여섯 점이 그 한계일 거요. 그러나 그는 다르오. 내가 왜 이렇게 미친놈처럼 펄펄 뛰는지 아시오? 그의 바둑은 우리가 생각할 수 있는 그런 바둑이 아니란 말이오."

소장은 딱 벌어진 입을 다물 줄 몰랐다.

그날 엔도는 돌아갔다가 다음 날 날이 밝기가 무섭게 다시 소장을 찾아왔다.

엔도는 소장을 보자 다짜고짜 소장의 손을 잡고 구석진 자리로 끌고 갔다.

"소장, 나하고 다른 사업 하나 합시다."

"사업?"

"그렇소."

"무슨 말씀인지⋯⋯."

"소장도 내가 탄광이나 군수품 납품 외에 하는 일을 잘 알고 있잖소?"

소장은 엔도가 무슨 말을 하고 있는지 대충 짐작이 갔다.

사실 소장과 엔도는 나이 차이도 있었고 일반적인 통념상 그렇게 절친한 사이라 할 수도 없었다. 그들의 만남부터가 그러했다. 소장이 동경에서 부대의 군수품 출납을 담당할 때, 그때 만난 의례적 교분에 불과했다. 그 후 한두 차례 만남이 있은 후 우연히 바둑에 취미가 있음을 알게 되었고, 그것이 두 사람의 유대 관계를 돈독하게 해서 이제는 어느 정도 마음을 터놓는 사이로 발전한 것이다.

어느 술자리에선가 엔도는 소장에게 자신의 다른 부업을 언급한 적이 있었다. 취미삼아 배우기 시작한 바둑에 너무 심취하다 보니 그만 내기바둑에 재미를 붙였고 자신의 실력으로 직접 둘 수는 없어 오랫동안 전주로 활동했다고 고백했다. 전주를 하면서 큰 재미를 못 봐 딴 돈보다 잃은 돈이 훨씬 많다고 그때 엔도는 술에 취해 투덜거렸다.

그저께 구마모토 시의 술자리에서도 그 비슷한 소리를 한 적이 있었다. 자신이 규슈로 온 이유는 내기바둑을 성사시키기 위해서라고, 자신의 주변에 쓸 만한 선수가 없어서 이곳 규슈까지 와서 내기를 주선하고 있노라고. 운이 없는지 안목이 부족한 것인지 잘나가는 선수는 전부 다른 전주가 잡고 있어서 손을 쓸 방법이 없노라고 불평을 터뜨렸다.

"솔직히 터놓고 얘기하겠소. 어제 그 친구……."

"추평사 말이오?"

"나에게 주시오. 어떻게 해서 이곳 징용지까지 흘러들었는지 모르지만 그건 내 알 바 아니고…… 돈은 내가 대리다. 이익금은 반반. 어떻소?"

소장이 난감해했다.

"곤란한데요…… 징용자를 바깥으로 내보내면 문제가 생길 수도 있고, 또 그 인간들 틈만 나면 도망갈 궁리부터 하니. 그렇다고 여기서 내기바둑을 시킬 수도 없잖소."

소장의 말에 엔도가 몸이 더욱 달아오른다.

"사람 하나 딸려 보내면 될 거 아니오. 그리고…… 우리끼리 하는 말로 여기서 죽어나가는 사람이 어디 하나둘이오? 서류상으로 슬쩍 빼돌려도 문제될 게 없잖소."

"……."

"우린 지금 노다지를 손에 넣은 거란 말이오! 노다지를!"

"……."

"이것 보시오, 소장!"

엔도가 감정을 자제하고 소장을 설득했다.

"소장도 한번 생각해보시오. 추평사 그 사람이 보통 사람이오? 지난 시절 크고 작은 승부에서 한 번도 패한 적이 없는 사람이오……. 상상이나 갑니까? 그런 희대의 승부사를 이 좁은 골방 속에 가두어놓고 혼자 즐기려 하시오?"

엔도의 말에 정곡을 찔린 소장이 움찔했다.

"승부라는 게 매일 있는 것이 아니오. 소장이 막상 전주가 돼보시오. 그 짜릿한 긴장감은 뭐라 표현할 수조차 없소. 한 수 한 수마다 희비가 난무하고…… 아편에다 대겠소, 계집에다 대겠소. 솔직히 이런 기회는 평생

두 번 다시 잡을 수 없는 기회요. 거기다가 돈까지 생기는 일인데…… 문제가 생기면 내가 책임을 지리다. 어떻소?"

"……좀 생각해보지요. 하지만 이 좁은 규슈에 그를 상대할 사람이 잘 있겠소?"

그쯤 되면 일은 거의 성사된 거나 다름없다. 엔도가 희희낙락해서 대답했다.

"이보시오 소장, 내가 그 계통에만 20년이오. 돈이 걸리면 자연히 상대는 생기는 법. 내가 다 알아서 하리다."

"문제가 없어야 할 텐데……."

마침내 소장이 승낙을 하자 엔도는 덥석 소장의 손을 잡았다.

"잘 생각했소. 우리 시내로 나갑시다. 어디 가서 축배라도 들어야지요."

엔도는 소장보다 먼저 문을 열고 나가며 중얼거렸다.

"우선 당장 모레 대국 장소를 구마모토로 바꾸는 게 급선무야."

흥분으로 인해 엔도의 말끝이 약간 떨렸다.

18   돌아온 승부사

그는 초반부터 끊임없이 적진을 배회했다.

마치 먹이를 노리는 한 마리 매처럼 날카로운 발톱을 바짝 치켜세운 채 대상을 향해 시시각각으로 어둡고 음산한 손길을 뻗친다.

상대는 자연 그의 공세를 피하기 위해 잔뜩 몸을 움츠린다. 의외로 저항은 거세고 완벽해 그의 발톱은 매번 허탕을 치고 돌아가기 일쑤다.

그러나 그는 계속해서 상대를 건드린다. 상대의 튼튼한 성벽에 화공과 독화살을 줄기차게 쏘아올린다.

상대는 서서히 지쳐갔다. 끊임없이 쳐들어오는 그의 발톱이 무모하게 느껴지기도 한다. 마침내 상대는 유격대를 이끌고 나와 그의 동정을 살핀다. 그는 여전히 날카로운 발톱으로 마구 설쳐댄다. 상대는 그의 발톱이 허세임을 감지한다.

이때가 고비다. 상대가 정예 부대를 이끌고 다시 나와 그와 정면으로 당당히 맞선다. 갑자기 무의미하던 그의 발톱이 본색을 드러내며 어마어마한 괴력을 발휘하기 시작한다. 상상을 초월한 강력한 그의 힘에 상대가 놀라서 급히 철군을 명령하지만 그땐 이미 늦었다.

생각지도 못한 곳에서 그의 무자비한 공세가 반상을 일시에 초토화시켜버렸다. 검붉은 피가 반상을 수놓고 세상은 아비규환이 된다. 그때 그는 긴 칼을 들어 그 어둡고 서늘한 눈으로 적장의 심장을 깊숙이 찔러버렸다.

그리고 그는 세인의 눈길을 피해 반상의 저편으로 흔적도 없이 사라져갔다.

일본 내기바둑꾼들 사이에 평사에 관한 소문이 다시 나돌았다. 5년 전에 자취를 감춘 추평사가 승부 세계에 다시 그 모습을 나타냈다는 미확인 정보가 퍼져나가자 너도 나도 그 소문의 진위를 캐내기 위해 동분서주했다. 새로 등장한 신인 강자들은 전설처럼 회자되던 추평사가 다시 모습을 드러냈다는 소문에, 그를 꺾음으로써 단번에 바둑계에 두각을 나타내고자 하는 욕심으로 그와의 대결을 희망했고, 과거 추평사에게 패배를 당했던 쓰라린 기억을 가진 사람들은 그동안 절치부심 닦아온 기량으로 그때의 패배를 설욕함으로써 과거의 상처를 보상받고자 그와의 대결을 바랐으며, 또 나름대로 바둑의 종주국을 자처하는 일본의 자존심을 회복시키고자 그와의 대결을 희망하는 이도 있었다.

그러나 몇 년간의 세월을 담보로 평사를 공략하기엔 그들은 역부족이었다.

내기바둑계의 새로운 기린아로 혜성처럼 등장하여 20승 1패의 믿지못할 기록을 세웠던 카사이(笠井), 그 한 번의 패배도 내로라하는 강자에게 무리하게 두 점을 접고 둠으로써 오히려 패배를 훈장처럼 가슴에 달고 다녔던 카사이가 처음에는 호선으로, 이어서 선으로 평사에게 통한의 눈물을 삼켰다.

추평사에게 과거 세 번이나 내리 패해 다시는 승부의 세계를 넘보지 않겠다고 홀연히 불가(佛家)에 귀의했던 고바야시(小林), 불가에 귀의함으로써 무의 경지를 바둑에 접목시켜 과거와 같은 패배는 다시는 맛보지 않을 것이라 호언장담했건만, 그러나 승복자락을 휘날리며 속세로 돌아온 그는 또다시 평사에게 무릎을 꿇고 말았다.

은밀히 내기바둑계를 왕래하며 꼭 필요한 판은 어김없이 이긴다는 뚝심의 전문기사 이다세(岩瀬), 과거 전문기사 선배들의 패배를 설욕하고 바둑 종주국인 일본의 자존심을 꼭 되찾겠다고 칼을 뽑아든 그마저 추평사 앞에서 그 뻣뻣하던 허리를 꺾었다.

"소문으로만 전해 듣던 추평사, 그에 대한 소문은 잘못되었다. 그에 대한 소문은 축소 왜곡되어 전해졌다. 인정하고 싶지 않지만 그는 강하다. 태산처럼 높고 바다처럼 깊다. 뛰어넘을 수도 깨트려버릴 수도 없는 거대한 벽과 같은…… 그는 그런 사람이었다."

이다세는 그 말을 남기고 눈물을 뿌리며 어디론가 떠났고, 산에서 내려와 망연자실한 고바야시는 자신의 수양이 아직도 부족하다 통탄하며 이다세의 뒤를 이어 다시 산으로 올라가버렸다.

아무도 그를 상대할 수가 없다. 아니 이길 수가 없다.

일본 내기바둑계는 또다시 과거 그들을 초토화시켰던 대지진의 악몽에 시달려야 했다. 발단의 근원지는 남단의 규슈. 불운하게도 평사는 규슈를 떠날 수 없는 운명이었다. 그리고 내기바둑계에서 미미한 존재였던 전주 엔도 마쓰기지(遠藤松吉)가 추평사를 등에 업고 한 시대를 풍미하기 시작했다.

평사는 우울한 눈으로 창밖으로 시선을 돌렸다. 유월의 마지막을 알리는 굵은 장대비가 부대 의무실 창문을 두드리며 산산이 흩어져 내리고 있었다. 빗물에 젖은 창밖 전경이 온통 일그러져 기괴한 모습으로 투영되었다.

손씨…….

평사는 소지품 속에 숨겨둔 빼갈을 꺼내 마개를 땄다.

얼마 전 이다세를 잡고 엔도가 특별히 마련해준 회식 자리에서 손씨 생각이 나 몰래 뒤로 빼돌린 중국산 빼갈이었다. 평사의 약점을 철저히 이용한 엔도와 소장은 뼈를 깎는 승부에서 벌어들인 돈 중에 단 한 푼의 보수도 평사에게 지급하지 않았다.

회식을 마련한 자리도 사실은 워낙 큰 승부였기 때문에 승부에 이긴 엔도와 소장이 저희들끼리 자축하는 자리였다. 오전에 시작한 바둑이 이다세의 장고로 인해 새벽 두 시에야 끝이 났고, 시간이 늦어 도저히 구마모토에서 수용소로 돌아갈 수 없게 되자 회식 자리에 끼워준 것에 불과했다.

그날 소장은 술자리가 끝나고 평사가 여관방으로 들어가자 밖에서 자물쇠를 채웠다. 그것도 못 미더워 데리고 간 이마마쓰 중사에게 방 밖에서 밤새도록 감시할 것을 명령했다. 평사의 손에 들려 있는 빼갈은 그날 몰래 숨겨둔 것이었다.

연병장 밖으로 장대비가 더욱 세차게 퍼붓는다. 갑바를 뒤집어쓴 보초 모습이 비에 가려 보일 듯 말 듯한다. 평사는 빼갈 한 모금을 입 안에 털어 넣었다. 목구멍이 불에 덴 듯 화끈거렸다.

결국…….

평사는 손씨의 사고 소식을 우연히 소장실에서 접했다. 소장과 전날의 바둑을 복기할 때 부관이 들이닥쳤다.

"사고가 있었습니다."

부관의 말에 소장이 인상을 찡그렸다.

"어떻게?"

"굴착 작업 도중 천장이 무너져내렸습니다."

얼마 전부터 징용인들은 산허리를 뚫는 터널 작업에 내몰리고 있었다.

"사상자는?"

"현장에서 다섯 명이 사망했고, 부상자는 중상자 일곱 명 포함 총 아홉 명입니다."

"……."

"명단, 여기 있습니다."

소장이 명단을 쭉 훑어보았다. 소장은 수용소 일에 큰 관심이 없었다. 근래엔 엔도와 더불어 평사의 내기바둑에 온 정신이 팔려 있었다.

"명단 위쪽이 사망잔가?"

"예, 그렇습니다."

무심코 명단을 바라보던 평사의 눈에 손씨의 이름이 들어왔다. 상단에서 두 번째 줄, 손씨의 이름은 사망자 명단에 들어 있었다.

기어이…….

소장이 부관에게 다시 물었다.

"경상자는?"

"하루 이틀 숙사에서 쉬면 곧 현장에 투입될 수 있습니다."

"중상자들은?"

부관이 고개를 흔들었다. 소장이 서류를 부관에게 건네주며 명령했다.

"사망자와 중상자들은 관례대로 처리해."

소장은 부관이 채 방을 빠져나가기도 전에 다시 바둑판에 머리를 박았다. 그에게서 징용인들 목숨은 한 판의 바둑보다 시덥잖은 존재였다.

평사는 손에 들린 빼갈을 본다. 언젠가 기회를 봐서 손씨와 같이 한잔 마시려던 빼갈이었다.

밖에 있을 때의 손씨는 애주가였다.

"술이란 게 말이지. 아무리 삭막한 세상이라도 술 한 잔 들어가면 그때

부턴 모든 게 따뜻해진단 말일세. 뜨끈뜨끈한 국물에 독한 빼갈 한 잔 마시면 온 세상이 따뜻해. 차가운 바람도 따뜻하고, 눈보라 몰아치는 추운 겨울도 따뜻하고, 갈 곳 없어 거리를 헤매고 다녀도 외롭지 않아. 눅눅히 습기에 찬 내 여인숙 골방…… 꿈속에 나타나는 내 아내…… 내 아들의 얼굴도 그땐 환하게 웃고 있다 그 말일세. 어쩌다가 운 좋게 삐루(맥주) 한 잔이라도 마시는 날엔 온통 세상이 다 내 것 같아. 난 꿈속에 나타난 아내에게 이렇게 말하지. 다 잘될 거야…… 잘되겠지…….”

손씨는 그렇게 말하며 옛날의 술맛을 떠올리는 듯 천진난만하게 웃었다.

평사가 술로 세상의 비애를 마셨다면 손씨는 술로 자신의 희망에 취했다.

비는 계속 내렸다. 새벽이 올 때까지 비는 줄기차게 내렸다. 내리는 비 사이로 연병장이 희끄무레 밝아온다.

'잘 가시오, 손씨.'

평사는 병 속의 술을 천천히 바닥에 부었다. 바닥에 쏟아진 빼갈은 조금씩 조금씩 낮은 데로 흘러 내려갔다. 독한 빼갈 냄새가 허공으로 서서히 번졌다.

흥건히 고인 술 속에서 손씨가 웃고 있었다.

딱.

상대의 손끝이 야무지게 반상을 두드린다.

저 수, 저 수의 의미는 뭔가.

정신이 혼몽하다. 등에 땀이 축축이 흘러내린다. 바둑은 불리했다. 전주 엔도가 결국 선에서 양보해 두 점으로 두는 대국이었다. 시코쿠(西國) 제일의 강자라는 사내 쪽 전주는 치수가 어쩔 수 없이 두 점에 낙찰이 되자 기다렸다는 듯이 판돈을 최대로 올렸다. 그 치수면 사내 쪽 전주는 자신이 있었다.

큰 판인데…….

엔도의 얼굴이 잔뜩 일그러져 있다. 평사는 온몸이 욱신욱신하다. 근간에 지나치게 자주 승부를 한 탓도 있지만 왠지 예전같이 몸이 따라주지 않는다. 더구나 어젯밤엔 손씨 생각에 밤새 뒤척이다 새벽녘이 되어서야 겨우 잠자리에 들었다. 며칠 전부터 몸에 열이 나고 마른기침이 잦았다.

아무래도 너덧 집은 부족한 것 같은데 따라잡기가 만만치 않다. 정신이라도 맑으면 어떻게 해보겠는데…….

가물거리는 정신을 수습하려고 평사는 자리에서 일어섰다. 방문을 열고 나가자 이마마쓰 중사가 따라 나오며 통명스레 물었다.

"또 어딜 가나, 귀찮게."

평사는 묵묵히 화장실로 들어갔다. 이마마쓰가 화장실 안까지 따라 들어왔다. 평사가 소변을 보고 세면대에서 얼굴을 씻는데 엔도가 화장실에 나타났다.

"이마마쓰, 자넨 좀 나가 있게."

잔뜩 굳어 있는 엔도의 표정이 심상찮다.

"곤란한데요…… 소장님 지시가…….."

"알고 있어. 하지만 내가 있잖은가."

엔도의 눈짓에 이마마쓰 중사는 못 이기는 척 밖으로 나갔다.

"이봐."

엔도의 말투가 거칠다.

"이거 하난 명심해둬."

"……."

"이 바둑을 지게 되면 너는 다시는 바둑을 둘 수 없다. 너는 다시 지옥

속으로 떨어지게 될 것이다."

"……."

"이기란 말야. 무슨 수를 쓰든."

표독스런 엔도의 말에 평사의 가슴이 섬뜩해진다. 이제까지의 행동으로 미루어 짐작하건대 충분히 그러고도 남을 엔도다. 그가 아는 거라곤 승부와 돈밖에 없었다.

엔도가 화장실을 나가자 평사는 거울을 바라보았다. 거울 속 얼굴이 부스스하고 창백하다. 꺼칠꺼칠한 머리카락이 아무렇게나 흐트러져 있었다.

찬물에 세수를 하고 나니 정신이 조금 맑아졌다.

자리에 돌아와 앉으며 평사는 힐끗 호소카와 소장의 얼굴을 훔쳐봤다. 저봐야 잃을 게 없는 소장은 무덤덤한 표정으로 바둑판만 보고 있었다. 여간해선 속마음을 드러내지 않는 소장이었다.

평사는 정신을 가다듬고 전판에 걸쳐 형세 판단을 해보았다. 아무리 살펴보아도 너덧 집이 불리하다. 상대 실력을 감안하면 절대 뒤집기가 어려운 바둑이었다. 상대의 유일한 허점은 좌변 쪽이었다. 허점이라야 별것도 아니다. 수순을 교묘하게 밟아 기껏 선수 한 집이나 한 집 반 정도다. 그렇다면 승부는 역시 부동이다. 평사는 반상을 물끄러미 바라보았다.

질 수는 없다. 지옥 같은 그곳으로 다시 돌아갈 수는 없다. 가보자. 가다 가다 지쳐 쓰러지면 어쩔 수 없으리라. 그러나 갈 수 있는 데까지는 가보리라, 끝까지…… 끝까지…….

사실 엔도가 평사를 협박한 것은 평사에게 자극을 주기 위해서였다. 오늘따라 바둑판을 앞에 두고 비틀거리는 평사의 모습이 승부를 떠나 화가 났고, 두 점의 치수가 무리한 치수임이 분명한데 승부를 강행한 자신의 무모한 처세가 스스로 못마땅해서였다. 그리고 무엇보다 엔도를 초조하게 만드는 건 승부에서 패하게 될 경우 소실될 거액의 돈이었다.

평사는 걸어갔다. 한 걸음, 한 걸음, 평사는 꾸준히 나아갔다. 비가 오고, 눈이 내리고, 날이 저물어도 평사는 쉬지 않고 길을 갔다. 반 집, 혹은 반의 반 집의 수순을 찾아 저 거친 세상을 평사는 끝없이 헤맸다.

반면이 어둑어둑해지고 평사의 추적이 거의 막바지에 도달했을 즈음 바둑은 끝이 났다. 마지막 반패를 평사가 이어가고 계가한 결과 놀랍게도 반면 빅이었다.

"이럴 수가! 세상에, 그 바둑을 비기다니!"

시코쿠 제일의 승부사라는 사내의 전주는 도저히 믿기지 않는 듯 집수를 자꾸 헤아려본다.

평사를 바라보는 엔도의 얼굴은 만족을 넘어서 경이로움 그 자체였다.

터널이 뚫렸다.

징용자들도 일본 군인들도 모두 술렁이고 있었다. 터널이 뚫렸다는 말은 반대쪽에서 공사를 해오던 선로와 연결되어 공사가 완료된다는 것을 의미했다. 마무리 공사가 끝나고 선로가 완전 개통되면 이곳은 더 이상 징용지로서의 가치를 상실한다. 이제까지 공사에 종사했던 징용자들은 어딘가 다른 곳으로 징용지를 옮길 것이며 수용소를 관리 감독했던 부대도 철수한다.

예정보다 2개월 단축된 공사였다.

공사 기간이 단축되었기 때문에 양쪽 공사를 지휘했던 소장들은 확실한 진급을 보장받은 거나 다름없었다. 호소카와 소장은 얼마 전 동경 주둔 군수부대 군수참모로 내정되었다. 그동안 공훈에 따라 군인들에게는 특별 포상과 휴가가 주어진다고 해서 부대는 여느 때보다 들떠 있었다.

마지막 마무리 공사가 끝나는 대로 징용자들은 재편성되어 다음 징용지로 흩어질 예정이었다. 조만간 이곳은 모두가 철수하고 텅 빈 황폐한 곳으로 바뀔 것이다.

엔도가 소장실 문을 열었을 때 소장은 한창 서류를 결재하고 있는 중이었다.

"잠깐 기다리시오."

소장은 서류를 마저 정리하고 결재란에 도장을 찍은 후에야 엔도 앞에 마주 앉았다. 아직도 결재할 서류가 한 뭉치 그의 책상 위에 올려져 있었다. 소장 얼굴에 조금 피곤한 기색이 비쳤다.

"어쩐 일이오?"

"부대 분위기가 예전 같지 않게 좀 산만하군요."

엔도가 딴청을 부리며 부대 분위기를 언급했다. 소장이 담배를 꺼내 물었다.

"곧 여기를 떠나게 되오."

"발령이 났다면서요. 듣기로는 동경 근처에 있는 부대로 간다던데, 작전참모로."

"작전참모가 아니라 군수참모요."

"영전이오?"

"진급될 거요."

소장이 담배 연기를 훅 내뿜는다.

"축하하오."

엔도는 소장에게 딱히 더 할 말이 없자 본론을 끄집어냈다.

"내일 승부가 있소."

"내일이라…… 왜 하필 내일이오? 본부에서 사람이 내려오는데……."

"저쪽 사정이 그리 되었소."

잠시 생각하던 소장이 어쩔 수 없이 동의했다.

"사정이 그러면 할 수 없지."

"추평사 그 사람은 어쩔 생각이오?"

"……."

"이대로 내버려둘 생각이오?"

"다른 방법이 없지 않소."

"솔직히 좀 안됐다는 생각도 듭디다. 탄원서도 읽어보았는데……."

두 사람 사이에 침묵이 흘렀다. 한참 만에 소장이 입을 열었다.

"위험 부담이 너무 크오."

"까짓 지천으로 죽어나가는 게 징용자들인데, 마음만 먹으면 쉽지 않소?"

"물론 풀어주기는 쉽소. 그러나 그 뒤가 문제요."

"무슨 소리요? 이해가 안 가는구려."

"그는 평범한 사람이 아니오. 벌써 잊었소? 우리가 어떻게 마쓰모토와 게이오를 따돌렸는지!"

그 말엔 엔도도 수긍했다.

5, 6개월 전 일이었다. 우연히 엔도의 귀에 마쓰모토와 게이오가 며칠째 구마모토에 나타나 이곳저곳 돌아다니며 평사의 소식을 수소문하고 있다는 정보가 들어왔다. 엔도와 소장 입장에서는 그들이 곤경에 처한 평사와 마주치게 된다면 자칫 시끄러워질 수도 있는 일이었다. 잘못하면 엔도와 소장 입장만 난처해질 뿐이었다. 엔도와 소장은 그들을 따돌리기 위해 대국을 연기하고 그들이 돌아갈 때까지 기다렸다.

온 구마모토 시를 헤집고 다니며 그들은 여간해서 돌아갈 생각을 하지 않았다. 소장과 엔도는 은밀하게 기타큐슈에서 평사가 바둑을 둔다는 헛소문을 퍼뜨렸고, 그들은 그길로 황급히 기타큐슈로 떠났다.

그런 일이 있고 한 달 후 그들은 다시 구마모토로 돌아와 평사를 찾기 시작했다. 소장과 엔도는 또다시 가고시마에서 내기바둑이 있다는 소문을 퍼뜨렸다. 그들이 퍼뜨리는 소문에 속아 이번에도 가고시마로 평사를 찾아 떠난 마쓰모토와 게이오는 그 후로는 다시 모습을 드러내지 않았다.

소장이 말하고자 하는 것은 그렇게 일을 처리할 수밖에 없었던 평사의 현재 입장이었다.

한참 만에 엔도가 다시 어렵게 말을 꺼냈다.

"나에게 맡기시오. 그러면 내가 그를 데리고 조용한 곳으로 가겠소."

"그는 위험인물이오. 그가 만약 이곳에서 풀려나 쓸데없는 소문이라도 내고 다니면 우리들에게 좋을 게 뭐 있겠소."

"그는 함부로 이 말 저 말 하고 다닐 사람이 아니오."

"엔도상, 욕심을 버리시오. 그만하면 충분히 재미를 봤잖소."

"……."

"그를 잊어버리시오."

"어디로 보낼 작정이오?"

"이곳에서 떠나는 징용자들은 두 군데로 분산되오. 한 곳은 북해도 철도 건설 현장이고, 다른 한 곳은 사할린이오."

"그는?"

"아직 결정을 못했소. 아마 오늘중 결정을 내려야 되겠지. 거기가 거기라곤 하지만 그나마 좀 편한 데가 있을 거요."

엔도가 자리에서 일어났다. 엔도가 소장실 문고리를 잡았을 때 소장이 엔도를 불렀다.

"엔도상!"

엔도가 그 자리에 섰다.

"허튼 생각 하지 마시오."

"알았소."

돌아온 승부사

엔도의 멀어지는 걸음소리를 들으며 소장은 그때까지 생으로 타들어 가던 담배를 재떨이에 비벼 껐다.

평사가 소장실 안으로 들어섰다. 소장은 창밖 연병장을 내려다보고 있다. 연병장에는 차 한 대가 시동을 건 채 평사를 기다리고 있었고 그 앞자리엔 이마마쓰 중사가 앉아 있었다. 오늘따라 기온이 떨어진 탓인지 차에서 내뿜는 허연 배기가스가 더 선명하게 눈에 들어왔다.

평사가 들어오고 나서도 한참이 지나서야 소장은 창밖에서 눈을 떼고 평사의 맞은편에 앉았다.

소장실 탁자 위엔 위스키 한 병이 놓여 있었다. 영일동맹(英日同盟) 후 조금씩 일본으로 흘러 들어오는 고급술이었다. 소장은 병마개를 따서 평사의 잔에 한 잔 가득 부었다.

"마시게."

소장의 말투가 여느 날과 다르게 들린다.

"오늘 구마모토에서 마지막 승부가 있네."

"……."

"더 이상 바둑은 둘 수 없을 거네."

"……."

"오늘 바둑을 두고…… 내일 돌아오면 자넨 바로 제3숙사로 가야 하네."

기어이…….

평사는 온몸의 힘이 다 빠져나가는 것 같았다. 사실 그동안 수차례 탈출의 기회를 보아왔으나 감시가 심해 실행에 옮길 수 없었다. 그런데 이제 그나마 그런 기회조차 노릴 수 없게 되어버린 것이었다.

"마지막이라 내가 따라가야 하겠지만 나도 떠나야 할 입장이라…….""

소장은 문득 자신이 쓸데없는 소리를 다 하고 있다는 생각이 들었다.

"생각해보니 단 둘이서 술 한잔 한 적 없더군."

"……."

"한 잔 마시게."

소장과 평사가 유리잔에 든 위스키를 한 잔 쭉 들이켠다. 빈 잔을 탁자 위에 내려놓는 소장의 얼굴이 침울하다.

"……사할린이네."

평사는 가만히 가슴 부근을 더듬었다. 최 조장의 아내에게 전해주어야 할 편지봉투가 만져졌다.

'미안하오, 최 조장. 당신 부탁을 들어주지 못할 것 같소.'

연병장에는 바람이 몹시 불었다. 소장은 평사를 연병장까지 배웅했다.

"가끔 당신 생각이 날 거야."

소장과 평사의 모습이 보이자 차가 빠른 속도로 후진해왔다. 소장이 평사에게 손을 내밀었다.

"이제 이별이군."

소장의 손은 축축했다.

차를 타려는 평사를 소장이 다시 불렀다.

"추 선생!"

평사가 그 자리에 우뚝 멈춰 섰다. 한 번도 자신을 그렇게 부른 적이 없는 소장이었다.

"잘 가시오."

"바둑이 복잡하게 되었구만……."

엔도가 나직하게 중얼거렸다.

바둑은 일견 복잡하게 얽혀 있었지만 중앙 대마가 곤마로 쫓기는 평사

쪽이 불리하게 진행되고 있었다. 중앙 대마를 수습할 수만 있다면 계가로 어울리는 바둑이지만, 중앙 대마의 수습은 여러 갈래로 얽혀 있어 쉽게 풀어질 형국이 아니었다.

저런 대승부사도 흔들릴 때가 있는가? 하긴 오늘을 넘기면 죽은 목숨이나 다를 바 없으니…….

사실 엔도는 평사가 밖으로 나올 때마다 탈출을 노리고 있다는 것을 이미 눈치 채고 있었다. 오늘이 바둑을 두러 밖으로 나오는 마지막 기회이고, 오늘을 넘기면 그 기회조차 영영 사라져버린다는 사실을. 그리하여 평사의 지금 심경이 어떻다는 걸 엔도는 충분히 헤아릴 수 있었다.

땡 — 땡.

방 안에 걸려 있는 괘종시계가 여섯 시를 가리키고 있었다.

평사의 얼굴이 착잡하다. 얼핏 보면 불리한 바둑 때문에 수읽기에 골몰해 있는 것 같지만 실은 암담한 절망 때문이라고 엔도는 생각했다.

엔도는 결정을 미루고 있었다. 일곱 시 정각까지 여관 후문에 차를 대기시켜놓긴 했지만 평사로 하여금 그 차를 사용하게 하느냐 마느냐의 결정을 내리지 못한 상태였다. 그러나 괘종이 여섯 번 울리는 순간 엔도는 용단을 내렸다.

그래. 성공하든 실패하든 꼭 한 번만 도와주자.

막상 그렇게 결정하고 나자 그동안 무겁게 자신의 마음을 짓누르던 죄책감이 일시에 해소되어버렸다. 문제는 이마마쓰 중사였다. 평사를 감시하고 있는 이마마쓰를 어떻게 하든 따돌려야만 탈출이 가능하다. 오늘따라 이마마쓰는 더욱더 철저하게 평사 옆에 붙어 있었다. 시간은 자꾸 흘러가는데 평사도 이마마쓰도 전혀 움직일 줄 몰랐다.

엔도는 초조했다.

운명의 신이 결국 그를 비껴가고 마는 것인가?

새삼 자신의 뒤늦은 결정을 후회하며 시계를 보는 엔도의 눈에 평사가
자리를 뜨는 모습이 보였다.

6시 30분이 막 지나고 있었다.

평사가 문을 열고 복도로 나가자 이마마쓰도 곧바로 평사의 뒤를 따라
나섰다. 그들이 나가자 이내 엔도도 그들을 따라서 밖으로 나갔다.

화장실에서 평사가 손을 씻고 있는 것이 눈에 띄었다.

"잠깐만 좀 나가 있어주게."

언젠가처럼 엔도가 이마마쓰에게 둘만의 자리를 부탁했다. 이마마쓰
가 무언가 제지하려다 그때의 기억을 떠올린 듯 아무 말 없이 화장실 밖
으로 나갔다. 엔도는 평사를 한쪽 구석으로 데려갔다.

"시간이 없어 간단히 요점만 말하겠네."

느닷없는 엔도의 말에 평사가 물끄러미 그를 바라보았다. 엔도는 품속
에 미리 준비한 봉투를 내밀었다.

"여관 후문에 차를 대기시켜놓았네. 7시 정각까지 그 차는 거기 있을
거야. 봉투 안에 약간의 돈과 차표가 들어 있네. 7시 20분 발 구마모토 역
출발이네. 종착지는 기타큐슈. 이제부터 탈출하느냐 못 하느냐는 자네 몫
일세."

평사가 의아한 눈으로 엔도를 쳐다보았다.

"함정이 아닐세. 생각해보게. 내가 자네를 함정에 빠뜨릴 이유가 있는
가?"

"……."

"난 조선인을 싫어하네. 자네도 조선인이 아닌가. 난 자네를 살려주는
게 아냐…… 자네의 바둑을 살려주는 걸세."

"……."

"성공하거든 조선으로 돌아가게."

말을 마친 엔도가 평사의 손을 잡았다.

"부디 잘 가시게…… 조선 국수."

평사가 엔도를 바라본다.

평사가 다시 대국실로 돌아온 시각은 6시 40분이었다.

평사는 바둑판만 응시하고 있었다. 오히려 긴장한 쪽은 엔도였다. 지나치게 긴장을 한 탓인지 엔도의 목줄기에 식은땀이 흘러내렸다.

6시 45분.

시간은 자꾸 흘러가는데 평사는 모든 것을 체념한 사람처럼 반상에 한 수를 착수했다. 히로시마에서 이곳 구마모토까지 달려온 상대가 고개를 갸웃거리더니 좀 더 세밀하게 수를 읽는다.

예전에 두 점으로 평사에게 한 번 진 적이 있는 사내였다. 사내는 이번에는 두 점에 고미 다섯 개(덤 오목)를 요구했고 엔도가 시원스럽게 그 요구를 들어주어 성사된 대국이었다.

'원인이야 어떻든 간에 네놈이 돈이 걸린 승부에서 추평사를 이긴 최초의 사내로 이름을 날리게 될 것이다.'

머릿속이 혼란한 와중에도 사내를 보면서 엔도는 그렇게 중얼거렸다.

아무리 보아도 별 수가 없다고 판단이 섰는지 사내가 흑돌 하나를 들어 반상 위에 착수했다.

6시 50분.

추평사…… 도대체 자넨 무얼 하고 있는가? 시간이 없지 않은가. 이젠 내가 도울 수 있는 길이 없네…….

엔도는 절박한 심정으로 평사를 바라보았다.

평사는 한 손으로 턱을 괴고 장고에 빠져 있었다. 표정만 보아서는 수를 생각하는지 아니면 탈출할 방법을 모색하는지, 그도 저도 아니면 모든 것을 포기했는지 도저히 짐작할 수가 없었다.

6시 55분.

초조한 시간이 자꾸자꾸 지나간다. 1분…… 또 1분…….

딱, 하는 착수 소리가 들리고 평사의 손이 반상에서 멀어졌다. 착수를 한 평사가 천천히 몸을 일으켰다. 평사는 서랍장 위에 놓인 휴지 몇 장을 빼들고 밖으로 나갔다.

순간적으로 엔도와 평사의 눈이 마주쳤다. 착각이었을까. 짧은 시간이었지만 엔도는 평사의 눈길이 자신의 눈 속으로 쏟아져 들어오는 느낌을 받았다.

이마마쓰가 짜증스런 얼굴로 평사의 뒤를 다시 따라 나갔다. 엔도는 힐끗 괘종시계를 쳐다보았다.

6시 58분.

너무 촉박한 시각이었다. 자신도 모르게 엔도는 주먹을 꽉 쥐었다. 손등에서 푸른 정맥이 돋아났다. 엔도가 무심코 히로시마에서 온 사내를 보니, 그는 심각하게 팔짱을 끼고 반상을 내려다보고 있었다.

엔도는 모든 것을 운명에 맡겨놓은 채 눈을 감았다.

평사가 화장실 안 칸막이 문을 열려고 하자 이마마쓰가 평사를 막았다. 그리고 항상 하던 대로 자기가 먼저 문을 열고 혹시 바깥으로 통하는 창문이라도 있을까 하여 칸막이 안을 살펴본다. 그때가 이마마쓰의 시선이 평사에게서 떨어지는 유일한 시간이었다.

이때다!

평사는 혼신의 힘을 다해 이마마쓰를 벽으로 밀어붙였다. '쿵' 하고 이마마쓰의 머리가 벽에 부딪혔다. 그 틈을 타 평사는 이마마쓰의 복부를 발로 힘껏 내질렀다. 전혀 예상치 못한 평사의 강력한 기습에 이마마쓰는 '헉' 하며 바닥에 쓰러진다. 평사는 재빨리 바깥에서 문을 닫고 화장실 밖으로 뛰쳐나와 후문으로 통하는 길을 향해 뛰었다. 바로 그 순간 쓰러진 이마마쓰가 문을 박차고 나와 미친 듯이 평사가 달아난 쪽으로 뒤쫓아갔다.

후문이 눈앞에 나타나자 평사는 온 힘을 다해 달려갔다. 시계는 정각 7시를 넘기고 있었고 후문에 대기하고 있던 자동차가 막 떠나려 하던 참이었다. 평사는 안도의 숨을 몰아쉬며 승용차의 문을 열었다.

그 순간 묵직한 감촉이 목 뒤에 와 닿았다. 이마마쓰의 싸늘한 총구였다.

끝장이다…….

평사는 눈앞이 흐릿해져왔다. 온몸의 맥이 탁 풀렸다.

"건방진 조센징 새끼!"

이마마쓰가 평사의 목덜미를 낚아챘다. 그때였다.

"그를 풀어주게."

어느새 엔도가 그 자리에 나타나 있었다.

"부탁일세."

엔도가 이마마쓰에게 간곡히 애원했다.

"안 됩니다."

"이마마쓰!"

"……."

이마마쓰가 평사를 곧장 끌고 갈 기세다. 엔도가 급히 이마마쓰를 잡았다.

"선택을 하게."

이마마쓰가 엔도를 노려본다.

"그를 풀어주고 평생 안락하게 살 것인가…… 아니면 그를 죽일 것인가……."

이마마쓰가 주춤한다.

"시간이 없어."

……평사의 목덜미를 꽉 쥐고 있던 이마마쓰의 손이 서서히 풀린다.

자동차가 문이 열린 채 움직이고 있었다. 평사는 급히 차에 올라탔다. 차문이 닫히자마자 차는 쏜살같이 구마모토 역을 향해 사라졌다.

엔도가 이마마쓰를 데리고 다시 대국실로 돌아왔을 때 엔도는 자신의 눈을 의심했다. 도저히 살기 어렵게 보이던 평사의 중앙 곤마가 마지막 평사가 놓은 두 수에 의해 완생을 했고 오히려 흑돌 요석 일곱 점이 궁지에 몰려 있었다. 전혀 생각도 못해본 사활의 맥이었다. 워낙 난해하게 판이 뒤얽혀 끝을 봐야 알겠지만, 최소한 자신의 눈에는 이미 승부가 뒤집어져 있었다.

히로시마 사내는 곤혹스런 표정으로 계속 반상에 시선을 고정시키고 있다.

'추평사, 역시 당신은 희대의 승부사다.'

엔도는 평사가 사라진 창밖 거리를 내다보았다.

사흘 후.

평사는 관부(關釜) 연락선 페리호에 몸을 싣고 있었다.

밤새 북으로 북으로 칠흑의 어둠을 뚫고 현해탄을 달린 연락선 주위로 새벽이 오고 있었다.

"부산이다!"

갑판에 나와 있던 사람들 중 한 명이 멀리 보이기 시작하는 육지를 보며 소리쳤다.

평사는 갑판 난간을 거머쥐었다.

검푸른 파도 너머 어렴풋이 육지가 다가오기 시작했다.

만 8년 하고도 4개월 만의 귀향이었다.

창문을 통해 스며드는 햇살이 방 안에 길게 드리워진다.

눈을 감고 있는 해봉처사 손에서 염주가 끊임없이 돌아간다.

박 화백은 바둑으로 점철된 한 인간의 삶을 생각하며 가슴이 메어왔다. 박 화백은 자신의 가슴속에서 흐느끼는 울음소리를 듣는다. 그것은 그가 살아온 기구한 운명이 흐느끼는 소리였다. 기구한 운명이 흐느끼는 그 소리는 검푸른 진혼곡이 되어 구천을 맴돌다가 피처럼 붉은 넋으로 화했다.

한동안 잠잠하던 바람이 또다시 불어와 문고리를 잡아 흔든다. 삭풍은 문 밖에서도 울고, 나뭇가지 끝에서도 울고, 박 화백의 마음속에서도 운다.

박 화백은 자신도 모르게 칠순 노인 앞인 것도 잊은 채 담배를 꺼내 물었다.

지심귀명례 시방삼세 제망찰해 상주일체 불타야중…….

스님의 독경소리가 바람결에 들려온다.

휘루루루.

어디서 산새가 우나 보다.

아버지와 아들

"화정이는 이태 전에 죽었소."

숙향(淑香)의 말투는 냉랭했다. 숙향은 화정과 가장 절친했던 기방 선배였다. 옛날 평사가 화정 곁에 눌어붙어 있을 때부터 숙향은 평사를 못마땅해했다. 간혹 화정의 살림집에 들르면 늘 술에 취해 빈둥거리는 평사를 보고 저 사내의 어디가 좋아 화정이 빠졌을까 하는 의문을 가졌다.

"기생 팔자 아무리 기박하다지만…… 어찌 그리도 무심하단 말이오……. 정말 너무하셨소……. 그 긴 세월 소식 한 줄 없다가 이제야 나타나다니……."

기방 뜰에 꽃잎이 흩어진다.

언제나 꽃잎이 흩어졌다.

화정과 같이 살았던 그 집 뜰에서도 꽃잎이 흩어졌고, 화정을 처음 보았던 그날의 적산가옥에서도 꽃잎은 우수수 소리 없이 흩어졌다.

언젠가 술에 취해 화정을 다시 만난 그 서러웠던 밤에도 꽃잎은 어김없이 흩어졌다.

술상을 앞에 두고 앉아 있는 평사의 해골 같은 모습과 기생으로서는 환갑진갑 다 지나갔다고 하지만 아직도 은근히 색기를 뿌리고 있는 숙향의 얼굴이 묘한 대조를 이루었다.

"화정이는 애를 낳다 죽었소."

숙향은 거침없이 화정의 사인(死因)을 밝힌다.

평사는 잠자코 말이 없다.

"화정이는 기방에서 웃음을 팔았을지언정 지조 있는 여자였소. 아시는지 모르겠지만 애 딸린 기생이 술청에 나가기란 만만한 일이 아니지요…… 서방님이 떠난 그 긴 세월 동안 화정은 단 한 번도 사내를 들인 적이 없었소…… 아이가 호열자로 앓아눕자 어쩔 수 없이 화정이는 죽자 살자 쫓아다니던 돈 많은 홀애비에게 몸을 의탁했소."

뜰에 또다시 꽃잎이 흩어진다. 매화같이 차갑고 아리따운 얼굴이. 진달래같이 슬프고 애잔한 여자의 얼굴이…….

"야속타 생각 마시오. 야속한 건 죽은 화정이 아니라 평생 가야 소식 한 번 없던 서방님이오."

"……."

"그렇게나마 다른 남자 만나 잘살 줄 알았는데…… 박복한 년…… 그리 살다 갈 것을……."

"아이는?"

"화정이가 죽고 얼마 안 있어 웬 스님이 와서 데려갔소……. 아이 양부가 이내 재가를 했기에."

"스님이라 하셨소?"

"법고라는 법명을 쓰는 스님인데 광릉(光陵)에 있는 봉선사(奉先寺)란 절에 기거한다고 들었습니다."

평사가 자리를 털고 일어선다.

"앉으시오."

숙향이 일어서는 평사를 잡는다.

"내 술 한잔 받고 가시오. 서방님이 그냥 가시면 죽은 화정이가 이년을 욕하지 않겠소."

술을 따르는 숙향의 눈에 눈물이 흐른다. 술을 받아 든 평사가 물끄러미 술잔을 바라본다. 술잔 속의 술이 조금씩 흔들린다.

아이는 활활 타오르는 불길을 바라보며 잔솔가지를 불더미 속으로 던져 넣고 있었다. 바짝 마른 가지는 이내 불씨를 만들며 거세게 타올랐다. 아이는 평사의 시선을 아랑곳하지 않고 불길만 바라보았다.

바람이 풍경을 잡아채 흔들었다. 뎅그렁 뎅그렁 소리에 불현듯 고개를 돌린 아이의 눈과 평사의 눈이 마주쳤다. 아이는 눈길을 돌리더니 또다시 잔솔가지를 불길 속에 밀어 넣었다.

평사도 말이 없었고 아이도 말이 없었다. 그대로 두면 영원히 입을 열지 않을 것 같은 과묵한 아이였다.

평사는 한눈에 아이의 얼굴이 낯익어 보였다.

"네가 동삼이냐?"

아이는 대답 대신 고개를 위아래로 끄덕였다. 뜨거운 불길을 받은 아이 얼굴에 발갛게 홍조가 피어올랐다.

"스님을 불러주겠느냐?"

아이는 손에 들려 있던 마지막 솔가지를 불길에 던져 넣고 스님이 있는 법당 쪽으로 달려갔다. 평사는 달려가는 아이의 뒷모습을 보며 천천히 그 뒤를 따라갔다.

객실에 든 지 얼마 후 법고가 방문을 열고 들어섰다.

"오셨소이까."

합장을 하며 인사를 건네는 법고의 투박한 얼굴에 어린아이 같은 미소가 떠올랐다. 마치 헤어진 지 며칠 안 되는 사람을 다시 만난 것처럼 스스럼없는 말투였다.

"그나저나 왜 이리 늦었소. 객이 되어 떠돌아다닌다는 소문은 들었소만 추선생을 기다리다가 이 돌중 숨넘어가는 줄 알았소이다."

법고가 너털웃음을 웃으며 법의를 추스르더니 평사와 마주 보고 앉았다.

"몰골이 많이 상했소이다그려. 복도 많소. 소승보다 먼저 해탈할 것 같으니."

법고의 말에 평사가 쓴웃음을 지었다. 그 쓰디쓴 미소 속에는 지나온 세월의 아픔이 두껍게 묻어 있었다.

"오래전에 여목 선생께서 열반하시고 얼마 안 있어 추선생이 조선을 떠나 일본으로 건너갔다는 소식은 풍문에 들었소이다."

8년 전 이야기다.

"그때 왜 일본으로 가셨소이까?"

법고의 안중에 죽은 여목의 모습이 아른거린다. 여목이 타계하자 그를 깊이 사모하던 법고는 여목을 그리며 이곳 봉선사에서 백일 지성을 올렸다. 법고는 그 당시 평사의 무분별한 행각이 여목 스승의 뜻이 아닐 것이라 여겼다.

"왜 떠나셨는가 그 말이오."

법고가 추궁하듯 평사를 다그친다.

"이유는 없소."

평사는 법고의 의도를 이쯤에서 잘라버렸다. 법고는 호탕하게 웃었다. 법고는 평사의 마음을 이미 헤아리고 있다.

"하긴 가고 오는 데 무슨 이유가 있겠소. 생사윤회 이치도 그러하거늘 하물며 오가는 사람의 일이야 말해 무엇하겠소. 그래 긴 세월 동안 어떻게 지내셨소. 외로운 객지에서 고군분투하셨다는 말은 정 역관을 통해 간혹 듣긴 했소만."

"……어딜 가나 무어 다를 게 있겠소."

예나 지금이나 평사의 말투는 여전히 투박하다.

"옳으신 말씀. 부처님께서도 시방세계가 한결같다고 하셨소. 마음먹기에 따라 세상천지가 불국토(佛國土)요 정토(淨土)라 하지 않았소이까. 내가 보기에 추선생께선 세간을 떠돌다 선각을 이룬 선승이 되어 돌아오신 것 같소이다. 하하하."

법고가 다시 호탕하게 큰소리로 웃었다. 남을 비꼬는 것 같은 그의 말투가 이상하게 친근감이 있다.

"스님."

"듣고 있소이다."

평사가 말을 하려다 말고 멈칫한다.

"아이 말씀이오?"

법고가 대신 대답한다.

"그렇소."

"천하의 기객께서도 육친의 정은 어쩌지 못하나 보구려…… 지난날 소승이 아이를 데려왔소. 정 역관으로부터 아이 모친이 죽었다는 소식을 듣고 부랴부랴 달려가서 아이를 데려왔지요. 아비를 닮았으면 기재가 뛰어날 터, 이참에 당대 명인이나 만들어볼 요량으로 말이오. 그런데 실망했소이다."

법고는 거기서 일단 말을 멈추고 물 한 사발을 벌컥벌컥 소리내어 마셨다. 옷소매로 입을 닦은 법고가 다시 사발에 물이 넘치도록 부어 평사 앞으로 내민다.

"과묵한 아이이긴 하나 영명한 구석이 있어 기재가 뛰어날 것이라 짐작했는데 막상 바둑을 가르쳐보니 기재는 간 곳이 없고 승부에 대한 집착만 영락없이 아비를 닮아 소승을 어리둥절하게 했소이다. 이제 겨우 가는 길만 터득한 아이가 승부에 빠져 바둑 한 판으로 소승과 밤을 새운 적도 있답니다."

"……."

"아이를 어떡하실 작정이오?"

"데려가겠소."

"부모가 데려간다는데 소승인들 어쩌겠소. 내 그놈의 머리를 깎아 승복을 입힐까도 생각해보았지만, 중이 되는 것도 인연이 있어야 하는 법. 그래서 하는 말인데…… 내가 보기엔 아이의 상이 기(碁)에 머물러 있소. 아이를 설숙도장으로 보내시오."

"……."

"재주는 다소 모자라나 다행히 바둑을 대하는 품새가 어린아이답지 않게 신중하고 정성이 깃들어 있소. 자고로 재주는 하늘이 내리나 승부는 세간의 일, 험준한 산을 넘어 일도정진하는 것도 장부의 길이라 할 수 있지 않겠소."

겉보기엔 덩치만 크고 험하게 생긴 법고였으나 외형과는 달리 의외로 세밀하고 혜안이 물 흐르듯 한다.

"동삼아!"

법고가 밖을 내다보며 아이를 부른다. 온 산이 봄기운으로 무르익었다. 능선을 타고 흐르는 산등성이 곡선이 절의 처마와 교묘하게 맞물려 있다. 한껏 가지를 늘어뜨리고 서 있는 소나무 사이로 내비치는 해묵은 돌탑 위엔 어느새 푸르스름한 이끼가 피어 있었다. 어디선가 청량한 소슬 바람이 방 안으로 밀려들었다.

동삼이 나타났다.

"여기 앉아 계신 분이 내가 누누이 이야기했던 조선의 국수이자 너의 생부이신 추평사 선생이시다. 어서 큰절을 올려라."

동삼이 평사를 물끄러미 바라보았다. 상상으로만 막연히 그려왔던 아버지 얼굴이다.

오래전 어린 시절, 어머니는 밤이 깊도록 잠을 이루지 못했다. 뜬눈으로 밤을 지새우는 날이 잦았다. 어머니는 누군가를 기다리고 있었다. 그 긴 밤이 새도록 어머니는 검은 틀에 붉은색 수를 놓았다. 자신이 오랫동안 앓아누웠을 때 머리맡에 앉아 자신을 내려다보던 어머니의 그 슬픈 눈.

어느 날, 어머니 손에 이끌려 낯선 집으로 갔다. 그 집에서 만난 남자를 어머니는 이제부터 아버지라고 부르라 했다.

어머니는 점점 배가 불러왔다. 뱃속 아이가 누구냐고 물었더니 네 동생이라며 어머니는 쓸쓸하게 웃었다.

그리고 그 이듬해 봄, 어머니는 내 동생이라고 하던 아이를 낳다가 죽었다.

세월은 그렇게 자꾸자꾸 흘러갔다. 여름이 가고 가을이 갔다. 겨울이 오고 다시 겨울이 갔다.

"무얼 하느냐. 어서 절을 올리지 않고!"

법고 스님의 호통에 동삼은 무릎을 꿇고 절을 했다.

냉수사발을 쥐고 있는 평사의 손이 사발에서 멀어진다.

화정이 죽고 여러 해가 지난 봄이었다.

마지막 늦더위가 뙤약볕을 쏟아붓고 있었다. 간간이 무더운 바람이 먼지를 피워 올리며 황톳길 위를 부옇게 덮었다. 평사는 뒤 한 번 돌아보지 않고 걸음을 옮기고 있었고, 몇 걸음 뒤처져 동삼이 평사 뒤를 부지런히 따라가고 있었다.

장터에 들어서자 그들은 주막집으로 들어갔다. 장날이라 그러한지 주막집엔 사람들로 북적거렸다. 동삼이 국밥으로 허기를 채우는 동안 평사는 술을 마셨다.

아버지는 언제나 술을 마셨다. 아버지를 따라 이곳저곳 떠돌아다닌 지 몇 개월이 지나도록 동삼은 아버지가 밥을 먹는 모습을 별로 보지 못했다. 밥 대신 아버지는 늘상 술을 마셨고 그 술기운으로 하루하루를 지탱하는 것 같았다.

술을 마시는 아버지의 모습은 침울했다. 아버지 얼굴에는 자신의 어린 나이로는 감지할 수 없는 비애가 흘렀다. 그때마다 동삼은 죽은 어머니 화정을 생각했고, 왠지 까닭 모를 슬픔이 밀려와 아버지와 어머니 그리고 자신을 에워쌌다.

주전자에 남은 술을 다 비운 아버지가 성큼 일어나 주막집 방 안으로 들어갔다. 방 안으로 들어간 아버지는 한 시간이 넘도록 감감무소식이었다. 동삼은 아버지가 들어간 방 앞으로 다가갔다. 동삼은 살그머니 방문을 열었다.

사람들 틈 사이로 아버지의 낯익은 등이 보였다. 아버지는 20대 나이로 보이는 젊은 사람과 마주하고 있었고 그 주위로 여러 사람이 빙 둘러앉아 있었다.

딱.

낮고 둔탁한 소리가 들렸다. 그제사 동삼은 아버지가 바둑을 두고 있다는 것을 알 수 있었다.

동삼은 아버지의 바둑 두는 모습을 제대로 보지 못했다. 법고 스님의 말로는 조선 제일의 국수라는데 아버지는 여간해서 바둑을 두는 법이 없었다. 아버지가 그런 솜씨를 가지고도 왜 바둑을 잘 두려 하지 않는지 동삼으로서는 도무지 모를 일이었다.

동삼은 사람들 틈을 비집고 들어갔다.

판 위에는 40여 수가 착수되어 있었다. 흑을 쥔 젊은 사내 얼굴이 곤혹 스러워 보였다. 동삼의 기력으로는 정확한 형세 판단이 어려웠으나 대국 하는 두 사람의 모습은 선명하게 구별이 됐다.

흑을 쥔 젊은 사내는 전전긍긍했고, 그에 반해 아버지의 모습은 고요 했다. 입술을 굳게 다문 채 눈은 반쯤 감겨 있었다.

몇 수가 지나 사내가 돌을 거두었다.

"강약이 부동입니다. 허락해주시면 몇 점을 놓고 정식으로 한 판 배우 고 싶습니다."

아버지가 아무런 대꾸가 없자 사내는 대뜸 판 위에다가 넉 점을 놓았다.

"아니! 그렇게나!"

"어허! 수원 제일의 고수가 넉 점을 붙이다니!"

주위가 갑자기 술렁거렸다. 그들 말투로 보아 사내의 바둑도 인근에서 는 꽤 알아주는 모양인데 그런 고수급이 아버지에게 넉 점을 놓고 들어오 자 동삼은 가슴이 두근거렸다. 수염이 듬성듬성 나 있는 아버지의 초췌한 모습이 갑자기 커다랗게 보였다.

사내의 뒷돈을 대는 듯한 사람이 돈을 다시 태우려 하자 사내가 말렸다.

"아니오! 그러시면 안 되오!"

사내는 전주를 꾸짖고 아버지에게 용서를 구했다.

넉 점을 접힌 사내는 초반부터 판을 견고하게 짜나갔다. 어떻게 하든 이 판을 이기겠다는 결연한 의지가 엿보였다. 사내는 넉 점의 위력을 살 려 시종일관 안전한 길을 갔다. 동삼이 보기에도 이대로 가면 아버지가 질 것 같았다. 그러나 동삼의 생각과는 달리 아버지는 평범하게 두어나가 서서히 반상을 압도해버렸다.

큰 수를 내지도 않고 바둑은 아버지가 다섯 집을 남겼다.

사내가 아버지에게 물었다.

"선생님의 함자가 혹시…… 추씨 성에 평자 사자를 쓰시지 않습니까?"

아버지가 고개를 끄덕이자 사내는 아연실색 깜짝 놀라서 자리에서 일어났다. 일어설 때의 동작으로 보아 사내는 한쪽 다리가 불편해 보였다. 사내는 더할 수 없이 공손한 태도로 아버지에게 큰절을 했다.

"평생의 영광입니다."

동삼이 아버지를 따라 방을 나서는데 누군가 사내에게 물었다.

"저분이 누구시오?"

"조선 제일의 기객 추평사 선생이오. 저분에 대해 떠도는 이야기가 하나같이 믿기 어려운 것뿐이어서…… 하지만 오늘 막상 대면하고 보니 충분히 그럴 수 있다 싶소. 원래 소문이란 게 과장되기 마련이라지만…… 소문의 진상은 차치하고라도 저분과 넉 점이든 다섯 점이든 마주 앉아 바둑을 두었다는 자체가 내겐 일생일대의 영광이오."

사내의 말소리가 점점 멀어졌다. 동삼의 가슴이 벅차올랐다.

아버지와 바둑 한 판 둔 것이 평생의 영광이라니.

주막집 앞에서 인력거가 그들의 앞길을 막았다. 인력거에서 웬 사람이 황급히 내렸다. 60에 가까운 노인이었다.

"이게 누구시오! 추선생 아니시오!"

노인은 평사를 보고 반가워 어쩔 줄 모른다.

"나 모르겠소? 옛날 정 역관 집에서 자주 만났잖소."

평사가 노인을 알아본다.

"그나저나 하마터면 몰라보고 그냥 지나칠 뻔했소이다. 세월이 흘렀다지만…… 많이 변했구려."

"……"

"오랜만에 만났는데 저희 집으로 가십시다. 추선생을 뫼시고 싶소."

노인이 평사의 소매를 잡아끌었다.

박 노인은 수원에서 이름난 갑부였다. 평사가 여목 스승에게 쫓겨나 정 역관 집에 머물러 있을 무렵, 노인은 그 당시 수원에서 이름을 떨치던 기객들을 데리고 정 역관의 사랑채에 나타나 평사에게 여러 번 당한 적이 있었다.

노인 집에서 동삼은 아버지와 함께 환대를 받았다. 지난 몇 개월 동안 아버지가 간혹 바둑을 두어주면 바둑을 배운 사람들로부터 사소한 사례 는 받았지만 이렇게 융숭한 대접은 처음이었다.

아버지에게 한 수 가르침을 받으려는 사람들로 인해 노인의 사랑채는 사람들 발길이 끊이지 않았고 매일 밤 술잔치가 벌어졌다. 분단장을 곱게 한 여자들이 드나들었으며, 아버지는 바둑을 두는 자리든 술자리든 어떤 자리에서나 상석에 앉았다.

아버지가 상대하는 바둑꾼들은 대다수 중년의 나이였지만 더러는 젊 은 사람도 있었고 드물게는 고령의 노인도 있었다. 그들은 아버지에게 여 러 점을 놓았다.

아버지는 상대가 누구든 연령 고하를 막론하고 그들을 상대해주었다. 다만 동삼이 보기에 아버지는 습관적으로 대국에 응할 뿐 별다른 의욕은 없어 보였다. 승부에 대한 집착은 전혀 찾아보기 힘들었고 겉치레로 통 속의 돌을 바둑판 위에 옮겨놓을 뿐이었다. 그러고도 아버지가 지는 바둑 은 손에 꼽힐 정도였다.

단 한 번 아버지가 관심을 가졌던 대국이 있었다.

한 달 전쯤인가 대전(大田) 근처 유성(儒城)에서 유숙할 때였다. 밤이 늦은 시각에 웬 사람이 삿갓을 쓰고 홀연히 평사와 동삼이 거처하는 숙 소에 나타났다.

그는 다짜고짜 아버지에게 한 수를 청했고 범상찮아 보이는 그를 상대 로 아버지는 늦은 시각임에도 불구하고 바둑판을 앞에 놓고 마주 앉았다.

그는 흑을 쥐고 초반부터 파죽지세로 아버지의 진영을 파고들었다. 처음 그를 대수롭잖게 보았던 아버지도 시간이 흐르자 자세를 고쳐 잡았다. 그때 동삼은 처음 아버지가 바둑판 앞에서 생각에 잠기는 모습을 보았다.

거의 무표정한 아버지의 얼굴에서 서늘한 기운이 흘렀고, 눈은 보기에도 섬뜩하리만큼 무서웠다.

새벽녘에 끝난 바둑은 초반의 비세를 뒤엎고 아버지가 근소한 차이로 이겼다. 그 사람은 들어올 때와는 달리 아버지에게 공손하게 절을 하고 물러났다. 그가 방에서 나가자 아버지는 그와 방금 전 두었던 바둑의 초반 부분을 잠시 복기하다가 돌을 거두고 자리에 누웠다. 어둠 속에서 아버지는 동삼에게 물었다.

"바둑을 좋아하느냐?"

"예."

"그것만으론 고수가 될 수 없다."

아버지는 더 이상 말이 없었다. 왠지 동삼은 자신이 허허벌판에 홀로 서 있는 기분이었다.

그날 동삼은 쉽게 잠을 이룰 수 없었다.

박 노인 집에서 한 달 가까이 머문 평사와 동삼은 조금 더 유하다 가라는 박 노인의 간청을 물리치고 경성으로 올라왔다.

정 역관의 집은 적막했다. 항상 사람들로 붐비던 사랑채에는 아무도 찾아드는 이가 없었고 널따란 사랑방이 한층 더 황량했다. 옛날의 청지기는 어디로 갔는지 보이지 않고, 대신 댕기머리를 늘어뜨린 계집아이가 쪼르르 쫓아나왔다.

"누구시라고 전해올릴까요?"

계집아이는 말간 눈을 동그랗게 뜨고 있었다.

"추평사라는 사람이 왔다고 전하여라."

계집아이가 사라지자 평사는 방 안을 둘러보았다. 무량수불(無量壽佛)이라고 쓰인 옛날의 족자는 벽 중앙에 그대로 걸려 있건만 이미 빛이 바래 많이 퇴색해 있었고, 방 한켠으로는 차곡차곡 포개놓은 몇 개의 바둑판만 제자리를 지키고 있었다. 정 역관 집이 망했다는 이야기는 떠돌아다니며 주변 사람들로부터 수차례 들은 바 있었다.

"이 사람 평사! 이게 얼마 만인가!"

정 역관이 방 안으로 들어서며 고함을 질렀다.

"야속한 사람, 어떻게 그리 소식이 없었는가."

세월 탓인가. 정 역관은 많이 늙어 있었다. 정 역관이 다가가 평사의 손을 맞잡고 끌어안다시피 그 자리에 주저앉는다.

"그래, 조선에는 언제 들어왔나?"

"지난봄에……."

"그런데 왜 이제야 나타났는가. 조선에 왔으면 응당 나부터 찾아야지."

정 역관이 섭섭해했다. 그도 그럴 것이 평사와 정 역관은 아저씨와 조카 같은 사이가 아니던가. 정 역관이 평사를 생각하는 마음은 예나 지금이나 변함이 없다. 방 한구석에 서 있던 동삼이 슬그머니 밖으로 나갔다. 정 역관이 나가는 동삼을 쳐다본다.

"저 아이가 동삼인가?"

"예."

"죽은 아이 엄마를 생각하면 내 자네에게 미안하이. 자네를 봐서라도 어떡하든 내가 화정이를 도와줬어야 했는데……."

정 역관은 지난날을 생각하며 만감이 교차했다.

정 역관 집이 몰락한 것은 정 역관이 북해도로 평사를 찾아갔던 그다음 해부터 시작되었다.

20년 동안 자신의 밑에서 성실히 일해온 김 집사가 종로에 있는 만물상을 일인에게 팔아넘기고 어디론가 잠적한 것은 지금으로부터 7년 전의 일이었다.

평소 바둑, 마작 등에 심취해 사업을 다소 소홀히 하긴 했으나 20년 가까이 피붙이처럼 대해온 김 집사가 그런 식으로 자신을 배신할 줄은 꿈에도 생각지 못했다. 엎친 데 덮친 격으로 고향 이천에 있는 전답마저 김 집사와 동척(東拓)의 농간으로 왜놈들에게 넘어가자 정 역관은 하루아침에 빈털터리가 됐다.

그때부터 정 역관은 김 집사를 찾아 전국 각지를 헤매고 다녔다.

1년, 2년…… 정 역관은 미친 듯이 김 집사의 행방을 추적했다. 그사이 정 역관의 처는 홧병으로 죽었고 집안은 완전히 거덜이 났다.

정 역관이 화정이를 찾아간 것은 그 즈음이었다.

백방으로 수소문한 끝에 김 집사가 만주 봉천(奉天)에 살고 있다는 소식을 듣고 정 역관은 부랴부랴 그곳으로 올라갔다. 두 달 가까이 만주 바닥을 이 잡듯이 뒤졌으나 결국 김 집사를 찾지 못했다. 아무 소득 없이 다시 조선으로 돌아온 정 역관은 화정이 나가는 기방에 들렀다.

그곳에서 화정이 돈 많은 어떤 홀애비에게 재가를 했다는 말을 듣고 정 역관은 통탄을 했다.

평사가 일본으로 떠난 뒤 정 역관과 화정은 가깝게 지냈다. 화정은 정 역관을 집안 어른처럼 대했고 정 역관은 평사가 돌아올 때까지 화정을 지켜주리라 마음먹었다. 그러나 뜻하지 않은 자신의 몰락으로 모든 것은 물거품이 되어버렸고, 화정은 화정대로 정 역관은 정 역관대로 서로 각기 다른 길을 가게 되었다.

그 후 정 역관은 평사를 생각하면 늘 마음이 무거웠다.

"자네가 죽었다는 이야기도 있었고…… 뒤숭숭했네. 내게 그런 일만 없었더라도……."

정 역관이 곰방대 담배를 뻑뻑 빨아댔다.

"화정이 죽고 동삼이를 찾아갔을 땐 벌써 법고 스님이 그 애를 절로 데려간 후였지……."

정 역관이 한숨을 푹 내쉰다.

"모든 게 팔잘세. 죽고 사는 인간사 모든 일이 다 팔자소관이지."

"……."

"이제 어쩔 셈인가?"

"일본에 다녀올 일이 있습니다."

"일본에? 무슨 일로?"

"그럴 일이 있습니다."

"그럼 그동안 동삼이를 내가 데리고 있으면 어떻겠나?"

평사가 고개를 저었다.

"필동으로 데리고 가겠습니다."

"설숙도장에?"

"예."

다음 날 평사는 수원 박 노인 사랑에서 바둑을 두어 생긴 돈의 일부를 계집아이에게 맡기고 그 집을 나왔다.

20 　　　　역수(驛水)의 강가에서

　　필동의 완만한 구릉에 위치한 도장은 과거 자신의 여목도장 시절에 비해 조금도 달라진 게 없었다. 낡고 오래된 기와, 풀이 무성한 뒤뜰, 본채 넓은 대청, 마당에서 멀리 보이는 산, 그 어떤 것 하나 변한 게 없이 모두가 그대로였다.

　　평사는 자신이 기거했던 도장 한켠에 붙어 있는 아래채를 무심히 바라보았다.

　　자신도 이곳에서 피나는 수련을 쌓은 적이 있다. 걸출한 바둑으로 후세에 길이 남을 명인이 되고자 오로지 앞만 보고 달려갔다. 그러나 뜻하지 않게 도장을 떠남으로써 자신의 삶은 유형(流刑)의 땅에서 온갖 오토(汚土)로 뒤범벅이 된 채 형언할 수조차 없는 파란의 일생을 걸어오지 않았던가.

　　…….

　　평사는 눈을 감았다.

　　그 시절은 간 곳이 없고 어디선가 바람이 불어온다.

　　바람을 타고 바람 속으로 바람이 되어 가보리라 했다.

　　바람이 되어 이 세상 어느 곳이라도 훨훨 날아가고 싶었다.

문득 평사는 손으로 바람을 잡으려 했다.

그러나 바람은 잡히지 않는다.

아무리 애를 써도 바람은 잡힐 듯 잡힐 듯 잡히지 않고 손아귀를 빠져나가버린다.

그리고 자신은 잡히지 않는 세상을 떠돌다 지쳐 이곳에 돌아와 서 있는 것이다.

평사가 눈을 떴을 때 대청 위에서 바둑을 두는 원생들 중 나이가 들어 보이는 청년이 그들 앞으로 다가왔다.

"어떻게 오셨습니까?"

"설숙 선생을 만나러 왔네."

청년은 볼품없고 초라한 행색의 두 사람을 번갈아 쳐다보았다. 평사는 청년이 주춤거리는 사이 안채로 걸어 들어갔다.

안채에는 그가 앉아 있었다. 평사의 기억으로 그의 나이가 40은 족히 넘은 것으로 짐작되는데, 윤곽이 선명한 그의 얼굴 어디에도 잔주름 하나 없어 그의 정확한 나이를 짐작키 어려웠다. 허리를 꼿꼿이 세우고 앉아 있는 그의 수려한 용모는 어딘지 모르게 날카롭고 엄숙했으며 예나 지금이나 여전히 고요한 눈은 깊은 사색에 잠겨 있었다. 범접하기 힘든 고고함이 방 전체의 분위기를 착 가라앉게 했다.

방은 고서들로 가득 차 있어 묵은 서책 냄새가 은은히 배어 있었다. 햇볕이 반쯤 흘러드는 한쪽 벽면에는 정성들여 가꾸어놓은 여러 종류의 난 (蘭)들이 잘 정돈되어 있었고 문갑 위에는 쓰다 둔 지필묵과 화선지가 가지런히 놓여 있었다.

그에겐 이미 대가의 풍모가 여실했다.

두 사람은 얼굴을 마주하고 오랫동안 말이 없었다. 두 사람 사이에 긴 침묵이 흘렀다.

설숙과 평사.

어려서는 노비와 상전 신분으로 지배와 종속의 관계였으며 평사가 여목도장에 입문해서는 한 동문으로 성장했다. 동문 시절, 평사가 뛰어난 발군의 기재로 여목의 총애를 한몸에 받았다면 설숙은 대나무와 같은 곧은 기상으로 여목이 가장 믿었던 제자였다.

언제나 두 사람 사이에는 미묘한 갈등이 존재했다. 스승 여목의 대통을 이어받고자 숙적으로 마주칠 때도 있었으나, 노비와 상전이라는 신분 사슬에 묶여 서로를 경시하고 외면했다. 평사가 쫓겨난 후에는 한쪽은 번민으로 한쪽은 미움으로 세상을 살았고, 스승이 죽은 후에도 그들의 심적 갈등은 오랜 기간 지속되었다.

그러나 세월은 흘렀고, 지난날의 모든 욕망과 열정마저도 그 세월 속에 묻어버린 채 이제 두 사람은 오직 인간과 인간으로서 마주하여 서 있는 것이다.

"절을 올려라."

침묵을 깨고 평사가 말했다.

동삼이 설숙에게 절을 올렸다.

"나가 있거라."

절을 올린 동삼이 조심스레 방문을 열고 밖으로 나간다.

"제 자식놈입니다."

"……."

"저 아이를 이곳에 남겨두고자 찾아왔습니다."

평사가 도장을 찾아온 자신의 뜻을 밝혔다.

설숙은 굳게 입을 다문 채 말이 없다. 홀연히 나타나서 자식을 맡기겠다니. 설숙이 평사를 노려본다. 의문의 눈초리다. 또다시 침묵이 흐른다.

아직도 풀리지 않은 매듭이 그들을 가로막고 있다. 이번에도 침묵을 깬 건 평사였다.

"전 이제 가망이 없습니다."

평사의 이마에 식은땀이 흘러내렸다. 누가 보더라도 평사의 얼굴은 병색이 완연하다.

"제 자식을 거두어주십시오, 서방님."

서방님…….

설숙은 서방님이란 말을 입 속으로 가만히 되뇌었다.

어린 시절.

그의 아비에게 장터에 나가 화선지를 구해오라 일렀다. 때마침 농번기라 하루 종일 일에 바빴던 그의 아비는 그만 깜빡 잊고 자신의 명을 실행하지 못했다. 화가 난 자신은 땔감으로 해놓은 장작을 그의 아비 면상을 향해 던졌다.

반상의 신분이 엄격하던 시절이라 상전이 노비를 체벌하는 일은 흔했고 그것을 당연하게 받아들이던 시대였다.

그때 평사가 그 광경을 목격했다. 평사는 멀찌감치 떨어져 자신을 노려보고 있었다. 어둡고 음울한 눈이었다. 상민에게서는 좀체 볼 수 없는 당당한 눈빛이었다.

그날 이후 평사는 한 번도 자신을 서방님으로 부른 적이 없었다.

자신의 나이 열다섯 살이었고 평사가 열한 살 되던 해였다.

"저의 마지막 소청입니다……."

평사의 간곡한 애원이다.

비록 천민의 자식으로 세상에 나왔으나 살아오면서 여태까지 그 누구에게도 고개를 숙인 적이 없는 평사였다. 그런 그가 자식의 안일을 위해 평생을 애원(愛怨)으로 몸부림쳤던 사람 앞에 고개를 숙이고 있다.

그러나 설숙은 끝내 가타부타 말이 없다. 평사는 설숙의 침묵을 승낙

역수(易水)의 강가에서

의 뜻으로 알고 절을 한 후 물러났다.

그날 밤.

평사는 동삼에게 당부했다.

"길은 험하다. 스승을 아비같이 생각하여라."

새벽녘에 동삼이 눈을 떴을 때 평사는 이미 그곳을 떠나고 없었다.

"왜 추평사 선생께선 자식을 직접 가르치지 않고 설숙도장에 맡겼습니까?"

평사의 삶, 그 한 자락을 들추어본 박 화백은 어리석은 질문인 줄 알면서도 가슴을 짓누르는 안타까움에 자신도 모르게 물었다. 눈을 감으면 거칠고 앙상한 몸으로 기침을 쿨럭이며 어린 자식을 데리고 길을 가는 평사와 동삼의 모습이 그려지는 것 같았다.

"그때 추평사 선생의 건강은 이미 악화일로였네. 긴 세월 떠돌아다니며 술과 방탕한 생활로 몸을 망쳤고, 거기다가 유배지 생활로 인해 심신이 극도로 쇠약해져 있었지. 그런 상태에서 어찌 자식의 앞날을 책임질 수 있었겠나……. 그분은 자신의 삶이 바둑에서 시작해서 어차피 바둑으로 끝날 운명이란 걸 스스로 잘 알고 있었던 것이지. 시작과 끝이 바둑인 그분이 동삼에게 보여줄 수 있는 게 과연 무엇이겠는가. 그래서 아마 그분께서는 삶의 마지막 종착지를 바둑으로 삼았고 동삼과 같이 돌아다녔을 거야. 바둑이야말로 그분에게는 온갖 영욕과 애증이 뒤섞인 생명과도 같은 것이 아니었겠는가."

해봉처사 말처럼 추평사 선생은 삶의 마지막 순간까지 그 광활한 승부의 세계에서 자신만의 행마를 찾아 끊임없이 헤매고 다녔다.

불현듯 박 화백은 자신이 왜소해짐을 느낀다.

자신이 한 폭의 그림을 그리기 위해 고뇌했다면 추평사 선생은 삶 자체가 바둑이고 승부였다. 박 화백은 밀려드는 열패감을 어찌할 수가 없었다.

"처사님, 도대체 사람 사는 게 무엇입니까?"

박 화백 입에서 자신도 모르게 두서없는 말이 불쑥 튀어나왔다. 박 화백의 물음에는 아랑곳없이 해봉처사는 묵상에 잠겨 있다.

그리고 잠시 후 해봉처사가 선문답하듯 중얼거렸다.

"들판의 잡초처럼 세월만 흘렀네……."

박 화백 가슴에 황량한 바람이 쓸고 지나간다.

이보련(李寶蓮).

그 여자는 없었다.

오사카 항에 비가 내리고 있었다. 평사의 손에 들린 편지지 위로 빗물이 떨어진다.

최팔용 조장의 아내 이보련은 떠나고 없었다. 최 조장이 징용지로 끌려간 지 반년이 채 못 되어 그 여자는 인근에 사는 어떤 돈 많은 사내를 따라 오사카를 떠났다.

빗물에 편지의 글씨가 종이 주위로 검게 번진다.

보련.

이 편지가 당신 손에 당도하면 나는 이 세상 사람이 아니오.

단 하루도 당신을 잊어본 적이 없었고, 살아서 꼭 당신에게

돌아가고 싶었소. 하지만 이젠 갈 수 없다오.

사랑했소.

부디 행복하시오.

평사의 손에서 편지가 떨어졌다. 편지는 허공을 몇 바퀴 선회하다가

선착장 아래 바다 위로 날아갔다.

그때 누가 평사의 어깨를 툭 쳤다.

"추선생 아니시오?"

웬 사내가 놀라서 평사를 바라본다. 사내는 평사가 처음 일본을 건너온 초창기 때 자신에게 불계패당한 적이 있는 이나미(井波)라는 기정사(碁正社) 소속 전문기사였다.

"추선생이 이 오사카까지 웬일이오?"

"……."

"어쨌든 반갑소."

이나미가 주위를 두리번거렸다.

"이럴 게 아니라 우리 어디 가서 술이나 한잔 합시다."

이나미는 평사를 데리고 부두 근처 술집으로 들어갔다. 이나미는 자리에 앉자마자 다짜고짜 작금의 일본 바둑을 화제로 삼았다.

"지금 일본은 바둑으로 광분하고 있소. 아시는지 모르겠지만 내가 몸담았던 기정사도 몇 년 전부터 흐지부지 유명무실한 존재로 전락하고 말았소. 그 배경에는 슈사이 명인을 필두로 오청원, 기다니, 하시모도, 후지사와(호사이) 같은 걸출한 기재들이 하나같이 일본기원에 들어갔고…… 세인들의 관심이 온통 그들에게 쏠려 있으니, 어쩌면 그런 결과가 당연한지도 모르오."

이나미는 씁쓸하게 웃으며 자기 앞에 놓인 술잔을 비웠다.

"요즘 어딜 가나 사람들은 슈사이 명인의 은퇴 바둑 상대자 결정전에만 이목을 집중시키고 있소. 아마도 기다니 7단이 우승할 것 같소."

얼마 전 슈사이 명인은 대대로 이어져 내려온 홍임보 명칭을 마이니치 신문에 양도하고 은퇴를 결심했다. 그 홍임보의 은퇴 기념 대국의 상대자 결정전이 한창 벌어지고 있었고, 기다니가 가장 유력한 우승 후보로 등장했다.

당시 오청원은 1년 전부터 앓아온 결핵 때문에 요양을 하고 있었는데, 얼마 전 일본기원으로 다시 돌아오긴 했지만 그 결정전에는 참가하지 못했다.

"사실 추선생이 사라지고 나서 많은 사람들이 애석해했소. 몇 년 전 오청원과 기다니가 신포석을 발표하여 전 일본이 떠들썩했지만…… 만약 추선생이 일본기원에 어떤 경로를 통하든 몸을 담았다면 오늘날의 일본 바둑은 그 판도가 많이 달라졌을 것이외다. 하다못해 우리 기정사에 소속이 되었어도 기정사가 오늘과 같은 몰락의 길을 걷지 않게 되었을지 모르고."

술이 어느 정도 오른 이나미는 평사를 자신이 기거하고 있는 여관으로 데려갔다.

며칠간 여관에서 같이 지낸 이나미는 어느 날,

'바둑 두는 사람이 바둑을 멀리하면 정신마저 피폐해진다.'

고 하며 평사의 상대로 같은 기정사 소속 전문기사 한 명을 데려왔다.

평사의 급속한 추락은 그 시점을 전후로 확연히 드러났다. 이나미가 데려온 전문기사를 상대로 하여 힘 한 번 제대로 쓰지 못하고 패배한 평사를 보고 이나미는 이해할 수 없다는 표정을 지었다. 다음 날 일본기원 소속의 또 다른 전문기사를 데려왔지만 결과는 같았다.

평사의 납득할 수 없는 패배에 도저히 수긍이 가지 않은 이나미는 그 이유가 내기바둑이 아닌 관계로 그렇다는 속단을 내렸다. 그리하여 나름대로 평사의 상대에 걸맞은 전문 내기바둑꾼을 물색하여 스스로 평사의 전주가 되어 내기바둑을 주선했다.

그다음 날, 아따미 온천의 한 여관에서 벌어진 전문 내기바둑꾼 마쓰나미(松並)와의 대국에서도 평사는 계속 패배를 당했다. 마쓰나미라는 바

역수(驛水)의 강가에서

둑꾼은 고베(神戶) 시에서 최고의 승부사로 손꼽히는 자였으나, 그렇다손 치더라도 옛날의 평사라면 평범한 전문기사들이나 마쓰나미 정도는 전혀 문제가 될 수 없는 실력들이었다.

그리고 그날 밤 소문을 듣고 평사의 숙소로 두 사람이 찾아왔다. 예전의 전주 마쓰모토와 산쓰이도장의 게이오였다.

"추선생, 이게 얼마 만이오? 너무나도 소식이 없어 죽은 줄만 알았소."

마쓰모토는 평사의 손을 덥석 잡으며 어쩔 줄을 몰라 했다.

"그동안 추선생을 찾아 안 다녀본 데가 없었소. 규슈로, 홋카이도로……."

평사는 대꾸 없이 술만 마셨다.

"고생이 많았소. 얼마 전에 여기 있는 게이오상에게서 추선생에 대해 자초지종 이야기를 다 들었소."

게이오가 평사를 똑바로 쳐다보지 못한다.

"죄송합니다. 추선생!"

게이오가 깊숙이 머리 숙여 사죄했다.

"지금 와서 생각해보면 스승님께서 너무하셨지요. 스승님께서는 3년 전에 돌아가셨어요. 노환으로 꼬박 반년을 병석에서 보냈습니다. 돌아가실 즈음에 이르러서야 추선생 얘기를 꺼내더군요. 그제사 준코와 스승님이 추선생이 사라지고 말년에 서로 소원하게 지낸 이유를 알겠더군요. 이런 말이 위안이 되는지 모르겠지만 스승님께서는 임종이 가까워지자 추선생 이야기를 하며 많은 후회를 했다오. 자신의 과오였다고…… 그럴 필요가 없었다고……."

"아, 자신의 뜻을 거슬렀다고 그런 식으로 보복을 해놓고 뒤에 와서 후회하면 뭐하겠소!"

마쓰모토가 분통을 터뜨렸다.

"나중에 안 사실이었지만, 그때는 아무도 몰랐었지요. 왜 준코가 자신을 키워준 백부와 의절했는지…… 추선생이 그렇게 된 그 해 가을 준코는 추선생의 애를 낳았소. 딸이었지요. 불행히도 태어난 지 6개월 만에 급성 폐렴으로 그만……."

"……."

"그 후 준코는 오타루 본정목에서 제과점을 경영하는 한 평범한 홀아비에게 시집을 갔소."

평사는 고개를 숙인 채 잠자코 있었다.

분위기가 어색해지자 마쓰모토가 새로운 화제를 끄집어냈다. 전주로 살아오면서 주위 사람들로부터 대인 관계가 원만하다는 평을 듣는 마쓰모토였다.

"그나저나 시라이시 그놈도 이젠 드디어 임자를 만났어. 내 그놈에게는 한 번도 이겨보지 못해 이를 갈고 있는 중이었는데 이제 천하무적의 추선생이 나타났으니…… 드디어 설욕의 일전을 벌일 수 있게 되었소."

마쓰모토는 허연 이빨을 드러내놓고 껄껄 웃었다.

시라이시 마쓰히데(白石光秀)는 근래 들어 내기바둑계에 새로이 등장한 인물이었다. 현재 20대 후반의 나이로, 몇 년 전까지만 해도 관북지방 히로사키(弘前)의 시골 바둑꾼으로 전혀 이름이 알려지지 않은 미미한 존재였다.

그런 그가 한 전주의 눈에 띄어 그의 지원을 등에 업고 2년간 바둑공부에만 매달린 후 중앙 무대에 등장했을 때 그는 더 이상 이름 없는 무지렁이 시골 바둑꾼이 아니었다.

연전연승. 그의 앞에는 적수가 없었다. 그는 공포의 승부사로 돌변했다. 지난 1년간 큰 승부에서만 24승 무패라는 경이적인 기록이 말해주듯 그는 이제 명실공히 최고의 승부사로 인정받기 시작했다.

그와 한번 승부를 해본 사람들은 승패를 떠나 그가 의심할 데 없는 슈사쿠(秀策) 이후의 최고의 기재라고 칭찬했다. 한낱 내기바둑꾼에 불과한 사람을 너무 극찬하는 것이 아니냐고 반론을 제기하면 그들은 입에 거품을 물고 '지금 당장 오청원이나 기다니와 승부를 해도 나는 시라이시에게 걸겠다'라고 하며 반론에 제동을 걸었다.

언젠가 사석에서 누가 시라이시에게 물었다. 왜 그런 실력으로 일본기원에 정식 기사로 등록하지 않느냐고, 그리하여 바둑계를 석권할 생각이 없느냐고. 그 질문에 시라이시는 씨익 쪼개며 이렇게 대답했다.

"명예를 중시하라는 건가요?"

시라이시가 간명하게 표현했지만, 그 말은 그 당시 상황을 단적으로 지적한 것이었다. 그 당시 일본은 역사상 유례없는 내기바둑 천국이었다. 전문기사들은 명예의 대상이었지 수입은 보잘것없었다. 승단대회, 지도대국 등에서 대국료가 일부 나오긴 했으나 그것은 잔돈에 지나지 않았고 제대로 된 돈을 만질 수 있는 승부는 그나마 내기바둑뿐이었다. 훗날 일본 바둑을 제패하는 불세출의 승부사 사카다 게이오도 관북지방과 관서지방을 떠돌던 소년 내기바둑꾼이었다.

그런 시라이시에게 마쓰모토가 내세운 선수들이 연패를 당하자 마쓰모토가 설욕의 칼을 갈고 있는 건 어쩌면 당연한 일인지도 몰랐고, 그 참에 평사가 나타났으니 마쓰모토에게 평사의 등장은 천군만마의 지원을 받는 거나 마찬가지였다.

그러나 그것은 마쓰모토의 오판이었다.

전초전 삼아서 마쓰모토가 주선한 세 번에 걸친 내기바둑에서 평사는 불가사의하게도 세 번 내리 참패를 당했다. 평사를 잔뜩 믿고 판돈을 높게 책정한 마쓰모토는 큰돈을 잃고 깊은 회의에 빠졌다.

마쓰모토와 게이오는 자신의 눈을 의심했다. 아무리 생각해도 믿기지 않는 패배요 상상조차 할 수 없던 일이었다.

마쓰모토는 평사를 충분히 쉬게 한 후, 며칠 후 다시 승부에 투입했다. 마쓰모토는 평사의 패배를 다시 한 번 확인하고 싶었다. 그만큼 평사의 패배는 마쓰모토에겐 충격적이었다.

하지만 결과는 이번에도 평사의 두 번에 걸친 연속 패배로 끝이 났다. 그 바둑을 끝으로 큰 충격을 받은 마쓰모토는 그간의 정리를 생각해 평사에게 잔돈 몇 푼을 쥐어주고 미련 없이 평사의 곁을 떠났다.

얼마 후 유통업을 하는 히로시마 출신의 사업가가 평사의 과거 화려했던 명성을 높이 사 새로운 평사의 전주로 들어섰다. 평사는 그가 주선한 바둑에서 또다시 4전 1승 3패의 참담한 결과를 낳았다. 그렇게 되자 결국 그 전주마저 평사에 대한 기대를 버리고 히로시마로 돌아가버렸다.

더 이상 평사에게는 지난날의 판을 압도해 들어가는 날카로운 공격력이나 화려했던 행마, 상대방으로 하여금 질식할 것 같은 느낌을 주는 살기가 보이지 않았다. 사람들은 스스럼없이 평사가 녹슬었다, 그의 시대는 갔다, 승부에 대한 집착이 전혀 보이지 않는다는 말로 평사를 비난하기 시작했다.

내기바둑계에서는 두 사람에 대한 화제가 풍성했다. 솟아오르는 태양(太陽), 혹은 이미 중천에 떠 있는 해로 시라이시를 추켜세웠고, 낙양(落陽)이라 하여 서산에 지는 해로 평사를 평가절하했다.

이제 평사는 더 이상 수많은 일인들의 간담을 서늘하게 했던 옛날의 그 조선 국수가 아니었다.

"추상, 이번에는 실수가 없어야 해. 지난번에도 당신이 잘못 훈수하는 바람에 다 이겨논 바둑을 졌잖소!"

사내가 평사를 심하게 다그쳤다.

평사는 사내의 그러한 폭언에도 아무런 대꾸가 없다. 전번 바둑은 평사의 잘못이 아니었다. 평사의 훈수를 전달하는 과정에서 저희들끼리 착오가 생겼다. 아무리 평사가 시들었다고는 하나 몇 수 아래 하급자들이 두는 바둑을 평사가 착각할 리는 없지 않은가.

사내가 바둑판 위에 40여 수 복기를 했다. 초반부터 대마가 서로 얽혀 있다. 평사는 다음 수순을 기계적으로 늘어놓았다. 사내는 미심쩍은 듯 평사에게 다시 한 번 확인을 했다. 몇 번이나 의외의 변수를 검토한 사내가 밖으로 나갔다.

평사의 훈수를 받은 사내는 곧장 승부가 벌어지고 있는 대국장으로 가서 자기 쪽 선수에게 평사의 수를 다시 교묘한 수법으로 전달했다. 그 당시 일본에서 유행했던 속칭 '쿠사리 빵'이라는 사기바둑의 일종이었다.

1년 전 평사는 떠밀려 떠밀려 이곳 소도시 하치노헤(八戶)까지 내려왔다. 마쓰모토와 게이오가 평사를 버리고 떠난 뒤 히로시마 출신의 전주를 비롯해 또 다른 몇몇 전주들이 평사를 밀었으나 이미 평사의 바둑은 방향을 상실한 채 깊이를 알 수 없는 승부의 심해(深海)로 가라앉고 있었다. 평사는 자연스레 후방으로 밀려났고, 여기저기 눈치나 보며 자신과 비슷한 처지의 한물간 승부사들 틈에 끼여 뒷전을 맴도는 신세로 전락하고 말았다. 그나마 옛날의 명성이라도 있었기에 같이 붙어 다니며 밥술이라도 얻어먹을 수 있었다. 사람들은 그런 평사의 처지를 딱하게 보기도 했고 한편으론 만날 술에 취해 있는 평사를 향해 손가락질하는 자들도 있었다.

'쯧쯧, 불쌍한 양반, 어쩌다가 이 지경에까지…….'

'저런 작자가 어떻게 바둑을 그리 잘 두었지.'

'조센징이 바둑을 잘 두어봐야 얼마나 두었겠어! 다 헛소문이지!'

평사는 남들이 자신에 대해 어떤 조롱이나 모멸의 말을 던져도 전혀 반응이 없었다. 그저 뒷전을 기웃거리다가 누가 먹다 남은 술이나 주면 얻어먹고 밤이 늦어지면 사람들이 자는 방으로 기어들어가 한쪽 구석에서 잠을 잤다.

그렇게 세월을 보내던 평사는 어느 날 문득 그곳을 떠나 지방 중소도시로 무작정 발길을 옮겼다. 평사는 발길 닿는 대로 아무 기원에서나 바둑을 두고 몇 푼이라도 생기면 그 돈으로 술을 마셨다. 그리고 기원이든 어디든 술에 취해 쓰러지면 그곳이 잠자리였다.

다행히 지방 소도시에서는 아직도 평사의 수가 통해 그나마 술값 정도는 대접을 받았다.

한참 동안 계속되던 평사의 기침이 멎었다. 휴지로 입을 닦는데 피가 묻어 나온다. 머리는 어지럽고 반상 위가 가물가물하다.

평사는 정신을 가다듬으려 애를 쓴다.

먼 길을 걸어왔다. 평사는 자신이 걸어온 길이 멀게만 느껴진다. 이제는 돌아갈 수 없는 먼 곳까지, 먼 곳까지 흘러왔음을 어렴풋이 깨닫는다.

사내가 들어왔다.

"수고했소, 추상. 내일 기원에서 봅시다."

사내는 돈을 던져주고 사라졌다. 바둑판 위에 놓인 사내가 주고 간 지폐 몇 장을 평사는 떨리는 손으로 거머쥐었다.

거리에 바람이 분다.

어둡고 차가운 거리에 매서운 바람이 분다.

그 길을 술에 취한 평사가 흐느적흐느적 걸어간다.

술집에 들러 술을 마신 평사가 술집 밖으로 나왔을 땐 이미 해가 저물어 어둑어둑한 밤이었다.

정월 보름인데 달빛은 춥고 바람은 황량하다.

다시 바람이 평사의 얼굴을 친다.

바람은 수만 가지 소리를 내며 평사의 귓전을 어지럽힌다.

가던 평사의 발길이 멎었다.

평사는 천천히 고개를 돌려 오던 길을 되돌아보았다.

아무도 없는 빈 거리에 바람이 속절없다…… 모든 것이 속절없다…….

평사는 넋 나간 사람처럼 바람 속에 우두커니 서 있다…….

평사가 술에 취해 밤늦게 기원으로 돌아왔을 때 하치노헤에 있는 대정기원(大正碁院)에는 전혀 예상치 못한 인물이 그를 기다리고 있었다.

"여보시오 추선생! 나를 알아보시겠소!"

지옥 같은 징용지에서 자신을 구해주었던 엔도 마쓰기지(遠藤松吉)였다.

"천하의 국수가 이 시골 도시 하치노헤에서…… 이런 골방 같은 초라한 기원에서……."

엔도는 평사의 비참한 모습을 보고 말문이 막혔다. 엔도의 눈자위가 금시에 붉어진다.

평사는 그저 무덤덤하게 엔도를 바라보았다. 엔도가 평사의 팔을 끌고 기원 밖으로 나간다. 하치노헤의 밤거리를 걸으며 그들은 한동안 말이 없었다.

평사가 떠난 후 엔도는 내리막길을 걸었다. 이마마쓰 중사에게 약속대로 거액의 돈을 지불해 평사를 탈출시킨 사건은 대충 유야무야되었으나 조선인 징용자를 놓아주었다는 소문이 알게 모르게 주위에 퍼져 자신이 경영하던 군수품 납품회사는 문을 닫게 되었다. 그때부터 엔도는 팔을 걷어붙이고 전문 내기바둑의 전주로 나섰다.

평사를 등에 업고 일세를 풍미했던 그의 밑으로 여러 승부사들이 들어왔다. 엔도는 그들을 데리고 전 일본을 누비며 내로라하는 내기꾼들과 자신이 거느리고 있는 선수들을 맞대결시켰다.

문제는 거기서 발생했다.

처음 어느 기간까지는 자기 쪽 선수들이 힘을 발휘하여 그런대로 재미를 보았다. 그러나 시간이 지날수록 새로운 승부사들이 출현하면서 엔도의 진영은 조금씩 흔들리기 시작했다. 그러던 와중에 대승부사 시라이시의 등장은 엔도에게 결정타였다.

거물 전주로 통하던 엔도의 눈에 시라이시는 일개 작은 승부사에 지나지 않았다. 시라이시가 이름을 조금 얻자 엔도는 시라이시의 기를 꺾어놓을 요량으로 시라이시의 전주에게 대국을 희망했다. 시라이시의 전주는 엔도의 요청에 흔쾌히 응했고, 그것이 엔도의 몰락에 기름을 부은 꼴이 되었다.

나고야(名古屋) 시 최고의 승부사로 불리는 미야케(三宅)라는 엔도의 첫 선수를 시작으로 하여 엔도가 애지중지하던 엔도 수하의 선수 다섯 명과 시라이시를 꺾기 위해 은밀히 포섭한 현직 전문기사들까지 합쳐 엔도가 내세운 선수들은 시라이시에게 어처구니없게도 여덟 차례에 걸쳐 내리 패배의 수모를 당하게 되었다.

시라이시는 하루아침에 대승부사로 약진했고, 승부에 패한 엔도 사단은 일시에 붕괴되었으며, 거기다가 여덟 번 연속 패배의 대가로 큰돈을 날린 엔도는 엄청난 재산 손실을 감수해야만 했다. 그때 비로소 엔도는 평사 생각을 했다. 그는 승부의 마지막 종착역에 다다라서야 결국 다시 평사를 찾게 된 것이었다.

그는 연락선을 타고 직접 조선으로 들어가서 평사를 수소문했다. 평사를 찾기 위해 엔도는 조선 팔도를 이 잡듯이 뒤졌다. 그러나 평사의 행적은 오리무중이었다. 그럴 수밖에 없는 것이 그때 평사는 오히려 일본으로 건너와 승부의 내리막길을 걸어가는 중이었다.

엔도가 평사의 연고를 알아내는 데 실패하고 다시 일본으로 돌아왔을 땐 평사가 자취를 감추고 난 후였다. 일본에서 평사에 대한 믿을 수 없는

역수(易水)의 강가에서

소식을 접한 엔도는 다시 평사를 찾아 이번에는 일본 전역을 헤매고 다녔다. 그리고 이 한적한 소도시 하치노헤에서 마침내 그들의 조우가 이루어졌다.

난로에서 마른 장작이 타악 타악 소리를 내며 거칠게 타고 있었다. 시골 여관은 여관이라기보다 여염집에 가까웠다.

겉보기완 달리 거실 구조는 운치가 있었다. 엔도와 평사는 방이 딸린 거실에 앉아 창을 때리는 초겨울의 바람소리를 들었다. 엔도는 줄곧 시가를 물고 있었고, 평사는 술을 한 잔 한 잔 마셨다.

이윽고 엔도가 품속에서 봉투를 끄집어냈다.

"이게 마지막 남은 내 전 재산이오."

엔도의 목소리가 침통하다.

"추선생! 이 사람을 위해 꼭 한 번만 바둑을 두어주시오."

평사가 고개를 흔들었다. 거절이라기보다는 양해에 가깝다. 자신의 바둑은 이제 갔다는 암시이기도 하다. 그러나 엔도는 완곡했다.

"이것 보시게, 추선생! 나는 당신의 바둑을 잘 알고 있소. 당신과 헤어지고 지금까지 난 단 한 번도 그 바둑을 잊어본 적이 없소. 나는 알고 있소. 당신이 마음만 먹으면 세상의 그 누구도 당신을 이기지 못한다는 것을. 추선생, 벌써 잊었소? 그 절박한 순간에도 당신은 수를 내고 떠났지 않았소."

"……."

"추선생! 당신이나 나나 이렇게 끝날 수는 없소. 한 번이오! 딱 한 번만 나를 도와주시오!"

여기저기 평사를 찾아 돌아다니다가 지칠 대로 지친 엔도의 몰골도 거의 폐인에 가까웠다. 어떻게 보면 엔도는 평사에게 은인이었다. 어쨌거나 징용지에서 자신을 구해준 사람이 아니던가.

"추선생!"

엔도의 애원이 간절하다 못해 절규에 가까웠다. 엔도가 다가와서 평사 앞에 두 무릎을 꿇고 평사의 손을 꽉 잡는다.

"시라이시 그놈을 한 번만 잡아주시오!"

"……."

"추선생!"

"……."

"추선생!"

"……시라이시."

평사의 목소리가 입 안에 잠긴다. 엔도가 놀라 평사를 바라본다.

"……시라이시…… 시라이시……."

꺼져가는 평사의 눈에 생의 마지막 불길이 일어났다.

추평사와 시라이시 마쓰히데의 대국.

훗날 수많은 기객들 입에 두고두고 회자되었던 문제의 바둑은 그렇게 시작되었다.

대국장은 시끌벅적했다. 일본 내기바둑 사상 최고의 승부사로 손꼽히는 시라이시의 바둑을 보기 위해 여러 도시에서 바둑인들과 그에 준하는 승부사들이 구름처럼 몰려들었다.

시라이시는 전주와 함께 미리 도착하여 시종일관 담소를 나누며 마치 승부에는 별로 신경을 안 쓰는 듯 여유 있는 모습이었고, 대국장 안에 있는 대부분의 사람들도 시라이시의 승리를 낙관한 듯 화기애애한 분위기였다.

그럴 수밖에 없는 것이 이제 한물간 삼류 승부사에 지나지 않는 중년의 평사에 비해 젊은 시라이시는 그 뛰어난 승부사적 기질과 무시무시한 기량으로 최고의 전성기를 구가하고 있었고, 평자(評者)는 시라이시의 바둑을 오청원, 기다니 이상의 대기로 낙점을 주었으니 누가 보더라도 시라이시의 승리는 의심할 나위가 없었다.

근간엔 시라이시가 암암리에 일본기원 소속 전문기사들을 수차례 격파하자 각계 명사들이 그의 후원회를 결성했다는 믿지 못할 소문과 그가 머잖아 정식으로 일본기원에 들어갈 것이라는 설이 파다했다. 그리고 그는 흥청망청하는 다른 내기바둑꾼들과는 달리 자신의 몸과 바둑으로 벌어들이는 돈을 철저하게 관리한다고 알려져 주변 사람들로부터 더욱더 신망을 받고 있었다.

대국장이 시라이시에 대한 여러 가지 찬사로 한창 시끄러울 때 대국 시간이 가까워 드디어 엔도가 평사를 데리고 나타났다. 그들이 등장하자 소란스럽던 실내가 갑자기 조용해졌다.

엔도에게 부축당하다시피 해서 들어서는 평사의 모습은 몰골이 완전히 시들어 형상이 시체나 다를 바 없었다. 얼굴은 말라 비틀어져 양쪽 광대뼈가 두드러졌고 몸은 서리 맞은 갈대처럼 서걱거리기조차 했다.

사람들은 놀라서 입을 다물지 못하고 평사를 바라보았다. 평사는 자신을 바라보는 여러 시선들을 외면한 채 바둑판을 앞에 두고 시라이시와 마주 앉았다.

시라이시는 평사의 얼굴을 바로 쳐다보기가 민망했다.

저 사람이 수년 전 일본 승부사들을 파죽지세로 몰아붙인 조선의 기객 추평사란 말인가.

시라이시도 과거 평사에게 패배당한 사람들을 통해 그에 대한 이야기를 여러 번 들은 적이 있었다. 비록 흘러간 솜씨라고는 하나 워낙 그에 대한 평가가 높았기에 사실 시라이시는 내심 그와의 대국을 앞두고 걱정을 했다. 그런데 막상 그를 대하고 보니 바둑판을 앞에 두고 산송장과 마주

하고 있는 기분이었다. 시라이시는 어이가 없기도 하고 한편으로는 마음 한구석에 웅크리고 있던 일말의 불안감이 싹 가시는 기분이었다.

대국 개시가 되어 돌을 가리자 공교롭게도 시라이시의 흑번이었다. 장내가 다시 술렁거렸다. 덤이 없던 시대라 흑을 잡으면 결정적으로 유리한 법. 흑백 결과에 따라 승부의 반 이상이 기울어진다고 해도 과언이 아니었다.

지금 대국장의 동요는 그것을 의미했다. 더욱이 희대의 승부사 시라이시가 흑을 잡았으니 대국장 안에 있는 사람들은 누구나 승부가 끝났다고 생각했다. 엔도가 입술을 지그시 깨물었다.

전날 엔도는 시라이시의 전주를 만나 승부 금액을 5천 원으로 합의를 봤다. 5천 원은 엔도가 고향에 있는 전답까지 모조리 팔아 마련한 전 재산이었다. 시라이시의 전주는 워낙 큰 액수에 잠시 망설였으나 이내 엔도의 제의를 수락했다.

엔도는 자신의 전 재산을 모두 걸 만큼 평사를 철저히 믿었고, 평사가 기필코 이겨주리라 확신했다. 평사의 백번이었으나 대국장 사람들과 달리 엔도는 평사가 절대로 지지 않을 것이라 생각했다. 엔도 눈에는 평사가 승부에서만은 제왕이요 절대적 군주였다. 하늘이 내린 기재였고 땅이 감탄한 승부사였다. 평사가 진다는 것은 상상조차 할 수 없는 일이었다.

심호흡을 마친 후 시라이시의 첫 수가 마침내 우상귀 소목으로 힘차게 날아갔다. 대단한 기세였다. 돌 놓는 소리가 대국장 안에 쩌렁쩌렁 울려 퍼졌다.

　……．

웅크리고 있던 평사의 상체가 서서히 펴진다.

평사의 눈이 반상을 비스듬히 쏘아본다. 순간, 그 찌든 눈에서 살기 같은 것이 쏟아진다. 얼굴은 간데없고 눈만 살아 있는 기이한 형상이다.

엔도가 속으로 외쳤다.

저 눈…… 그래, 바로 저 눈이다! 저것이 추평사의 눈이다!

엔도의 심장이 쿵쾅거렸다. 그 옛날 평사의 눈을 보자 엔도의 가슴 밑바닥에서 오랫동안 참았던 설움이 한꺼번에 북받쳤다. 엔도는 스스로 감격에 겨워 어쩔 줄을 몰랐다.

시라이시는 평사의 눈을 보고 일순간이지만 묘한 공포에 사로잡혔다. 반상 위에는 죽음과도 같은 정적이 흐르고 실내는 불현듯 질식할 것 같은 음침한 분위기에 휩싸인다.

평사의 두 번째 수가 반상 위에 떨어졌을 때 엔도를 비롯한 대국장 안 사람들이 평사의 수를 보고 소스라치게 놀랐다. 평사의 두 번째 수는 예상을 뒤엎고 시라이시가 놓은 소목에 곧바로 걸쳐간 것이다.

대국실은 찬물을 끼얹은 듯 숨소리조차 들리지 않았다.

시라이시가 세 번째 수를 좌상귀 소목으로 가져가자 평사가 또다시 바로 걸쳐간다.

아니, 이 자가!

시라이시가 눈살을 찌푸리며 두 귀를 비워둔 채 평사의 돌을 눈목자로 협공했다. 10여 수가 지났건만 바둑은 벌써부터 어지럽다. 바둑은 초반부터 난타전 양상을 띠기 시작했다.

기세와 기세가 대립하고 살벌한 접전이 전개되었다. 거액이 걸린 승부임에도 불구하고 평사와 시라이시는 일고의 흔들림 없이 초강경 일변도로 맞선다. 평사는 숨 돌릴 틈도 없이 공격으로 나섰고 시라이시는 뜻하지 않은 평사의 공세에 역공으로 반상을 들쑤신다.

바둑으로 전 생애를 불살라버린 한 인간의 처절했던 삶과 고수의 반열에 오른 지 3년 만에 당대 일인자로 군림하여 세상을 놀라게 했던 한 승부사가 뒤엉켜 반상을 휘황찬란하게 수놓았다.

창과 창이 부딪치고 검과 검이 소리를 질렀다.

용천검(龍天劍)과 비룡검(飛龍劍)이 있고, 일월도(日月刀)와 청룡도(靑龍刀)가 등장한다.

치고 달아나기를 수십 합, 찌르고 피하기를 또 수십 합. 권법(拳法)과 장법(掌法)이 춤을 추고 극(劇), 필(筆), 편(鞭: 채찍), 궁(弓)이 천지에 뒤끓는다. 피바람이 몰아치는 전쟁터에 축지(縮地)와 비월(飛越)이 난무하고 도술(道術)과 선술(仙術)이 조화를 부린다.

창 한 자루를 어깨에 메고 눈보라치는 강호(江湖)로 돌아온 자가 있는가 하면, 오직 일도(一刀)에 목숨을 걸고 평생을 기다린 자도 있고, 봉술의 명인이요 검의 달인이자 장풍과 경공(輕功)의 고수도 있다.

외로운 들판에서 적수공권(赤手空拳)으로 싸우는 자도 있고, 숱한 비기(秘技)와 암기(暗技)가 횡행하는 넓은 세상에서 칼 한 번 휘두르지 못하고 죽어가는 비운의 검객들도 있었다.

초반부터 벌어진 평사와 시라이시의 싸움은 갈수록 치열해지고 반상은 전역이 사지(死地)로 돌변하여 혼란과 비명의 아수라장이 되었다.

병법에 달통한 손무(孫武)로부터 실전의 묘법(妙法)을 터득한 오자서(伍子胥)가 기세를 올리고 백병전과 단병접전의 명수 한신(韓信)이 배수(背水)의 진을 친다. 전략의 대가 장량(張良)이 천하를 호령하는가 하면 어느 틈에 공명(孔明)의 신출귀몰이 구름을 부르고 동남풍을 일으킨다.

평사는 진군했다. 외롭고 삭막한 세상에 태어나 불행했던 자신의 삶을 전생의 업보(業報)처럼 등에 지고 평사는 진군했다. 마지막 남은 심혼(心魂)을 불사르며 평사는 끊임없이 끊임없이 진군했다.

붉은 황토 먼지를 피워 올리며 필마단기로 적진 한가운데로 내닫는, 검은 갈기의 말 위에 전신(戰神)의 검은 수염이 바람에 나부끼고, 그 손에 들린 구십두 근짜리 병기(兵器)가 썩은 짚단 자르듯 우수수 적들의 목을 베어버린다.

말라비틀어진 사내가 고리눈을 부릅뜨고 태산과 같은 기개로 적장을 크게 꾸짖자 그 앞에 진을 치고 있던 백만 대군이 사시나무 떨듯 부르르 떨었고, 그 속을 비집고 사내가 혈혈단신으로 적진에 파고든다.

마침내 수장(首將)과 수장이 맞닥뜨려 반상(盤上)은 검은 구름과 회오리바람, 그리고 뇌성벽력이 한데 어우러져 점입가경의 기경(奇驚)스러운 광경을 연출했다. 어디선가 기세를 돋우는 북소리가 울린다. 비세에 몰릴세라 적장은 세상에 드러내놓지 않던 혼자만의 비기를 대명천지 아래 노출시키고 검은 갑옷의 전사는 가문 대대로 내려온 천년의 절기(絶技)로 상대를 호령한다. 한 치만 삐긋해도 목숨이 달아나는 살벌한 접전이 수십 수백 합을 넘어간다.

대국장은 쥐 죽은 듯이 고요했다. 시라이시가 손수건으로 이마의 땀을 닦는다.

처음 평사가 자신이 놓은 첫 수를 보고 곧바로 걸쳐왔을 때 시라이시는 평사의 노골적인 공격을 한물간 승부사의 객기 정도로만 생각했다. 그러나 시간이 지날수록 그의 공세는 생각보다 훨씬 거칠고 정교했다.

기리(碁理)와 정형(定形)에 구애받지 않는 그의 행마는 나름대로 흐름이 있었으며 조락한 바둑으로 보기에는 수읽기가 깊고 운석이 능숙했다. 허술해 보여 붙어보면 힘도 만만찮다. 지금까지 자신이 대국해온 사람들과는 바둑의 양상을 근본적으로 달리한다. 뭔가 모르게 꺼림칙하다.

생각이 거기까지 미치자 시라이시는 잡념을 털어버리려는 듯 머리를 좌우로 흔들었다. 시라이시는 정신을 가다듬어 냉정하게 형세 판단을 해본다. 평사의 파상공격으로 바둑이 복잡하게 얽혀 있긴 하나 실리는 자신이 다소 앞선다. 문제는 미친 듯이 발광하는 평사의 공격이다. 그는 계속 공세의 고삐를 늦추지 않는다. 여기저기 전판을 흔들어대며 하염없이 공세를 취한다.

바둑은 아직도 도처에 미생마투성이였다. 평사가 다시 날일자로 변의 흑말을 뒤집어씌우며 돌진해나가자 시라이시는 같은 날일자로 가볍게 피했다. 평사의 손길이 이번엔 반대편 흑의 말을 공략한다. 시라이시가 평범하게 응수하여 안형을 갖추자 또다시 평사는 손을 빼서 좌하귀의 흑말을 추궁한다.

평사의 행보는 계속되었다. 지겨우리만큼 흑진에 포화를 퍼붓는다. 기리도 없고 형평(衡平)도 없다. 오직 이기겠다는 승부의 집념만이 잠들어 있는 평사의 혼을 일깨운다.

평사가 변에서 중앙에 걸친 견고한 시라이시의 대마를 재차 공략하고 나섰을 때 바둑은 중반을 넘어서고 있었다.

시라이시 얼굴에 불쾌한 빛이 역력하다. 도저히 공략할 수 없는 곳에서 자신의 약한 돌을 방치한 채 무모할 정도로 사생결단을 요구하는 평사의 수법이 고약스럽다. 시라이시가 매서운 눈으로 반상을 노려본다. 피는 피를 부르고 화는 화를 자초한다.

'그래. 그렇다면 내가 칼을 뽑아주마. 그것이 당신이 원하는 길이라면 당신을 기꺼이 상대해주리라.'

시라이시 눈에서 시퍼런 불길이 솟구친다. 시라이시는 이글거리는 눈으로 백대마를 겨냥했다. 허약한 백말은 그의 몰골처럼 한 수만 찔러 가면 거의 죽어 있는 모습이다. 판세 흐름을 보아 그 말이 죽으면 바둑은 끝이다.

생각과는 달리 의외로 승부처는 일찍 도래했고 이제 남은 건 좀 더 늦출 것인가 이쯤에서 승부를 결정지을 것인가 하는 문제였다. 시라이시는 마음을 추슬러 한 번 더 냉정하게 반면을 검토한다.

지금 자신이 집으로 약간 앞서 있다고는 하나 승부란 알 수 없다. 마지막 순간까지 어떤 변수가 생길지도 모르는 일. 유리한 바둑을 지키기란 때에 따라서 그 자체가 힘겹고 불안하다. 한번 패신(敗神)에 홀리면 다 이 겨놓은 바둑도 뒤집어지는 경우가 허다하지 않은가.

시라이시는 평소 그답지 않은 생각을 했다.

그리고 무엇보다 거슬리는 건 쌍방의 흐트러진 말들이 수습되는 과정에서 집의 균형이 어떤 식으로 안배될 것인가 하는 점이다. 만에 하나 그 과정에서 추격이라도 당한다면 승부는 미궁으로 빠지게 된다. 갑자기 엉성하긴 하나 중앙으로 얼기설기 얽혀 있는 백의 허술한 세력이 그럴듯해 보인다.

승부는 시라이시에게 결단을 요구했다. 시라이시는 반상을 재검토한다. 아무리 봐도 평사가 공격한 자신의 말은 안형이 풍부해 한 번 손을 빼도 절대 죽을 말이 아니다. 그에 비해 평사의 말은 한 방이면 사활이 심각해진다.

자, 어떻게 할 것인가. 지킬 것인가, 잡으러 갈 것인가…….

한참 고민한 끝에 시라이시는 비로소 결론을 얻었다.

우선 백말을 잡으러 가자. 그것이 순리다. 저렇게까지 나오는데 방관하는 건 상대에 대한 예의도 아닐 뿐더러 승부사로서의 자세도 아니다. 더구나 많은 구경꾼들이 자신의 바둑을 관전하기 위해 몰려와 있는데 굳이 궁색할 필요가 있는가, 만약 실패하면 그때 가서 자신의 말을 보강해도 늦지 않으리라.

시라이시는 나름대로 계산을 철저하게 세우고 방치해둔 백의 허약한 말에 회심의 한 수를 치중했다.

시라이시의 한 수에 시라이시 전주를 비롯한 대국장 안에 있는 대다수 사람들이 공감을 표한다. 시라이시는 득의의 웃음을 가득 머금은 채 물을 한 잔 쭉 들이켰다.

사람들은 평사의 끈질긴 공세가 허세였음을 실감한다. 평사의 전주 엔도의 얼굴이 창백해졌다. 엔도의 기력으로 보더라도 시라이시의 한 수로 인해 승부의 추가 한쪽으로 기울어지는 느낌이다.

대국실은 이제 평사가 그 말을 어떻게 수습하는가에 관심이 집중되었다. 설령 백말이 요행히 수습이 되어 두 집을 내고 산다손 치더라도 전판에 걸쳐 승부에 미치는 영향은 지대하다. 백이 겨우 목숨을 부지할 동안 흑은 그만큼 튼튼해지고 두터워질 것이다. 그렇게 되더라도 결국 승부는 시라이시 쪽이다. 하지만 방도가 없지 않은가. 그렇게 해서라도 승부를 붙잡아볼 수밖에.

대국장 안에 있는 사람들은 누구나 그것이 최선의 수순이라고 생각했다. 그러나 평사는 일련의 움직임을 깨고 자신의 대마를 보강하는 대신 중앙으로 뻗어나온 흑 대마를 다시 집요하게 공략했다.

이 작자가!

시라이시는 대노한다.

이 작자가 무얼 믿고 이렇게 나온단 말인가. 기어이 자폭을 하겠다는 뜻인가.

시라이시는 격해지는 마음을 자제하며 담배를 입에 꼬나물었다. 그는 절세의 승부사답게 어떤 경우라도 마음을 흐트러뜨리지 않으려 애를 썼다. 시라이시는 생각에 잠긴다.

한 수만 더 가일수하면 이제 백말은 완전히 절명이다. 그는 내친김에 흑 대마에 승부를 걸 것이다. 그렇게 되면 어떻게 되는가. 혹시라도 자신의 대마가 잡히면 자신의 대마가 그의 대마에 비해 배나 가까이 되므로 바둑은 역전이다.

절대 죽을 말은 아니지만 시라이시는 보다 완벽한 길을 가기 위해 노심초사한다.

어차피 백말은 자신이 치중한 한 수로 인해 의식불명이다. 굳이 승부의 여지를 남길 필요가 있을까. 어차피 자신의 말에 한 수 보강을 해도 승세는 확실한 것.

시라이시는 한 시간 장고 끝에 자신의 대마에 손질을 했다.

평사의 흑 대마에 대한 공세가 계속 이어진다. 시라이시는 이미 마음을 정리한 듯 수습의 수순을 순조롭게 밟아갔다. 마침내 흑의 대마는 변에 10여 호 정도를 장만하고 완생을 한다.

시라이시가 느긋하게 담배연기를 반상 위로 뿜어냈다. 그 순간 사건의 발단은 먼 곳으로부터 서서히 기미가 보이기 시작했다.

담배를 피우던 시라이시의 눈길이 반상 어느 지점에 갑자기 고정된다. 흑의 대마가 수습되는 과정에서 중앙으로 붙어 있는 흑돌 다섯 점이 어느 틈에 백의 제공권에 들어와 있다. 백이 한 수로 퇴로를 차단하면 그 흑돌 다섯 점은 고스란히 백의 수중에 떨어진다.

시라이시의 눈동자가 점점 커졌다.

다음 순간 시라이시는 한숨을 돌린다.

이유는 간단했다. 만일 평사가 그 다섯 점을 수중에 넣는다면 자신이 치중한 한 수로 인해 비틀거리고 있는 그의 백 대마에 한 수 더 일침을 가해 완전하게 잡아버리면 그만이었다. 지금도 그의 대마가 자신이 치중한 한 수 때문에 사경을 헤매고 있지 않은가. 집으로 계산을 하더라도 중앙의 흑 다섯 점은 군데군데 삭감의 여지가 있어 한쪽으로 몰려 있는 백 대마에 비해 그 수효가 못 미친다. 집으로는 여전히 요지부동이다.

결국은 좀 더 길게 가기 위해 후수를 감수하고라도 자신의 말을 살릴 수밖에 없을 것이다. 그도 왕년엔 알아주던 바둑인 터, 절망적인 길을 택하지는 않으리라. 서로가 각생(各生)하고 불리하지만 집을 맞춰 끝내기까지 가는 게 최선이리라.

시라이시는 담배를 비벼 끄며 어깨에 잔뜩 힘을 주었다.

자, 할 테면 해봐라!

그의 모습은 가문의 명예를 걸고 싸움터에 나선 사무라이를 연상케 한다. 바둑은 누가 보더라도 시라이시 의도대로 승패가 굳어지고 있었다. 평사는 바둑판 앞에서 쓰러질 듯 쓰러질 듯 몸이 앞으로 쏠려 있다. 시라이시의 승리를 보기 위해 여러 곳에서 몰려온 관전객들은 평사의 종말이 가까워졌음을 알고 그의 장렬한 최후를 보고자 그가 무너지기를 학수고대 기다렸다.

이제 남은 것은 평사의 기구한 종말이었다. 한때는 열도의 승부사들이 사시나무 떨듯 벌벌 떨었던 조선의 기객 추평사. 그의 종말이 한 걸음 한 걸음 다가오고 있었다.

그러나 그 모든 것은 착각이었다. 바둑사에 길이 남을 사건의 윤곽은 그때부터 희미하게 형태를 드러내기 시작했다. 평사를 제외한 평사의 대국 상대인 시라이시를 비롯해, 대국장 안에 있는 기라성 같은 고수들의 판단은 상상도 못한 곳으로부터 오차가 생기고 있었다. 그것은 참으로 비밀스러운 승부의 열쇠였으며, 승부로 전 생애를 불살라버린 한 인간의 처절한 비원(悲願)이었다.

바둑이 시작되고 평사는 긴 시간 내내 한결같은 자세다. 허리를 구부린 채 고개는 반상을 향해 약간 숙이고 있는, 흡사 석고처럼 굳어 있는 형상이다. 그 자세로 긴 시간 반상을 노려보던 평사가 난데없이 고함을 쳤다.

"술!"

평사가 엔도에게 술을 요구했다. 시라이시는 자신의 귀를 믿을 수 없었다.

술이라니? 승부사가 대국 도중에 술이라니? 승부에 치명적인 술을 달라니…….

잠시 후 엔도가 쇼오추(일본 소주)를 한 병 구해왔다. 평사는 유리잔에 술을 가득 붓더니 단숨에 들이켰다.

피를 말리는 평사의 장고가 계속된다. 피골이 상접하여 뼈만 앙상하게 남은 얼굴이 욕망과 고통으로 일그러진다. 이윽고 평사의 눈에서 한 줄기 붉은 빛이 새어나왔다. 빛은 이내 거센 불길이 되어 반상을 집어삼킬 듯 활활 타오른다.

드디어 평사의 손이 반상 위에 떨어졌다. 순간 대국장 안 사람들은 모두 제 눈을 의심했다. 사람들은 어안이 벙벙해 서로를 쳐다보았다. 오랜 장고 끝에 평사는 시라이시의 의표를 깨고 중앙 흑말 다섯 점을 장악해버렸다.

이놈이! 이 시체 같은 조센징이!

시라이시의 관자놀이가 펄떡거리기 시작한다.

이제 한 수면 자신의 대마가 완벽하게 죽어 나자빠지는 판에 이런 무모한 승부로 나오다니.

시라이시는 분노했다. 승패를 떠나 평사가 자신을 모욕하는 느낌마저 든다. 시라이시는 어금니를 한껏 깨문다. 시라이시는 마음을 진정시키며 떨리는 손으로 돌을 집어들어 마침내 백척간두에 서 있는 평사의 대마를 기어이 잡아버렸다.

이제 바둑은 끝났다.

시라이시는 울렁거리는 마음을 억제하며 주위를 휘 둘러보았다.

시라이시 전주 얼굴에 화색이 돈다. 반대로 평사의 전주 엔도의 얼굴은 침울하다. 대국장 안에 있는 대다수 사람들은 시라이시의 생각처럼 승부가 끝났다고 여겼다.

평사의 표정은 무덤덤하다. 대마를 죽여 승부를 그르친 사람의 얼굴치고는 오히려 평온한 기운마저 감돈다. 평사는 돌을 들어 지금까지와는 달리 부드러운 자세로 다음 수를 착수한다. 대마를 죽인 대가로 중앙의 한 곳을 선수로 틀어막는데, 예정된 수순이라 하나 막상 돌이 놓이고 보니 중앙이 제법 모양을 갖춘다. 시라이시가 곧바로 응수하자 평사가 이번엔 변 쪽에서 선수를 강요한다. 시라이시가 고개를 갸우뚱한다.

무슨 의미일까. 선수가 아닌데 왜 놓는 것일까. 승부를 포기했단 말인가. 이제 중앙으로 한 칸 뛰면 바둑은 끝이다. 승부가 예상대로 쉽게 막을 내리는군.

시라이시는 혹시나 싶어 마지막으로 평사가 놓은 수에 대해 선수 여부를 검토했다. 한참을 들여다보던 시라이시가 별안간 한숨을 푹 내쉬며 자신의 머리를 손으로 툭툭 쳤다.

큰일 날 뻔했군. 기껏 속임수로 마지막 승부수를 띄우다니.

평사가 놓은 수는 상대가 손을 빼면 교묘한 수순에 의해 죽은 대마가 한 수 늘어진 패가 된다. 결과적으로 평사의 착수는 절묘한 선수 활용이었으나 이미 승기를 잡았다고 생각한 시라이시는 평사의 수를 암수로 오인했다.

패가 나면 판세가 복잡해질 수도 있다. 한 수 늘어진 패이기는 하나 패가 성립되면 그에게 승부처를 제공할 수도 있다. 바보 같은 사람. 내가 그런 정도를 착각해서 대세를 그르칠 줄 알았던가. 변이 선수가 되더라도 승부는 불변이다. 몇 집이 남아도 이기면 그만이 아닌가.

시라이시가 시비의 여지를 제거한다. 그로써 평사의 대마는 완전히 절명했다.

평사가 빈 유리잔에 병에 남은 술을 마저 부었다. 시라이시가 술을 따르는 평사를 본다. 평사는 태연하게 그 술을 마신다. 시라이시는 문득 이상한 느낌을 받았다.

역수(驛水)의 강가에서

이상하다. 뭔가 모르게 이상하다. 불현듯 어떤 압박감 같은 것이 엄습한다.

시라이시는 무심코 반면을 바라보았다. 반면을 찬찬히 훑어보던 시라이시는 깜짝 놀란다. 스무 마리가 넘는 백의 대마를 잡았건만 중앙의 다섯 점을 뜯기고 생각지도 못한 곳을 백에게 선수로 허용하자 의외로 승부 차이는 크지 못했다. 대마를 잡은 흑의 집만 50호가 넘는지라 열 집 이상은 족히 앞서간다고 장담했건만 단 한 수의 선수로 인해 중앙이 두터워지고 더구나 백이 둘 차례가 아닌가.

시라이시는 초조해졌다. 그는 침을 꿀꺽 삼키며 다음 수를 기다린다. 평사가 뼈만 앙상한 손으로 유유히 선수로 틀어막은 변과 흑 다섯 점을 잡은 중앙의 세력을 비스듬히 연결하자 평사의 진지가 순식간에 깊어진다. 시라이시의 얼굴이 붉으락푸르락한다. 단 두 수만에 바둑이 귀신에게 홀린 것처럼 종잡을 수 없는 형국으로 변하고 있었다.

시라이시가 자세를 고쳐 잡고 황급히 계가를 해보았다.

한 번…… 두 번…… 세 번…….

시라이시의 얼굴이 이번엔 파랗게 질렸다. 아무리 계가를 해봐도 바둑은 이미 미세해졌고 차라리 백이 두텁지 않은가. 시라이시의 눈앞이 캄캄해졌다. 둔기로 머리를 맞은 것처럼 휘청한다.

영문을 모른 채 어리둥절해하던 사람들은 비로소 사태가 심상찮음을 깨달았고 대국실 안에 작은 소요가 일어났다. 굳어 있던 엔도의 얼굴이 펴진다. 엔도는 두 주먹을 꽉 틀어쥐고 호흡을 가다듬었다. 뭔지는 몰라도 승부가 새로운 국면을 맞고 있다는 걸 그는 직감적으로 감지했다.

대국실은 다시 적막에 빠진다. 평사와 마주하고 있는 시라이시는 얼이 빠진 채 반상을 처연히 내려다보았다. 시라이시 얼굴에 후회의 빛이 역력하다.

시라이시는 뒤늦게 깨닫는다.

애시당초 그는 모든 수를 읽고 있었다. 끝없이 공세를 취하면서도 그는 나름대로 집의 균형을 유지해나갔고 대마를 죽여 중앙을 키워나가는 절묘하다 못해 신묘(神妙)한 선수 활용도 수십 수 전에 이미 그의 머릿속에 그려져 있었다. 어쩌면 그는 초반부터 지금까지의 변화를 모조리 예측하고 있었는지도 모를 일이었다.

돌이켜보면 전판에 걸쳐 한 번도 자신에게 유리한 적이 없었고 그의 대마를 잡는 대신 자신의 중앙 혹 다섯 점이 살아오더라도 역시 자신이 이긴다는 보장은 절대 없었다. 접전에는 누구보다 자신이 있었지만 그의 현란한 수법 앞에는 한 수 뒤지는 감이 있었고, 자신의 주 장기인 형세 판단마저 시공을 초월한 그의 행마에 가려 그 정확도를 상실했다. 승부의 수순은 그렇게 흘러왔던 것이다.

시라이시는 눈을 감고 상념에 잠겼다.

지난 10년 세월.

기예를 터득하기 위해 인적 없는 산속에서 숱한 세월을 인내와 외로움 속에 몸부림쳤다. 앞서간 명인들의 흔적을 더듬으며 수없이 많은 날들을 불면으로 지새웠고, 그들의 비수(秘手)를 헤아리지 못해 절망 속에 방황했던 날은 또 얼마였던가.

그리고 세상에 나온 지 3년. 빼어난 기량으로 강호의 뭇 강자들을 굴복시키고 서서히 기계를 정복해나갔다. 이제 최정상에 올라 천하를 호령하는 순간 느닷없이 나타난 불가사의한 인물에게 자신이 그동안 쌓아올린 탑이 하루아침에 무너지려 하고 있다.

10년 세월이 너무 원통하다. 단 한 번의 패배가 승부의 전부는 아닐지라도 승부도 승부 나름. 이 한 판의 승부는 의미가 다르다. 5천 원이라는 거액이 문제가 아니다. 이 한 판으로 나는 평생 승부에서 헤어날 수 없으

역수(易水)의 강가에서

리라.

시라이시 마음속에 통한의 눈물이 흐른다.

그럴 수는 없다. 그럴 수는 없다…….

시라이시는 승부를 부인했다. 감겼던 시라이시의 눈이 번쩍 뜨였다.

이대로 질 수는 없다. 바둑은 아직 끝나지 않았다. 백이 약간 두텁긴 하나 집의 균형은 어느 정도 어울리고 있다. 그도 사람인 이상 약점이 있을 것이다. 이대로 무너질 순 없다. 반상은 아직도 넓지 않은가.

시라이시는 가슴 밑바닥에서 절규하는 마지막 투혼을 불러일으켰다. 반상을 한동안 노려보던 시라이시는 돌을 들어 백의 중앙을 삭감할 수 있는 최대치 자리에 힘차게 두드렸다.

평사는 시라이시가 착점한 돌을 무심히 바라본다. 무심한 눈길은 이내 바둑판 속으로 혼곤히 젖어든다. 반상 위로 바람이 일고 붉게 붉게 노을이 탄다.

언제였던가.

처음 스승을 따라 고향을 떠나던 날. 어느 산간 지방을 지나 들길을 걸어가고 있었다.

멀리 보이는 마을에서는 집집마다 굴뚝에 연기가 모락모락 피어올랐다. 어린 평사가 불쑥 스승에게 물었다.

"저…… 바둑은 누가 만들었나요?"

스승은 아무런 대답이 없다. 스승은 계속 걸어갔다. 한참을 걸어가던 스승의 발길이 멎었다.

"평사야."

"……."

"저기를 봐라."

스승이 가리키는 곳으로 고개를 돌린 평사는 자신도 모르게 비명을 질렀다.

아! 온 들판에 노을이 지고 있었다.

하늘과 땅이, 온 천지가 붉게 물들고 있었다.

스승은 하늘을 올려다보며 말했다.

"바둑은…… 하늘이 만들었다……."

평사는 스승을 따라 하늘을 올려다보았다.

붉은 노을이 스승과 자신의 머리 위로 쏟아지고 있었다.

판이 좁아지고 있었다. 군데군데 난잡하게 흐트러져 있던 말들이 제 모양을 갖춘다.

시라이시가 혼신의 힘을 다해 평사의 진영을 삭감해 들어갔다.

평사는 스스럼없이 물러섰다. 물러서는 평사의 운석이 절묘하고 신비롭다.

대국장 여기저기서 탄성이 터진다.

시라이시가 장고에 몰입했다. 대국장 분위기는 완전히 평사 쪽으로 기운다. 창밖에 어둠이 깔리고, 시라이시의 장고는 끝없이 계속된다.

평사는 등을 뒤에 기대고 눈을 감았다.

가슴이 스물스물하다. 전날 많은 양의 혈을 토했다. 정신이 혼몽해지고 졸음이 온다. 시라이시가 착점하면 평사가 눈을 뜨고 응수했다. 그리고 시라이시가 다시 장고에 들어가면 평사는 다시 눈을 감는다.

시간이 흐른다. 반상 위로 저벅저벅 세월이 흐른다.

따악!

돌 소리에 평사가 반사적으로 눈을 떴다. 반상 위의 돌들이 눈앞에 아른거린다.

돌들은 이내 화정의 얼굴이 된다…… 수백, 수천의 슬픈 화정의 얼굴이 된다…….

시라이시는 점차 핏기를 잃어갔다. 아무리 쫓아가도 거리는 좁혀지지 않고 승부는 한 곳으로 달아난다.

다가가도 다가가도 가까워지지 않는 이유가 무엇이란 말인가.

시라이시는 평사를 바라보았다. 평사의 몰골이 참혹하다. 갑자기 소름이 돋는다.

유령이다!

시라이시는 평사가 유령처럼 보였다. 시라이시는 악몽을 떨쳐버리려는 듯 좌우로 고개를 흔든다. 시라이시는 마음을 고쳐 잡고 사력을 다해 다시 반상을 내려다보았다. 참으로 끈질긴 집념이다.

바둑은 종반으로 접어들고 있었다.

시라이시는 이제 미친 듯이 발악한다. 최후의 한 집이라도 파호(破戶: 바둑을 둘 때 상대편의 집에 말을 놓아 두 집이 나지 못하게 함)하기 위해 좌충우돌 시라이시는 마구 찔러본다. 반상에는 마지막 바람이 분다. 바람은 허물어져가는 평사의 육신 위로 거침없이 불어온다. 평사는 바람을 막으며 황막한 대지 위에 우뚝 서 있다.

바람이 불어 내 몸의 뼈와 살을 다 뜯어가라.

바람이 불어 내 피를 말리고 내 육신마저 송두리째 앗아가라.

그러나 넌 두 집을 지리라.

내 몸이 가루가 되고 내 영혼이 갈기갈기 찢겨져도 넌 기필코 두 집을 지고 말리라.

두 집을…… 두 집을…….

평사의 정신이 가물가물한다. 마지막 고비다. 평사는 자신의 혓바닥을 깨물었다. 비릿한 내음이 입 안 가득 고여온다. 평사는 그것을 가만히 삼켰다. 흐릿하던 정신이 조금 맑아진다.

멀리, 아득히 불빛이 보였다. 평사는 그 불빛이 어린 시절 자신이 살았던 행랑채의 따뜻한 방처럼 느껴진다.

이젠 쉬고 싶다…… 이젠 정말 쉬고 싶다…….

평사의 시야에 마지막 남은 큰 곳이 들어왔다. 얼핏 보면 작아 보이는 곳이지만 한 집이 강한 반상 최대의 끝내기다.

그래.

이것으로 그만이다.

내가 살았던 그 외로웠던 삶도.

비천한 노비 신분도.

가슴속에 응어리진 한을 품고 떠돌던 그 모든 기억들도.

그 모든 것이 이것으로…… 이것으로…….

추평사(秋平斜).

천한 노비의 자식으로 태어나 열네 살 어린 나이로 당대의 거목 여목(余木)의 눈에 들어 고향을 떠났다.

입문한 지 수년 만에 스승의 후광을 업고 뛰어난 기재를 유감없이 발휘하여 난세의 기객이 되었다.

그러나 뜻하지 않은 사건으로 말미암아 도장에서 쫓겨나 긴 세월 떠돌아다녔다.

방랑기객(放浪碁客)이 되어 떠돈 지 어언 20여 년.

이 낯선 이국땅에서 꺼져가는 승부의 혼을 불사르고 있으니 그의 나이 향년 41세였다.

바둑은 끝이 났다.

시라이시가 넋이 빠져 주섬주섬 백의 사석(死石)을 들어냈다. 실내는 숨소리조차 들리지 않는다. 사람들은 승부 결과를 이미 짐작하고 있다.

역수(驛水)의 강가에서

평사의 전주 엔도의 눈에 눈물이 흐른다.

반듯반듯한 집들이 모양을 갖추고 계가가 끝이 나자 거짓말처럼 평사의 두 집 승이었다.

사람들의 시선이 일제히 평사를 향했다. 평사의 시야가 뿌옇게 흐려진다. 그 순간 평사의 몸이 바둑판 앞으로 힘없이 무너졌다.

아오모리 시립병원 응급실에서 잠든 평사를 보고 엔도는 잠시 눈을 붙였다.

"당신, 이 사람 죽이려고 했소? 이런 몸으로 내기바둑이라니!"

엔도는 의사에게 호된 질책을 받았다.

나 때문이다. 승부에 미쳐 사경에 이른 환자를 그런 전장으로 내몰다니, 내가 미친놈이다.

비로소 제정신으로 돌아온 엔도는 뒤늦게 후회를 했다. 그러나 새벽녘에 엔도가 눈을 떴을 때, 침대에 누워 있던 평사의 모습은 보이지 않았다. 침대 위에는 잠든 평사의 호주머니에 자신이 넣어준 돈 봉투가 다시 놓여 있었다. 엔도는 봉투를 움켜쥐고 실성한 사람처럼 바깥으로 뛰쳐나갔다.

거리에는 아무도 없었다.

평사의 흔적은 어디에도 없고 찝찔한 바닷바람이 거리에 불어온다.

어디를 어떻게 헤매다가 이곳까지 왔는지 모른다.

눈보라가 몰아치고 세찬 바람이 몸을 에워싼다. 아오모리항을 떠나 평사는 며칠째 북으로 북으로 무작정 발길을 옮겼다. 긴 기적 소리를 울리며 증기기관차가 거친 들판을 지나간다. 들판 가운데로 철길이 끝없이 이어져 있다.

멀리 역사(驛舍)의 불빛이 깜빡거린다. 드문드문 서 있는 소나무 위로 눈이 소복이 쌓인다. 가지 위에 쌓여 있던 눈은 바람소리에 놀라 우수수 땅 위로 떨어진다.

역사로 가는 눈 덮인 들판 길을 평사는 비틀거리며 걸어가고 있었다. 눈은 계속 내린다. 그 눈을 맞으며 평사는 한 걸음 한 걸음 힘겹게 발길을 옮겼다. 발목까지 빠지는 눈을 헤치며 걸어가던 평사가 들길이 끝나는 부근에서 결국 앞으로 쓰러진다. 평사는 일어나려 안간힘을 써보지만 뜻대로 되지 않는다. 몸을 제대로 가눌 수가 없다. 눈은 지칠 대로 지친 평사의 몸 위로 하염없이 떨어진다. 평사는 눈을 피하려 누더기가 된 옷 속으로 몸을 최대한 움츠렸다. 눈보라는 들판 온 천지 위로 더욱 세차게 퍼부었다.

졸음이 온다. 평사는 눈을 집어 입 속으로 넣었다. 그러나 평사의 의식은 자꾸 희미해져간다.

여자의 얼굴이 떠오른다. 태어나서 단 한 번 자신을 사랑해주었던 여자. 그 여자는 죽어 먼 곳으로 갔고 한 점 혈육인 자식의 모습은 아스라하다.

평사의 눈이 감길 듯 말 듯하다. 졸음이 점점 더 밀려온다.

그래, 잠시만 쉬어가자.

평사는 잠시 쉬어야겠다고 생각한다. 평사는 누운 채로 다시 옷깃을 여민다. 그리 멀지 않은 곳에 역사의 불빛이 자신을 향해 손짓한다. 불빛은 쏟아지는 눈보라 사이로 보일 듯 말 듯 시야에서 잠긴다. 평사는 역에서 기차를 타리라 생각했다. 그 기차를 타고 스승에게 가리라 생각한다. 죽기 전에 스승의 무덤이라도 한 번 찾아가보기를 평사는 애원한다. 평사의 가슴이 사무친다.

이날 이때까지 한시도 잊어본 적이 없었던 스승 여목.

속절없는 세월 속에 비탄과 애증으로 나를 울게 했던 스승 여목.

그 역수(驛水)의 강가에서 나를 목메어 울게 했던 스승 여목.

꺼져가는 평사의 눈에 눈물이 맺힌다. 눈보라가 쓰러져 있는 평사의 몸 위로 더욱더 세차게 몰아친다.

평사의 의식이 혼곤히 젖어든다.

저 기차만 타면…… 저 기차만 타면…….

눈은 어두운 광야에 쉴 새 없이 내린다.

내린 눈은 이내 쌓여가고 평사의 몸은 눈 속에서 서서히 식어갔다.

〈2권에서 계속〉